REDHILL College

Klappentext

Als Catharina Cat Archer ans Redhill College wechselt, hofft sie, die letzten zwei Jahre ihres Lebens endlich hinter sich lassen zu können. Doch schon bald ist ihr sehnlicher Wunsch nach einem Neuanfang in Gefahr.

Als wäre das nicht bereits schlimm genug, trifft die junge Studentin erneut auf Liam Rogers, seines Zeichens Mitglied des College-Fußballteams, unverschämt gutaussehend, äußerst beliebt und mit einem in ihren Augen viel zu großen Ego. Nachdem Cat ihm vor ein paar Monaten auf einer Party eine Cola ins Gesicht geschüttet hat, scheint er es nun als seine persönliche Aufgabe zu betrachten, sie in Verlegenheit zu bringen.

Als Liam ihr überraschenderweise, nicht ganz uneigennützig, das Angebot unterbreitet, seine Freundin zu spielen, lehnt Cat zunächst ab. Doch als ihre Vergangenheit endgültig droht, sie einzuholen, entscheidet sie sich um und lässt sich auf den Deal ein. Es gibt nur eine Bedingung, die leicht zu erfüllen sein sollte: Keine Gefühle!

REDHILL College

LIAM & CAT

Judith B. Carrol

Judith B. Carrol
Redhill College: Liam & Cat

Herzogweg 21
31275 Lehrte
kontakt@writtendreams-verlag.de

ISBN print: 978-3-96204-509-8

Widmung

Für meine Familie. Danke für eure unerschütterliche Liebe und Unterstützung.
Und für Christopher. Danke, dass du bist, wie du bist.

Kapitel 1

„Komm schon, Tris." Mein Bruder hasst es, wenn ich ihn so nenne. „Ich will wissen, wie sie heißt."

„Nein", antwortet Tristan zum gefühlt einhundertsten Mal und ich stoße einen genervten Seufzer aus.

Ein eisiger Windstoß fegt um die Ecke eines der Wohnheime, also vergrabe ich meine Hände tiefer in der Manteltasche und gebe meiner Stimme einen flehenden Unterton. „Bitte!"

Ja, ich weiß, dass ich Tristan nerve, aber wozu sind kleine Schwestern da?

„Das ist sowieso nichts Ernstes, Cat. Ihren Namen zu erfahren, würde dir genau gar nichts bringen."

Natürlich ist es nichts Ernstes. Das ist es nie.

„Ich habe noch keine deiner Freundinnen vom College kennengelernt. Wenn du ein bisschen mehr erzählen würdest, müsste ich nicht zu solch drastischen Mitteln greifen." Wie darauf zu bestehen, die Einladung zu der Verbindungsparty anzunehmen, die gestern spontan ausgesprochen wurde.

Dabei hatte ich mich wirklich auf unseren gemeinsamen Filmabend gefreut, schließlich haben wir, seit Tristan nach Redhill aufs College gegangen ist, nur noch sehr wenig Zeit miteinander. Die Tatsache, dass ich mich gegen Redhill und für Hartford als Studienort entschieden habe, macht es nicht leichter. Doch hier bietet sich mir die einmalige Gelegenheit, meinen großen Bruder auf einer Party zu erleben. In freier Wildbahn sozusagen. Als würde ich mir das entgehen lassen. Vor allem weil es das erste Mal ist, dass wir zusammen eine Party besuchen.

„O Gott, komm bloß nicht auf den Gedanken, sie meine Freundin zu nennen, am Ende bildet sie sich etwas darauf ein."

„Dir ist schon klar, dass du dich Frauen gegenüber ziemlich scheiße benimmst, oder?"

„Ich bin lieb zu dir", sagt er mit dem bezaubernden Hundeblick, der vermutlich Frauenherzen auf der ganzen Welt höherschlagen lässt.

„Ich bin deine Schwester, lass diesen Welpenblick, der zieht bei mir nicht! Außerdem musst du lieb zu mir sein."

Er schnaubt amüsiert. „Und würde meine kleine Schwester mir vielleicht den Gefallen tun, mich heute Abend nicht Tris zu nennen? Von diesem Spitznamen würde ich mich nie wieder erholen."

In gespieltem Schock lege ich mir eine Hand auf die Brust. „Das würde ich niemals wagen, Bruderherz."

Er rollt mit den Augen, aber ich bin noch nicht fertig.

„Ich stelle mich einfach in eine Ecke und beobachte, wie du versuchst, bei dieser mysteriösen Frau zu landen." Einen Moment tue ich so, als müsste ich nachdenken, dann klatsche ich in die Hände. „Wer weiß, vielleicht finde ich ja auch jemanden für heute Abend."

Dieses Mal lacht Tristan laut auf. „Ja klar."

„Hey, so abwegig ist das nun auch wieder nicht."

„Doch, ist es."

„Dir ist bewusst, dass ich mittlerweile ebenfalls am College bin, oder? Ich könnte ständig auf Partys gehen und Männer abschleppen, wenn mir danach wäre." Dass ich die letzten sechs Monate fast ausschließlich in meinem Wohnheimzimmer verbracht habe, muss Tristan ja nicht erfahren. Genauso wenig wie die Tatsache, dass meine einstige beste Freundin Louisa, entgegen all meiner Hoffnungen, nicht plötzlich über meinen Bruder hinweggekommen ist. Oder über ihren Groll gegen mich, nachdem er sie verlassen hat. Doch darüber möchte ich heute nicht nachdenken.

Tristan, vor dem ich meine Probleme am College bisher verbergen konnte, wirft mir einen amüsierten Seitenblick zu. „Und gehst du regelmäßig auf Partys und schleppst Männer ab?"

„Nein", gebe ich zu. „Aber ich könnte!"

„Natürlich könntest du." Spielerisch wuschelt er mir durch die Haare. Ich springe zur Seite und versuche, den Schaden wieder zu beheben. Schließlich möchte ich einen guten ersten Eindruck hinterlassen.

Das ist meine erste Collegeparty und noch dazu weit weg von meinem Studentenleben in Hartford. Dem Leben, in dem ich mich bestmöglich von der Außenwelt fernhalte. Doch hier, an einem College, an dem niemand weiß, wer ich bin, kann ich für einen Abend die Vorsichtsmaßnahmen vernachlässigen und mir einen Moment der echten Collegeerfahrung gönnen. Wer weiß, was heute Abend alles passieren kann?

Endlich angekommen ist es nicht nur lauter, als ich gedacht hätte, sondern auch stickiger, dank der Masse an Körpern, durch die Tristan uns einen Weg bahnt. Himmel, was finden andere Menschen nur daran, sich auf so engem Raum zu versammeln und zu betrinken?

Die erste Stunde verbringe ich damit, hinter Tristan herzulaufen, zu lächeln und von Zeit zu Zeit höfliche Fragen seiner Freunde zu beantworten. Zum Glück dauert es nie lange, bis sie das Interesse an mir verlieren.

Erst, als Tristan diesen ganz bestimmten Ausdruck in den Augen hat, den er immer bekommt, wenn er etwas unbedingt haben möchte, mache ich mich auf die Suche nach einer Toilette. Als ich zurückkomme, steht er mit einer hübschen Brünetten ein wenig abseits des Geschehens. Sie lacht, wirft sich die Haare über die Schulter und sonnt sich regelrecht in seiner Aufmerksamkeit. Sieht so aus, als würde mein Bruder – wie so oft – bekommen was er will.

Leider habe ich nicht bedacht, dass ich seine Tricks nicht beobachten kann, solange ich mich nicht direkt neben ihn stelle. Da die beiden nicht so aussehen, als würden sie mein Beisein begrüßen, verziehe ich mich kurzerhand mit einem Becher Cola ins Wohnzimmer. Hier wimmelt es nur so von Menschen, die tanzen, oder sich in kleinen Gruppen zusammenfinden und angeregt unterhalten. Der perfekte Ort, um sich in eine Ecke zu stellen und das bunte Treiben in aller Ruhe zu verfolgen.

Vielleicht sollte ich mich einfach aus dem Staub machen. Ich könnte zurück in Tristans Zimmer gehen und ausnutzen, dass er einen riesigen Fernseher in seiner WG hat.

Aber das hier ist meine erste Collegeparty, verdammt. In einer Stunde haben wir Mitternacht. Dann kann ich immer noch verschwinden, wie Cinderella. Wer weiß, eventuell kommt sogar mein Prinz vorbei. Oder ich erlebe bis dahin irgendetwas anderes, das ich meiner Partys liebenden Mitbewohnerin in Hartford erzählen kann. Nur einmal mit einer eigenen Geschichte aufzukreuzen, wäre nett.

Ich lasse den Blick durch den Raum schweifen, auf der Suche nach einer interessanten Szene, um mir die Zeit zu vertreiben.

In einer Sitzecke, nicht weit von mir entfernt, wird laut gejubelt und ein Typ mit Dreadlocks und frechem Grinsen springt auf, um einem Neuankömmling übertrieben die Hand zu schütteln. Und der Neuankömmling …

O Gott, allein sein Anblick treibt mir die Röte in die Wangen. Braune, leicht zerzauste Haare, ein muskulöser Oberkörper, der unter dem enganliegenden grauen Pullover gut zu erkennen ist und ein Lächeln, das den ganzen Raum zu erhellen scheint.

Er hat die Art von Ausstrahlung, die Frauen dazu bringt, die Haare über die Schulter zu werfen und Männer veranlasst, sich mit witzigen Sprüchen zu übertrumpfen, nur, um seine Aufmerksamkeit zu erregen. Und ich habe einen erstklassigen Blick auf dieses Schauspiel.

Würde er mich mit diesem Lächeln betrachten, ich könnte keine drei Worte aneinanderreihen. Glücklicherweise bin ich nie schüchtern, solange das Gespräch einzig in meinem Kopf stattfindet.

Was spricht schon dagegen, die restliche Zeit bis zu meiner selbstauferlegten Nachtruhe mit Träumereien totzuschlagen?

Davon, wie ich hinübergehe und ein Gespräch anfange. Ich wäre natürlich witzig und würde flirten, meine langen, blonden Haare aus ihrem Zopf befreien und mir völlig selbstverständlich mit der Hand hindurchfahren. Er wäre hin und weg von mir. Vielleicht ist es ihm hier ebenfalls zu laut, also würden wir spazieren gehen, bevor er mich zu Tristans Zimmer begleitet und nach meiner Nummer fragt. Und dann würde er mir eine Hand an die Wange legen, sich zu mir hinunterbeugen und …

Plötzlich sieht er direkt zu mir herüber.

Fuck!

Hastig drehe ich den Kopf und bete, dass er nicht mitbekommen hat, wie lange ich ihn angestarrt habe.

Ich habe einfach nur den Blick schweifen lassen. Nichts Besonderes.

Wie zufällig schaue ich mich um und lande erneut bei der Sitzecke. Er sieht mich noch immer an.

Schnell wende ich mich wieder ab. Könnte ich jetzt bitte im Erdboden versinken? Nein? Schade.

Es kann nicht mehr lange dauern, bis der Typ seine Aufmerksamkeit wieder seinen Freunden zuwendet. Dann werde ich mich still und heimlich zu meinem Mantel schleichen und verschwinden. Niemand muss erfahren, wie früh ich mich verdrückt habe.

Doch anstatt sich abzuwenden, grinst er wissend. Verdammt.

Oder bilde ich mir seine Aufmerksamkeit nur ein?

Ein schneller Blick nach rechts und links bestätigt, ich bin allein in meiner Ecke.

Ihm ist nicht entgangen, wie ich mich umgeschaut habe. Das leichte Beben seiner Schultern verrät mir, dass ich mich komplett zum Affen gemacht habe. Wundervoll.

Wenn es je einen guten Zeitpunkt gegeben hat zu verschwinden, ist er jetzt. Aber mein Körper bewegt sich nicht und mein Blick wandert erneut zu der Sitzecke. Es ist, als würden meine Augen magnetisch davon angezogen werden. Nur, dass der Typ nicht mehr dort ist.

All die flatterhafte Aufregung verpufft und Enttäuschung breitet sich in mir aus. Natürlich bin ich nur enttäuscht, weil ich keine Ausrede mehr habe, früher zu gehen.

Eine Frau nicht weit von mir entfernt macht einen Schritt zur Seite und dann sehe ich ihn wieder. Er kommt direkt auf mich zu und lächelt verschmitzt.

Plötzlich gibt es nur noch ihn in dem überfüllten Raum. Mein Herz schlägt mit jedem seiner Schritte schneller und gleichzeitig wird die Luft unendlich dünn.

„Hallo, Fremde."

„Hi."

Meine Stimme ist viel zu hoch und bei ihrem Klang zucke ich innerlich zusammen. Himmel, ich klinge wie eine verängstigte Maus.

Sein Grinsen wird eine Spur breiter und lenkt mich fast davon ab, wie er sich mit einem Arm direkt neben meinem Kopf an der Wand abstützt und mir die Sicht auf den restlichen Raum versperrt. So nah, wie er bei mir steht, kann ich sein Aftershave riechen. Herb und männlich. Am liebsten würde ich die Augen schließen und tief einatmen, widerstehe dem Drang aber, um mich nicht noch weiter zu blamieren.

„Ich kann mich nicht daran erinnern, dich hier schon mal gesehen zu haben", sagt er dicht an meinem Ohr, um die Musik zu übertönen. Dabei streift sein Atem über meine Haut und löst ein angenehmes Kribbeln in meinem gesamten Körper aus.

Wie um alles in der Welt kann es sein, dass dieser Kerl den lahmsten Spruch überhaupt auspackt und mir trotzdem keine geistreiche Antwort einfällt?

„Ich besuche hier nur jemanden."

Immerhin, mehrere Worte auf einmal. Das nenne ich Fortschritt.

„Deinen Freund?" Er sieht sich um, als hätte er plötzlich Sorge, er könnte sich in wenigen Sekunden auf dem Fußboden wiederfinden. Hätte ich einen Freund, wäre dieser ganz sicher nicht begeistert davon, wie nah der Typ vor mir steht.

„Meinen Bruder", antworte ich und versuche mich an einem kleinen Lächeln, das mir vermutlich misslingt.

„Du bist aber nicht mehr auf der Highschool, oder?“ Prüfend wandert sein Blick über mein Gesicht.

„Nein. Ich bin am College in Hartford.“

Sofort ist das lockere Lächeln wieder da und obwohl es eigentlich selbstverständlich sein sollte, wenigstens nachzufragen, ob jemand noch minderjährig ist, bringt ihm die Frage ein paar Pluspunkte. Nicht, dass er die nötig hätte.

„Ich bin Liam. Darf ich nach deinem Namen fragen?“

Mir ist nicht entgangen, dass er noch näher gerückt ist. Nah genug, dass ich die Wärme spüren kann, die er ausstrahlt.

„Cat, also ich meine, Catharina, doch alle nennen mich Cat. Also meine Freunde zumindest. Nicht, dass wir Freunde wären, oder so.“

Das mit dem Flirten sollte ich definitiv noch einmal üben. Innerlich schlage ich meinen Kopf gegen eine Mauer, aber wenigstens kann ich es nicht mehr viel schlimmer machen.

Dass Liam eine glatte fünfzehn von zehn auf der Attraktivitätsskala ist, hilft nicht. In meinem Gehirn herrscht gähnende Leere, nur unterbrochen von dem kreischenden Fan-Girl in mir. Glücklicherweise scheine ich Liam mit meinem Schweigen bis jetzt nicht abgeschreckt zu haben.

„Also, *Cat*“, beginnt er und zwinkert mir bei der besonderen Betonung meines Spitznamens zu. „Ich beobachte dich schon seit einigen Minuten. Wieso stehst du hier so völlig allein? Wartest du auf deinen Bruder?“

Er klingt vollkommen ruhig, während ich innerlich darum bete, nicht in Ohnmacht zu fallen. Es kann nicht gesund sein, wie schnell mein Herz gegen meinen Brustkorb hämmert.

Könnte dies hier der Beginn der größten Liebesgeschichte aller Zeiten werden?

„Ich kenne hier niemanden und mein Bruder ist beschäftigt.“ Immerhin habe ich nicht gestammelt. Fortschritt!

„Ich bin mir sicher, es gibt mehr als genug Männer hier, die gerne deine Bekanntschaft machen würden. Sie trauen sich nur nicht. Falls du also schon vergeben bist, darfst du Schutz bei mir und meinen Freunden suchen, bevor die Anderen auf die Idee kommen, dich mit schlechten Anmachsprüchen zu belästigen.“

Der letzte Teil scheint ein ernsthaftes Angebot zu sein und wäre mein Kopf nicht immer noch völlig vernebelt von seiner Ausstrahlung, würde ich vielleicht die Gelegenheit beim Schopfe packen. Einfach behaupten, ich hätte einen Freund und mich zu Liam und seinen Kumpels setzen.

Dummerweise besteht mein Gehirn bloß noch aus Herzen, die durch mein Blickfeld fliegen und so ist alles, was ich hervorbringe: „Ich habe keinen Freund."

Und ja, dieses Quietschen ist meine Stimme.

„Was? Wie ist denn so etwas möglich?"

Ich muss den Kopf in den Nacken legen, um ihm weiterhin in die leuchtend blauen Augen sehen zu können.

Leider will mir keine lässige Antwort einfallen. Also zucke ich stattdessen hilflos mit den Schultern.

„Nun, wenn du allein hier bist und ich allein hier bin …" Er hebt eine Hand und schiebt mir eine Haarsträhne hinter das Ohr. Die Berührung ist federleicht und trotzdem spüre ich sie im ganzen Körper, ein wohliger Schauer aus Wärme und aufgeregtem Prickeln. „Wie wäre es, wenn wir einfach das Beste daraus machen?"

„Ähm …" Bitte was?

Liam platziert die andere Hand ebenfalls neben meinem Kopf. Er schließt mich zwischen sich und der Wand in meinem Rücken ein, während er sich mit funkelnden Augen noch ein wenig näher zu mir lehnt und mein Herzschlag sich ins Unermessliche beschleunigt.

„Ich meine", raunt er, so dicht an meinem Ohr, dass sein Atem meinen Hals kitzelt, „wieso sparen wir uns nicht das ganze Geplänkel und kommen direkt zur Sache?" Seine Hand streicht langsam meinen Arm bis zu meinem Schlüsselbein und mir läuft ein heißer Schauer über den Rücken. „Ich möchte die Nacht nicht allein verbringen und du bist offensichtlich gelangweilt. Also, kommst du mit zu mir?"

Moment.

Das kam so nicht in meinen Tagträumen vor.

Schlägt Liam mir gerade vor, was ich denke, dass er vorschlägt?

Meine Verwirrung muss deutlich zu erkennen sein, denn er fügt hinzu: „Ein ehrlicher One-Night-Stand, ohne Verpflichtungen, nur zwei erwachsene Menschen, die den Augenblick auskosten wollen. Bist du dabei?"

Sein Blick ist so durchdringend, dass es eine kleine Ewigkeit braucht, bis seine Worte in meinem vernebelten Kopf irgendeinen Sinn ergeben.

Hitze kriecht über meinen ganzen Körper und ich weiß, dass ich gerade dunkelrot anlaufe.

Ich habe vergessen, wie man atmet und spricht. So, wie Liam mich ansieht, versteht er meine Gesichtsfarbe und mein Schweigen komplett falsch. Seine Finger streichen von meiner Schulter über meinen Arm, hinunter zu meiner Hüfte.

Bevor ich weiß, was ich tue, reiße ich meinen Becher mit Cola hoch und schütte Liam den gesamten Inhalt ins Gesicht.

Überrumpelt stolpert er einige Schritte zurück und sieht mich entgeistert an. „Was zur …?"

Der Rest des Satzes geht unter, während ich an ihm vorbei und in Richtung Ausgang stürme.

Die Gruppe, bei der Liam vorhin gestanden hat, bricht in schallendes Gelächter aus, aber es ist mir egal.

Genau aus diesem Grund halte ich mich von Partys fern … und von Männern. Sie denken einfach immer nur an das Eine. Mein eigener Bruder ist doch das beste Beispiel, und wenn ich ihn mal brauche, ist er wie vom Erdboden verschluckt.

Überhaupt, was glaubt dieser Liam, wer er ist? Gottes Geschenk an die Frauenwelt?

Gut, dass ich morgen wieder fahre. Gut, dass ich dieses Arschloch niemals wiedersehen muss.

Kapitel 2

Sieben Monate später

„Das wäre vorerst alles. Bitte zögern Sie nicht, sich zu melden, falls Sie Fragen haben." Mrs. Collins, Mitte vierzig mit kurzen, schwarzen Haaren und einem warmen Blick, erhebt sich und ich schüttle ihre Hand.

„Vielen Dank." Lächelnd stehe ich ebenfalls auf und schultere meine Tasche.

„Wir legen hier großen Wert auf gute Leistungen und ich bin mir sicher, dass Sie Ihr Studium überaus ernst nehmen werden. Wir erwarten nur das Beste von Ihnen. Willkommen am Redhill-College, Ms. Archer."

Nach einem kurzen Nicken verlasse ich das Büro und laufe durch die noch leeren Gänge des Verwaltungsgebäudes Richtung Ausgang.

Das war leichter als gedacht. Noch bevor ich das Gebäude verlasse, ziehe ich mein Handy aus der Tasche und drücke die Schnellwahltaste.

Tristan hebt beim zweiten Klingeln ab. „Und?"

„Ich kann mir fast alle Wirtschafts-Kurse aus Hartford anrechnen lassen."

Es ist schwer, nicht in freudigen Jubel auszubrechen, aber ich möchte keine unnötige Aufmerksamkeit auf mich lenken.

„Na also." Tristan klingt erleichtert. „Und hast du dir schon Gedanken über die Kurse für dieses Semester gemacht?"

„Ja, *Mom*", antworte ich und verdrehe die Augen. „Ich werde die Fächer fortsetzen, die ich im letzten Jahr begonnen habe. Einige Aufbaukurse lassen sich gut mit dem Angebot hier kombinieren und den Rest habe ich eben mit Mrs. Collins besprochen. Zufrieden?"

„Kein Grund, sauer zu werden."

„Entschuldigung. Ich schätze, ich bin einfach müde." Das stimmt sogar. Die Autofahrt zum Campus hat fast vier Stunden gedauert und ich hatte noch keine Gelegenheit, mein neues Zimmer zu beziehen.

Die Eingangstüren öffnen sich automatisch und geben den Blick auf die von Wegen durchzogenen Wiesen frei. Rote Backsteingebäude bilden einen Halbkreis um die parkähnliche Anlage und überall spenden Bäume Schatten vor der glühenden Augustsonne. Ein paar vereinzelte Grüppchen haben es sich auf den Rasenflächen bequem gemacht, sonnen sich, lesen oder feiern ihr Wiedersehen.

„Wo bist du gerade?“, wechselt Tristan das Thema.

„Vor dem Verwaltungsgebäude, wieso?“

Starke Arme schlingen sich von hinten um mich und bevor ich auch nur die Möglichkeit habe zu schreien, werde ich von den Füßen gerissen.

Ich höre eher, als dass ich es sehe, wie mein Handy einen halben Meter entfernt mit einem lauten *Knack* auf den Gehweg fällt.

„Oh, scheiße.“

Diese Stimme kenne ich. Bis eben habe ich sie nur durch den Telefonlautsprecher gehört.

„Verdammt, Tristan!“

Mit einem Satz mache ich mich von ihm los.

„Kann ja keiner ahnen, dass du so schreckhaft bist“, verteidigt er sich halbherzig, sieht aber wenigstens einigermaßen schuldbewusst drein, während ich den Schaden begutachte.

Das Display ist genau in der Mitte gesprungen und ein dichtes Netz aus Rissen zieht sich über die gesamte Oberfläche. Zwei Drittel des Bildschirms sind darüber hinaus dunkel, nur am oberen Rand flackert es verdächtig und zeigt mir, dass mein Handy noch einen letzten Rest Leben in sich hat. Gerade genug, um zwischen weiß, grün und schwarz zu flackern.

Das hat mir noch gefehlt.

„Tut mir echt leid“, entschuldigt sich Tristan kleinlaut und besieht sich den Schaden ebenfalls.

„Das war noch kein Jahr alt!“ Toll. So viel zu meinem gelungenen Neuanfang.

Ich kann die Stimme meiner Mutter bereits hören, wie sie mir einen Vortrag über Verantwortungsbewusstsein hält. Darüber, dass ich lernen muss, Dinge wertzuschätzen und Geld nicht auf Bäumen wächst.

Als wüsste ich das nicht selbst.

„Mom und Dad kaufen dir bestimmt ein Neues, keine Sorge.“

„Nein, dir würden sie eins kaufen.“ Mir gefällt der kleine Stich der Eifersucht nicht, doch es stimmt. Tristan hat ihnen nie einen Grund gegeben, an ihm zu zweifeln. Im Gegensatz zu mir. „Ist egal, ich habe noch genug Geld auf meinem Sparkonto.“ Eine glatte Lüge, aber lieber hacke ich mir den kleinen Finger ab, als meine Eltern darum zu bitten, noch mehr Geld für mich auszugeben. Bevor Tristan darauf eingehen kann, wechsele ich das Thema. „Was machst du denn schon hier?

Solltest du dir nicht im Trainingslager die Sonne auf den Bauch scheinen lassen?“

„Kalifornien wurde mir zu langweilig.“ Er grinst mich verschmitzt an, als ich ungläubig die Augenbrauen hochziehe. „Und vielleicht habe ich dir eine kleine Lüge erzählt, um dich überraschen zu können.“ Sein Blick fällt auf das zerstörte Handy in meiner Hand. „Das ist wohl schief gegangen.“

„Wieso? Überrascht hast du mich“, erwidere ich in ironischem Ton und wir setzen uns langsam in Bewegung.

„Bist du dir sicher, dass ich Mom und Dad nicht anrufen soll? Immerhin war es meine Schuld.“

Ich schüttle den Kopf und lächele möglichst unbedarft. „Mom würde mich nur fragen, warum ich keine vernünftige Schutzhülle habe, wenn ich auf sie gehört hätte, wäre das nicht passiert, bla, bla, bla.“ Meine Mutter hat über den Sommer mehr als einmal angemerkt, dass die einfache Plastikhülle nicht ausreicht, und ich hasse es, dass sie Recht hatte.

„Du willst ihre Hilfe nicht annehmen, weil du Angst vor einer kleinen Standpauke hast?“

Warum müssen Geschwister nochmal existieren?

Aber ich kenne Tristan, er wird nicht locker lassen, bis ich ihm den wahren Grund erzählt habe. Es ist leichter, wenn ich jetzt gleich nachgebe. „Sie müssen schon meine kompletten Studiengebühren stemmen, da ich zu blöd war, mein Stipendium zu behalten.“

„Cat“, beginnt er, doch ich weiß genau, was er sagen möchte und hebe die Hand, um ihn zu unterbrechen.

„Lass es gut sein, okay? Ich kann mich allein darum kümmern. Vielleicht kann ich es irgendwo reparieren lassen.“ Wir schauen gleichzeitig auf die noch immer flackernden Überreste in meiner Hand. „Und wenn nicht, mir gefiel das Modell sowieso nicht. Keine große Sache.“

Tristan seufzt und breitet die Arme aus wie früher, wenn er mich zuerst geärgert und sich dann entschuldigt hat, bevor ich unseren Eltern davon berichten konnte. Dieser Trick funktioniert bis heute. Ich schaffe es einfach nicht, lange böse auf ihn zu sein. „Es tut mir ehrlich leid und ich freue mich, dich zu sehen, Schwesterherz.“

„Ich freue mich auch, dich zu sehen“, sage ich, ehe ich meinen Kopf an seiner Brust vergrabe und die Arme um ihn schlinge.

Mein Bruder gibt die besten Umarmungen der Welt und langsam fällt die Anspannung der letzten Monate von mir ab.

„Wie war es in Kalifornien?“, nuschle ich in sein T-Shirt, noch nicht bereit, ihn loszulassen.

Tristan sieht definitiv so aus, als hätte er viel Zeit in der Sonne verbracht. Die kurzen, blonden Locken sind eine Spur heller als sonst und seine Haut ist gebräunt. Keinesfalls zu vergleichen mit der vornehmen Blässe, die ich mir durch stetiges im-Zimmer-sitzen hart erarbeitet habe.

Während er erzählt, schlendern wir über den Campus. In den letzten Wochen haben wir so oft miteinander telefoniert, dass ich viele seiner Geschichten bereits kenne, doch das ist mir egal. Ich habe ihn vermisst und kann es noch immer kaum glauben, nun am gleichen College zu studieren wie er.

Vor über einem Jahr hatte ich mich gegen Redhill und für Hartford entschieden, weil ich dort ein Stipendium für das Schwimmteam erhalten hatte, aber jetzt …

Energisch schiebe ich die düsteren Gedanken beiseite. Ich war nicht gut genug. Was soll´s. Keine große Sache. Dafür bin ich nun hier.

„Hast du dein Zimmer schon gesehen?“, reißt Tristan mich aus meinen Grübeleien und ich schüttle den Kopf.

„Ich wollte zuerst die Studienberatung hinter mich bringen.“

„Soll ich mitkommen?“

„Lieber nicht.“ Auch, wenn ich sein Angebot zu schätzen weiß, solange ich meine neue Mitbewohnerin nicht besser kenne, möchte ich meinen Bruder nicht auf sie loslassen.

„Warum nicht? Bin ich dir etwa peinlich?“ Er zwinkert mir zu. Ich wünschte, ich hätte sein Selbstbewusstsein, denn natürlich weiß er, dass er mir nicht peinlich ist.

„Nein, aber ich will einen guten ersten Eindruck hinterlassen“, gebe ich in schnippischem Ton zurück.

„Du hast Angst, dass ich mit ihr geschlafen habe, oder?“

Erwischt.

„Vielleicht.“

Das war der andere Grund, nicht von Anfang an in Redhill zu studieren. Die Tatsache, dass meinem Bruder schon früher ein gewisser Ruf vorauseilte. Auf der Highschool habe ich es mehr als einmal erlebt, dass Mädchen nur mit mir befreundet sein wollten, weil sie dachten, ihn auf diese Weise kennenlernen zu können.

„Du hast keine besonders hohe Meinung von mir, oder?“, fragt er und sieht zu meiner Überraschung ein wenig zerknirscht aus.

„Doch.“ Ich schlage seine Hand beiseite, die zielsicher meinen Kopf ansteuert, um meine Frisur durcheinander zu bringen. „Ich habe eine hohe Meinung von dir als Bruder. Aber über deinen Umgang mit Frauen willst du dich nicht wirklich mit mir streiten, oder?“

„Stimmt.“ Obwohl er lacht, wirkt es gezwungen. Und auch, wenn er es nicht sagt, ich weiß, dass er – wie ich – einen Namen im Kopf hat. Louisa.

Kapitel 3

Neben den Wohnheimen und Verbindungshäusern, die den Campus wie einen Ring einschließen, gibt es verschiedene Speisesäle, drei Bibliotheken und dazu die Haupt- und Nebengebäude, in denen sich die Vorlesungsräume und Büros der Professoren befinden. Von dem riesigen Verwaltungsgebäude und den Sporthallen ganz zu schweigen.

Insbesondere um Letztere plane ich, einen großen Bogen zu machen.

Tristan gibt mir eine kleine Führung, inklusive Tipps, wo ich den besten Kaffee bekomme, bevor er sich auf den Weg in sein eigenes Zimmer macht.

Die wenigen Dinge, die ich mitgebracht habe, passen in einen Umzugskarton und einen Koffer. Beides ist sicher in meinem winzigen Toyota verstaut, weshalb ich beschließe, zuerst in das mir zugedachte Zimmer zu schauen und in aller Ruhe den Milchkaffee zu trinken, den Tristan mir spendiert hat.

Mein Zimmer liegt im dritten Stock eines kleinen Wohnheims direkt auf dem Campus und um die drei Löffel Zucker wettzumachen, die ich mir in meinem Kaffee gegönnt habe, entscheide ich mich gegen den Fahrstuhl.

Kaffee mit Zucker ist einer der Vorteile, die ich entdeckt habe, seit ich nicht mehr penibel auf meine Ernährung achten muss. Ich rede mir ein, dass man es mir noch nicht ansieht, auch, wenn meine engen Hosen noch ein bisschen enger geworden sind.

Wenn ich ganz ehrlich mir gegenüber bin, sollte ich wirklich wieder Sport machen. Vielleicht könnte ich joggen.

Amüsiert schüttle ich über mich selbst den Kopf. Ist klar. Die Sportart, die ich so sehr hasse, wie mein Bruder sie liebt.

Besser, ich verschiebe diese Überlegung auf einen anderen Tag oder einen anderen Monat, denn ich habe mir fest vorgenommen, für diesen Neuanfang eins nach dem anderen anzugehen und nicht wieder alles auf einmal. Aber der Kaffee in meiner Hand ist ein guter Start. Und Kaffee werde ich dieses Wochenende brauchen.

So schön das Wetter auch ist, ich muss die Unterlagen aus dem letzten Jahr durchgehen, die ersten Kapitel in den Büchern lesen, die unsere Professoren in den Beschreibungen zu den Vorlesungen genannt haben und mir Ordner für sämtliche Kurse anlegen.

Leider hat mein Kopf den Sommer dazu genutzt, jegliches Wissen, das ich mir im vergangenen Jahr mühsam erarbeitet hatte, wieder zu löschen. Bevor in zwei Tagen die Vorlesungen beginnen, möchte ich sicher sein, dass ich wenigstens die Grundlagen aufgefrischt habe.

Vor der Tür halte ich inne, als laute Pop-Musik an mein Ohr dringt. Sieht ganz danach aus, als wäre meine neue Mitbewohnerin tatsächlich schon eingetroffen.

Der Gedanke, mit einer fremden Person zu reden, lässt mich einen Moment innehalten, aber dann gebe ich mir einen Ruck. Besser, ich bringe es schnell hinter mich.

Als ich die Tür öffne, wird mein Blick von einem Mädchen angezogen, das in kurzer Sporthose und Tanktop inmitten von Umzugskartons mit dem Rücken zu mir steht. Ihre Hüften bewegen sich im Rhythmus des laufenden Songs, eine Hand hat sie wie in Siegerpose in die Luft gestreckt, in der anderen hält sie sich etwas vor den Mund und … singt sie?

Im nächsten Moment habe ich die Antwort. Mit einem Sprung dreht sie sich in meine Richtung, eine Haarbürste wie ein Mikrofon in der Hand und bereit, die nächste Strophe zu singen. Anstatt zu erstarren, sobald sie mich sieht, lächelt sie nur breit und lässt die Hände sinken.

„Hi, du musst Catharina Archer sein, richtig?"

Ich nicke.

„Wie schön, ich habe gehofft, dass du ebenfalls ein bisschen früher kommst. So haben wir Zeit, uns kennenzulernen. Ich bin Jessica Summers, aber alle nennen mich Jessie."

Leichtfüßig springt sie über einen der Kartons, wobei ihr eine Strähne ihres braunen Haares ins Gesicht fällt, das sie in einem kurzen Pferdeschwanz zusammengebunden hat.

„Freut mich auch", antworte ich hastig und strecke ihr meine Hand entgegen. Statt eines Händedrucks zieht sie mich in eine Umarmung, die ich perplex erwidere.

Als sie mich loslässt, nehme ich unser Wohnzimmer und das Chaos darin genauer in Augenschein. Es wird fast komplett von Jessies Kartons in Beschlag genommen. Auf einem Sofa in der Mitte des großen Raumes liegen zwei prall gefüllte Müllsäcke, von denen ich hoffe, dass sie Kleidung beinhalten. Neben der Tür stapeln sich mehrere Paare bunt durcheinandergewürfelter Schuhe und selbst auf der kleinen Küchenzeile im hinteren Bereich des Zimmers steht ein

Karton. Zwei Türen gehen von je einer Seite des Raums ab, eine davon weit geöffnet. Das ist dann wohl Jessies Zimmer.

„Tut mir leid wegen des Chaos, eine Freundin hat mir geholfen alles hochzutragen, doch sie hatte nicht viel Zeit."

„Kein Problem."

Die Musik ist immer noch laut aufgedreht und kommt aus einer, für diese Lautstärke, relativ kleinen, tragbaren Box. Jessie bemerkt es ebenfalls, greift nach einem Handy und die Musik wird leiser.

„Also Catharina Archer, nimm es mir nicht übel, aber bist du irgendwie mit Tristan Archer verwandt?"

Nein! Nicht schon wieder. Nicht hier. Ich spreche ein leises Stoßgebet an alle Götter, die vielleicht zuhören, dass mein Bruder Jessie nicht das Herz gebrochen hat. Und dann schicke ich noch ein Gebet hinterher, dass sie sich keine Hoffnungen macht, ihn über mich kennenzulernen.

„Ja. Aber er ist ein Idiot."

„Keine Sorge. Ich habe kein Interesse an ihm, falls du das denkst", beeilt sie sich, zu sagen. „Ehrlich, ich kenne ihn nur, weil er regelmäßig neue Bestzeiten beim Laufen aufstellt."

Schuldbewusst verziehe ich das Gesicht. „Bin ich so einfach zu durchschauen?"

„Es war entweder das, oder du hast gerade in eine Zitrone gebissen, ohne, dass ich es mitbekommen habe." Sie zwinkert mir zu und hält mir dann ihr Handy unter die Nase. Auf dem Bildschirm sehe ich Jessie neben einem braungebrannten, blonden Mann, der ganz offensichtlich nicht mein Bruder ist. Das Bild muss am Strand aufgenommen worden sein, denn beide tragen nur Badesachen, und der Blick, den die Kamera eingefangen hat, ist unmissverständlich. Pure Verliebtheit.

„Das ist mein Freund, Brandon. Wir sind schon seit vier Jahren zusammen. Du kannst also beruhigt sein, egal, was für eine Sahneschnitte dein Bruder ist, vor mir ist er sicher."

Ich erwidere ihr Grinsen, spare mir allerdings den Kommentar, dass es nicht Tristan ist, um den ich mir Sorgen gemacht habe.

„Studiert er auch am Redhill?"

„Leider nein, Brandon hat sich entschieden, in Kalifornien zu bleiben. Er studiert Medizin an der UCSF", erzählt Jessie, nimmt einen der Kleidersäcke und wirft ihn achtlos in Richtung ihres Zimmers.

„Wow, San Francisco. Das ist ganz schön weit weg."

„Ja. Der Zeitunterschied macht es nicht leichter. Aber wir sehen uns jeden Sommer und Winter. Außerdem wollen wir uns jetzt mindestens einmal während des Semesters besuchen und es wird nicht ewig so bleiben", sagt sie etwas zu unbekümmert, dreht sich um und beginnt wahllos, Gegenstände aus einem Karton zu ziehen.

„Brauchst du vielleicht Hilfe beim Auspacken?", erkundige ich mich.

Das Thema Fernbeziehung ist offensichtlich abgehakt und als Jessie sich wieder zu mir umdreht, strahlt sie.

Na also, das läuft doch gar nicht so schlecht.

„Hm, bis jetzt habe ich genau einen Karton ausgepackt, danach hat Taylor Swift mich abgelenkt. Was meinst du?"

Ich erwidere das breite Grinsen. „Taylor kann ein bisschen warten, würde ich sagen."

Jessie nickt und zeigt mir, welche Kartons sie in ihrem Zimmer haben möchte und welche sie hofft, in unserem Gemeinschaftsraum zu verstauen. Dann besteht sie darauf, dass wir auch meine Sachen aus dem Auto holen.

Dort angekommen wirft sie einen ungläubigen Blick auf meine spärlichen Mitbringsel. „Das ist alles?"

„Ich fürchte schon."

„Warte, bis ich das Sabrina erzähle, ich wette um eine Tafel Schokolade, dass sie mir nicht glaubt." Jessie beginnt eine Nachricht auf ihrem Handy zu tippen und keine zwei Sekunden später grinst sie breit. „Gewonnen!"

„Und Sabrina ist …?"

Ich freue mich ja, dass sie so viel Energie mitbringt, ich weiß nur nicht, ob ich mithalten kann.

„Meine beste Freundin. Du wirst sie lieben, versprochen. Sie ist ein absolutes Genie und studiert Modedesign. Die Sachen, die sie schon entworfen hat, sind ein Traum!"

Sobald wir zurück sind, machen wir uns ans Einräumen, was in meinem Fall eine Sache von wenigen Minuten ist. Nachdem meine Anziehsachen im Schrank verstaut sind, ziehe ich den Bettkasten aus und lege den fast leeren Koffer hinein. Mein blauer Badeanzug und meine Schwimmbrille starren mich anklagend an. Für einen winzigen Moment juckt es mir in den Fingern, beides in den Schrank zu legen, aber wozu? Damit ich mich jeden Tag, an dem ich die Teile sehe, schlecht fühle? Bevor ich es mir anders überlege, schiebe ich alles unter mein Bett und gehe Jessie helfen.

„In welchem Semester bist du?“, fragt sie mich nach einiger Zeit. Wir haben bereits die Themen Lieblingsmusik und Serien besprochen, aber jetzt geht es offenbar in die persönlichen Gefilde.

„Im dritten. Ich habe das letzte Jahr in Hartford studiert.“

„Cool, ich auch. Also, ich bin ebenfalls im dritten Semester, meine ich. Und wieso bist du ausgerechnet hierhergekommen?“, stellt sie die unvermeidbare Frage. Ich habe mir meine Antwort schon vor Wochen zurechtgelegt.

„Um näher bei meiner Familie zu sein und weil ich Tristan vermisst habe.“ Es ist nicht komplett gelogen.

„Das ist irgendwie süß.“

„Hast du Geschwister?“, versuche ich, das Gespräch wieder in andere Bahnen zu lenken. Bei Jessies Gesichtsausdruck wünschte ich allerdings, dass ich den Mund gehalten hätte.

„Eine Halbschwester.“ Sie seufzt tief und beginnt damit, ihren Schrank einzuräumen. „Meine Eltern haben sich scheiden lassen, weil Dad es geschafft hat, eine Andere zu schwängern.“ Sie reißt den zweiten Sack mit mehr Kraft auf als nötig und die Hälfte der Kleidungsstücke landet auf dem Fußboden. „Scheiße! Na ja, lange Geschichte, doch mein lieber Vater hat sich gedacht, Scheiß auf die letzten zwanzig Jahre und hat uns verlassen.“

„Das tut mir leid.“ Krampfhaft suche ich nach einem anderen Thema, aber mir fällt keins ein.

„Egal. Sollen er und Miranda glückliche Familie spielen. Ich hatte nur keinen Bock, mitzuspielen. Dad bezahlt das College und alles, dafür muss ich jeden Sommer und Winter nach Kalifornien zurück und ihn besuchen. Das einzig Positive daran ist, dass ich ein kostenloses Flugticket zu meinem Freund bekomme.“ Das Lächeln, das sie mir über den Kleiderberg zuwirft, wirkt nicht ganz echt. „Aber genug davon, ich habe Hunger. Wollen wir uns etwas Essbares suchen?“

Ich stimme zu und es dauert nicht lange, bis wir über den Campus schlendern. Langsam legt sich meine Nervosität und wandelt sich in freudige Erwartung. Das hier ist mein neues Leben und ich werde nicht zulassen, dass irgendjemand oder irgendetwas es wieder zerstört.

Kapitel 4

Jessie stellt sich als äußerst unkomplizierte Mitbewohnerin heraus. Über das Wochenende erfahre ich, dass sie Kommunikation und Medien studiert, Fotografie über alles liebt und gerne surft. Trotzdem hat sie Kalifornien verlassen und sich für ein College an der Ostküste entschieden, da ihre Mutter nach der Scheidung hierher zurückgezogen ist, um eine kleine Kunstgalerie zu eröffnen. Außerdem besitzt die Familie ihres Vaters ein Weingut und hat offensichtlich kein Problem damit, Jessie einen persönlichen Vorrat mitzugeben. Jedenfalls ist ihr Bettkasten nun ein provisorisches Weinlager.

Wir saßen bis weit nach Mitternacht zusammen, weshalb ich in meiner ersten Vorlesung in Redhill kaum die Augen offenhalten kann. Zu meiner Verteidigung: Sie beginnt um acht Uhr morgens und wäre selbst in ausgeschlafenem Zustand eine Zumutung.

Leider bessert sich die Situation mit dem zweiten Kurs an diesem Tag nicht. Im Gegenteil, die Worte und Definitionen, mit denen der Professor versucht, uns Wirtschaftsrecht näher zu bringen, verschwimmen in meinem Kopf zu einem riesigen Einheitsbrei. Als ich mich mittags mit Jessie in einem der Speisesäle treffe, könnte ich schwören, dass mir Rauch aus den Ohren aufsteigt.

Jessie erzählt begeistert von ihrem Fotografie-Kurs und welche neuen Tricks sie nach nur einer Vorlesung gelernt hat, während ich mich schweigend der Gemüselasagne widme. Ich wünschte, ich würde genauso für meine Kurse brennen, wie meine neue Mitbewohnerin für ihre.

Wirtschaft war nie meine erste Wahl, doch leider hatte ich keine bessere Idee. Schließlich haben meine Eltern mich davon überzeugt, dass ich mit diesem Studium wenigstens gute Chancen auf dem Arbeitsmarkt haben werde.

Nach dem Essen ist Jessie mit Sabrina verabredet und fragt, ob ich sie begleiten möchte, aber ich schüttle den Kopf. Dieser Tag ist anstrengend genug, in weniger als einer Stunde beginnt mein nächster Kurs und eine weitere neue Person zu treffen, ist mir für heute zu viel.

Nachdem ich mir noch einen Kaffee gekauft habe – heute ist ein drei-Becher-Kaffee-Tag - setze ich mich auf eine Bank im Schatten eines Baumes. Dort öffne ich meinen Laptop und nutze die nächste halbe Stunde für die Suche nach Stellenanzeigen.

Ich brauche dringend Geld für ein neues Handy. Zwar habe ich meiner Mutter am Wochenende eine kurze E-Mail geschrieben, dass ich gut angekommen bin, aber lange wird ihr Anruf nicht mehr auf sich warten lassen. Bis dahin muss ich wieder erreichbar sein.

„Catharina Archer?“

Erschrocken blicke ich auf. Niemand hier sollte mich kennen. Niemand hier *darf* mich kennen!

Vor mir steht ein drahtiger Typ mit schwarzen, zurückgegelten Haaren, der mich breit lächelnd von oben herab betrachtet.

In meinem Hinterkopf beginnt ein kleines Alarmglöckchen zu schrillen. Ich erinnere mich an ihn, auch, wenn mir sein Name entfallen ist. Er war auf meiner Highschool, aber wir hatten keine gemeinsamen Kurse.

„Hey.“ Mein Herz schlägt hektisch und jeder Instinkt rät mir, zu verschwinden. Die Beine in die Hand zu nehmen und so weit zu laufen, wie ich kann, bevor die unvermeidbaren Fragen beginnen. Egal, wie freundlich sie gemeint sind. So hat es in Hartford auch begonnen. Jemand hat mich aus der Schule wiedererkannt und gefragt, wie viel wirklich an den Gerüchten dran war, die mich im letzten Highschool-Jahr durch die Hölle haben gehen lassen.

„Wow, ich hatte keine Ahnung, dass du ebenfalls hier studierst.“ Er lässt sich auf den freien Platz neben mir fallen. „Wie geht es dir?“

„Alles gut. Und dir?“, füge ich höflichkeitshalber hinzu und verstaue meinen Laptop möglichst schnell in meiner Tasche.

„Wunderbar. Mein Dad ist endlich Partner in der Kanzlei geworden und ich habe dort über den Sommer ein Praktikum gemacht. Ach so, ich studiere Politik und im Nebenfach Wirtschaft. Und du?“

„Wirtschaft als Hauptfach.“

Mr.-mir-fällt-sein-Name-noch-immer-nicht-ein grinst breit. „Ich war gerade auf dem Weg zu einem meiner Kurse, du bist nicht zufällig auch bei Mrs. Baker?“

Gestern habe ich den gesamten Kursplan auf einen Zettel geschrieben, um jederzeit schnell nachschauen zu können. Ein Blick darauf und ich nicke. Das ungute Gefühl nagt weiterhin an mir, bisher scheint der Typ jedoch wenig Interesse daran zu haben, über die Highschool zu sprechen. Vielleicht ist er ja doch ganz nett.

„Sie hat wahnsinnig hohe Anforderungen, ist aber eine tolle Professorin“, führt er das einseitige Gespräch fort. „Es gibt auf diesem College einfach zu viele Arschlöcher, die nur durch Vitamin B ihre guten Noten bekommen, diese reichen Trottel wie Liam Rogers würden bei ihr sonst nie bestehen. Ich schwöre dir, irgendwann finde ich Beweise und dann rollen hier Köpfe."

Könnte er von demselben Liam sprechen, den ich nur wenige Monate zuvor getroffen habe? Ein Bild blitzt vor meinem inneren Auge auf. Liam der mich, vollkommen von sich überzeugt, frech anlächelt. Diese Anschuldigungen passen perfekt. Reiche Eltern und gute Verbindungen. Kein Wunder, dass er so völlig schamlos nach Sex gefragt hat. Vermutlich kennt er das Wort *nein* nicht mal.

„Gehen wir zusammen hin?", reißt mein unfreiwilliger Gesprächspartner mich erneut aus den Gedanken und steht, ohne meine Antwort abzuwarten, auf.

Ein Blick auf die Uhr verrät mir, dass ich keine andere Wahl habe, als sein Angebot anzunehmen, jedenfalls, wenn ich nicht zu spät kommen möchte. Wenigstens muss ich jetzt keine Zeit darauf verwenden, den Kursraum zu suchen.

Der Typ füllt die drohende Stille zwischen uns mit einem stetigen Strom an Informationen. Er erzählt Geschichten zu den Kursen, von seinen guten Beziehungen zu verschiedenen Menschen in hohen Positionen und seinen Kontakten zur Collegezeitung, doch er erwähnt die Highschool mit keinem Wort.

Ganz langsam wird meine Anspannung weniger und ich erlaube mir, durchzuatmen.

Sobald wir in dem großen Hörsaal ankommen, steuert er zielstrebig die erste Reihe an. Nicht unbedingt meine favorisierte Wahl, wenn es um einen Sitzplatz geht, aber jetzt kann ich mich schlecht von ihm verabschieden.

„Ich habe dich letztes Jahr nicht gesehen, hast du das Hauptfach gewechselt?", fragt er, noch immer lächelnd und ich schüttle den Kopf.

„Das erste Jahr habe ich an einem anderen College verbracht."

„Warum bist du gewechselt?"

In diesem Moment betritt unsere Professorin den Raum und erspart mir die Lüge, die ich bereits auf den Lippen habe.

Ihre schwarzen Haare werden bereits von grauen Strähnen durchzogen und sind zu einem strengen Dutt frisiert. Dazu ihr perfekt sitzendes, graues Kostüm und die Tatsache, dass sie ohne Umschweife beginnt, lässt jedes Gespräch sofort verstummen.

„Mein Name ist Mrs. Baker und ich bin hier, um Ihnen Entscheidungsprozesse näher zu bringen. Ich erwarte, dass Sie sich einbringen und intensiv mit der Materie auseinandersetzen. Am Ende der Stunde werde ich Ihnen eine Übersicht über alle Leistungen geben, die Sie bis Ende des Semesters erbracht haben müssen. Bitte tragen Sie sich in diese Anwesenheitsliste ein.“ Sie hält kurz einen Zettel in die Höhe, und gibt ihn einem Studenten einige Plätze von mir entfernt.

Als die Liste bei *ihm dessen Name mir nicht mehr einfällt* ankommt, nutze ich die Gelegenheit. Edward Raynolds. Der Name kommt mir bekannt vor, doch ich habe keine Zeit, länger darüber nachzudenken, denn Mrs. Baker fordert meine gesamte Aufmerksamkeit.

Als wir uns endlich dem Ende der Vorlesung nähern, sind zu dem Definitionschaos in meinem Kopf noch jede Menge Theorien hinzugekommen. Niemand kann so viele Dinge auf einmal verinnerlichen.

„Eine letzte Sache noch. Ich weiß, Sie alle haben mehr als genug zu tun, aber ich gebe meinen Studenten gerne eine kleine Extra-Aufgabe.“ Sie drückt auf ihre Fernbedienung und der Beamer wirft eine Liste von Themen an die Wand.

„Finden Sie sich in Zweiergruppen zusammen. Online können Sie sich und Ihren Partner eintragen, sowie Ihr Wunsch-Thema und Ihren Zweitwunsch. Ich werde Sie bis zum Wochenende den verschiedenen Bereichen zuordnen. Alle, die bis Mittwoch keinen Partner haben, kommen bitte in meine Sprechstunde. Ich werde Ihnen jemanden zuteilen, möchte Sie aber bitten, sich möglichst eigenständig zu strukturieren.“

Gemurmel erhebt sich und Edward stößt mir leicht in die Seite, den Laptop bereits geöffnet.

„Wir arbeiten zusammen, oder? Welches Thema hättest du gerne? Also, ich interessiere mich besonders für *Entscheidungen in unsicheren Situationen*, was meinst du, nehmen wir das direkt als ersten Wunsch?“

Ich habe die Liste noch nicht komplett gelesen, nicke aber.

Vielleicht ist es doch gut, dass ich ihn getroffen habe. Sonst hätte ich Mrs. Baker am Ende darum bitten müssen, mir einen Projektpartner zuzuteilen. Das ist, wie im Sportunterricht als Letzte in die Mannschaft gewählt zu werden.

„Oh, und was würdest du von diesem hier halten? *Investmenttheorie*?“ Auch diesmal wartet Edward meine Antwort nicht ab, sondern trägt es in die Liste ein und grinst zufrieden.

Meinetwegen, ich habe ohnehin kein echtes Wunschthema. Es klingt alles gleich langweilig.

„Ihre Abschlussnote", erhebt die Professorin erneut die Stimme und das Gemurmel um uns herum verstummt, „wird sich wie folgt zusammensetzen: dreißig Prozent Gruppenarbeit, zwanzig Prozent Mid-Terms und fünfzig Prozent Abschlussklausur. Ich lege Ihnen also ans Herz, diese Arbeit ernst zu nehmen. Für die Bewertung möchte ich, dass sie klar markieren, wer welchen Teil bearbeitet hat. Bis zu den Mid-Terms muss ihre Arbeit eingereicht werden. Danke, das war für heute alles."

Überall ist das Zusammenklappen von Laptops zu hören, das Rascheln von Taschen und leise Gespräche.

„Wir treffen uns zwei bis drei Mal die Woche, wenn wir unser Thema haben, würde ich vorschlagen", sagt Edward, als wir dem schlimmsten Andrang in den Gängen entkommen sind. „Ich bin echt froh, dich getroffen zu haben. Letztes Jahr musste ich für einen Kurs in Recht mit diesem Trottel Rogers zusammenarbeiten. Er hat den ganzen Kurs nichts gemacht, obwohl ich immer und immer wieder versucht habe, ihn zu treffen. Am Ende habe ich herausgefunden, dass er den Dekan kennt. Ich wette, das war der einzige Grund, weshalb er überhaupt bestanden hat. Oder unsere Professorin stand auf ihn, keine Ahnung. Alle Frauen fliegen nur so auf den Typen. Dabei hat er nichts im Kopf außer Fußball und eben Frauen", führt er aus. „Pass doch auf", fährt er mit einem Mal ein Mädchen an, dass ihn im Vorbeigehen am Arm berührt. „Augen auf beim Laufen, klar?"

Sie murmelt eine Entschuldigung und beeilt sich, zu verschwinden.

Bei seinem plötzlich ruppigen Tonfall würde ich es ihr liebend gern gleichtun, aber als Edward sich wieder zu mir umdreht, ist sein Lächeln zurück.

„Hier." Er öffnet eine Schnalle seiner Ledertasche und zieht eine Visitenkarte hervor. „Da stehen alle meine Kontaktinformationen drauf."

Dann verabschiedet er sich hastig, das breite Grinsen noch immer im Gesicht.

Kapitel 5

Ich wünschte, ich hätte Edward nie getroffen, geschweige denn zu dieser Gruppenarbeit zugesagt. Seitdem sind vier Tage vergangen, das Wochenende steht kurz vor der Tür und jeden Tag finde ich eine neue Nachricht von ihm in meinem Postfach. Ich traue mich schon kaum noch, mich im College-Netzwerk anzumelden. Die letzten drei Mal hat es keine zwei Minuten gedauert, bis er mir im internen Chat eine Nachricht geschrieben hat. Doch heute haben wir die Einteilung der Themen erhalten und ich konnte ihm nicht mehr aus dem Weg gehen.

Glücklicherweise hat Edward nicht viel Zeit gehabt und musste in ein Seminar. Seitdem versuche ich, mir einen Überblick über die Recherche zu verschaffen, die vor mir liegt.

Vor allem die Tatsache, dass er auf meiner Schule war, hinterlässt einen faden Beigeschmack, auch, wenn er diese Zeit bisher mit keinem Wort erwähnt hat.

Seufzend trete ich aus der Bibliothek in die, noch immer warme, Abendluft. In den letzten Tagen war es so heiß, dass ich es nicht einmal schlimm fand, in der klimatisierten Bibliothek meine Zeit zu verbringen, statt das schöne Wetter zu genießen.

Im vierten Stock habe ich eine kleine Ecke mit einem einsamen Tisch gefunden, an dem ich nicht nur ein Fenster habe, sondern auch vor den Blicken anderer Studenten weitestgehend verborgen bleibe. Leider fehlt eine Steckdose, doch ich habe die Vermutung, dass dieser Nachteil der einzige Grund ist, weshalb ein solch abgeschiedener Platz nie belegt ist.

Wenn ich anfange, meine Hausarbeiten zu schreiben brauche ich eine neue Lösung, aber für den Moment liebe ich diesen kleinen Hafen.

Allerdings ist meinem Laptop bereits vor zwei Stunden der Strom ausgegangen und obwohl ich die meisten Mitschriften analog habe und zu den Menschen gehöre, die noch immer mit Büchern und Karteikarten lernen: Für die anstehende Job-Suche benötige ich das Internet.

Natürlich könnte ich an einen der zahlreichen Computer wechseln, die in der Bibliothek verteilt stehen, doch ich rede mir ein, dass es leichter ist, die Stellenangebote sofort auf meinem eigenen Gerät zu speichern. Also habe ich meine Sachen früher als geplant zusammengepackt und mich auf den Weg zurück ins Wohnheim begeben.

Die Hitze des Tages ist noch immer spürbar, aber die Sonne steht bereits tiefer und das Zwitschern der Vögel und Summen von Insekten liegt in der Luft.

Langsam schlendere ich die Wege entlang zum Wohnheim. Auf den Wiesen liegen überall Studenten auf Decken, mal allein mit Büchern in der Hand, mal in großen Gruppen. Es wäre schön, den lauen Sommerabend ebenfalls zu genießen, doch ich habe mir selbst ein Versprechen gegeben. Keine Ablenkung dieses Jahr. Das Geld für ein neues Handy zusammenzubekommen, wird genug Zeit in Anspruch nehmen.

Bisher hatte ich mit der Suche nach einem Nebenjob keinen Erfolg und obwohl ich mich erst seit fünf Tagen umschaue, verliere ich langsam die Hoffnung, etwas Passendes zu finden. Gut möglich, dass es in einer Kleinstadt wie Redhill generell wenige Gelegenheiten gibt, Geld zu verdienen, aber insbesondere zu Semesterbeginn scheinen meine Chancen verschwindend gering zu sein.

Dass ich nur temporär eine Beschäftigung brauche, die mir ausreichend Geld einbringt, damit ich meine Eltern nie über mein zerstörtes Handy informieren muss, macht die Sache nicht leichter.

Ich habe keine Erfahrung als Kellnerin, die Stunden im Supermarkt kollidieren mit meinem Kursplan und um als Barkeeperin zu arbeiten bin ich zu jung.

Dann gäbe es da noch die Möglichkeit, als wandelndes Maskottchen an einer Straßenecke zu stehen und den Weg in Richtung einer Fast-Food-Kette zu leiten. Doch obwohl mein Kursplan es erlauben würde, ist die Bezahlung so mies, dass ich mindestens zwei Monate täglich als Sandwich durch die Gegend laufen müsste, bis ich genug Geld beisammen hätte.

Ja, ich habe es ausgerechnet.

Bis jetzt ist meine Verzweiflung nicht so groß, dass ich diesen Job ernsthaft in Erwägung ziehe.

Falls ich nächste Woche noch immer nichts gefunden habe, muss ich meine Einstellung allerdings nochmal überdenken.

Oder ich muss mich doch an Tristan wenden.

Dabei habe ich mir geschworen, ihn nie wieder um Hilfe zu bitten, egal bei was. Es hat fast zwei Jahre Abstand gebraucht, damit er begreift, dass ich auf mich selbst aufpassen kann und jetzt einzuknicken, könnte all den Fortschritt zunichtemachen.

Ich kenne ihn. Mein Bruder liebt es, den Retter in der Not zu spielen und ich möchte ihn nicht daran erinnern, wie viel Spaß er an dieser Rolle hat.

Lieber verbringe ich zwei Monate in einem Sandwich.

Niemand muss je davon erfahren. Bis auf meine Füße ist in diesem Kostüm nichts von mir zu sehen. Und mit der Hitze, der stickigen Luft und dem schlechten Gehalt würde ich bestimmt zurechtkommen. Vielleicht wird es wahr, wenn ich es mir lange genug einrede.

Ich habe mich daran gewöhnt, dass Jessie um diese Uhrzeit joggen geht, doch heute scheint eine Ausnahme zu sein. Als ich die Schlüsselkarte gegen das Schloss halte und das leise Surren ertönt, wird die Tür von innen aufgerissen.

„Du bist wieder da!“ Meine Mitbewohnerin fasst mich bei der Hand und zerrt mich in den Wohnbereich. „Wir gehen heute Abend auf eine Party und ich hatte bereits Sorge, dass du so spät nach Hause kommst, dass wir keine Zeit mehr für eine Modenschau haben.“

Verdattert sehe ich Jessie an, die breit grinst.

„Ehrlich gesagt, ich habe heute Abend schon etwas vor“, lüge ich schnell.

Die letzte Party ist mir noch in bester Erinnerung und ich habe kein Interesse daran, diese Erfahrung zu wiederholen.

„Wenn deine Pläne beinhalten, dein Zimmer nicht zu verlassen, muss ich leider einschreiten und dir mitteilen, dass das keine angemessene Ausrede ist.“ Sie verschränkt die Arme vor der Brust und sieht mich abwartend an.

Scheiße, wieso kennt dieses Mädchen mich nach gerade einmal einer Woche so gut?

„Ich muss nach Jobs suchen“, verteidige ich mich, aber Jessie schüttelt lächelnd den Kopf.

„Nein, musst du nicht, ich habe nämlich eine Lösung für dich.“

Wie bitte?

„Catering!“, fügt sie, sichtlich zufrieden mit sich, hinzu. „Sabrina arbeitet dort und sie hat mir erzählt, dass für übermorgen noch Aushilfen gesucht werden.“

„Das habe ich noch nie gemacht.“

„Irgendwann ist immer das erste Mal.“

„Glaub mir, wenn ich Gläser auf einem Tablett balancieren soll, geht das schief."

„Besser, als die Sandwich-Sache."

Jessie war es, die mich gestern Abend verzweifelt auf unserem Sofa gefunden und überzeugt hat, die Bewerbung nicht abzuschicken.

Sie war es auch, die mir ein sehr detailreiches Bild davon gemalt hat, wie es sein würde, bei dreißig Grad in einem Kostüm zu stecken, dass - ihrer Überzeugung nach - in den letzten fünf Jahren nicht gewaschen wurde.

„Komm schon", fleht sie, „versuch es wenigstens. Wenn du gefeuert wirst, kannst du dich immer noch in diesem Ding an die Straße stellen und der neue Wirt für viele verzweifelte Läuse werden."

„Okay." Ergeben hebe ich die Hände in die Höhe.

Seit gestern weiß ich, dass Jessies Phantasie bei solchen Szenarien keine Grenzen kennt. Falls ich doch auf diesen Job zurückgreifen muss, möchte ich mich unter gar keinen Umständen noch mehr vor dem Kostüm ekeln, als ich es ohnehin tue.

„Super! Also, weißt du schon, was du anziehst?"

„Zum Catering? Meinst du nicht, sie haben einen Dresscode?"

„Zur Party heute Abend!"

„Ich habe nie zugestimmt, mitzukommen."

„Ach komm, das wird lustig."

„Und ich habe nichts zum Anziehen." Denke ich wirklich darüber nach?

„Glaub mir, das ist kein Problem, die Kavallerie dürfte jeden Moment hier aufkreuzen."

Kavallerie? Aber viel wichtiger: „Was ist das überhaupt für eine Party?"

Jessie grinst siegesgewiss, nur um einen Augenblick später die Stirn zu runzeln. „Sag bloß, Tristan hat dir nie etwas von den legendären Partys der Delta Sigma Phi Verbindung erzählt?"

Ich schüttle den Kopf.

„O mein Gott! Also, es gibt die Welcome-back-Party, die ist heute Abend. Außerdem eine wahnsinnig coole Halloweenparty und eine School-is-out-Party direkt vor Weihnachten." Jessie zählt an den Fingern mit. „Dann wäre da natürlich noch die Strandfeier, doch die wird von der Stadt organisiert, ist aber trotzdem ziemlich cool. Versteh mich nicht falsch, der Rest ist ebenfalls nicht schlecht, aber das sind die absoluten Highlights. Du musst mitkommen! Schon wegen der ganzen heißen Männer, die dort herumlaufen."

Ein weiterer Grund, nicht auf die Party zu gehen, auch, wenn ich ihr das nicht auf die Nase binden muss. Ich habe niemandem von der Geschichte mit Liam erzählt und nicht vor, diesen Umstand jetzt zu ändern.

„Ich weiß nicht."

Bilder einer anderen Party steigen in mir auf. Einer Party, die alles verändert hat. Fast kann ich das Lagerfeuer riechen, den Orangensaft schmecken, der die Bitterkeit des Wodkas nicht ganz überdecken konnte.

„Bitte, Cat", drängt Jessie weiter und holt mich in die Gegenwart zurück. „Was hast du zu verlieren?"

Außer meiner Würde?

„Ich gehe nicht so oft auf Partys", starte ich einen letzten Versuch und weiß im nächsten Augenblick, dass ich das falsche Argument verwendet habe.

„Was soll das heißen, du bist nicht oft auf Partys?", fragt sie mit schiefgelegtem Kopf.

„Keine Ahnung, es hat sich irgendwie nie ergeben."

„Moment mal. Nie? Bitte sag mir nicht, dass du noch *nie* auf einer Party warst."

Verdammt.

„Nicht *nie*. Ich war schon auf ein paar Partys." Wenn man es ganz genau nimmt, sind zwei ein *Paar*. „Ich habe nur den Spaßfaktor nicht durchschaut."

Jessie starrt mich ungläubig an, dann schüttelt sie bestimmt den Kopf. „Nein, so kann das nicht weitergehen. Wir gehen da heute Abend hin."

Und damit ist das Thema für sie offensichtlich beendet.

„Jessie, ich glaube wirklich nicht, dass das eine so gute Idee ist", versuche ich es ein letztes Mal, doch meine neue Freundin – wobei diese Bezeichnung gerade auf den Prüfstand gestellt wird - ist bereits auf dem Weg in mein Zimmer. Im Türrahmen dreht sie sich zu mir um, die Hände in die Hüften gestemmt.

„Wenn du es tatsächlich schrecklich findest, sorge ich persönlich dafür, dass du nach einer Stunde wieder hier bist. Aber ich kann nicht zulassen, dass du dich hier einigelst und all den Spaß verpasst, den Sabrina und ich haben werden."

„Warum nicht?“

Es ist mir egal, dass sich ein Hauch Verzweiflung in meine Stimme geschlichen hat.

„Weil ich dich mag“, sagt Jessie schlicht. „Und weil ich nicht mit gutem Gewissen dabei zusehen kann, wie du Chancen verstreichen lässt, nur, weil du irgendwie vernünftig sein möchtest, oder was auch immer. Ich meine, wir haben noch unser ganzes Leben, um vernünftig zu sein, aber jetzt sind wir am College! Wenn wir hier nicht von Zeit zu Zeit mal die Sau rauslassen, wann dann?“

Jessie hat nicht Unrecht. Wenn ich irgendwann einmal zurückblicke, möchte ich mich dann wirklich fragen, ob ich in meinem Leben etwas verpasst habe?

Das hier ist ein Neuanfang und Vernunft hat mich bisher nicht besonders weit gebracht. Vielleicht ist es höchste Zeit, ein paar Erfahrungen zu sammeln.

Kapitel 6

Die Kavallerie entpuppt sich als einzelne Person, die um Punkt acht klopft.

Es ist Jessie, die die Tür öffnet, da ich noch mit der Inspektion meines Kleiderschrankes beschäftigt bin. Keine Ahnung, was ich hoffe, darin zu finden.

„Ehrlich, Rina, du hättest keinen ganzen Koffer mitbringen müssen."

„Du hast gesagt, es wäre ein Notfall", antwortet ein Mädchen mit angenehm tiefer Stimme, das im nächsten Augenblick in meiner Zimmertür steht.

„Cat, das ist Sabrina, Sabrina, das ist Cat", stellt Jessie uns vor und wirft sich schwungvoll auf mein Bett.

Für einen Moment weiß ich nicht, wie ich meinen Blick wieder abwenden soll. Sabrina sieht aus, als wäre sie geradewegs einem Modemagazin entstiegen.

Es passiert mir nicht oft, dass eine Frau mich sprachlos macht, doch dieses Mädchen hat eine Schönheit an sich, die sich nur mit Charisma beschreiben lässt.

Die schwarzen Haare, die in wilden Locken um ihren Kopf fliegen, gemeinsam mit den interessierten, braunen Augen und makelloser dunkler Haut, würden schon reichen, um die meisten Menschen in ihren Bann zu ziehen. Aber es ist ihre freundliche, ruhige Ausstrahlung und das herzliche Lächeln, das sie auf Anhieb sympathisch macht.

Sabrina ist die Art Mädchen, mit der jede Frau befreundet sein und die jeder Mann in seinem Bett haben möchte. Ich bin nicht einmal neidisch, ich möchte einfach nur, dass sie mich mag.

„Du brauchst einen Job und ein Outfit, habe ich gehört?", fragt sie lächelnd und kommt in mein Zimmer.

Schnell nicke ich, während Sabrina wortlos damit beginnt, meinen Kleiderschrank zu inspizieren.

Bisher habe ich an meinen Jeans, den T-Shirts und den gemütlichen Pullovern nichts auszusetzen gehabt, doch auch ich muss zugeben, dass die Auswahl nicht berauschend ist.

„Was den Job angeht, hat Jessie dir sicherlich schon berichtet, dass wir beim Catering gerade dringend Leute für eine Party am Sonntag suchen?"

„Ja, aber ich habe sowas noch nie gemacht“, gestehe ich. Weil ich Sabrina auf keinen Fall bei ihrem Chef schlecht dastehen lassen möchte, füge ich hinzu: „Und ich glaube nicht, dass man mir ein Tablett mit Getränken anvertrauen sollte.“

Sabrina mustert mich. „Keine Sorge, Danny gibt Neulingen immer nur den Aufbau und vielleicht Arbeiten im Hintergrund. Solange du tust, was er sagt, solltest du keine Probleme bekommen. Jessie meint, du brauchst den Job nur, bis du genug Geld für ein Handy beisammenhast?“

Ich nicke.

„Alles klar. Danny hat viele Aushilfen, die er nach Bedarf anfragt. Und die Bezahlung ist nicht schlecht. Ich habe ihm schon gesagt, dass ich vielleicht jemanden zum Helfen gefunden habe, du musst nur noch Ja sagen, dann gebe ich ihm deine Kontaktdaten.“

Die Gedanken wirbeln nur so durch meinen Kopf. Was, wenn ich ein Tablett fallen lasse? Oder alle Gläser kaputt mache? Oder das Essen ruiniere?

Aber wenn ich wirklich nur für den Aufbau eingesetzt werde, sind die Chancen, dass etwas in diese Richtung passiert, gering.

„Okay.“ Es fühlt sich an, als wäre eine riesige Last von meinen Schultern gefallen. „Vielen Dank!“

Sabrina winkt ab und begutachtet ein weiteres Mal meinen Kleiderschrank.

Jessie, die die Unterhaltung stumm verfolgt hat, boxt mir gegen den Arm. „Ich habe doch gesagt, wir finden etwas Besseres als das Sandwich.“

Nervös erwidere ich ihr Lächeln.

Sabrina zieht eine Jeans aus meinem Schrank und hält sie prüfend in die Höhe.

„Die Auswahl ist ziemlich mager, oder?“, versuche ich, meine Verlegenheit zu überspielen.

„Keine Sorge, ich habe ein paar Dinge dabei“, beruhigt mich Sabrina, ignoriert Jessies gespieltes Hüsteln, dreht sich um und läuft zurück ins Wohnzimmer.

Ein riesiger Koffer steht neben der Tür. Ich würde ohne Probleme in dieses Monstrum hineinklettern können.

„Kommst du auch mit zur Party?“, frage ich Sabrina, während sie in die Hocke geht und den Reißverschluss öffnet.

Je mehr Leute ich vor Ort kenne, desto unwahrscheinlicher ist es, dass ich erneut alleine in einer Ecke stehe.

„Klar!", antwortet sie und wendet sich an Jessie. „War dein Vater wieder spendabel?"

„Ja." Sie läuft in ihr Zimmer und kommt kurz darauf mit einer Weinflasche in der einen sowie ihrer Kamera in der anderen Hand zurück. „Die Party kann losgehen! Doch vorher machen wir noch ein paar Bilder."

Sabrina stöhnt auf, aber ihre Augen funkeln belustigt, als Jessie ein Stativ aufbaut und uns in Szene setzt. Anfangs komme ich mir ziemlich albern vor, nach kürzester Zeit jedoch lache ich ausgelassen mit den beiden Frauen neben mir, während wir verschiedene Posen allein, zu zweit oder zu dritt ausprobieren und die Kamera dank Fernauslöser unentwegt klickt. Zwischendurch begutachtet meine Mitbewohnerin die Bilder auf dem kleinen Display der Kamera, stellt irgendetwas um und die Prozedur beginnt erneut. Erst, als Jessie zufrieden nickt, wird die Flasche entkorkt und deren Inhalt auf drei Wassergläser verteilt.

Ich rieche vorsichtig daran. Leicht säuerlich, aber gleichzeitig ein wenig fruchtig. Wenn ich heute schon neue Erfahrungen machen möchte, kann ich den Wein auch probieren. Jessie hat recht, ich habe noch mein ganzes Leben, um vernünftig zu sein.

Mein letztes Jahr am College war geprägt von Lernen und Training. Jede Einladung habe ich ausgeschlagen, Alkohol kategorisch abgelehnt und am Ende des Semesters hat sich nichts davon bezahlt gemacht. Vielleicht ist es an der Zeit, einen anderen Weg auszuprobieren.

Solange ich es bei einem Glas belasse, bin ich weiterhin Herrin über meine eigenen Entscheidungen.

Mein Herz klopft vor Aufregung schneller, als ich mit Jessie und Sabrina anstoße, bevor ich vorsichtig an dem Wein nippe.

Als wir eine Stunde später das Wohnheim verlassen, könnte ich mich nicht besser fühlen.

Keine der beiden Frauen hat versucht, mich zu mehr Alkohol zu überreden, nachdem ich das zweite Glas abgelehnt habe. Ich bin es so leid, mich für Entscheidungen rechtfertigen zu müssen, die niemanden außer mir etwas angehen. Ganz davon abgesehen, dreht mein Kopf sich schon genug. Was der einzige Grund ist, weshalb ich mich von diesem Oberteil habe überzeugen lassen.

Sabrina hat meinen Kleiderschrank nicht nur begutachtet, um nach etwas Passendem zu suchen, wie mir Jessie erzählt, sondern weil sie möchte, dass man sich in den Outfits, die sie zusammenstellt, wohl fühlt. Ihre Begeisterung für Mode und Design schwingt in jedem ihrer Worte mit und obwohl ich keine Ahnung von diesen Dingen habe, wie spätestens heute Abend unzweifelhaft bewiesen wurde, war es spannend, Sabrina zuzuschauen.

Sie hat nicht lange gebraucht, bis sie mehrere Kleidungsstücke in der engeren Auswahl hatte. Zwei Tops sahen in Kombination mit der Hose in der Theorie gut aus, haben aber den Praxistest nicht bestanden. Für eines hatte ich schlicht nicht genug Oberweite und in dem bauchfreien Shirt habe ich mich so unwohl gefühlt, dass Sabrina nur einen Blick auf mich geworfen und den Kopf geschüttelt hat.

Das Oberteil, das ich stattdessen anhabe, hat Sabrina selbst entworfen, es besteht aus schwarzem, fließendem Stoff. Vorne ist es bis zum Hals geschlossen, dafür ist der Rücken, bis auf zwei Schleifen im Nacken und an der Hüfte, komplett frei. Völlig ungeeignet für einen BH, aber das verdecken meine langen Haare, die ich ausnahmsweise offenlasse.

Dazu trage ich die enge Jeans, die Sabrina vorhin aus meinem Schrank gefischt hat und ein Paar unscheinbare, schwarze Ballerinas.

Mein Make-up haben Jessie und Sabrina mit etwas Wimperntusche und einem blassen Lippenstift sehr simpel gehalten.

Im Gegensatz zu mir hat Jessie sich für ein knallrotes, enganliegendes Top entschieden, eine Hotpants und hohe Riemchensandalen, auf denen ich keine zwei Schritte laufen könnte, ohne mir den Knöchel zu brechen. Ihre braunen Haare haben eine leichte Naturwelle und fallen ihr knapp bis auf die Schultern.

Sabrina trägt ein schlichtes, gelbes Kleid, das ihr bis über die Knie reicht, dafür ist ihr Make-up spektakulär und bringt ihre Augen wunderschön zur Geltung.

Die gute Laune der beiden ist ansteckend und nach kürzester Zeit lache ich mit ihnen und Jessie hakt sich strahlend bei mir unter.

Wann hatte ich das letzte Mal einen solchen Abend? Vielleicht noch nie. Natürlich haben Louisa und ich uns ab und an geschminkt, aber auf Partys durfte ich nie gehen und ansonsten wir waren zu zweit. Wann immer ich Louisa gefragt habe, ob wir noch jemanden aus dem Schwimmteam einladen können, hat sie abgelehnt und irgendwann habe ich es aufgegeben. Damals habe ich mir nichts dabei gedacht.

Es ist ein wunderschöner, lauer Sommerabend. Überall sitzen kleine Gruppen von Studenten vor den Häusern, einige kommen uns entgegen, andere gehen in unsere Richtung. Der ganze Campus scheint noch auf den Beinen zu sein. Doch meine gute Laune wird getrübt, als ich realisiere, dass ich diesen Weg vor Monaten schon einmal mit Tristan gegangen bin. Wenn wir um diese Hausecke biegen, werde ich die Studentenverbindung sehen können, in der wir damals gefeiert haben.

Natürlich erkenne ich das Haus, aus dem bereits Musik zu hören ist, sofort wieder. Plötzlich bin ich mir sicher, dass diese Party die dümmste Idee ist, die ich seit langem hatte und mein Herz schlägt schneller bei dem Gedanken, wem ich hier begegnen könnte.

Bestimmt erkennt er mich nicht wieder. Falls er überhaupt da ist. Außerdem ist es Monate her. Er erinnert sich vermutlich nicht mehr daran. Es ist garantiert leicht, ein Mädchen zu vergessen, das einen mit Cola übergossen hat. Richtig?

Drinnen dröhnen mir die Bässe in den Ohren und unter die Gerüche von Schweiß und Zigarettenrauch mischt sich unverkennbar der süßliche Duft von Marihuana.

Ich habe angenommen, dass wir noch früh dran sind, doch der Eingang ist bereits voller Studenten.

Abrupt halte ich inne.

Tristan steht vor mir und sieht mich überrascht an. „Was machst du denn hier?"

Jessie und Sabrina, die ein Stück vor mir gehen, bleiben stehen und drehen sich zu uns um.

Früher hätte mein Bruder mich umgehend wieder nach Hause gebracht, hätte er mich auf einer Party getroffen. Aber diese Zeiten sind vorbei. Hoffe ich wenigstens.

„Dasselbe wie du?"

Ich bete innerlich, dass er keinen Aufstand macht. *Bitte behandle mich nicht wie ein kleines Mädchen, bitte blamiere mich nicht vor allen, bitte …*

Tristan stößt einen tiefen Seufzer aus, fährt sich mit der Hand durch seine blonden Locken und ringt sich schließlich ein unsicheres Grinsen ab, das seine Augen nicht ganz erreicht. „Daran muss ich mich jetzt wohl gewöhnen, was?"

Ich nicke.

„Okay." Er atmet noch einmal tief durch. „Falls du mich brauchst, ich lasse mein Handy die komplette Nacht auf laut. Wenn irgendetwas ist, wenn dir irgendwer zu nahekommt oder sonst irgendetwas …"

„Keine Sorge, Tris, ich passe schon auf mich auf." Beruhigend tätschle ich seinen Arm und erinnere ihn nicht daran, dass mein eigenes Handy kaputt in meinem Zimmer liegt.

Obwohl er alles andere als glücklich aussieht, nickt er.

Ich lächele, dann schließe ich zu Jessie und Sabrina auf, die mit fragenden Blicken auf mich warten.

„Was war das denn?" Jessie wirft Tristan einen skeptischen Blick zu, bevor wir uns gemeinsam wieder in Bewegung setzen.

„Mein großer Bruder hat einen ausgeprägten Beschützerinstinkt." Wie ich ihn vor einem halben Jahr überzeugen konnte, mich auf diese Party mitzunehmen, ist mir immer noch ein Rätsel.

„Lass uns erstmal die Lage sondieren", wechselt Sabrina das Thema und ich könnte schwören, dass sie unentwegt die Menge absucht. Am liebsten würde ich sie bitten, mir Bescheid zu geben, sobald sie diesen Liam sieht. Sie ist einen halben Kopf größer als ich und hat garantiert eine bessere Sicht. Doch dann müsste ich erklären, was vor einigen Monaten passiert ist.

Seit ich die Entscheidung getroffen habe, an das Redhill-College zu wechseln, spukt mir der Gedanke an ein eventuelles Wiedersehen ständig im Kopf herum. Aber ich habe mich noch immer nicht entschieden, wie ich mich verhalten soll, falls wir aufeinandertreffen.

Also mache ich mich so klein wie möglich und versuche, mit der Menschenmenge zu verschmelzen, während Sabrina sich auf Zehenspitzen stellt.

Immer wieder werden die zwei im Vorbeigehen gegrüßt, bleiben aber nie lange genug stehen, um sich zu unterhalten. Schließlich gehen wir in die Küche und machen vor einem großen Kühlschrank Halt. Jessie dreht sich aufgeregt zu Sabrina um.

„Und? Ist sie schon hier?"

Diese zuckt auffallend unbeteiligt mit den Schultern. „Ich glaube nicht. Zumindest habe ich sie nirgends gesehen."

Eine Tischplatte dient als Spielfeld für Bier-Pong und mit den johlenden Personen rundherum ist das Chaos nahezu perfekt, aber zu meiner riesigen Erleichterung ist auch hier niemand, der mir bekannt vorkommt. Für den Moment kann ich mich entspannen.

„Wen suchst du denn?", erkundige ich mich schließlich bei Sabrina.

Sie sieht ein wenig verlegen aus, doch bei ihrer Antwort schleicht sich ein aufgeregtes Glitzern in die Augen.

„Eine Freundin von mir. Anna."

Jessie schnaubt vernehmlich, während sie uns beiden ein Bier aus dem Kühlschrank reicht.

„Was?", fragt Sabrina. „Wir sind nur Freunde, nichts weiter."

„Das kannst du deiner Großmutter erzählen", kontert Jessie grinsend.

Oh … oh!

Um den Moment der Überraschung zu überspielen, nehme ich schnell einen Schluck. Ein Fehler. Wie konnte ich nur vergessen, wie ekelhaft bitter dieses Zeug ist? Hustend drücke ich Jessie die Flasche in die Hand.

„Nicht ganz mein Geschmack", gebe ich zu und wende mich danach an Sabrina, um so beiläufig wie möglich zu fragen, „wie sieht sie denn aus?"

Sofort holt sie ihr Handy aus der Tasche und tippt auf das Instagram-Symbol. Zwei Klicks später lächelt mir ein zierliches Mädchen mit strahlend blauen Augen und blonden Haaren entgegen.

„Sympathisch", sage ich und komme mir ein wenig unbeholfen vor, aber Sabrina beginnt zu strahlen.

„Das ist sie. Sie ist Teil des Cheerleaderinnen-Teams und wirklich gut."

Jessie kichert. „Letztes Semester musste ich Sabrina ständig zu irgendwelchen Sport-Events begleiten, einfach nur, damit sie ihre Nicht-Freundin anfeuern kann." Sie verdreht die Augen und Sabrina stößt ihr gegen den Arm.

„Immerhin habe ich keine stundenlangen Krisengespräche, die sich alle zwei Wochen um dasselbe Problem drehen."

Jessies Wangen färben sich rosa, doch sie sagt bestimmt: „Brandon und ich haben darüber gesprochen. Guck nicht so ungläubig, die gemeinsame Zeit im Sommer hat uns tatsächlich gutgetan. Wir werden uns öfter gegenseitig besuchen, er hat schon einen Flug gebucht."

Sabrinas Blick bleibt skeptisch, sie lässt das Thema jedoch fallen und beginnt stattdessen, über einen ihrer Kurse im kommenden Semester zu sprechen.

„Historische Materialverarbeitung kann wirklich spannend werden. Die Leute haben früher mit supersimplen Methoden so wunderschöne Kleider genäht, ich bin echt … oh," unterbricht sie sich plötzlich und fängt aufgeregt zu winken an. „Ich gehe schnell Hallo sagen. Wir sehen uns später."

Ich schaue Sabrina dabei zu, wie sie vor dem Mädchen stehen bleibt, dessen Bild sie mir vor nicht allzu kurzer Zeit gezeigt hat.

Beide grinsen sich breit an, umarmen sich und verschwinden in den Flur.

„Und da waren es nur noch zwei." Jessie lacht. „Übrigens, dein Bruder beobachtet uns."

Tatsächlich. Tristan lehnt nicht weit entfernt an der Küchenzeile, unterhält sich mit irgendeinem Mädchen und lässt mich nicht aus den Augen.

Seufzend wende ich mich an Jessie. „Ignorier ihn. Viel wichtiger: weiß Anna, dass Sabrina sie mag?"

Sie verdreht die Augen. „Das sieht sogar ein Blinder, aber Sabrina hat Angst, die Freundschaft kaputt zu machen, wenn sie ihr ihre Gefühle gesteht. Ich glaube, sie hat damit keine guten Erfahrungen gemacht." Den letzten Satz sagt sie leise, doch dann hellt ihre Miene sich auf.

„Summers!", ertönt es im nächsten Moment direkt hinter mir. Ein Mann schiebt sich an mir vorbei und legt Jessie einen Arm um die Schultern. Sie grinst zu ihm hinauf.

Er ist mindestens zwei Köpfe größer als ich, hat ein breites Kreuz und einen sehr definierten Oberkörper, der dank des weißen, hautengen Shirts nur noch mehr betont wird.

„Was ist mit deinen Dreadlocks passiert?", fragt Jessie nach und unterzieht ihn einer intensiven Musterung.

Der Fremde fährt sich mit der Hand durch die kurzen, schwarzen Locken und grinst. „Hat sich nicht länger richtig angefühlt. Und du? Wie war dein Sommer? Immer noch mit deinem Sunnyboy zusammen?"

Jessie streckt ihm die Zunge heraus. „Ja, wir hatten einen tollen Sommer, danke der Nachfrage." Trotzdem unternimmt sie keinen Versuch, den Arm des Unbekannten von ihren Schultern zu schieben.

Plötzlich erinnere ich mich an ihn. Der Typ mit den Dreadlocks. Er saß damals bei der Gruppe, der auch Liam angehört hat.

Mir wird schlagartig heiß.

„Falls sich das jemals ändert, du weißt, wo du mich finden kannst." Er zwinkert Jessie zu.

„Ich würde dir raten, dir eine Andere zu suchen, die du nerven kannst, Campbell.“

„Du bist grausam, hat dir das schon mal jemand gesagt?“

„Du. Jedes Mal, wenn wir uns sehen.“

Er stößt einen langgezogenen Seufzer aus und legt sich die Hand auf die Brust. „Als würde ich dich einfach so vergessen können.“

„Du vergisst mich in dem Moment, in dem du dich umdrehst, also tu mal nicht so.“

Er lacht laut auf, lässt sie los und wendet seine Aufmerksamkeit mir zu. Obwohl ich bei ihrem Geplänkel grinsen musste, wird mir unter seinem Blick unwohl.

Er war damals unter den Zuschauern. Ich erinnere mich noch gut daran, wie er gemeinsam mit einer Gruppe unbekannter Gesichter über meinen Abgang gelacht hat.

„Irgendwo her kenne ich dich“, stellt er prompt fest. Mir rutscht das Herz in die Hose, während er mich nachdenklich mustert. „Hatten wir Sex?“

Die Frage trifft mich so unvermutet, dass ich mich verschlucke.

„Was?“, krächze ich, nachdem ich mich von meinem Hustenanfall erholt habe, während Jessie mir leicht den Rücken tätschelt.

„Ich meine nur, falls wir Sex hatten und ich mich nie wieder gemeldet habe, war das nichts Persönliches, ehrlich.“

„Wir hatten keinen Sex“, unterbreche ich ihn schnell.

„Kein Grund, rot zu werden, selbst, wenn wir Sex gehabt hätten, das wäre doch nicht schlimm“, entgegnet er mit einem frechen Grinsen.

Mein Kopf brennt, obwohl ich nicht weiß, wofür genau ich mich eigentlich schäme.

Und er ist noch nicht fertig. „Hättest du denn Interesse an Sex mit mir? Das ließe sich nämlich arrangieren.“

Jessie boxt ihm gegen den Oberarm. „Kannst du es vielleicht mal gut sein lassen? Wenn du so weitermachst, kommt Cat nie wieder mit auf eine Party und hält uns alle für sexbesessene Idioten. Wobei ich vermute, in deinem Fall stimmt das sogar.“

Diesmal streckt er ihr die Zunge heraus, eine Geste, die Jessie sofort erwidert, bevor sie sich bei mir unterhakt.

„Cat, das ist Neil, Neil das ist Cat.“ Dann dreht sie sich zu mir und flüstert so laut, dass er es garantiert hören kann: „Neil spielt in der

Fußballmannschaft und nur, weil sie einigermaßen gut sind, glaubt er, Gott persönlich zu sein. Am besten, du ignorierst ihn."

„Oder", mischt Neil sich wieder in die Unterhaltung ein, „ich lade dich auf ein Getränk ein."

„Sie ist meine neue Mitbewohnerin. Also halte dich von ihr fern, verstanden?" In Jessies Augen blitzt es bedrohlich.

Neil grinst noch breiter und zwinkert mir zu, während er an Jessie gewandt fragt: „Eifersüchtig, Summers?"

„Neil und sich von jemandem fernhalten?", ertönt gleichzeitig eine andere, tiefere Stimme hinter mir und eine Gänsehaut breitet sich über meinen gesamten Körper aus. Ich weiß, wer es ist, ohne mich umdrehen zu müssen. Trotzdem kann ich dem Drang nicht widerstehen.

Liam sieht noch genauso gut aus, wie ich ihn in Erinnerung habe. Heute trägt er ein blaues T-Shirt, das seine breiten Schultern betont und seine strahlend blauen Augen besonders zur Geltung bringt. Die Arme sind braun gebrannt und sein Lächeln lässt mein idiotisches Herz glauben, es müsste einen Hüpfer machen.

Das darf doch nicht wahr sein!

Neil begrüßt er mit Handschlag und nickt Jessie lächelnd zu, während ich fieberhaft nach einer Möglichkeit suche, mich unsichtbar zu machen. Vielleicht kann ich schnell auf die Toilette verschwinden? Vielleicht übersieht er mich? Vielleicht …

Sein Blick trifft auf meinen und mein Herzschlag gerät völlig außer Kontrolle. Vor Empörung, natürlich. Nicht, weil er noch immer so verdammt attraktiv ist. Und garantiert nicht, weil ich mich in den vergangenen Monaten immer und immer wieder gefragt habe, was wohl passiert wäre, wenn ich sein Angebot angenommen hätte.

Wie bei unserer letzten Begegnung grinst er breit und in seinen Augen blitzt Erkenntnis auf.

„Cat, richtig?"

Kein Zweifel, er weiß sehr genau, wann und wo wir uns das letzte Mal begegnet sind.

„Ihr kennt euch?", kommt Jessie mir in diesem Moment zu Hilfe und endlich schaffe ich es, mich von seinem Gesicht loszureißen.

Wie lange habe ich ihn angestarrt?

„Flüchtig", murmle ich und bereue, dass ich mein Bier Jessie gegeben habe. Ich wünschte, ich hätte etwas, womit ich meine trockene Kehle befeuchten kann, selbst, wenn es bitter und ekelhaft ist.

Liams Blick wandert unterdessen unverhohlen über meinen Körper. Plötzlich ist mir erstaunlich bewusst, dass ich keinen BH trage, mein Rücken komplett frei und mein Kreuz durch die vielen Trainingsstunden im Wasser ein wenig zu breit ist, um anziehend zu wirken. Ganz abgesehen davon, dass meine Hüften mir die Tafeln Schokolade langsam übelnehmen.

„Liam, falls du es vergessen hast", stellt er sich vor, sobald er seine Musterung beendet hat und mir wieder in die Augen sieht.

„Ähm." Satz, Cat. Bilde einen vollständigen Satz. „Danke."

Er zieht eine Augenbraue in die Höhe, aber sein Lächeln verrutscht keine einzige Sekunde. „Du hast meinen Namen nicht wirklich vergessen, oder?"

„Doch, sorry."

Als würde ich einen solch einfachen Ausweg nicht nutzen.

Liam mustert mich einen Moment prüfend und ich habe das ungute Gefühl, dass er mir kein Wort glaubt. Aber statt mich meiner Lüge zu überführen, zwinkert er mir nur zu, bevor er sich an Neil wendet.

„Also ich für meinen Teil, habe noch lange nicht genug getrunken. Was ist mit euch? Eine Cola für dich, Cat?", fügt er hinzu, wartet meine Antwort jedoch nicht ab, sondern dreht sich um und verschwindet, mit Neil im Schlepptau, zwischen den Partygästen.

Kapitel 7

Wenigstens habe ich es jetzt hinter mir.

In den letzten Monaten habe ich oft überlegt, mich über Instagram bei ihm zu entschuldigen. Einem völlig Fremden ein Getränk ins Gesicht zu schütten, ist nichts, was ich normalerweise tun würde und mehr als einmal habe ich mich gefragt, ob ich überreagiert habe.

Unauffällig suche ich, nicht zum ersten Mal an diesem Abend, den Raum nach ihm ab und finde Liam schließlich auf einem Sofa.

Ein braunhaariges Mädchen mit winzigem Kleid sitzt auf seinem Schoß, er hat eine Hand um ihre Taille gelegt und flüstert ihr gerade etwas ins Ohr, das sie kichern lässt.

Ich weiß selbst nicht, weshalb mich ihr Verhalten stört. Objektiv betrachtet ist sie nicht freizügiger angezogen als Jessie und trotzdem würde ich gerne die Augen verdrehen. Tue ich natürlich nicht. Es ist ihr gutes Recht, mit Liam zu flirten, ihm auf diese aufreizende Art ihre Oberweite zu präsentieren, ihn am Arm zu berühren …

Schnell drehe ich mich weg. Eifersucht ist keine schöne Sache, zumal ich ihn nicht wollte. Äh, will.

Was wäre wohl geschehen, wenn ich seine Annäherung zugelassen hätte?

Wütend pule ich am Etikett der Wasserflasche, die Jessie mir vor wenigen Minuten mitgebracht hat.

Ist doch klar, was passiert wäre. Wir hätten miteinander geschlafen, ich hätte mich schlecht gefühlt, wäre nach Hartford zurückgefahren und er hätte keinen zweiten Gedanken an mich verschwendet. Das wäre passiert.

Nur, weil meine Fantasie in den letzten Monaten immer und immer wieder große Entschuldigungsreden seinerseits produziert hat, gefolgt von einem romantischen Date und einem ersten Kuss im Mondschein, heißt das noch lange nicht, dass es wahr wird.

„Okay, jetzt reichts!“

Jessie packt meine Hand und zieht mich auf die Veranda. Weg von Tristan, der immer in meiner Nähe zu sein scheint, weg von Liam, der definitiv kein Interesse mehr an mir hat und weg von der Gruppe Studenten, mit denen Jessie sich bis eben angeregt unterhalten hat.

Draußen ist es ebenfalls voll, doch die Musik ist leiser.

Ich habe nicht bemerkt, wie sehr ich frische Luft vermisst habe, bis sie durch meine Lungen strömt und ich einen tiefen Atemzug nehmen kann.

Jessie führt mich zu einer kleinen Stuhlgruppe, die verlassen auf dem Rasen steht, abseits der Feiernden, drückt mich in einen Stuhl und baut sich vor mir auf.

„Die wichtigste Frage zuerst: Woher kennst du Liam Rogers? Bist du eine der Frauen, die mit ihm im Bett waren? Oder eine der Frauen, die gerne mit ihm ins Bett wollen?"

„Was?"

„Egal, alles, was du wissen musst, ist, dass Liam sich seit Isobel auf nichts Festes einlässt, also mach dir lieber keine Hoffnung."

Wer ist Isobel?

Entschlossenheit und Sorge schwingen in Jessies Stimme mit und das Licht der Veranda enthüllt ihren mitleidigen Gesichtsausdruck.

„Tut mir leid, dass ich diejenige bin, die es dir sagt", fügt sie etwas ruhiger hinzu.

Da habe ich wohl einen falschen Eindruck erweckt. „So ist das nicht."

Kann ich ihr davon erzählen? Andererseits, nicht ich stehe bei dieser Geschichte schlecht da, oder? Und wenn ich wirklich neue Freundschaften schließen möchte, muss ich endlich über meinen Schatten springen.

Kurz zögere ich noch, dann berichte ich ihr von dem Abend, als ich Tristan besucht habe, wie Liam zu mir gekommen ist, von seinem Angebot und meiner Antwort.

Jessies Augen werden bei meiner kurzen Geschichte immer größer, bis sie zu lachen anfängt und sich in einen der Stühle fallen lässt. „Du bist das gewesen?"

Dieses Mal ist es an mir, die Augenbrauen hochzuziehen. Leider beide zusammen, da es mir noch nie gelungen ist, nur eine meiner Brauen zu bewegen. Dabei habe ich es immer und immer wieder geübt.

„Das gesamte Halbjahr gab es Gerüchte über das Mädchen, das Liam ein Getränk ins Gesicht geschüttet hat", erklärt sie mir, noch immer kichernd, obwohl ich nicht ganz nachvollziehen kann, was daran komisch sein soll. Allein das Wort *Gerücht* bewirkt, dass sich mein Brustkorb enger anfühlt.

„Warum?"

Gerüchte – es gibt bereits Gerüchte über mich. Nach nicht mal einer Woche, die ich hier bin.

Nein, nicht über mich.

Über ein Mädchen. Eine Unbekannte.

Nicht Catharina Archer.

„Warum?“ Jessie sieht mich ungläubig an, das Lachen noch immer im Gesicht. „Ein fremdes Mädchen überschüttet den berühmt-berüchtigten Liam Rogers mit Bier - wobei die Erzählungen bei dem Getränk auseinandergehen.“

Ihr Gesichtsausdruck ist fragend und ich seufze tief. „Es war Cola.“

Sorge ballt weiterhin eine eiserne Faust um meinen Magen.

„Dann eben Cola. Aber niemand wusste, wer du bist. Auf *Inside Redhill* wurde sogar darüber spekuliert, dass du der Grund bist, warum er sich getrennt hat und dass Isobel, seine Ex, nur deinetwegen ins Ausland gegangen ist.“

Die Faust drückt noch fester zu.

„*Inside Redhill*?“ In meiner Stimme liegt ein Hauch von Panik.

Wann war diese Trennung? Hat diese Isobel gesehen, wie Liam mit mir gesprochen hat? War es vielleicht nicht das erste Mal, dass er fremdgehen wollte? Hat sie wegen dieser Sache einen Schlussstrich gezogen?

„Ein Blog über den Tratsch und Klatsch hier am College. Das Übliche halt. Ich lese diesen Quatsch nicht wirklich, so spannend ist das Leben von anderen Menschen nicht.“ Jessie legt den Kopf schief. „Da ist doch nichts Wahres dran, oder?“

Meine Gedanken sind ein einziges Chaos, während ich mir die Details dieses Abends wieder ins Gedächtnis rufe. Habe ich seine Freundin übersehen? Oder jemand anderen, der Liam und mich in diesen wenigen Minuten beobachtet hat?

„Ich … keine Ahnung, ich meine, vielleicht hat sie uns zusammen gesehen und ist deshalb sauer geworden? Aber, es ist nichts passiert! Wir haben uns auf dieser Party nicht mal geküsst und ich habe ihm sofort die Cola ins Gesicht geschüttet, als er den One-Night-Stand vorgeschlagen hat.“

Die Panik ist nun nicht mehr zu überhören.

Ich muss das richtigstellen.

Doch zu meiner Überraschung lacht Jessie auf.

„Wenn ihr euch auf dieser Party das erste Mal begegnet seid, musst du dir keine Sorgen machen. Isobel war schon in Europa. Angeblich haben sie sich irgendwann in den Weihnachtsferien getrennt.“

Ihre Worte sickern durch das Chaos meiner Gedanken.

Das war lange, bevor wir uns getroffen haben. Gut. Ich kann keinen Einfluss auf diese Trennung gehabt haben.

Den Blick, den Jessie mir im Halbdunkel zuwirft, kann ich nicht deuten, doch sie spricht weiter.

„Niemand weiß so genau, warum. In einem Moment waren sie noch das Traumpaar des Campus, im Nächsten springt Liam durch sämtliche Betten und Isobel ist im Ausland. Angeblich haben sie sich einvernehmlich getrennt. Das behauptet er jedenfalls.“ Sie zuckt mit den Schultern und lehnt sich in ihrem eigenen Stuhl zurück. „Aber weil das alles so plötzlich war, gab es natürlich Gerede. Und dann kommt dieses fremde Mädchen und schüttet ihm eine Cola ins Gesicht. Die Story war zu gut, um nicht ausgeschlachtet zu werden.“

„Muss mein Leben interessant sein“, murmle ich leise, Jessie hört mich allerdings trotzdem und kichert.

„Alkohol?“

Ich nicke zögerlich. „Aber nicht so viel. Ich will nicht irgendwo im Straßengraben aufwachen“, füge ich halb im Scherz hinzu, doch sie scheint den angespannten Unterton zu verstehen.

„Keine Sorge, wir passen aufeinander auf, wenn wir trinken. Sabrina ist mit Anna unterwegs, da mache ich mir keinen Kopf. Wir beide verlassen diese Party jedenfalls nur gemeinsam.“

Ich nicke. Das reicht ihr aus, sie verschwindet mit einem knappen „Du bewachst die Stühle“ im Haus und lässt mich allein.

Nicht, dass es mich stört.

Ich bin ihr sogar dankbar für einen Moment der Ruhe.

Die Möglichkeit, meine Gedanken zu ordnen, meinen Herzschlag zu beruhigen und mir wiederholt zu versichern, dass alles in Ordnung ist.

Es gibt hier einen Blog, der über Klatsch und Tratsch berichtet, und irgendwie habe ich es bereits vor meinem Wechsel nach Redhill geschafft, darin erwähnt zu werden. Aber niemand kennt meinen Namen. Keiner weiß, wer das fremde Mädchen war, außer Liam und jetzt Jessie.

Aus welchen Gründen auch immer, Liam hat mich nicht bloßgestellt, er hat lediglich einen kleinen Seitenhieb in meine Richtung verteilt, den die Umstehenden als nichts weiter als ein freundliches Angebot interpretieren mussten.

Es. Ist. Alles. In. Ordnung.

Als Jessie mit zwei roten Bechern in der Hand wieder auf der Veranda auftaucht, bin ich bereits deutlich ruhiger.

„Du siehst aus, als hätte ich dir gerade ein Katzenbaby weggenommen", stellt sie fröhlich fest, setzt sich neben mich und drückt mir einen der Plastikbecher in die Hand.

„Wissen viele Leute von diesem Gerücht?", spreche ich meine Bedenken laut aus und Jessie nickt.

„Der gesamte Campus hat sich über die Trennung der beiden das Maul zerrissen." Nach einem Blick in mein Gesicht fügt sie hinzu, „Aber keine Sorge, ich denke nicht, dass dich irgendjemand damit in Verbindung bringt."

„Hoffentlich."

„Dein Geheimnis ist bei mir sicher, versprochen. Ganz davon abgesehen: Liam lässt seit der Trennung nichts anbrennen. Glaub mir, es gibt bereits genug andere Dramen, wenn es um ihn geht."

Bei dieser Information fühle ich mich tatsächlich besser. „Danke."

Ich kenne Jessie nur kurz, aber ich möchte darauf vertrauen, dass sie ihr Versprechen hält. Weil ich merke, dass meine Gedanken schon wieder in dunklere Gefilde abdriften, hebe ich den Becher und zwinge mich zu einem breiten Lächeln.

„Also dann, auf einen dramafreien Start und ein entspanntes Semester."

Jessie stößt mit ihrem Plastikbecher gegen meinen und erst jetzt werfe ich einen prüfenden Blick auf den Inhalt. Es sieht aus wie Cola. Welch Ironie.

Gleichzeitig trinken wir einen großen Schluck und es fällt mir schwer, das Zeug nicht wieder auszuspucken. Verdammte Scheiße, ist die Cola nur für die Farbe in diesem Becher?

Zum Glück hustet Jessie neben mir mindestens genauso sehr wie ich und blickt wütend in ihr eigenes Getränk. „Halleluja, das schmeckt ja scheußlich!"

Wir blicken uns an und brechen gleichzeitig in schallendes Gelächter aus. Es dauert einige Minuten, bis wir uns wieder beruhigt haben. Sobald wir uns ansehen, muss ich erneut lachen und das hat nichts mit dem Alkohol zu tun.

Ich muss auf die Toilette. Dringend.

Der erste Becher des Getränks, das sich als Rum-Cola entpuppt, hat mir meine Nervosität bezüglich der Gerüchte genommen, die über mich im Umlauf sind. Auch, wenn bisher vermutlich sowieso niemand außer Liam und vielleicht Neil mich mit dem Mädchen von damals in Verbindung bringen.

Der zweite Becher hat bewirkt, dass es mir völlig egal ist, ob vor der Treppe in die oberen Stockwerke ein Absperrband hängt, oder nicht.

Jessie hat gesagt, dass es dort oben ein weiteres Bad gibt, und meine Blase hält es nicht mehr viel länger ohne eine Toilette aus. Die Schlange, die vor der Tür im unteren Stockwerk wartet, ist definitiv viel zu lang. Vorher gehe ich lieber in einen Busch. Aber das ist meine letzte Option, ich habe also gar keine andere Wahl, als die Treppe zu erklimmen und dabei so zu tun, als hätte ich jedes Recht der Welt, hier hinauf zu steigen.

Nur die letzte Treppenstufe war vor einer Sekunde noch nicht da. Ganz sicher nicht. Es gibt keine andere Erklärung dafür, dass ich über sie stolpere.

Meine Welt gerät ins Schlingern und ich greife, nach Halt suchend, den ersten Gegenstand in meiner Reichweite.

Leider werden meine Gleichgewichtsprobleme dadurch bloß noch schlimmer, denn der Türgriff, den ich umklammere, lässt die Tür mit Schwung auffliegen. Und ich fliege mit ihr. Direkt in das fremde Schlafzimmer.

Zum Glück lande ich auf Händen und Knien. Allmählich dringen die Eindrücke, die mein Gehirn während des Fluges aufgenommen hat, in mein Bewusstsein.

Shit.

Das laute Stöhnen, das aus dem Bett kam, hat aufgehört. Dafür höre ich das Rascheln einer Bettdecke und als ich langsam den Kopf hebe, frage ich mich, warum ich ihn mir nicht einfach anstoßen und bewusstlos werden konnte.

Die vollbusige Brünette, die im Wohnzimmer auf Liams Schoß gesessen hat, starrt mich an. Das viel zu kurze Kleid hat sie irgendwo verloren. Zusammen mit ihrem BH.

Und neben ihr hockt Liam, in Boxershorts, augenscheinlich völlig unbeeindruckt von der plötzlichen Störung.

Natürlich vergnügt sich dieser Mann ausgerechnet in dem Zimmer, in das ich hineinfallen muss. Und er hat nicht mal den Anstand, die Tür abzuschließen!

„Können wir dir irgendwie helfen?", fragt er mit hochgezogener Augenbraue. „Oder möchtest du dazu kommen?"

Unter seinem arroganten Blick wird mir abwechselnd heiß und kalt.

So schnell ich kann, rapple ich mich auf und bin froh, dass mein Gleichgewichtssinn dieses Mal nicht versagt.

Meine Knie pochen schmerzhaft und die Handfläche, die verhindert hat, dass ich mit dem Gesicht voran auf dem Fußboden lande, brennt höllisch.

„Sorry."

Liam und die Brünette müssen mein Herz rasen hören, aber das Erdloch, in dem ich versinken könnte, tut sich einfach nicht auf. Ich möchte schon in den Flur rennen, doch sein leises Lachen hält mich auf.

„Ich habe kein Problem damit, zwei Frauen glücklich zu machen." Seine Hand streicht langsam den Rücken der Brünetten hinauf, während er mir einen herausfordernden Blick zuwirft. „Du musst dich nur trauen, Süße. Ich glaube, ein bisschen Spaß würde dir guttun."

Was zum … dieser …

„Wie oft muss ich dir noch sagen, dass ich kein Interesse habe?" Ein letztes Mal drehe ich mich zu dem arroganten Mistkerl um. „Nur als kleiner Tipp für die Zukunft, eine einfache Umdrehung mit dem Schlüssel reicht, um ungestört zu sein."

Mit diesen Worten knalle ich die Tür hinter mir zu. Am liebsten würde ich sie noch einmal öffnen, nur, um sie mit noch mehr Nachdruck knallen zu lassen.

Zum Glück fange ich erst jetzt an zu zittern.

Mir gegenüber kann ich das große Toilettenschild sehen. Ich steuere darauf zu, schließe hinter mir ab, lehne meinen Kopf an die Tür, kneife die Augen fest zusammen und stoße einen stummen Schrei aus.

Hoffentlich hat Jessie nichts dagegen, nach Hause zu gehen, denn ich für meinen Teil bin mehr als bereit, mir die Bettdecke über den Kopf zu ziehen und diesen Abend hinter mir zu lassen. Zur Not verbringe ich halt die Zeit bis zum Aufbruch in diesem Badezimmer. Alles ist besser, als zu riskieren, Liam ein weiteres Mal über den Weg zu laufen.

Kapitel 8

Ich glaube, ein bisschen Spaß würde dir guttun.

Wie sehr ich es hasse, dass diese Worte zwei Tage später noch immer durch meinen Kopf schwirren.

Ich *habe* Spaß.

Nur weil es nicht *seiner* Version von Spaß entspricht, heißt das nicht, dass ich keinen habe.

Wütend ziehe ich einen weiteren Karton Champagnergläser hervor und beginne, sie in ordentlichen Reihen auf der Theke aufzubauen, wie Danny es mir gezeigt hat.

Mein neuer Chef besteht darauf, dass ich ihn Danny nenne, das täte jeder. Außerdem würde er sich alt vorkommen, wenn seine Mitarbeiter ihn beim Nachnamen rufen würden.

Er ist Mitte vierzig, hat ein freundliches Lächeln und seine grauen Haare in einem Pferdeschwanz zusammengefasst, der ihm bis zwischen die Schulterblätter fällt.

Man sollte annehmen, mit diesem Auftreten hätte er etwas Hippie-Mäßiges an sich, aber niemand scheint sich daran zu stören. Wie alle anderen Mitarbeiter trägt er eine schwarze Hose und ein gleichfarbiges Hemd. Trotzdem ist er dank seiner Größe überall leicht auszumachen.

Sabrina hat mir gestern ihre eigene Bluse geliehen, die zwar ein kleines bisschen zu groß ist, doch das hat sie geschickt mit ein paar Sicherheitsklammern zu kaschieren gewusst. Leider ist sie heute nicht hier, sondern mit einem Projekt für einen ihrer Kurse beschäftigt.

Ich habe sie kurz gefragt, wie es mit Anna lief, immerhin haben sie fast den gesamten Abend miteinander getanzt. Sabrina hat geseufzt und gemeint, eine Portion Mut würde ihr ganz guttun.

Glücklicherweise hat Jessie kein Problem damit gehabt, zu verschwinden, nachdem ich ihr von Liams und meinem zweiten Zusammentreffen berichtet habe. Allerdings hat sie sich den gesamten Heimweg köstlich darüber amüsiert. Tristan war vermutlich erleichtert, mich gehen zu sehen und ich hoffe, wenigstens er hat den Abend noch genießen können.

Den Samstag habe ich dafür genutzt, um mich auf den heutigen Tag vorzubereiten und die maßgeblichsten Fragen mit Danny zu klären: den Stundenlohn, die Arbeitskleidung, welche Formulare ich ihm am nächsten Tag ausgefüllt und unterschrieben mitbringen muss und was für Aufgaben auf mich zukommen werden.

Da ich noch keinerlei Erfahrung im Catering habe und dieser Auftrag zu wichtig ist, bin ich – wie Sabrina bereits vermutet hat - nur für den Aufbau eingeteilt. Falls Bedarf ist, soll ich hinter den Kulissen in der Küche mit anpacken, doch das kann Danny mir noch nicht sicher bestätigen.

Wenn ich meine Aufgaben heute gut erledige, kann ich vielleicht öfter aushelfen, daher hoffe ich inständig, dass ich es nicht vermassle.

Dieser eine Nachmittag bringt mir lange nicht genug Geld ein und früher oder später wird es meinen Eltern auffallen, dass ich sie nicht anrufe. Von Tristan weiß ich, dass Mom letzte Woche einen großen Kunden an Land gezogen hat. Da ist sie mit dem Kopf immer im Büro. Doch diese Schonfrist wird nicht ewig andauern. Ich muss mir wirklich etwas einfallen lassen.

„Cat?" Schnell drehe ich mich zu Danny um, der neben mir auf der riesigen Terrasse des Anwesens eine kleine Cocktailecke einrichtet. „Könntest du mir einen Gefallen tun? Im Sprinter müsste noch ein Karton mit Champagner stehen, könntest du ihn holen?"

„Klar."

Danny drückt mir den Autoschlüssel in die Hand und ich mache mich auf den Weg.

Das Anwesen ist riesig. Die Terrasse ist zur Hälfte überdacht und geht in einen Garten über, in dessen Bäumen überall kleine Lampions hängen.

Mein Weg führt mich durch einen lichtdurchfluteten Raum, der über und über mit Blumen dekoriert ist. Gegenüber der großen Fensterfront bauen einige meiner neuen Kollegen gerade eine lange Tafel für das Buffet auf. Auf jedem freien Hocker, jedem Beistelltisch, in Girlanden an den Wänden und sogar in kleinen Glasgefäßen an den Fenstern sind bunte Sommerblumen verteilt.

Aus der Eingangshalle geht eine breite Treppe in die oberen Stockwerke, um deren Geländer eine Girlande aus Kornblumen geschwungen ist. Als ich sicher bin, dass niemand in meine Richtung schaut, strecke ich vorsichtig die Hand danach aus. Die Blumen sind eindeutig echt.

In der Küche herrscht hektische Betriebsamkeit, aber der Sprinter, von dem Danny gesprochen hat, steht direkt vor dem Küchenausgang und sobald ich die Heckklappe geöffnet habe, kann ich mehrere Boxen erkennen. In einer davon muss der Champagner sein.

Das warme Wetter hat den Innenraum des Sprinters unangenehm aufgeheizt, also nehme ich mir vor, so schnell wie möglich wieder hinauszukommen. In diesem Moment schwingt die Tür hinter mir zu und sperrt selbst den letzten kühlenden Windhauch aus. Die Tür ist nur angelehnt, wie mir der schmale Lichtstreifen verrät, so dass ich sie gleich mühelos aufstoßen kann. Ich suche in einer Box nach der anderen, bis mir endlich der richtige Karton ins Auge fällt und hebe ihn heraus. Gerade möchte ich die Tür vorsichtig mit dem Fuß öffnen, als ich wütende, männliche Stimmen höre, die mit schnellen Schritten näherkommen.

„Ich fasse es nicht!"

Augenblicklich erstarre ich. Die Stimme kommt mir bekannt vor und mein Herz beginnt hektisch zu schlagen. Schnell ducke ich mich, obwohl man von außen nicht in den hinteren Teil des Fahrzeugs sehen kann. Ist es möglich? Nein. Der Zufall wäre zu groß. Oder?

Es klingt nicht so, als wären Zuhörer erwünscht, daher verharre ich reglos und hoffe, dass die Sprecher rasch weitergehen.

„Wir hatten keine Wahl. Ihre Eltern sind extrem wichtige Geldgeber, das weißt du."

Die zweite Stimme klingt älter und in ihr schwingt Autorität mit.

„Das ist noch lange kein Grund, sie einzuladen."

„Nun sei bitte vernünftig. Du weißt doch, wie das läuft." Der ältere Mann redet jetzt besänftigend, bevor er fast ungeduldig hinzufügt: „Außerdem habt ihr euch Monate nicht gesehen, diesen einen Abend wirst du wohl aushalten."

„Leicht für dich, das zu sagen." Die Schritte halten inne, direkt neben dem Transporter und je länger ich die erste Stimme höre, desto sicherer bin ich mir, dass ich mit meiner Vermutung richtig liege. „Du hättest mich wenigstens warnen müssen."

„Wärst du dann gekommen?" Schweigen. „Das habe ich mir gedacht. Es wird Zeit, dass du diese Sache hinter dir lässt."

„Weil das ja so einfach ist, richtig? Aber ich bin nicht wie du."

„Das reicht! Es war nicht leicht für mich, als eure Mutter uns verlassen hat, egal, was du vielleicht denkst. Du hast keine Ahnung, wie diese Monate waren, bevor Alicia in unser aller Leben getreten ist."

Die nächsten Worte sind zu leise, als dass ich sie hören könnte, doch die beiden Männer setzen sich wieder in Bewegung.

„Ich weiß, dass das alles nicht einfach ist, Liam. Wirklich. Dennoch kannst du nicht ewig so weitermachen. Die ganzen Partys, die Frauen – ja, ich habe davon gehört – das ist nicht gut."

Die Worte werden immer leiser, bis es danach klingt, als seien sie um eine Hausecke verschwunden, trotzdem lassen sie mich schweißgebadet zurück.

Liam.

Vorsichtig schiele ich aus meinem Versteck, doch von den beiden Männern ist nichts mehr zu sehen, also beeile ich mich, zurück auf die Veranda zu kommen.

Warum habe ich nicht danach gefragt, wie die Familie heißt, bei der wir hier sind? Als ich die Details mit Danny besprochen habe, war ich zu nervös, um nachzufragen, und eine der anderen Aushilfen hat mich dank Sabrina mitgenommen, so dass ich nicht auf den Namen am Eingangstor geachtet habe.

Ja, dem Eingangstor.

Als wir die gut dreißigminütige Fahrt nach Saco, eine kleine Stadt nahe Portland, hinter uns gebracht haben, war ich zu sehr damit beschäftigt, das Anwesen zu bewundern. Die letzten Meter bis zum Haus haben wir zu Fuß zurückgelegt. Immerhin sollen die Autos des Personals nicht die Einfahrt verstopfen, obwohl ich mir sicher bin, dass es mehr als genug Platz vor dem Gebäude gibt. Von dem großen Tor wird man über einen geschlängelten Weg zu einem Rondell geführt, in dessen Mitte ein Springbrunnen steht. Ein verdammter Springbrunnen! Dahinter erhebt sich imposant das Haus. Mit riesigen Türen, einer Vielzahl an Fenstern und einem ordentlich gepflegten Beet rund herum.

All der Luxus hat mich zu sehr geblendet, um einen Gedanken daran zu verschwenden, wie die Familie, die hier lebt, wohl heißen mag.

In dem Blumensaal, wie ich das geräumige Zimmer zur Veranda hin nenne, sehe ich Danny, der mir mit einer kleinen Geste zu verstehen gibt, dass er gleich bei mir ist.

Möglicherweise habe ich Glück und Liam begegnet mir nicht. Wie hoch sind schon die Chancen? Zumal es sich bestimmt um einen anderen Liam handelt. Einen, der fast genauso klingt, wie mein Liam.

Halt. Nicht *mein* Liam. College-Liam. Der eingebildete Idiot aus reichem Elternhaus, der ganz sicher nicht hier ist!

Doch alles gute Zureden hilft nicht und ich erwische mich dabei, wie ich mich immer wieder nervös umblicke.

Ohne die Tür aus den Augen zu lassen, stelle ich die Flaschen kalt und mache mich daran, die Gläser weiter aufzubauen. Als Danny schließlich die Veranda betritt, schaut er sich suchend um. Unsere Auftraggeberin, eine wunderschöne Frau Mitte vierzig mit schwarzen, leicht gelockten Haaren, steht neben ihm und scheint ihn etwas zu fragen, denn Danny reibt sich nachdenklich über sein Kinn, blickt kurz in meine Richtung und murmelt etwas.

Die Frau mustert mich nun ebenfalls, länger, als Danny es getan hat. Um ihrem Blick zu entkommen, bücke ich mich hastig und tue so, als müsste ich mir einen Schuh zubinden. Als ich mich wieder aufrichte, sind die beiden verschwunden.

Vielleicht werde ich auch paranoid. Das würde jedenfalls einiges erklären. Vermutlich hat die Frau nicht mich, sondern die Dekorationen betrachtet.

All die Lichter in den Bäumen und unter der Decke werden bei Einbruch der Dunkelheit wunderschön aussehen. Auf den runden Stehtischen, die überall auf der Veranda verteilt sind, befinden sich Glasschalen mit Schwimmkerzen, auf deren Boden bunte Steine im Licht der Sonne glitzern. Wenn die Feier erst losgeht, wird es hier wirken wie in einem Märchenwald.

Von Danny fehlt auch fünfzehn Minuten später jede Spur. Bald werde ich ihn suchen und nach einer neuen Aufgabe fragen müssen, aber gleichzeitig scheue ich mich davor, zurück in das riesige Haus zu gehen.

Solange ich hinter der kleinen Bar bleibe, kann ich mich ducken, falls meine Vermutung sich bestätigt und dieser Liam *der* Liam ist.

„Laury, ich habe sie gefunden!"

Die Stimme kommt von der Tür und reißt mich so plötzlich aus meinen Gedanken, dass ich zusammenzucke.

Ein Mädchen, das nur ein oder zwei Jahre jünger sein kann als ich, bewegt sich direkt auf mich zu. Lange, braune Haare fallen ihr glatt über den Rücken, doch die Jogginghose und das lose T-Shirt passen nicht zu dem perfekt sitzenden Make-up, das sie mit Sicherheit schon für das bevorstehende Fest aufgelegt hat.

„Hi", sagt sie, bevor sie vor mir stehen bleibt und eine Hand ausstreckt, die ich perplex ergreife. „Ich bin Christina, aber du kannst mich Christy nennen. Wir haben ein kleines Problem und du bist die Lösung."

Hinter Christina, die meine Hand noch immer nicht losgelassen hat, taucht ein zweites Mädchen im Türrahmen auf und für einen Moment bin ich mir sicher, mich zu vergucken. Sie ist die exakte Kopie von Christina, abgesehen von der Tatsache, dass sie bereits ein knielanges, dunkelblaues Cocktailkleid trägt und ihre Haare in einem unordentlichen Knoten stecken.

Verwirrt schaue ich zwischen den beiden hin und her.

Christina sieht meinen Blick, dreht sich allerdings nicht um, bevor sie weiterspricht. „Das ist meine Schwester Lauren. Die ganze Sache ist eigentlich ihre Idee, also was denkst du? Danny hat schon gesagt, dass er dich für den Rest des Abends entbehren könnte. Versteh mich nicht falsch, er war nicht glücklich über die Aussicht, aber Mom kann sehr überzeugend sein. Und du würdest uns wirklich helfen!"

„Ähm …" Vorsichtig ziehe ich meine Hand zurück. „Um was genau geht es denn?"

Lauren seufzt tief, als wüsste sie, wie überfordert ich mich fühle, und wirft mir ein entschuldigendes Lächeln zu. „Die *Sache*", sie betont das zweite Wort und Christina verzieht den Mund, als würde sie erst jetzt bemerken, dass sie gar nicht erwähnt hat, worum es geht, „ist eigentlich ein Gefallen. Du würdest weniger uns, sondern vielmehr unserem großen Bruder aus der Klemme helfen."

O nein.

„Er braucht für heute Abend ein Date, es ist quasi ein Notfall." Mein Gesichtsausdruck muss Bände sprechen, denn Lauren fügt schnell hinzu: „Liam ist echt ein netter Kerl, versprochen. Und wir würden dich für deinen Zeitaufwand bezahlen. Du musst nichts weiter tun, als das Fest zu genießen."

Mir wird abwechselnd heiß und kalt bei der Aussicht, einen ganzen Abend mit Liam zu verbringen – vorausgesetzt es ist tatsächlich *der* Liam.

Bloß keine voreiligen Schlüsse ziehen. Nur, weil alles dafürspricht, heißt das nicht, dass die ganze Aufregung nicht völlig umsonst ist.

„Wir können dir etwas zum Anziehen leihen", fällt Christina, die entweder nichts von meiner Panik mitbekommt oder sie falsch interpretiert, Lauren ungeduldig ins Wort. „Mom hat zum Glück einige Kleider ihrer neuen Kollektion hier und sie sagt, du könntest in ein oder zwei Modelle hineinpassen. Wir würden deine Haare und dein Make-up machen. Du musst dich wirklich um nichts kümmern. Bitte."

„Liam?", bringe ich, ein wenig heiser, hervor und die Schwestern nicken synchron.

„Gehst du zufällig aufs Redhill-College?", fragt Christina in diesem Moment aufgeregt und mein Magen sackt ein Stück weiter hinab. Trotzdem nicke ich und nun ist das Mädchen nicht länger zu halten. Sie hüpft auf der Stelle und quietscht: „Dann kennst du ihn garantiert. Er spielt Fußball. Du kennst ihn, oder?"

Das. Ist. Ein. Verdammter. Scherz.

Ich wollte einfach nur Geld verdienen. Dass er auf den College-Partys anzutreffen ist, ist die eine Sache, doch hier?

Wieso muss dieser Typ überall auftauchen, wo ich hingehe? Na gut, in diesem Fall bin ich diejenige, die in sein Elternhaus gekommen ist, aber trotzdem!

„Ja", beantworte ich endlich Christinas Frage. Als ihre Augen zu leuchten beginnen, füge ich hinzu, „allerdings verstehen wir uns nicht besonders gut."

„Papperlapapp." Christina nimmt mich bei der Hand und zieht mich mit sich. „Liam ist der liebste Mensch der Welt und wird dir ewig dankbar sein."

Das wage ich zu bezweifeln. „Ich glaube wirklich nicht, dass das die beste Idee ist", versuche ich, zu widersprechen, aber es ist zwecklos.

Laurens Blick ist fast ein wenig mitleidig. „Wenn Christy sich etwas in den Kopf gesetzt hat, hat niemand eine Chance", flüstert sie.

„Das habe ich gehört", ruft diese vergnügt über ihre Schulter, während sie mich unbeirrbar hinter sich her in Richtung Eingangshalle zieht.

Für einen Moment bin ich versucht, mich an einem Stück Mobiliar festzuhalten. Nur die Blumen, die überall stehen, halten mich davon ab.

„Liam wird nicht begeistert sein, mich zu …"

„Ihr habt das nicht wirklich gemacht", unterbricht mich die vertraute Stimme. Auch das letzte bisschen Hoffnung, mich getäuscht zu haben, löst sich auf.

Christina, Lauren und ich sehen gleichzeitig nach oben, ich mit wild klopfendem Herzen. Liam, die Arme auf dem blumenbehangenen Treppengeländer abgestützt, wirkt alles andere als glücklich.

Jedes Mal aufs Neue vergesse ich, wie durchdringend sein Blick ist und wie nervös er mich macht. Er trägt eine Jeans, darüber ein weißes Hemd, dessen obere Knöpfe offenstehen und fixiert erst Christina, dann Lauren ungläubig.

Als besagter Blick auf mich fällt, weiten seine Augen sich einen Moment, bevor sein Mund sich zu einem kleinen Lächeln verzieht.

„Stalkst du mich, Kittycat?“

Mein Herz macht bei diesem Spitznamen einen Hüpfer.

Christina betrachtet mich fragend. „Will ich es wissen?“

Ich kann Liam nicht in die Augen gucken. Keine Chance. Nicht, nachdem ich ihn mitten bei ... bei ... bei wer-weiß-was unterbrochen habe.

„Ich habe euch gleich gesagt, dass das eine blöde Idee ist“, murmle ich in Richtung der Zwillinge und will mich aus Christinas Griff befreien, um zu Danny zu gehen. Oder mich von der nächsten Klippe zu stürzen. Ich bin mir noch nicht völlig sicher.

„Das ist keine blöde Idee!“ Christina schüttelt vehement den Kopf und beginnt wieder damit, an meinem Arm zu ziehen. „Es ist Laurens Idee und jeder weiß, dass sie ein Genie ist, ergo, ist es eine brillante Idee. Hör auf, so zu gucken, Liam, du weißt ganz genau, dass es stimmt.“

„Christina“, setze ich vorsichtig an, doch sie lässt mich nicht zu Wort kommen.

„Ehe du etwas sagst, was du nicht so meinst, wie zum Beispiel *nein*, sieh dir das Kleid an, das Mom für dich rausgelegt hat.“

Möchte ich wissen, wie viele Leute von diesem Einfall wussten, bevor ich überhaupt gefragt wurde? Wenigstens Liam scheint ähnlich überrumpelt worden zu sein. Ein kleiner Trost.

Ich stolpere die Treppe mehr hinauf, als dass ich laufe, doch Christina ist nicht aufzuhalten. Das Mädchen ist ein echter Wirbelwind und ich bin mir nicht sicher, was ich noch tun könnte, um aus dieser Situation zu entkommen, ohne einen ernsthaften Sturz für eine von uns beiden zu riskieren. Vermutlich sollte ich schon dankbar sein, wenn ich oben ankomme, ohne mich zum zweiten Mal vor Liam auf den Knien wiederzufinden.

Als wir den Treppenabsatz erreichen, mustert er mich wieder einmal von Kopf bis Fuß, aber Christina boxt ihm im Vorbeigehen in die Seite.

„Guck nicht so ätzend, oder …“ Sie stockt einen Augenblick verwundert. „Wie heißt du eigentlich?“

„Cat“, sage ich im selben Moment wie Liam.

„Ah, daher das Kittycat.“ Sie nickt, als wären nun alle Rätsel der Welt gelöst und wendet sich wieder ihrem älteren Bruder zu. „Oder Cat weigert sich am Ende wirklich, dein Date zu spielen“, spricht sie ihren vorhin angefangenen Satz weiter. „Dann stehst du vor dem gleichen Problem wie vor fünf Minuten und das möchtest du auch nicht, oder?“

Zu meiner großen Überraschung lächelt Liam. Nicht arrogant, abwertend oder gestellt. Es ist auch nicht das Lächeln, das er auf Partys zur Schau stellt, das immer so aussieht, als wüsste er mehr, als alle anderen. Es ist voller Wärme und hinterlässt ein Prickeln in meiner Magengegend. Wenn er mich jemals so ansieht, bin ich aufgeschmissen.

Zum Glück ist der Moment schnell vorbei und um ihn nicht wie eine Idiotin anzustarren, schaue ich mich um.

Die erste Etage ist ebenso hell wie die untere, obwohl in beide Richtungen mehrere Türen abzweigen, die meisten davon geschlossen.

Christina umklammert weiterhin meine Hand, als hätte sie Angst, dass ich bei der ersten Gelegenheit fliehen könnte. Zielstrebig steuert sie eine der Türen an und zieht mich hinter sich hinein.

An einer Seite des riesigen Raumes befindet sich ein Himmelbett mit ordentlich drapiertem Überwurf und jeder Menge Kissen am Kopfende. Unter dem Baldachin kann ich ein Netz aus Lichterketten erkennen, das sich die Bettpfosten hinunter schlängelt. Auf der gegenüberliegenden Seite, direkt neben einer Durchgangstür, steht ein Schminktisch und zwischen mehreren Bücherregalen ist ein gemütlich aussehender Sessel aufgestellt.

Das Zimmer ist aufgeräumt, ohne steril zu wirken. An einer Wand über dem Schreibtisch hängen, bunt durcheinander, Fotos, welche die beiden Schwestern mit verschiedenen Menschen zeigen und auf einem kleinen Tisch neben dem Sessel liegt ein ganzer Stapel Bücher.

Auch dieser Raum ist hell, die Flügeltüren zu einem großen Balkon sind weit geöffnet und lassen eine angenehme Brise hinein.

„Wow.“

Lauren sieht mich stolz an. „Das ist mein Zimmer. Christinas liegt auf der anderen Seite des Schrankes“, sie macht eine Bewegung in

Richtung der Durchgangstür, „aber bei ihr ist es zu unordentlich. Mom ist strikt dagegen, dass Gäste ihr Zimmer betreten."

Christina steckt ihrer Schwester die Zunge heraus und Lauren erwidert die Geste, während Liam sich ächzend in den Sessel fallen lässt.

„Also, was ist genau der Plan?", fragt er niemanden Bestimmtes.

„Wir bezahlen Cat", Christina deutet mit dem Finger auf mich, als hätte es irgendeinen Zweifel gegeben, wer gemeint ist, „damit sie dein Date spielt. Sie, deren Namen nicht genannt werden darf, wird sauer sein, du kannst dein Gesicht wahren, Mom bekommt die Party, die sie sich wünscht und Dad kann sich darauf konzentrieren, Menschen Geld aus dem Ärmel zu leiern. Alle haben etwas davon."

Liams Blick landet auf mir. Belustigung flackert in seinen Augen, auch, wenn ich nicht genau weiß, warum. „Du bist bereit, gegen Geld mein Date zu spielen?"

Bin ich das?

Christina und Lauren haben uns beide gleichermaßen überrumpelt, also gebe ich das Erste zur Antwort, was mir in den Sinn kommt.

„Irgendwie hatte ich keine Gelegenheit, Nein zu sagen."

Christina läuft demonstrativ zur Durchgangstür. Wir hören das leise Schaben von Kleiderbügeln, aber Lauren blickt schuldbewusst zwischen Liam und mir hin und her, bevor sie eine Summe nennt, die mich einen Moment nach Luft schnappen lässt.

Lauren, die meine Sprachlosigkeit offensichtlich falsch interpretiert, fügt hinzu: „Bitte. Wir zahlen dir auch das Taxi nach Hause, falls du eins brauchst, und kümmern uns um alles." Dann wendet sie sich an Liam. „Du könntest wenigstens ein bisschen für dich selbst werben, findest du nicht?"

„Ich bin mir noch nicht sicher, ob ich für mich werben möchte."

Damit wären wir schon zu zweit. Und – Schock – stimmen in etwas überein.

„Außerdem", ruft Christina in diesem Moment und öffnet die Schranktüren, „wie kann man bitte hierzu Nein sagen?"

„Wow", hauche ich, als ich das grüne Kleid mit der kunstvollen Bestickung sehe.

„Okay Brüderchen, damit liegt es an dir." Christina grinst von einem Ohr zum anderen, schiebt Lauren zusammen mit dem traumhaften Kleid zurück in den hell beleuchteten Schrank und schließt die Tür.

Langsam drehe ich mich zu Liam, der mich eindringlich mustert. Als wäre die Situation nicht schon absurd genug, beginnt mein dummes Herz unter seinen Blicken nervös zu flattern. Schnell verschränke ich die Arme, als könnte ich mich auf diese Weise vor seiner Ausstrahlung schützen.

Was tue ich hier eigentlich? Ja, das Geld würde mir aus der Klemme helfen, doch ich werde mit Sicherheit nicht darum betteln, das Date für diesen Mistkerl zu spielen.

„Du weißt, dass du mir keine Cola-Dusche verpassen kannst, wenn wir das hier durchziehen, oder?" Überrascht lache ich auf und zu meiner Erleichterung beginnt auch Liam zu grinsen. „Du würdest mir wirklich einen Gefallen tun", ergänzt er dann ernst. Die Ehrlichkeit in seinen Augen bringt mich völlig aus dem Konzept. „Außerdem schuldest du mir noch etwas." Das freche Grinsen ist zurück.

„Wie bitte?", frage ich überrumpelt. „Ich schulde dir gar nichts."

„Du bist einfach ins Zimmer hineingeplatzt, als es gerade interessant wurde, schon vergessen? Ganz abgesehen von der Sache mit der Cola. Ich finde es ziemlich großzügig von mir, dass du beides mit nur einem Abend wiedergutmachen kannst und sogar Geld dafür bekommst."

„Wenn überhaupt, schuldest du mir eine Cola."

Liam schmunzelt. „Kann ich meine Schulden mit einem Glas Champagner begleichen?"

Wenn ich das Angebot annehme, lösen sich einige meiner Probleme an nur einem Abend in Luft auf. Ich könnte schon morgen ein neues Handy besorgen und meine Eltern müssten nie etwas erfahren. Das Catering könnte ich nur noch als Bedarfsjob nutzen und wäre sogar in der Lage, ein bisschen Geld zur Seite zu legen. Und trotzdem …

„Wie kommt es eigentlich, dass du ein Date bezahlen musst? Du solltest doch genug Frauen haben, die Schlange stehen?", frage ich, um mir ein wenig mehr Bedenkzeit zu verschaffen.

„Das ist eine lange Geschichte." Er zwinkert mir zu. „Aber du musst dir wirklich keine Sorgen um mein Liebesleben machen. Also, haben wir einen Deal?" Als ich nicht reagiere, sondern ihn abwartend anstarre, zuckt er mit den Schultern. „Sagen wir einfach, ich habe heute Abend einen Ruf zu verlieren und du bist genau die Richtige, um bei gewissen Menschen Eindruck zu hinterlassen."

Es geht um die Person, die gegen seinen Willen eingeladen wurde, dessen bin ich mir sicher.

„Was würdest du von mir als Date erwarten?“, hake ich misstrauisch nach. Dieses ganze Angebot kommt mir noch etwas zu gut vor, um wahr zu sein.

Liam sitzt mit einem Mal ein wenig aufrechter, sein Blick wird ernst. „Dass wir gemeinsam auf dieser Feier gesehen werden, du dich bei mir unterhakst oder meine Hand hältst“, erklärt er. „Mehr nicht. Versprochen“, setzt er hinterher, als er meinen Blick sieht.

Ich glaube ihm. „Okay.“

Liam nickt und lächelt. „Dann überlasse ich dich der Obhut meiner Schwestern.“ Er macht eine kurze Pause. „Ihr könnt jetzt rauskommen, ich weiß genau, dass ihr lauscht.“

Die Tür öffnet sich und die Zwillinge, von einem Ohr zum anderen grinsend, haben nicht mal den Anstand, verlegen auszusehen.

Kapitel 9

Christina hatte recht, ich hätte es bereut, dieses Kleid nicht anzuziehen. Es sitzt perfekt.

Ein hellgrünes Cocktailkleid, das kurz über meinen Knien endet und dessen Rock mit dunkelgrünen Blumen verziert ist, die sich spielerisch in die Höhe ranken. Jede der Blumen wird durch einen silbernen Faden hervorgehoben und in ihren Zentren ist je eine schimmernde Paillette eingenäht.

Das Dekolleté ist dank des V-Ausschnittes etwas tiefer, als ich es normalerweise tragen würde, aber kunstvoll angebrachte Spitze schützt vor zu offenherzigen Einblicken.

Kurz gesagt: Ich habe mich in ein Kleid verliebt.

Lauren beginnt mit meinem Make-up, während Christina sich um meine Haare kümmert. Bei ihren munteren Erzählungen vergeht die Zeit wie im Flug.

Die zwei sind in ihrem letzten Highschooljahr und noch nicht ganz sicher, ob sie im nächsten Herbst direkt mit dem College beginnen, oder lieber ein Jahr um die Welt reisen möchten. Beide Möglichkeiten haben ihren Reiz, aber wo Lauren eher dazu neigt, sofort ans College zu gehen, ist Christina kaum zu bremsen, wenn sie von zur Auswahl stehenden Reisezielen berichtet.

Zwei Seiten derselben Medaille.

Liam habe ich seit unserem Gespräch nicht mehr gesehen. Er muss sich vermutlich selbst auf die Feier vorbereiten.

Die Vorstellung, Geld dafür zu bekommen, dass ich sein Date spiele, ist noch immer völlig absurd. Jessies Worte schwirren mir unaufhörlich durch den Kopf. Dass Liam sich vor einigen Monaten einvernehmlich getrennt hat und seine Ex ins Ausland gegangen ist. Wie hieß sie noch gleich?

Ob es an ihr liegt, dass er ein Date braucht?

Es ist die einzig sinnvolle Erklärung. Bedeutet das, dass er noch Gefühle für sie hat? Dieser Gedanke passt so gar nicht in das Bild des überheblichen Typs, den ich nun schon zweimal getroffen habe.

Insgeheim hoffe ich, dass die Zwillinge Licht ins Dunkel bringen, aber sie sprechen das Thema nicht mehr an, also halte ich mich mit meinen Fragen ebenfalls zurück.

„Fertig“, verkünden sie gleichzeitig.

„Darf ich mich jetzt endlich im Spiegel angucken?“

Synchrones Nicken.

Lauren nimmt ein Tuch, das mich an den Überwurf beim Friseur erinnert, von mir herunter und als mein Blick auf den Spiegel fällt, gebe ich einen überraschten Laut von mir, der den Zwillingen ein identisches Lächeln entlockt.

Lauren hat die Kunst des unsichtbaren Make-ups perfektioniert. Ich sehe aus, als hätte ich einen Instagram-Filter über meinem Gesicht. Meine Haut strahlt, die Wangen sind rosig und meine Augen wirken, dank des dezenten Eyeliners und den grauen Schattierungen, riesig. Ihre grüne Farbe wird durch das Make-up und das Kleid ganz besonders hervorgehoben, und in der tief stehenden Sonne sieht es fast aus, als würden sie leuchten. Aber nur fast.

Meine Haare sind zu einer Krone geflochten und mit kleinen, glitzernden Schmetterlingen verziert. Ich habe gedacht, die Dinger würden albern aussehen, muss jedoch zugeben, dass sie hübsche, funkelnde Akzente setzen.

„Die Schuhe“, ruft Christina plötzlich und flitzt aus dem Raum, nur, um wenige Sekunden später mit grauen Pumps zu mir zu rennen, deren Verzierungen aus winzigen, silbernen Schmetterlingen bestehen, die das Bild abrunden. Glücklicherweise haben sie nur einen kleinen Absatz, so dass ich mich auf ihnen fortbewegen kann, ohne dabei komplett albern auszusehen.

„Wie gut, dass wir die gleiche Größe haben“, murmelt Lauren, die sich nun ihrerseits im Spiegel betrachtet.

Sie und Christina tragen fast identische Kleider, Lauren in blau, Christina rot. Beiden fallen die Haare offen über die Schultern und sogar ihre Schuhe sind, bis auf die Farbe, gleich.

„Wenn die unterschiedlichen Farben nicht wären, ich könnte euch nicht auseinanderhalten.“ Kopfschüttelnd blicke ich von einer Schwester zur anderen.

„Früher haben wir manchmal in der Schule unsere Anziehsachen getauscht“, gesteht Christina und die Zwillinge grinsen sich verschwörerisch zu.

„Besonders gerne, wenn Christina einen Test schreiben musste“, kommt es von der Tür und wir fahren alle gleichzeitig herum.

Liam lehnt lässig im Türrahmen und mein Herz macht den gewohnten Hüpfer. Hoffentlich hat er nicht gesehen, wie ausgiebig ich mich selbst im Spiegel bewundert habe.

Um nicht vor Scham im Erdboden zu versinken, entscheide ich mich dafür, dass er erst vor wenigen Sekunden dazugestoßen ist.

Christina läuft bei seinem Kommentar rot an und Lauren lächelt verlegen, aber mein Blick bleibt an meinem *Date* für heute Abend kleben.

Der dunkelgraue Anzug sitzt perfekt und die Krawatte hat den gleichen Farbton wie die Blumen auf meinem Kleid. Erst jetzt wird mir wirklich bewusst, dass ich den ganzen Abend an seiner Seite verbringen werde. Augenblicklich werden meine Hände feucht.

Auch Liams Blick liegt einen Moment zu lang auf mir, dann lächelt er. Ein echtes Lächeln.

„Du siehst wunderschön aus", sagt er sanft. Wie ich es vermutet habe, komme ich mit dem freundlichen Liam nicht zurecht. Mir schießt das Blut in den Kopf und ich muss wegsehen.

Und was macht der Idiot? Er lacht.

„Kein Grund, gleich rot zu werden."

Ich gebe zu, ich habe diesen Schub Realität gebraucht, denn das komische Flattern in der Magengegend verstummt augenblicklich. Zum Glück.

Um meine Verlegenheit zu überspielen, wechsle ich schnell das Thema. „Wie genau ist unsere Geschichte, falls wir danach gefragt werden?"

Ich bin mir sicher, dass er meine Absichten durchschaut, aber zu meiner unendlichen Erleichterung, lässt er sich darauf ein.

„Lauren? Das Ganze war doch deine Idee." Er sieht seine Schwester auffordernd an, die gerade ihr Schmuckkästchen durchwühlt und bei seinen Worten mit den Schultern zuckt.

Es ist Christina, die antwortet.

„Wir können dir nicht alle Arbeit abnehmen. Denkt euch was aus."

Liams und mein Blick treffen sich und ich bin mir sicher, dass er ebenfalls daran denken muss, wie ein Becher Cola in seinem Gesicht gelandet ist. Ich muss grinsen und zu meiner Überraschung, heben sich auch seine Mundwinkel leicht.

Bevor irgendjemand von uns noch etwas sagen kann, klopft es einmal kurz und die schwarzhaarige Frau, Mrs. Rogers, tritt ein.

Ihre dunklen Augen leuchten auf, als sie mich sieht. „Wusste ich es doch, dass das Kleid hervorragend zu dir passen würde!" Sie streckt mir ihre Hand entgegen, die ich augenblicklich ergreife. „Ich bin Alicia.

Tut mir wirklich leid, dass wir dich in dieses ganze Drama mit hineingezogen haben, aber …“

Liam räuspert sich vernehmlich. „Alicia ist Modedesignerin und liebt es, jeden in ihrer Umgebung als Testobjekt zu missbrauchen.“

Das Gespräch von vorhin kommt mir wieder in den Sinn und plötzlich ist es logisch, dass Liam sie mit ihrem Vornamen anspricht. Wie lange es wohl her ist, dass seine Mutter die Familie verlassen hat?

Alicia gibt ihm einen Klaps auf den Arm, nimmt ihm die Unterbrechung anscheinend jedoch nicht übel. „Und ihr profitiert alle davon, oder etwa nicht?“, fragt sie gespielt streng und zupft kopfschüttelnd seine Krawatte zurecht. „Aber ich bin nicht hier um mir anzusehen, wie wunderbar ihr ausseht. Die ersten Gäste kommen in ein paar Minuten.“

Liam seufzt, doch Alicia ist bereits verschwunden. Christina stößt einen leisen Fluch aus und rennt in ihr Zimmer, während Lauren endlich gefunden hat, wonach sie sucht und zwei blaue Ohrringe in die Höhe hält.

Danach machen wir uns auf den Weg nach unten.

Liams Vater ist ein hochgewachsener, breitschultriger Mann, der wie eine ältere Version seines Sohnes aussieht.

Freundlich, aber distanziert begrüßt er mich, bevor er seine drei Kinder daran erinnert, wie wichtig ihr gutes Benehmen ist und welchen Gästen besondere Aufmerksamkeit gewidmet werden muss.

Diese Sommerparty ist der erste Empfang in einer langen Reihe von Anlässen, um Sponsoren und hochrangige Unterstützer zu umwerben. Mr. Rogers möchte die nächste Wahl zum Senator gewinnen und wenn ich Liams kurze Erklärung richtig verstanden habe, hat er gute Chancen.

Es dauert nicht lange, bis es vor Gästen nur so wimmelt.

„Überlass das Reden einfach mir“, hat Liam mir zugeflüstert, als wir gemeinsam die Treppe hinabgestiegen sind. Was ich zuerst als weiteres Zeichen seiner Arroganz gewertet habe, erkenne ich jetzt als riesige Hilfestellung, denn jeder Partygast scheint eine kleine, lokale Berühmtheit zu sein.

Natürlich ist mir so gut wie niemand ein Begriff. Einige Gesichter kommen mir bekannt vor, aber ob ich sie von Wahlplakaten oder aus dem Fernsehen kenne, kann ich beim besten Willen nicht zuordnen, geschweige denn, welche Position sie wo besetzen.

Im Gegensatz zu mir, kennt Liam von jedem Gast den Namen, schüttelt Hände, lächelt, fragt nach ihren Kindern, ihren Hunden oder ihrer letzten Reise, lacht über schlechte Witze und verteilt Komplimente, die allesamt überzeugend vorgetragen werden.

Neben ihm bin ich gezwungen zu lächeln, zu nicken und von Zeit zu Zeit eine Frage zu beantworten. Allerdings werden diese eher aus Höflichkeit, als aus echtem Interesse gestellt und mir ist die Rolle der stummen Begleitung nur recht.

Niemand hier interessiert sich dafür, wie alt ich bin oder für das Glas Champagner, das Liam mir wie versprochen mitgebracht hat.

Hätte mir jemand vor drei Stunden erzählt, dass ich ausgerechnet seine Gegenwart als sicher und beruhigend empfinde, ich hätte dieser Person ins Gesicht gelacht.

So schnell können sich Dinge ändern.

Die wenigen Momente, in denen wir nicht in Gespräche verwickelt sind, nutzt er, um mir kleine Anekdoten zuzuflüstern.

„Das da vorne ist Mr. Muller.“ Er deutet auf einen untersetzen Mann mit Glatze, der sich in einer hitzigen Diskussion mit einem älteren Ehepaar befindet. „Ihm gehören mehrere Anwesen an der Küste und seine größte Leidenschaft sind Pudel.“

Fast verschlucke ich mich an dem Champagner und Liam lächelt zufrieden.

„Liam, mein Junge.“

Ein fülliger Mann mit grauen Haaren, Schnäuzer und einnehmendem Lächeln kommt direkt auf uns zu. Die erste Person, die ich zweifelsfrei zuordnen kann. Anscheinend hatte mein Kommilitone Edward recht und Liam kennt den Dekan des Redhill-Colleges.

„Hallo Richard. Wie geht es dir?“ Liam streckt ihm, ebenfalls lächelnd, die Hand entgegen und der Dekan schüttelt sie erfreut.

Ich kenne Mr. Morrison natürlich nur vom Sehen, habe mich aber noch nie mit ihm unterhalten, während die beiden so vertraut sind, dass sie sich mit Vornamen ansprechen. Vielleicht ist an Edwards Behauptung, Liam würde sich aufgrund seiner Kontakte gute Noten ermogeln, doch etwas dran.

„Prächtig, Alicia hat sich wieder mal selbst übertroffen.“ Mr. Morrison hält ein Shrimp-Törtchen in die Höhe, zwinkert vergnügt und reibt sich über den Bauch. „Ich sollte aufpassen, dass ich nicht zu viele Leckereien probiere.“

Liam nickt lächelnd. „Der Coach würde mir den Kopf abreißen, wenn er wüsste, was ich mir heute schon gegönnt habe."

Eine glatte Lüge. Bisher sind wir noch nicht einmal in die Nähe des Buffets gekommen. Eine Tatsache, die mir mein Magen langsam aber sicher übelnimmt. Es laufen zwar immer wieder Kellner an uns vorbei, die Tabletts mit Häppchen durch die Menge balancieren, doch ich habe mich noch nicht getraut, einen von ihnen zu mir zu winken. Zumal es meine neuen Kollegen sind. Dabei würde ich mir nicht nur albern, sondern auch extrem snobistisch vorkommen.

„Ich werde dich nicht verraten", sagt Mr. Morrison vergnügt, bevor sein Blick auf mich fällt. „Und wer ist deine reizende Begleitung?"

Wie schon unzählige Male heute Abend versuche ich, meine Nervosität mit einem Lächeln zu überspielen und strecke die freie Hand aus. Hoffentlich ignoriert er den Alkohol genauso, wie der Rest der Gäste.

„Catharina Archer, Sir. Ich besuche seit diesem Semester das Redhill-College."

Erkenntnis schimmert in Mr. Morrisons Augen auf, als er meine Hand schüttelt.

„Sie sind die Schwester von Tristan Archer, habe ich recht?"

Natürlich kennt er meinen Bruder.

„Ja, Sir."

„Fein." Der Dekan nickt bedächtig. „Mr. Archer ist ein ganz herausragender, junger Mann. Immer gute Noten und hervorragende Ergebnisse im Sport. Er hat mehrere Landeswettbewerbe gewonnen, wenn ich mich korrekt erinnere?"

Ich erwidere sein Lächeln und hoffe, dass man mir nicht ansieht, wie sehr es mich anstrengt. „Stimmt."

„Zu meiner Zeit war ich selbst unter den Läufern. Nicht, dass man das heute noch ahnen würde." Er lacht und tätschelt sich den Bauch. „Haben Sie keine Ambitionen, dem Leichtathletik-Team beizutreten, Ms. Archer?"

Erneut zwinge ich mich zu einem freundlichen Lächeln. „Ich glaube, damit würde ich dem Team keinen Gefallen tun, Sir."

„Nun gut … wie stehen Sie mit meinem lieben Liam in Verbindung?"

Liam verkrampft sich neben mir und Hitze kriecht mir in die Wangen.

„Wir sind … Freunde.“ Hoffentlich hat er das Zögern nicht bemerkt.

Doch Mr. Morrisons Lächeln wird bei unserem offensichtlichen Unbehagen nur noch größer. „Nun gut, dann möchte ich euch zwei nicht länger stören. Aber es ist gut zu wissen, dass der Junge wieder einen positiven Einfluss an seiner Seite hat, der ihn ein bisschen zur Ruhe kommen lässt.“

Unsicher, was er damit meint oder welche Antwort er erwartet, lächle ich einfach weiter. Der Dekan klopft Liam auf die Schulter, wendet sich jedoch erneut an mich.

„Falls Sie irgendetwas brauchen, Ms. Archer, meine Tür steht Ihnen jederzeit offen. Bitte zögern Sie nicht, zu mir zu kommen.“

„Vielen Dank, Sir.“

Dann verabschiedet er sich mit der Begründung, sich ein letztes Shrimp-Törtchen sichern zu wollen, bevor sie alle weg sind.

„Daher kenne ich deinen Nachnamen“, murmelt Liam. „Du bist also mit unserem kleinen Goldjungen verwandt?“

Ich zucke nur mit den Schultern, denn ich möchte wirklich nicht über meinen Bruder reden. Er bohrt nicht weiter nach, stattdessen bietet er mir seinen Arm an.

„Lass uns die kurze Pause nutzen und dem Buffet einen Besuch abstatten.“

Just in dieser Sekunde beginnt mein Magen lautstark zu knurren. Die leise Musik im Hintergrund verhindert, dass all die umstehenden Menschen es hören, doch Liam grinst breit. Ein ehrliches Grinsen.

„Mein Magen ist von diesem Plan begeistert.“

„War nicht zu überhören.“

Die Auswahl ist überwältigend. Wie Danny all diese Dinge hergestellt und hierher transportiert hat, ist mir ein Rätsel, aber ich beginne zu verstehen, warum er extra Personal für den Aufbau angefordert hat.

Das Buffet ist gefüllt mit kleinen Platten, auf denen die verschiedensten Törtchen, Häppchen, Salate in winzigen Schüsseln, Früchte und diverse Gemüsesorten mit den unterschiedlichsten Füllungen künstlerisch drapiert sind. Am hinteren Ende der Tafel stehen unzählige Gläser mit Nachtisch in allen Variationen, von simplem Schokoladenpudding zu geschichteten Fruchtcremes, Obstspießen und sogar einem Schokoladenbrunnen. Vor jeder Platte steht ein Kärtchen mit einer kurzen, vornehm klingenden

Beschreibung und überall, wo noch Platz ist, liegen Blumen, Blütenblätter, Glasperlen und bunte Steinchen.

Langsam laufe ich am Buffet entlang und versuche, zu entscheiden, was ich probieren möchte.

„Hier, den könntest du brauchen.“ Liam hält mir einen Teller entgegen, den ich in der Aufregung völlig vergessen habe. Dankend nehme ich ihn an, bevor ich meine Hand nach einer Blätterteigkreation ausstrecke. Er räuspert sich vernehmlich. „Das würde ich nicht essen, wenn ich du wäre“, raunt er und stellt sich dicht neben mich. „Außer du magst Kaviar.“

Bei der Erinnerung an das salzige Zeug schüttelt es mich und ich ziehe rasch die Hand zurück.

So arbeiten wir uns durch das Buffet. Zweimal hält Liam mich noch davon ab, etwas zu essen, das zwar köstlich aussieht, sich im Nachhinein jedoch als Schnecken und Foie gras herausstellt.

Ich halte mich an seine Empfehlungen und muss sogar laut auflachen, als er sich voller Überzeugung ein Törtchen in den Mund wirft und kurz darauf angewidert das Gesicht verzieht.

„Kapern“, murmelt er und schluckt schwer. „Ich hasse Kapern.“

„Ich hätte nicht gedacht, dass ich das mal sagen würde, aber damit haben wir etwas gemeinsam.“

Wortlos nimmt er mir mein noch halbvolles Glas Champagner aus der Hand und trinkt einen großen Schluck.

„Hey!“

„Das war dafür, dass du mich ausgelacht hast. Dabei habe ich dich vor Schnecken bewahrt!“

Meine Mundwinkel wandern von ganz allein nach oben und er erwidert mein Lächeln mit funkelnden Augen.

Einen Moment sagt keiner von uns etwas, wir schauen uns einfach nur an und sein intensiver Blick treibt meinen Puls ein weiteres Mal in die Höhe. Ich kann mit diesem freundlichen Liam nicht umgehen.

Also stopfe ich mir schnell mein letztes Törtchen in den Mund. Thunfisch und Pizza. Lecker.

„Liam, wie schön, dich hier zu treffen.“

Die Stimme der Frau lässt ihn erstarren, aber bevor ich ausmachen kann, woher sie kommt, findet er sich in einer Umarmung wieder, die ein wenig zu lang andauert und die er nicht erwidert. Seine Arme bleiben einfach an seiner Seite hängen und als die Fremde sich von ihm löst, bleibt seine Mimik versteinert.

Sie ist hübsch. Ihre roten Haare fallen ihr offen auf die Schultern und werden mit winzigen Perlen aus ihrem Gesicht gehalten. Ihr Kleid ist dunkelrot und liegt eng an ihrem Körper und eine kleine Kette aus Diamanten funkelt um ihren Hals.

Doch irgendetwas stimmt nicht. Die Fröhlichkeit, mit der Liam bisher jedem Gast begegnet ist, ist komplett verflogen, ebenso wie seine lockere Art, mit der er allen Gästen ein Gefühl von Willkommen sein vermittelt hat.

Ich kaue schneller, darum bemüht, das Törtchen hinunterzuschlucken, ohne daran zu ersticken.

Wahnsinnig elegant, Cat.

„Du siehst gut aus", fährt sie unbeirrt fort, obwohl er nicht reagiert. Dann fasst sie mich ins Auge. „Wer ist deine kleine Freundin?"

Diese Frage scheint Liam endlich aufzuwecken. Er setzt ein falsches Lächeln auf, das seine Augen nicht erreicht, überwindet die kurze Distanz zwischen uns und legt mir einen Arm um die Hüfte.

Eine federleichte Berührung, trotzdem breitet sich die Hitze von seiner Hand in meinem gesamten Körper aus.

„Eine Freundin", antwortet er knapp, doch sein Arm um mich lässt etwas anderes vermuten.

Diese Frau ist der Grund, warum Liam heute Abend ein Date gesucht hat, ich bin mir sicher. Vor ihr muss er sein Gesicht wahren. Eine unterschwellige Anspannung geht von ihm aus, als würde er sich auf alles gefasst machen. Bisher habe ich ihn noch nie so verkrampft erlebt, so sprachlos.

Den gesamten Abend hat er die Aufmerksamkeit auf sich gelenkt, hat gemerkt, wenn ich nicht wusste, wie ich mich verhalten soll, und ist ganz selbstverständlich für mich eingesprungen. Zeit, dass ich meinen Part der Abmachung erfülle.

Wenn sie der Grund ist, weshalb er ein Date gesucht hat, dann werde ich das perfekte Date sein.

Ich schmiege mich enger an ihn und streiche Liam mit der Hand über den Rücken. „Mein Name ist Catharina, freut mich, dich kennenzulernen." So freundlich, wie ich kann, blicke ich ihr entgegen. „Und du bist?"

Ihr Lächeln verrutscht tatsächlich für einen winzigen Moment.

„Isobel Collins." Sie zieht eine Augenbraue hoch und mustert mich. Gerade lange genug, dass es nicht unhöflich wirkt, mir allerdings das Gefühl gibt, etwas zwischen den Zähnen zu haben. „Meinem Vater gehören einige Hotels in der Umgebung. Ich wundere mich, dass Liam mich nie erwähnt hat, wenn man unsere gemeinsame Vergangenheit bedenkt."

Bei ihren letzten Worten drückt er mich fester an sich, als würde er um Beherrschung ringen. Aber ich streiche ihm unbeirrt über den Rücken und es scheint ihn tatsächlich ein wenig zu beruhigen.

Isobels Lächeln ist so falsch wie ihre aufgesetzte Höflichkeit. Ich erkenne einen Seitenhieb, wenn er mir entgegenkommt. Wäre ich wirklich mit Liam zusammen und hätte er mir tatsächlich nie etwas von ihr erzählt, hätte sie mit ihren Worten Erfolg gehabt.

Wir sind aber nicht zusammen.

„Ach, *du* bist Isabel", sage ich gespielt überrascht. Ihren Namen spreche ich absichtlich verkehrt aus, immerhin kenne ich die Spielchen, die solche Frauen gerne spielen. Louisa war eine hervorragende Lehrmeisterin. „Ich habe mir dich irgendwie anders vorgestellt." Mein Herz hämmert. Ich hasse Konfrontation und die kleine Falte, die sich auf ihrer Stirn bildet, macht es nicht besser. Doch ich sollte mich nicht wundern, ich habe sie immerhin provoziert. Liams Nähe, seine Hand auf meiner Taille gibt mir ausreichend Halt, um meinen Blick langsam über ihren Körper wandern zu lassen, als wäre sie erst jetzt interessant genug, um ihr meine Aufmerksamkeit zu schenken.

„Isobel." Ihre Stimme ist kühl. Sie mustert mich nicht weniger intensiv und gerade, als sie zu einem weiteren Kommentar ansetzt, falle ich ihr ins Wort.

„War wirklich schön, dich kennenzulernen, aber ich fürchte, Liam hat mir noch eine kleine Tour versprochen. Also, man sieht sich." Ich hebe kurz die Hand und gebe Liam mit der anderen einen behutsamen Stoß in den Rücken, der ihn aus seiner Erstarrung reißt.

Er nickt Isobel mit versteinerter Miene zu, bevor er, nach wie vor einen Arm um mich gelegt, in Richtung der Eingangshalle geht.

Nur noch ein paar Schritte, danach sind wir außer Sicht. Dann kann ich den Atem ausstoßen, den ich angehalten habe und Liam endlich fragen, was es mit dieser ganzen Sache auf sich hat.

Doch er bleibt nicht stehen. Nicht in der Eingangshalle und auch nicht, als er mich einen Gang hinter der Treppe entlangführt. Eine große Tür blockiert unseren Weg, aber er öffnet sie, schiebt mich hindurch und schließt sie leise hinter uns.

Wir sind in einem Arbeitszimmer mit zahllosen Akten sowie Büchern und einem riesigen Schreibtisch.

Erst jetzt lässt er mich los, tritt einige Schritte zurück und stößt einen Schwall Luft aus.

Also bin ich nicht die Einzige, die tief durchatmen muss. Irgendwie beruhigend. Insbesondere, weil Liams Selbstbewusstsein sonst so dermaßen unerschütterlich scheint.

Obwohl es nicht kalt ist, spüre ich den Verlust der Wärme, die mich in den letzten Minuten umgeben hat und eine leichte Gänsehaut kriecht meine Arme hinauf.

Liam hat die Augen geschlossen, die Hände an seinen Seiten zu Fäusten geballt, die er immer wieder öffnet und schließt.

„Danke", flüstert er schließlich leise, ohne mich anzusehen.

„Kein Problem", gebe ich ebenso leise zurück.

„Gib mir nur ein paar Minuten, okay?"

Ich nicke, bemerke, dass er keine Augen im Hinterkopf hat, und räuspere mich. „Klar."

Schweigen breitet sich zwischen uns aus, nur durchbrochen von einer großen Uhr, die über der Tür hängt und deren leises *Tik Tak* mit jeder Sekunde, die vergeht, lauter wird.

Am liebsten würde ich den Raum verlassen und ihm einen Augenblick geben, allein, denn ich fühle mich wie ein Eindringling in einem intimen Moment. Doch vor der Tür wäre ich völlig auf mich gestellt und diesen Gedanken ertrage ich noch weniger.

Liam hatte nicht viel Zeit, um sich zu sammeln.

Es waren nur wenige Minuten, bevor Christina und Lauren in das Arbeitszimmer ihres Vaters gekommen sind und aufgeregt gefragt haben, was passiert ist.

Liam hat nur mit den Schultern gezuckt und gesagt, dass es genauso gelaufen ist, wie erwartet.

Dann mussten wir zurück, uns unter die Menschen mischen, lächeln, Fragen stellen und beantworten.

Doch die Leichtigkeit hat gefehlt. Ebenso, wie seine Anekdoten in den ruhigen Momenten.

Stattdessen habe ich die Aufgabe übernommen, Liam unauffällig zu warnen, sobald Isobel in unsere Nähe kam. Ich glaube, er war froh darüber, aber mit Sicherheit weiß ich es nicht.

Erst, nachdem Mr. Rogers seine Rede gehalten hat, konnten wir uns verabschieden und ich bin Liam dankbar, als er anbietet, mich zurück zum College zu fahren.

Die gesamte Autofahrt schweigen wir. Irgendwann halte ich es nicht mehr aus und schalte das Radio ein, damit wenigstens ein bisschen Musik die Anspannung durchbricht.

Ich trage nach wie vor das wunderschöne Kleid, denn mich noch vor Ort umzuziehen, hätte die ganze Sache auffliegen lassen. Christina und Lauren haben es zum Glück geschafft, meine Kleidung in Liams Auto zu schmuggeln, bevor wir losgefahren sind.

Nach einer gefühlten Ewigkeit kommen wir am College an.

„Am besten du parkst dort“, durchbreche ich die Stille und zeige auf den Parkplatz vor meinem Wohnheim.

Er nickt nur und lenkt den silbernen SUV so nah wie möglich an das Gebäude heran, stellt den Motor ab, greift in seine Tasche und zieht ein Bündel Scheine heraus.

„Du hast dich heute gut geschlagen“, sagt er leise, während ich die Scheine entgegennehme.

„Danke.“ Schätze ich.

Schnell verstaue ich das Geld, dass aus Fünfzig-, Zwanzig- und Zehn-Dollar-Scheinen besteht, in meiner Handtasche. Die Vorstellung, dass irgendjemand aus dem Fenster schauen und diese Übergabe beobachten könnte, lässt meinen Nacken prickeln.

„Willst du gar nicht nachzählen?“

Sein Ton ist neckend und als ich ihn ansehe, ist ein bisschen Humor in seine Augen zurückgekehrt.

„Sollte ich?“, frage ich statt einer Antwort und schnalle mich ab.

Mir ist nie in den Sinn gekommen das Geld zu zählen, aber vielleicht wäre es klüger. Dummerweise bekomme ich die Angst nicht aus dem Kopf, dass mich irgendjemand dabei beobachten könnte.

Er schmunzelt und hebt eine Augenbraue. „Dein Vertrauen überrascht mich, das ist alles.“

„Ich vertraue darauf, dass du kein Interesse daran hast, dass jemand von dieser Schein-Date-Sache erfährt.“ Schulterzuckend öffne ich die Tür. Als würde ich nicht vor Scham sterben, falls diese Geschichte jemals herauskommt.

Als ich mich umdrehe, sieht Liam mich an, grinst verschlagen und deutet eine kleine Verbeugung an.

„Wenigstens endet dieser Abend nicht unter der Dusche, um das klebrige Zeug loszuwerden, das überall an mir hängt.“ Kurz zögert er, dann fährt er mit einem frechen Glitzern in den Augen fort. „Außer natürlich, du nimmst mich noch mit zu dir und der Abend endet damit, dass ich das *andere* klebrige Zeug abwasche."

Gerade, wenn ich denke, er könnte am Ende doch ein anständiger Kerl sein, beweist er mir wieder einmal das Gegenteil.

„Träum weiter." Ich schlage die Autotür mit mehr Schwung hinter mir zu, als nötig gewesen wäre.

Liams Lachen nehme ich trotzdem wahr.

Auf dem kurzen Weg zu meinem Wohnheim warte ich darauf, endlich den Motor zu hören und seine brennenden Blicke nicht länger in meinem Nacken zu spüren. Doch erst, als ich die Tür des Wohnheims aufstoße, erhellen Scheinwerfer die Nacht und das Auto setzt sich in Bewegung.

Kapitel 10

Redhill ist nicht besonders groß, aber es gibt einige Geschäfte, darunter auch einen Elektroladen und sobald ich meine Kurse für den Tag beendet habe, mache ich mich trotz der Hitze zu Fuß auf den Weg.

Bisher hätte ich mir den Tag ohnehin sparen können. Meine Konzentration war nicht vorhanden. Ich war zu abgelenkt davon, nach Liam Ausschau zu halten. Für einen Abend sein Date zu spielen, war weniger schlimm, als ich anfangs dachte, ich hatte sogar erstaunlich viel Spaß. Trotzdem habe ich den ganzen Vormittag gehofft, ihm nicht über den Weg zu laufen. Vor allem, weil ich keine Ahnung habe, wie ich mich ihm gegenüber verhalten soll.

Tue ich so, als würde ich ihn nicht kennen? Grüße ich ihn im Vorbeigehen, oder mache ich mich damit zum Affen? Wirke ich dann wie eines dieser Mädchen, die sich einbilden, bei Liam Rogers eine Chance zu haben?

Außer natürlich, du nimmst mich noch mit zu dir und der Abend endet damit, dass ich das andere klebrige Zeug abwasche.

Zum Glück hat er mit nur einem Satz jegliche schwärmerischen Gedanken im Keim erstickt.

Der Besitzer des Elektroladens berät mich und es dauert weniger als eine halbe Stunde, bis ich mein neues Smartphone mit meiner alten Nummer in der Hand halte.

Zurück im Wohnheim dusche ich zuerst den Staub und den Schweiß ab, bevor ich damit beginne, das Gerät einzurichten. Die nötigen Apps zu installieren braucht mehr Zeit, als ich erwartet habe, dabei wollte ich eigentlich schon mal die ersten Notizen für die Gruppenarbeit mit Edward durchgehen.

Wenn wir uns heute Nachmittag zusammensetzen, wäre es besser, ich wüsste, worüber er spricht.

Aber zuerst das Handy.

Es war zu erwarten, dass ich neue Nachrichten auf diversen Apps haben würde. Mehrere von meiner Mutter, die ich mir durchlesen möchte, sobald ich alles fertig installiert habe. Dazu eine Nachricht von einer unbekannten Nummer. Kurz zögere ich. Wäre ich klug, würde ich diese Nachricht ungelesen löschen. Ich weiß, dass es ein Fehler ist, sie zu lesen. Und trotzdem kann ich nicht anders.

Unbekannt: Ich habe dich in den Vorlesungen vermisst.

Kurz schließe ich die Augen, dann drücke ich auf den Papierkorb. Ich hätte es nicht lesen dürfen.

Instagram zeigt ebenfalls eine neue Nachricht an. Ich dachte, mir ein neues Profil anzulegen und niemandem von früher zu folgen, würde ausreichen, aber anscheinend habe ich mich getäuscht. Doch als ich die Nachrichten öffne, bleibt mir einen Moment das Herz stehen.

KickerLiam möchte dir eine Nachricht senden.

Ich weiß selbst nicht, weshalb mir heiß wird, als ich auf *Akzeptieren* drücke. Vermutlich will er sich nur für den unangebrachten Kommentar von gestern entschuldigen. *Ja, genau, träum weiter, Cat.*

KickerLiam: Kittycat, was für ein Zufall, dich hier zu sehen. ;)

Kein grüner Punkt neben seinem Profilbild, er ist nicht online.

CathaCat: Erstaunlich, oder?

Schnell schließe ich die App.

Meine Finger trommeln nervös auf meinem Oberschenkel.

Ob er antwortet?

Warum hat er mir überhaupt geschrieben?

Genug Zeit verplempert, ab an den Schreibtisch.

Doch ich bewege mich nicht, sitze auf dem Bett und starre aus dem Fenster.

Ist das Telefon auf stumm gestellt?

Ein kurzer Blick auf den Bildschirm zeigt mir, ich habe keine neuen Nachrichten.

Noch fünf Minuten.

Sollte er mir dann nicht geantwortet haben, stelle ich es auf lautlos und werde erst wieder darauf gucken, wenn ich mit Lernen fertig bin.

Als hätte er diesen Gedanken gehört, vibriert das Handy.

KickerLiam: Also, wegen gestern Abend …

Er tippt, während ich mit angehaltenem Atem auf das Display starre.

KickerLiam: Du hast dich gut geschlagen.
CathaCat: Danke, aber das hast du mir schon gesagt.

Sobald ich auf *Senden* drücke, verziehe ich das Gesicht.

Sehr höflich.

Er scheint es nett zu meinen und ich habe nichts Besseres zu tun, als diese Antwort zu schicken?

Liam tippt erneut.

KickerLiam: Das war ein Kompliment!
CathaCat: Wenn du das sagst … ;)

Verdammt noch mal!

Wenigstens habe ich einen Emoji dazu gesetzt. Vielleicht interpretiert er das als flirten.

Andererseits, ich möchte eigentlich nicht, dass er denkt, ich würde mit ihm flirten.

Oder?

KickerLiam: Nicht jede Frau kann so überzeugend ein Date spielen, glaub mir. ;)

Ich wünschte, ich hätte eine Ahnung, worauf diese Unterhaltung hinauslaufen soll. Ob er mit mir flirtet, oder ob das nur in meinem Kopf existiert. Dann wüsste ich wenigstens, was ich zurückschreiben könnte. Bilde ich mir zumindest ein. Man darf ja noch träumen.

Hitze breitet sich in meinem gesamten Körper aus, als ich meine Antwort tippe.

CathaCat: Das klingt, als hättest du damit Erfahrung …? :P
KickerLiam: Vielleicht. ;P
CathaCat: Sag jetzt bitte nicht, ich war nicht dein erstes Fake-Date …
KickerLiam: :D Keine Sorge, Kittycat, du bist meine Erste …;P
CathaCat: Das beruhigt mich irgendwie.
KickerLiam: Also machst du dir doch Sorgen um mein Liebesleben? :D
CathaCat: Nur, wenn du anfängst, noch mehr Leuten Geld für ihre Dienste zu zahlen. ;P

KickerLiam: 1. Das klingt irgendwie falsch. 2. Damit muss ich nicht anfangen, wenn du weiterhin meine Freundin zu offiziellen Anlässen spielst. ;) 3. Von welchen Diensten sprechen wir hier genau? ;P

Ruckartig richte ich mich auf und starre den Bildschirm an, aber die Worte verändern sich nicht.

Bittet er mich um ein Date?

Nein, er spricht davon, dass ich weiterhin seine Freundin *spielen* soll. Oder?

KickerLiam: Ich meine das ernst.
CathaCat: Moment, was genau willst du von mir?
KickerLiam: Es kommen diese Saison noch einige Events auf mich zu. Das nächste ist im Oktober. Also, bist du dabei?

Mein Herz hämmert wie verrückt.

CathaCat: Ist das dein Ernst?
KickerLiam: Natürlich. Oder war gestern Abend so schlimm?
CathaCat: Warum willst du ausgerechnet mit mir da hin?
KickerLiam: Du hast bei allen einen guten Eindruck hinterlassen. Komm schon. Finanziell würde sich das für dich lohnen!

Ich starre auf mein Handy, dann lege ich es vorsichtig auf mein Bett, mache erst zwei, danach drei Schritte nach hinten und atme einmal tief durch.

Der Typ ist völlig durchgeknallt. Er könnte jedes Mädchen auf dem Campus darum bitten, mit ihm auszugehen, aber stattdessen möchte er mir Geld dafür zahlen? Hat er zu viel davon?

Okay, nachdem ich sein Elternhaus gesehen habe, ist die Frage überflüssig.

Doch davon abgesehen, käme es für mich infrage?

Nein!

Geld anzunehmen, um jemandes Freundin zu spielen, das ist auf so vielen Ebenen problematisch, ich möchte gar nicht anfangen, zu zählen. Ganz zu schweigen davon, was passiert, wenn das jemand herausfindet.

Gestern war eine Ausnahme. Ein Notfall, sozusagen. Für mich genauso wie für Liam. Doch dieser Notfall ist behoben, ich habe ein neues Handy und sogar eine Schutzhülle.

Wäre es schön, etwas mehr Geld zu haben?

Ja.

Aber nicht so.

Ich habe den Aushilfsjob beim Catering. Danny hat heute Morgen erst geschrieben, dass er mich gerne in die Datenbank der Aushilfen aufnehmen würde, und selbstverständlich habe ich zugestimmt.

Das Handy auf dem Bett vibriert erneut.

KickerLiam: Kittycat? Hat es dir die Sprache verschlagen?
KickerLiam: Ich kann dich natürlich auch in Naturalien bezahlen … ;P

Ungläubig starre ich auf den Bildschirm, unfähig, einen klaren Gedanken zu formen, geschweige denn, zu antworten. Dann tippt Liam erneut.

KickerLiam: Komm schon! Das mit den Naturalien war ein Scherz …
KickerLiam: Es ist eine Win-Win-Situation.
CathaCat: Warum datest du nicht eins deiner Betthäschen? Denen müsstest du nicht mal Geld bezahlen …

Es ist das Einzige, was mir einfällt. Vielleicht klingt es zu harsch, vielleicht bin ich unhöflich, aber das ist mir egal. Niemals, nie im Leben kann ich glauben, dass jemand wie Liam Rogers ernsthaft mit mir ausgehen möchte. Und wenn ich das nicht glauben kann, wird uns das auch sonst niemand abnehmen.

KickerLiam: Ich brauche mal eine Pause von dem Drama. Und bei dir kann ich mir sicher sein, dass du kein Interesse hast.
KickerLiam: Also?

Obwohl ich keinerlei Ambitionen habe, einen weiteren Abend sein Date zu spielen, kann ich einen winzigen Stich der Enttäuschung nicht leugnen. Er hatte keinen Spaß mit mir, er möchte sich nicht noch einmal mit mir treffen, weil er einen schönen Abend hatte. Alles, was ihn interessiert, ist, dass er mit mir kein Drama hat.

CathaCat: Danke für das Angebot, doch ich passe.
KickerLiam: Denk wenigstens darüber nach. :)

Kurz zögere ich, dann tippe ich eine weitere Nachricht.

CathaCat: Danke, aber nein, danke.

Ich warte auf seine Reaktion, doch Liam antwortet nicht mehr. Nach einiger Zeit verschwindet auch der grüne Punkt neben seinem Profilbild.

Was zum …?

Mehrere Minuten starre ich auf die Nachrichten, lese sie mir ein zweites und drittes Mal durch, aber sie ändern sich nicht und er schreibt auch nichts mehr.

Ich scrolle mich durch die Posts in meinem Feed, aktualisiere die Seite und klicke mich wahllos durch Bilder und Videos, die mir vorgeschlagen werden. Nicht, weil ich darauf warte, dass Liam mir schreibt. So weit kommt es noch.

Für einen winzigen Moment dachte ich wirklich, dass er mit mir flirtet.

Seufzend lege ich das Handy neben mich, lasse mich aufs Bett fallen und starre an die Decke.

Und bei dir kann ich mir sicher sein, dass du kein Interesse hast.

Genau, und damit das so bleibt, sollte ich keinen Kontakt zu ihm haben. Es ist zu gefährlich. Ich habe meine Lektion gelernt. Dean war auch beliebt und gutaussehend und am Ende hat es nichts als Ärger gebracht.

Ein letztes Mal atme ich tief durch, dann setze ich mich wieder aufrecht hin.

Genug Zeit mit diesem Blödsinn verschwendet, ich muss mich mit Entscheidungsprozessen auseinandersetzen und meine Mutter anrufen.

Sie hat mir in den vergangenen Tagen mehrere Nachrichten geschrieben - ausnahmsweise nicht per Mail - in denen sie fragt, ob mir das Studium gefällt und ich mich gut eingelebt habe.

In einer halben Stunde treffe ich mich mit Edward, um das Projekt durchzusprechen. Wenn das keine gute Ausrede ist, das Gespräch kurz zu halten, dann weiß ich auch nicht.

Ehe ich es mir anders überlegen kann, scrolle ich durch meine Kontakte.

Es tutet drei Mal, bevor sie abhebt.

„Hi Mom."

„Ach wie schön, hast du dich endlich daran erinnert, dass es mich noch gibt?", fragt sie, statt einer Begrüßung und ich unterdrücke ein Seufzen.

„Tut mir leid, ich hatte einfach viel um die Ohren."

„So viel, dass du keine fünfzehn Minuten für einen Anruf erübrigen kannst?"

Tief durchatmen.

„Deswegen rufe ich ja jetzt an."

„Na schön."

Das war fast zu leicht.

„Mit wem warst du so beschäftigt?" Ich wusste, dass das Thema noch nicht vorbei ist.

„Mit meinen Kursen, Mom."

„Hm."

Ganz offensichtlich glaubt sie mir kein Wort, aber ich kann ihr schlecht erzählen, dass ich sie schlicht nicht anrufen konnte. Trotzdem macht mich ihr Misstrauen wütend.

„Was glaubst du denn, warum ich mich nicht gemeldet habe?" Ja, ich klinge patzig und ja, diese Frage war ein Fehler.

„Nicht in diesem Ton, Catharina! Nach den Schwierigkeiten in der Highschool und deinem Leistungsabfall im letzten Jahr habe ich jedes Recht, mir Sorgen um dich zu machen."

Es ist wie ein Schlag in die Magengrube. Als hätte ich für meine Probleme in der Highschool irgendetwas gekonnt. Als wäre es meine Schuld gewesen.

Ich sage nichts und auch am anderen Ende der Leitung ist es einen Moment zu lange still, dann stößt meine Mutter einen tiefen Seufzer aus. Ich kann fast sehen, wie sie sich ihre Schläfe reibt.

„Kommst du gut mit deiner neuen Mitbewohnerin zurecht?"

„Ja, sie ist sehr nett." Bevor Mom fragen kann, wo Jessie herkommt, fahre ich fort: „Sie studiert Medien und Kommunikation, ihre Mutter hat eine Kunstgalerie in Portland." Die Information, dass Jessie erst vor einem Jahr hierhergezogen und in Kalifornien aufgewachsen ist, verschweige ich. Mom würde sie als Partymädchen abstempeln und wenn ich Pech habe, glauben, dass sie ein schlechter Einfluss ist. Besser nichts riskieren.

„Das klingt interessant.“

„Ich muss leider los, ich bin zum Lernen verabredet.“

„Na gut. Bitte warte nicht wieder drei Wochen, bevor du dich bei mir meldest.“

Es waren nur zwei Wochen.

„Alles klar. Bis dann, Mom.“

Ich lege auf.

Wenn ich mich jetzt auf den Weg mache, habe ich die Chance, noch einen Kaffee auf dem Weg zur Bibliothek zu kaufen.

„Natürlich müssen wir darauf aufpassen, dass wir unsere Themen aufeinander aufbauen“, erklärt Edward mir zum gefühlt einhundertsten Mal. „Ich habe selbstverständlich bereits erste Recherchen betrieben. Hast du die E-Mail gelesen, die ich dir bezüglich der Einteilung geschickt habe? Dazu habe ich alle Buchtitel aufgelistet, die ich als sinnvoll erachte, aber falls du noch andere Quellen findest, umso besser. Das wird richtig gut!“

Ich mache einen unbestimmten Laut und setze zum dritten Mal an, den Absatz über kritische Investitionen zu lesen.

Edward redet auf mich ein, seit wir uns hingesetzt haben. Also seit drei Stunden. Leider dreht sich das einseitige Gespräch ausschließlich um das College und die sterbenslangweiligen Kurse, deren Inhalt er mir in allen Details erläutert. Jedenfalls, wenn er mir nicht gerade Schritt für Schritt seinen Plan für die Gruppenarbeit erklärt.

„Das hat jetzt zwar nichts mit den Kursen zu tun, doch ich bekomme langsam Hunger, wollen wir noch etwas essen gehen?“, unterbricht er meine Konzentration ein weiteres Mal.

Mein Magen grummelt schon seit guten zwanzig Minuten, aber eigentlich war mein Plan für heute, Jessie zu fragen, ob wir uns Pizza bestellen wollen.

„Wir könnten in ein Restaurant fahren. Hier gibt es einen richtig guten Italiener. Das ist dein Lieblingsessen, oder?“

Überrascht schaue ich auf. „Stimmt.“

Wann habe ich ihm das denn erzählt? Andererseits, es ist vermutlich nicht schwer zu erraten.

„Dann ist es abgemacht.“ Edward grinst mich zufrieden an und schließt seinen Laptop. „Kommst du?“

„Jetzt?“ Ich habe mir noch keine gute Ausrede einfallen lassen.

„Ja, außer, du möchtest nicht mit mir essen gehen?“, fragt er, plötzlich ernst und irgendwie traurig.

Innerlich seufze ich, aber er sieht mich so hoffnungsvoll an, ich bringe es nicht über mich, ihn zu enttäuschen. „Doch, klar. Warum nicht.“

Dann muss meine gemütliche Pizza im Schlafanzug wohl warten. Nein zu sagen gehört einfach nicht zu meinen Stärken. Obwohl Liam mir da vermutlich widersprechen würde.

Ob er inzwischen ein anderes Mädchen gefunden hat, das sein Date spielen kann? Bestimmt. Es kann mir egal sein, ich werde mich in diesem Jahr nicht ablenken lassen. Schon gar nicht von jemandem wie Liam Rogers.

Also folge ich Edward aus der Bibliothek, bestehe jedoch darauf, noch bei meinem Wohnheim vorbeizugehen und wenigstens meine Unterlagen wegzubringen. Er ist nicht begeistert, aber gibt schließlich nach.

Kapitel 11

„Komm schon, Cat, kein Typ will sich abends um sieben Uhr mit dir zum Lernen treffen." Jessie verschränkt die Arme vor der Brust und sieht mich streng an. Oder vielleicht weniger mich, sondern das schlichte T-Shirt mit Blümchen und die *langweiligste Jeans der Welt.* Ihre Worte, nicht meine.

„Wir haben bis eben gelernt und jetzt essen wir noch etwas", korrigiere ich sie seufzend.

Jessie ist der festen Überzeugung, dass Edward mich auf ein Date eingeladen hat, aber das Wort ist nie gefallen.

„Bist du dir sicher?"

Gerade möchte ich ihr sagen, dass ich es bestimmt wüsste, wenn ich auf ein Date eingeladen worden wäre, da klopft es an der Tür und ich verziehe das Gesicht.

„Ich habe ihm gesagt, dass er unten warten soll", grummle ich und öffne die Tür.

„Hey, ich habe eben im Restaurant angerufen, um schon mal einen Tisch zu bestellen, und wollte nur sicher gehen, dass wir gleich fahren können, sonst kommen wir zu spät", rattert Edward drauflos. „Also, bist du soweit?"

„In welches Lokal wollt ihr?" Jessie stellt sich neben mich und legt mir einen Arm um die Schultern.

Sein Gesichtsausdruck ändert sich schlagartig, er verengt die Augen zu Schlitzen und mustert sie. „Was geht dich das an?"

Jessie drückt bei seinem plötzlich schroffen Ton das Kreuz durch. „Wir Frauen passen aufeinander auf", sagt sie noch immer lächelnd, doch ihre Stimme ist frostig.

„Schon gut", mische ich mich ein, bevor er etwas erwidern kann. „Ich schreibe dir die Adresse."

Mir gegenüber ist Edward stets nett und höflich, aber ich habe in der letzten Woche beobachten können, dass das nicht für alle Menschen gilt.

Wäre es klüger, wenn ich doch noch absage?

Andererseits, was soll schon passieren? Wir gehen nur etwas essen, werden ein bisschen über die Gruppenarbeit sprechen und ehe ich mich versehe, bin ich wieder zuhause. Edward war hilfsbereit und trotz all meiner Befürchtungen hat er die Zeit in der Highschool bisher nicht erwähnt. Genau deshalb wäre es besser, wenn ich es mir mit ihm nicht verscherze. Lieber lasse ich mir für einen Abend das Ohr abkauen. Damit kann ich leben.

Wortlos verlassen wir das Wohnheim, und auf dem Parkplatz geht der Redeschwall erneut los.

„Das *Paolo* ist eines der besten Restaurants in der Gegend. Als ich im Sommer mein Praktikum gemacht habe, wurden alle wichtigen Kunden dorthin eingeladen. Normalerweise zieht man sich für einen Abend dort etwas passender an“, ein kurzer Blick von der Seite, „doch ich denke nicht, dass sie deine Jeans an einem Montag stört.“

Eigentlich bin ich davon ausgegangen, dass wir zu dem kleinen Imbiss um die Ecke gehen, Edward hingegen steuert zielstrebig auf einen schwarzen Ford zu und hält mir die Tür auf. Es ist noch warm, darum lege ich die dünne Strickjacke auf meinen Schoß. Jetzt, wo ich weiß, dass wir in eines der besseren Restaurants fahren, bin ich froh, sie mitgenommen zu haben.

Nach einer kurzen Autofahrt, während der Edward mir ausführlich von seinem Praktikum berichtet, stellt das *Paolo* sich als eines dieser Lokale heraus, die weiße Tischdecken und langstielige Kerzen auf ihren Tischen haben.

Ein Kellner führt uns an einen kleinen Ecktisch und bringt zwei Speisekarten, zusammen mit einer Tafel, auf der die Empfehlungen des Hauses zu finden sind. Als ich die Preise sehe, muss mir mein Schock ins Gesicht geschrieben stehen, denn Edward lächelt mich an.

„Mach dir keine Sorgen, du bist selbstverständlich eingeladen.“

„Okay. Dann, ähm, danke.“

Fuck. Könnte es sein, dass Jessie recht hatte?

Wie auffällig wäre es wohl, wenn ich mir die Speisekarte gegen die Stirn schlage?

In dem Versuch, mir mein Unbehagen nicht allzu sehr anmerken zu lassen lächle ich freundlich. Anstatt mir die Karte gegen den Kopf zu donnern, vergrabe ich mich tief in das Menü und entscheide mich vorsichtshalber nur für einen Salat. Der ist teuer genug, ich hätte aber ausreichend Geld dabei, um ihn im Notfall selbst zu bezahlen.

Unterdessen redet Edward über unser Studium und seine Pläne danach. Diese bestehen vor allem daraus, einen Job in einem großen Unternehmen zu bekommen und sich die Karriereleiter nach oben zu arbeiten.

Mein Part der Unterhaltung besteht darin, von Zeit zu Zeit zu nicken, ungläubig zu gucken oder zustimmende Laute von mir zu geben.

Zum Glück kommt das Essen zügig, doch das hindert ihn nicht am Sprechen.

„Ich schätze mal, dass du eines Tages den Betrieb deiner Eltern übernehmen wirst, richtig?“

Leider habe ich mir ein riesiges Salatblatt in den Mund geschoben, also wippe ich nur in einer *Vielleicht*-Geste mit dem Kopf. Mom hofft darauf, deswegen hat sie mich auch zu dem Wirtschaftsstudium überredet. Mir schnürt es schon bei dem Gedanken daran die Luft ab, aber davon habe ich niemandem erzählt.

„Tja, einen so leichten Weg kann nicht jeder vor sich haben. Versteh mich nicht falsch, es ist natürlich nicht schlecht, sich ins gemachte Nest zu setzen, doch ich möchte mir etwas Eigenes aufbauen und eines Tages mein ganz eigener Chef sein.“

„Mal schauen. Vielleicht wird es auch nur ein Zwischenschritt“, werfe ich schnell ein.

„Und wie soll es danach weitergehen? Gerade als Frau ist es ja kompliziert, wenn man sich dann noch nebenher um die Kinder kümmern muss und alles.“

Die Feministin in mir schreit empört auf, doch ich habe keine Lust auf eine Grundsatzdiskussion. Nicht heute. „Ich schätze, ich werde noch herausfinden, was ich mit meinem Leben anfangen möchte.“

„Ihr Frauen habt es so viel leichter, als wir Männer“, jammert er. „Immerhin müssen wir für das Einkommen sorgen.“

Unter dem Tisch balle ich die Hand zur Faust. Doch Menschen wie Edward glauben, was sie glauben wollen. Also lasse ich ihn einfach reden.

„Keine Sorge“, sagt er und zwinkert mir über den Tisch hinweg zu. „Ich weiß, dass du nicht zu dieser Art Frauen gehörst, die sich nur einen vermögenden Mann angeln möchten.“

Glücklicherweise habe ich den Mund voll. Eine gute Ausrede, um nicht antworten zu müssen. Ehrlich gesagt, ich wüsste nicht mal, was ich darauf erwidern könnte. *Danke* mit Sicherheit nicht.

„Anders als diese reichen Arschlöcher weißt du ja, dass arbeiten wichtig ist. Von dem Typen, mit dem ich letztes Jahr zusammenarbeiten musste, habe ich dir ja schon erzählt. Das ist so unfair, wie einige einfach alles hinterhergeworfen bekommen. Am liebsten hätte ich ihn angeschwärzt, doch seine Eltern sind mit dem Dekan befreundet und wem hätte der wohl geglaubt? Wenn man immer eine schützende Hand über sich hat, muss man sich offenbar nicht anstrengen."

Danach wechselt Edward zu meiner Erleichterung das Thema, aber meine Gedanken bleiben an der Frage hängen, ob er in Bezug auf Liam recht hat. Zieht er wirklich Vorteile aus dieser Verbindung? Ich habe Mr. Morrison mit Liam erlebt. Hat er mir nicht sogar angeboten, dass ich jederzeit zu ihm kommen könnte, falls ich ein Problem habe?

Er möchte definitiv, dass Liam erfolgreich ist und anscheinend hofft er, dass ich ihm dabei helfe. Es sieht also ganz so aus, als hielte er seine schützende Hand auch über mich. Jedenfalls solange er denkt, dass wir ein Paar sind. Er wird bald lernen, dass Liam eine neue *Freundin* hat.

Nach dem Essen entschuldigt Edward sich auf die Toilette. Die Stille, nur unterbrochen von der leisen, italienischen Musik im Hintergrund, ist mehr als willkommen, trotzdem fische ich mein Handy aus der Tasche.

Keine neuen Nachrichten.

Zur Sicherheit öffne ich Instagram, aber nein. Niemand hat mir geschrieben. In das Suchfeld gebe ich – wie so häufig in den letzten Stunden – Liams Namen ein und siehe da, er hat ein neues Bild geteilt. Es zeigt ihn, wie er einen Ball auf dem Kopf balanciert.

„Die Toiletten liegen direkt neben der Küche, kannst du das glauben?" Schnell lasse ich den Bildschirm schwarz werden. Ich frage lieber nicht, weshalb Edward diese Tatsache dermaßen empört. Auf einen Vortrag deswegen kann ich wirklich verzichten. Doch ich hätte mir keine Sorgen machen brauchen, denn sein Kommentar geht nahtlos in einen Monolog über die Sehenswürdigkeiten von New York über. Wie auch immer er dort gelandet ist.

„Ist ja auch egal, lass uns zahlen", sagt er schließlich, streckt die Hand in die Luft und Erleichterung breitet sich in mir aus. Bald hat dieser furchtbare Abend ein Ende.

Nachdem Edward die absurd hohe Rechnung beglichen hat, machen wir uns endlich auf den Weg, wobei er mir die Hand beim Hinausgehen auf den Rücken legt.

Anders, als bei Liam wirkt diese Berührung nicht beruhigend und durch den dünnen Stoff meines Oberteils spüre ich, dass seine

Handinnenfläche feucht ist. Am Auto unterdrücke ich den Impuls, mir über die Stelle zu reiben und das unangenehme Gefühl zu vertreiben.

Auch die kurze Rückfahrt füllt Edward mit Geschichten und Ideen, aber ich habe aufgegeben, ihm zuhören zu wollen und er scheint es nicht zu bemerken.

„Bleib sitzen", weist Edward mich an, als wir vor meinem Wohnheim stoppen und ich aussteigen möchte.

Er springt aus dem Wagen, läuft um die Motorhaube herum, öffnet mir grinsend die Tür und streckt mir seine Hand entgegen.

Es kostet mich große Mühe, nicht die Augen zu verdrehen.

Um nicht unhöflich zu wirken, lasse ich mir von ihm aus dem Auto helfen, obwohl seine Finger nach wie vor schwitzig sind. Doch anders als erwartet, lässt er mich nicht los und als ich leicht ziehe, hält er mich nur noch fester.

Wenige Schritte von der Wohnheimtür entfernt bleibt Edward stehen und zwingt mich, ebenfalls innezuhalten.

Sein Daumen hinterlässt eine nasse Spur auf meinem Handrücken.

Gleich habe ich es geschafft, kann mich in mein Bett kuscheln und diesen Abend als schlimmstes Überraschungsdate aller Zeiten abhaken.

Morgen werde ich ihm per Mail für das leckere Essen danken und ihm sagen, dass ich es von nun an gerne freundschaftlich halten würde. Selbst mir ist mittlerweile bewusst, dass Edward sich etwas anderes als Freundschaft von diesem Abend erhofft.

„Also dann," beginne ich, stocke jedoch, als er noch einen Schritt auf mich zu macht.

Direkt in meinen ganz persönlichen Raum.

Ich lehne mich ein Stück zurück, aber er folgt mir mit dem Oberkörper, einen verträumten Blick in den Augen.

„Weißt du, was?", fragt er leise und hebt seine zweite Hand, um mir über die Wange zu streichen. „Ich wollte dich in der Highschool schon um ein Date bitten und habe mich nie getraut. Doch ich schätze, jetzt können wir alles nachholen."

„Ähm …" Weiter komme ich nicht, denn Edward lehnt sich vor und ich weiche erneut einen Schritt zurück. Gegen eine Wand.

Dann presst er seine nassen Lippen auf meine.

Es geht alles so schnell, dass ich zuerst nicht weiß, was ich tun soll, doch meine Reflexe übernehmen die Kontrolle.

Ich presse die Hände gegen seine Brust und schiebe, aber er drückt sich nur noch enger an mich. Die Wand in meinem Rücken gibt mir schließlich den nötigen Halt für einen kräftigen Stoß und Edward stolpert einen Schritt nach hinten.

„Was soll das?“ Er wirkt verwirrt und will die kleine Distanz zwischen uns überbrücken, ich weiche jedoch zur Seite aus, Richtung Wohnheimtür.

„Ich glaube nicht, dass das eine gute Idee ist“, bringe ich hervor, während ich den Impuls zu würgen unterdrücke.

Alle meine Instinkte schreien mich an zu verschwinden, ins Wohnheim zu flüchten, aber trotzdem stelle ich mich Edwards irritiertem Blick.

„Warum?“

Am liebsten würde ich mir mit dem Handrücken über den Mund wischen, meine von seinem Schweiß nassen Hände an meiner Hose abwischen, doch ich rühre mich nicht. Ich zwinge mich dazu, all die Impulse des Ekels zu unterdrücken, jedenfalls für den Moment.

„Es tut mir leid …“, setze ich an, aber er unterbricht mich.

„Ist das dein Ernst? Das ist also der Dank, dass ich nicht nur dein Essen bezahle, sondern auch all deine kleinen, schmutzigen Geheimnisse für mich behalte?“

Ich hasse mich selbst, weil ich bei den Worten zur Salzsäule erstarre, doch mein Kopf ist wie leergefegt. Dafür schnellt mein Puls noch weiter in die Höhe.

„Ja, ich erinnere mich an alles, was du Dean damals vorgeworfen hast“, fährt er fort. „Bisher habe ich das niemandem erzählt, aber vielleicht sollten die Leute hier erfahren, wie du wirklich bist.“

Mir ist eiskalt und ich drohe, unter einer Welle von Erinnerungen zu ertrinken. Meine Mitschüler, die alle hinter vorgehaltener Hand über mich sprechen, ihr Zischen, ihre Beleidigungen, die mir die Flure entlang folgen. Das Büro des Schuldirektors, der über die möglichen Konsequenzen meiner angeblichen Märchen spricht, wie all das meine Zukunft gefährden könnte. Der Brief des Anwalts, den Deans Eltern auf mich angesetzt haben, Louisa …

„Drohst du mir?“ Ich wünschte, meine Stimme wäre weniger zittrig.

„Ich möchte, dass wir es wenigstens versuchen. Gib mir nur eine Chance. Ich werde niemandem etwas von dieser Sache verraten, wenn du mit mir ausgehst“, fleht Edward und geht einen Schritt auf mich zu.

Langsam, als stünde er einem verängstigten Tier gegenüber. Ich mache einen weiteren Schritt zur Seite. Die Tür zum Wohnheim ist so nah.

Doch Weglaufen ist keine Option. Er würde allen davon erzählen, die Gerüchte, die Blicke, alles wäre wieder da.

Ein Gedanke formt sich. Es wäre völlig verrückt. Er würde niemals mitmachen. Aber vielleicht verschafft es mir ein paar Tage Zeit.

„Ich date schon jemandem." Die Worte sind kaum mehr als ein Flüstern, Edward tritt allerdings zurück, als hätte ich geschrien.

„Bullshit." Er verschränkt die Arme vor der Brust und mustert mich. „Verarsch mich nicht. Du hast damals gelogen und ich werde es alles erzählen, wenn du nicht …"

„Liam Rogers", unterbreche ich ihn schnell. Liam, der den Dekan kennt. Der gute Verbindungen nach oben hat und den Edward hasst, weil er nichts gegen ihn unternehmen kann.

Sein Gesicht ist in einer Maske aus Schock und Wut erstarrt. Aber ich kann nicht zulassen, dass er auf dem Campus von Dean spricht. Dieser Teil meiner Vergangenheit ist begraben und soll es auch bleiben.

„Ich habe Mr. Morrison neulich getroffen", fahre ich fort. Edward muss es mir glauben oder zumindest genug Zweifel bekommen, um mein Leben hier nicht zu zerstören. „Er war sehr nett. Ich kann mir nicht vorstellen, dass er es gerne hat, wenn jemand Gerüchte auf dem Campus verbreitet."

Mein Herz rast, während ich die unterschwellige Drohung ausspreche, die Möglichkeit, dass ich Edward bei dem Dekan des Colleges schlecht mache. Ich halte den Atem an und hoffe darauf, dass mein Bluff funktioniert.

Edward sieht mich noch einen Moment entgeistert an, dann macht er auf dem Absatz kehrt und läuft in Richtung des Parkplatzes davon.

Kapitel 12

Okay, kein Grund zur Panik.

Eine kleine Notlüge, das ist alles. Jedenfalls rede ich mir das ein, während ich die Stufen zu meinem Zimmer hinaufstürme.

Edward könnte allen auf dem Campus von Dean erzählen. Er könnte hier die Gerüchte verbreiten, die dafür verantwortlich sind, dass ich in den Semesterferien das Haus meiner Eltern nicht verlassen habe. Die das letzte Jahr auf der Highschool zu meiner persönlichen Hölle gemacht haben. Die mir bis nach Hartford gefolgt sind.

Und dann ist da noch die Gruppenarbeit. Ob ich sie allein beenden darf?

Das Wohnzimmer ist dunkel, doch unter Jessies Zimmertür schimmert ein Lichtstreifen und ich kann sie mit jemandem reden hören. Vermutlich telefoniert sie mit Brandon. Gott sei Dank, sie würde mich ins Kreuzverhör nehmen. Aber ich möchte nicht darüber sprechen, wie schrecklich das Date war, will nicht an Dean und Louisa denken. Oder Liam.

Am liebsten würde ich an gar nichts mehr denken.

Tasche und Jacke hänge ich an die Haken, die ich an meiner Zimmertür befestigt habe, bevor ich mir die Zähne putze. Nach einer ausgiebigen, heißen Dusche, bei der ich mir jedes Phantomgefühl von Edwards schwitzigen Händen und seinen Lippen vom Körper schrubbe, schlüpfe ich in Tristans altes Mannschaftstrikot. Ich habe es ihm heimlich aus dem Schrank seines früheren Kinderzimmers geklaut, obwohl er es mir vermutlich freiwillig überlassen hätte.

Dann krieche ich unter meine Bettdecke, ziehe den Laptop zu mir heran und öffne Netflix.

Was passiert, wenn Edward meine Lüge durchschaut?

Wenn er Liam mit einem anderen Mädchen sieht und eins und eins zusammenzählt? Wie lange wird es dauern, bis jeder Mensch auf diesem Campus davon erfährt, dass ich wegen Verleumdung angezeigt wurde?

Eine ganze Weile klicke ich mich durch das Programm, ohne mich wirklich darauf zu konzentrieren. Stattdessen spiele ich die Situation mit Edward wieder und wieder durch, suche nach einem Ausweg, und finde keinen.

Irgendwann entscheide ich mich für *Mamma Mia*, ein Film, der es immer schafft, mich aufzumuntern.

Doch heute können mich selbst die Lieder nicht ablenken.

Keine Ahnung, wie oft ich mir die kurze Unterhaltung zwischen Liam und mir jetzt schon durchgelesen habe, aber um mich noch ein bisschen mehr zu foltern, öffne ich den Chat.

Bei meinen dümmlichen Flirtversuchen verziehe ich das Gesicht und lege das Handy seufzend zur Seite, während Meryl Streep das berühmte, titelgebende Lied trällert.

Weshalb habe ich nicht einfach behauptet, ich wäre lesbisch?

Andererseits kommt Edward aus der gleichen Kleinstadt wie ich. Ich wette, es wäre nur eine Frage der Zeit, bis Mom mich anruft und fragt, warum die halbe Stadt sich das Maul darüber zerreißt, dass ich homosexuell bin.

Niemand würde je offen zugeben, dass Homosexualität selbst in unseren Zeiten noch nicht vollständig akzeptiert ist. Keiner hat etwas gegen die LGBTQ+ Community, solange es nicht um die eigene Familie geht. Oder die Nachbarn. Dann wird sich hinter vorgehaltener Hand schon gefragt, ob nicht alles anders gekommen wäre, wenn die Eltern ihren Sohn nur zum Football oder die Tochter zum Ballett gedrängt hätten.

So ein Schwachsinn.

Aber vermutlich gibt niemand gerne zu, homophob zu sein, und so sind alle offen für Neues, solange es sie nicht selbst betrifft.

Ich hasse diese Scheinheiligkeit.

Außerdem hätte Edward mir diese Lüge nicht geglaubt, schließlich wurde mein Liebesleben in der Schule mehr als einmal besprochen.

Ausführlich.

Seufzend versuche ich, mich auf den Film zu konzentrieren. Amanda Seyfried bekommt gerade von all ihren möglichen Vätern die Zusage, zum Altar geführt zu werden und die Überforderung in ihrem Gesicht kann ich nur zu gut nachfühlen.

Eigentlich gibt es nur eine Tatsache, die ich mit absoluter Sicherheit weiß: Edward darf niemals herausfinden, dass ich ihn angelogen habe.

Ich greife nach meinem Handy, öffne Instagram und beginne, eine Nachricht zu tippen.

Dann lösche ich alles wieder.

Wie fängt man ein solches Gespräch überhaupt an?

Hallo, sorry, dass ich so zickig war, aber würdest du zusätzlich zu dem Date, das du vorgeschlagen hast, für die nächsten Monate meinen Freund spielen?

Ja klar. Schnell lösche ich die Worte vom Bildschirm, bevor ich sie aus Versehen sende.

Falls du möchtest, lass uns diese Date-Sache noch einmal besprechen.

Besser.

Was ist, wenn sein Angebot gar nicht mehr aktuell ist? Wenn eine andere Frau bereitwillig die Rolle seiner neuen Freundin übernommen hat? Ein Mann wie Liam braucht ganz sicher nicht mehr als ein paar Stunden, um ein Mädchen zu finden, das dieses Spielchen nur zu gerne mitspielt.

Oder noch schlimmer, wenn alles nur ein Scherz war und er sich mit seinen Freunden über mich totlacht?

Fuck, fuck, fuck!

Okay … okay. Ich zähle jetzt bis drei, dann schicke ich die Nachricht ab.

Eins, zwei … zweieinhalb …

Ich drücke auf *Senden* und starre mit wild pochendem Herzen auf den Bildschirm. Der Film ist nichts weiter, als ein Hintergrundrauschen, doch der Punkt neben Liams Bild bleibt grau. Also zwinge ich mich dazu, das Handy zur Seite zu legen und die Nachricht nicht wieder zu löschen.

Aber die Buchstaben bleiben mir trotzdem im Kopf, völlig egal, wie sehr ich mich auf den Laptopbildschirm zu konzentrieren versuche.

Kapitel 13

Liam lässt sich Zeit mit seiner Antwort und ich bin kurz davor, mein neues Handy gegen eine Wand zu werfen.

Zuerst konnte ich gestern Abend nicht einschlafen und habe unzählige Male nachgeguckt, ob eine neue Nachricht eingetroffen ist, bis ich schließlich in den Flugmodus wechseln musste, um wenigstens ein paar Stunden Schlaf zu bekommen.

Ich war bereits vor meinem Wecker wach, doch er hatte noch immer nicht geantwortet.

In meinem Marketing-Kurs schaffe ich es kaum, zuzuhören, geschweige denn, mir vernünftige Notizen zu machen, so oft schaue ich unter dem Tisch auf den Bildschirm, nur, um das Smartphone frustriert wieder sinken zu lassen.

Warum braucht er so lange?

Der Professor vergleicht gerade Social Media Marketing mit … verdammt, ich habe keine Ahnung, worüber er redet. Und daran ist nur Liam schuld. Er hat die verfluchte Nachricht noch nicht einmal gelesen. Vielleicht sollte ich sie einfach wieder löschen. Aber das ist auch keine Lösung.

Als ich das nächste Mal nachschaue, sackt mein Magen mehrere Stockwerke nach unten.

Er hat geantwortet.

Damit hat sich das Löschen erledigt.

Die Stimme des Professors rückt noch weiter in den Hintergrund, während ich mit zittrigen Händen die Nachricht öffne.

KickerLiam: Bin in einer halben Stunde zum Training verabredet, hast du jetzt Zeit? Können uns vor dem Sportturm treffen.

Ich schiele auf die Uhr. Der Kurs geht noch zwanzig Minuten und das Sportgebäude ist auf der anderen Seite des Campus.

Trotzdem, je schneller ich die Sache hinter mich bringe, desto besser. Mit jeder Minute, die vergeht, steigt die Wahrscheinlichkeit, dass Edward Liam mit einem anderen Mädchen sieht.

Rasch tippe ich eine Zusage, dann schiebe ich das Handy in die Tasche. Liam ist kurz angebunden, doch immerhin hat er sich bereit erklärt, mich zu treffen. Jetzt. Sobald dieser Kurs vorüber ist.

Verdammt, ich sollte mir dringend zurechtlegen, was ich ihm sagen möchte, aber meine Gedanken sind nichts als Chaos.

Die restlichen Minuten dehnen sich wie altes Kaugummi und rasen trotzdem viel zu schnell vorbei.

Dass er mich überhaupt treffen möchte, sehe ich einfach mal als gutes Zeichen. Darauf muss ich mich jetzt konzentrieren.

Sobald der Professor die Vorlesung beendet, springe ich auf und renne los.

Das Sportgebäude ist so weit entfernt, dass ich ein Stück joggen muss, um es rechtzeitig zu erreichen. Leider ist meine Kondition nicht mehr halb so gut, wie noch vor wenigen Monaten. Ein Umstand, den ich verfluche, als ich schwer atmend das letzte Gebäude umrunde und Liam bereits lässig auf dem Gehweg stehen sehe.

Er trägt schon Sportsachen, die braunen Haare fallen unordentlich in jede Richtung und das aufgeregte Kribbeln, das sich in seiner Gegenwart immer bemerkbar macht, erfasst auch dieses Mal Besitz von mir. Zu meiner Erleichterung ist er allein, obwohl die Wege nicht leer sind und immer wieder Studenten das Sportgebäude betreten und verlassen.

Liam lächelt träge, eine Hand locker in der Hosentasche vergraben, während er mich mustert. Mir ist nur zu bewusst, wie abgehetzt ich nach dem kurzen Sprint aussehen muss.

„Das nenne ich mal eine Überraschung, Kittycat. Was verschafft mir denn diese Ehre?"

Sein Ton ist einen Hauch sarkastisch, doch er ist hier. Damit muss ich meinen verrückten Plan tatsächlich in die Tat umsetzen.

„Dein Angebot …", beginne ich, die nächsten Worte bleiben mir allerdings im Hals stecken.

Liam legt die Stirn in Falten, als müsste er angestrengt nachdenken. „Wovon redest du?" Er sieht mich völlig arglos an.

Scheiße. Kann es sein, dass er mir diese Nachrichten gar nicht geschickt hat? Aber sie sind von seinem Account gekommen, oder? Sonst wäre er doch jetzt nicht hier.

Plötzlich lacht er. Der Mistkerl lacht.

Ich schließe einen Moment die Lider und atme tief durch. Vielleicht war unser gestohlener Augenblick am Buffet nur eine weitere Fassade. Wer weiß schon, warum er mit einem Mal so nett zu mir war. Es ist gut möglich, dass ich in sein Verhalten etwas hineininterpretiert habe, das es nie gab.

Zu allem Überfluss schießen mir Tränen in die Augen.

Wenigstens hört Liam auf zu lachen. „Tut mir leid. Aber du hättest mal dein Gesicht sehen sollen."

„Witzig." Ich blinzle mehrmals, um die verräterische Flüssigkeit schnellstmöglich loszuwerden.

„Also, mein Angebot. Was ist damit? Du hast ziemlich deutlich gemacht, dass du absolut kein Interesse daran hast."

Ist er etwa beleidigt?

„Ich habe es mir anders überlegt." In meine Stimme habe ich so viel Entschlossenheit gelegt, wie ich zusammenkratzen konnte. Liam in die Augen zu gucken, ist allerdings ein Ding der Unmöglichkeit. Stattdessen fixiere ich seine Brust.

„Okay." Er zieht das Wort in die Länge. „Wie viel willst du für den Auftritt?"

„Wie bitte?"

„Das Date, den Auftritt, wie immer du es nennen möchtest. Was ist deine Preisvorstellung?"

Sein Tonfall ist gleichgültig. Als wäre das hier ein ganz normales Gespräch, wie er es ständig führt. Das Verlangen, ihn zu schütteln, wird übermächtig. Findet er diese Situation kein bisschen merkwürdig?

„Du sollst mir kein Geld bezahlen." Zumindest zittert meine Stimme nicht mehr.

Liam verschränkt die Arme vor der Brust und mustert mich argwöhnisch. „Sondern?"

„Ich will, dass du in den nächsten Wochen meinen Freund spielst." Mein Herz hämmert, aber ich hebe den Blick und sehe ihm geradewegs in die Augen. Ungläubigkeit und Belustigung spiegeln sich darin.

„Wie bitte?"

Ich atme tief durch. „Wir tun so, als wären wir ein Paar. Hier, auf dem Campus."

„Ja, klar." Er lacht leise und beobachtet mich, als würde er darauf warten, dass ich ihm mitteile, das alles sei nur ein schlechter Scherz. Als ich nichts dergleichen tue, verwandelt sich seine Belustigung in Unglauben. „Du meinst das ernst?"

„Ja."

„Und wie stellst du dir das vor? Sollen wir uns verliebt anschmachten und Händchen haltend durch die Gegend laufen?", fragt er, sichtlich darum bemüht, nicht in schallendes Gelächter auszubrechen.

Gott, ich hasse ihn. Ich gebe ja zu, dass dieser Plan völlig verrückt ist, doch findet er die Vorstellung, mich zu daten, wirklich so lächerlich? Diese ganze Sache war immerhin seine Idee. Ich baue sie nur etwas aus.

„Zum Beispiel", presse ich hervor.

„Sorry, Süße, aber das wird nicht funktionieren." Das lässige Grinsen ist zurück. „Du hast es selbst gesagt, ich könnte jedes Mädchen wegen dieses Dates fragen, warum sollte ich über Wochen eine Beziehung spielen, ohne die Vorteile zu genießen?" Mit diesen Worten schnappt er sich die Tasche und hebt die Hand zum Abschied.

Das war´s. Damit geht alles, was ich in der Highschool erlebt habe, von vorne los. Die bösen Blicke, das Misstrauen und das Getuschel. Ich weiß nicht, ob ich all das ein weiteres Mal aushalte.

„Deine Ex-Freundin würde es in den Wahnsinn treiben. Vertrau mir, ich kann sehr überzeugend sein." Es ist ein letzter, verzweifelter Versuch, aber ich habe nichts zu verlieren.

Mit hämmerndem Herzen warte ich ab und tatsächlich, Liam geht noch zwei Schritte, dann bleibt er stehen und dreht sich langsam zu mir um.

„Warum glaubst du, dass es mich interessiert, was Isobel denkt?", erkundigt er sich gelangweilt.

„Sie ist der einzige Grund, weshalb du Dates zu diesen Veranstaltungen brauchst, richtig?" Ich setze alles auf eine Karte. „Du wolltest ein Date für diese Feier, um ihr eins auszuwischen. Doch wie viel besser wird es, wenn ich nicht nur irgendein Date bin, sondern deine Freundin?"

Vermutlich stehe ich kurz vor einem Herzinfarkt, allerdings ist mir das egal. Eigentlich ist mir alles egal, solange Liam nur zusagt.

Er mustert mich wortlos von oben bis unten, wägt meine Worte ab und ich wünschte, ich könnte ihn leichter lesen. Aber ich bin mir sicher, dass ich sein Verhalten gegenüber seiner Ex-Freundin richtig gedeutet habe.

„Es gäbe Bedingungen", sagt er schließlich. „Keine Gefühle. Das ist die erste Regel. Ich habe keinen Nerv auf Drama und Heulerei."

„Das sollte kein Problem sein."

Ich könnte schwören, ein Lächeln zuckt um seine Mundwinkel, ehe er unbeirrt weiterspricht. „Du kommst zu meinen Heimspielen und mit mir auf die Partys. Niemand glaubt uns, dass wir ein Paar sind, wenn du mich zu diesen Gelegenheiten aus den Augen lässt. Und ich habe keinen Bock, mir deine Probleme anzuhören. Du hast offensichtlich welche und irgendeinen Vorteil von dieser Geschichte, aber es ist mir egal."

Stumm zähle ich bis zehn. „Bist du fertig?"

Liam nickt.

„Schön. Ich denke, es ist logisch, dass du mir treu bist, solange unsere Vereinbarung besteht." Bei dem Wort *treu* male ich Anführungszeichen in die Luft. „Kein Durch-die-Betten-hüpfen. Das würde früher oder später zu Fragen führen."

Liam verdreht die Augen. „Für wie blöd hältst du mich eigentlich?"

„Außerdem", fahre ich fort, ohne auf ihn einzugehen, „kommst du mit mir in die Bibliothek und wir lernen gemeinsam."

„Ernsthaft?"

„Ja." Schon allein, weil die Wahrscheinlichkeit, dass Edward uns dort sieht, um einiges höher ist. „Ich gehe zwei- bis dreimal die Woche."

Liam stöhnt, widerspricht jedoch nicht.

„Und niemand darf jemals davon erfahren", nenne ich die wichtigste von allen Regeln.

„Abgemacht."

Wir mustern uns gegenseitig und ich habe die Vermutung, dass ich nicht die Einzige bin, die etwas ratlos ist, wie es weitergehen soll. Zum Glück wird mir die Entscheidung abgenommen, als Neil an uns vorbeiläuft und feixt: „Hör auf zu flirten, Rogers, die Gewichte warten."

Liam hebt kurz die Hand zum Zeichen, dass er unterwegs ist, anschließend richtet er seine Aufmerksamkeit wieder auf mich. „Für den Anfang, wie wäre es, wenn wir Nummern austauschen? Ich melde mich dann nachher bei dir."

Schnell krame ich mein Handy aus der Tasche und halte es Liam entgegen, damit er seine Telefonnummer eintippen kann. Sobald er fertig ist, drücke ich auf den grünen Punkt. Das Smartphone in seiner Hand beginnt zu vibrieren und er grinst zufrieden. „Wusste ich doch, dass ich deine Nummer früher oder später bekomme."

Ich ziehe eine Grimasse. „Hast du den Rest auch vorhergesehen?"

„Nein." Er läuft einige Schritte rückwärts, sein Lächeln wird dabei immer breiter. „Aber ich habe das Gefühl, dass interessante Zeiten vor uns liegen, Kittycat."

Damit dreht er sich um und geht.

Kapitel 14

Dienstagabend

Liam: Hast du es dir schon anders überlegt?

Cat: Nein. Du?

Liam: Ich denke immer noch, es ist eine bescheuerte Idee.

Cat: Warum hast du dann zugestimmt?

Liam: Weil du zwei überzeugende Argumente hast? ;)

Cat: Musst du so doppeldeutig sein?

Liam: Wieso? Du hast selbst gesagt, dass du mir Isobel vom Hals halten willst. Und du hast genau das brave Mädchen Image, das ich im Moment brauche. Bitte. Zwei überzeugende Argumente. Woran dachtest du denn? ;)

Mittwoch

Cat: Bin in der Bibliothek, kommst du auch?

Liam: Ich habe Training. Aber du kannst gerne kommen und zuschauen. ;)

Cat: Nein, danke.

Liam: Wieso nicht? Vielleicht ziehe ich sogar mein T-Shirt für dich aus!

Cat: Warum glaubst du, ich würde das wollen?

Liam: Weil du mich vor deiner Cola-Attacke auf dieser Party damals quasi mit Blicken ausgezogen hast?

Cat: Habe ich gar nicht!

Liam: Natürlich hast du! Aber keine Sorge, ich werde es niemandem verraten. Außerdem sehe ich das als Kompliment.

Cat: Da ist jemand ziemlich überzeugt von sich.

Liam: Wenn ich nicht überzeugt von mir bin, wer ist es dann?

Donnerstag

Liam: Party am Freitag, direkt nach dem Spiel!

Cat: Lernen, heute Nachmittag, in der Bibliothek!

Liam: Ich habe Training, schon vergessen?

Cat: Ich hoffe, das ist nicht einfach eine Ausrede.

Liam: Dieser Körper kommt nicht von ungefähr, Süße. ;)

Cat: Wir sind bereits bei Kosenamen?

Liam: Bei Fake-Kosenamen, Kittycat. :p

Freitag

Liam: Mir ist langweilig …
Cat: Mir nicht, ich versuche, Statistik zu verstehen.
*Liam: *gähn**
Cat: Wem sagst du das …

Zehn Minuten später

Liam: Mir ist immer noch langweilig!
Cat: …
Liam: Warum brauchst du einen Freund?
Cat: Ich dachte, du möchtest nichts über mein Drama hören?
Liam: Ich habe es mir anders überlegt! Als dein Fake-Freund und Fake-Lover habe ich außerdem ein Recht auf die Wahrheit!
Cat: Ist das deine professionelle Meinung?
Liam: Jede Meinung von mir ist professionell, Süße!
Cat: Ich muss mich jetzt wirklich konzentrieren, hör auf, mir zu schreiben!
Liam: Dann hör auf, mir zu antworten! :P
Liam: Kittycat?
Liam: Das war ein Scherz, hör nicht auf, mir zu antworten.
Liam: Ich fange gleich vor dem ganzen Hörsaal an zu singen, damit mir weniger langweilig ist!
Liam: Das meine ich ernst!
Cat: Mein Ratschlag: wähle etwas Klassisches, bei dem jeder mitsingen kann. Backstreet Boys bieten sich da geradezu an.
Liam: Ich wusste, du lässt mich nicht im Stich!
Cat: Und bring jemanden dazu, deine Show zu filmen, damit ich nachher was zu lachen habe.
Liam: Jetzt, wo du mir wieder schreibst, wird das nicht nötig sein.
Cat: Bye!

Nachmittag

Liam: Na, freust du dich schon auf unsere erste Showeinlage heute Abend?
Cat: Ich denke an nichts anderes.
Liam: Keine Ahnung, ob du das ernst meinst oder nicht.

Cat: Ziemlich ernst. Was ist, wenn uns sofort jeder durchschaut? Niemand hat uns gemeinsam gesehen, die ganze Woche nicht.

Liam: Und?

Cat: Werden die Leute nicht misstrauisch? Alle sind von dir gewohnt, dass du Frauen abschleppst. Was glauben sie denn, wenn du mich nicht augenblicklich wieder abservierst?

Liam: 1. Hör auf dir so viele Gedanken zu machen, das war schließlich deine Idee. Hättest du diese Dinge nicht vorher bedenken sollen? 2. Wow, du hast wirklich keine hohe Meinung von mir, oder?

Cat: Tut mir leid. Das war unhöflich.

Liam: Aber dafür ehrlich …

Zwei Stunden später drehen meine Gedanken sich immer noch um das letzte Gespräch mit Liam, während ich die Stufen des Wohnheims erklimme.

Verdammt. Warum konnte ich nicht einfach die Klappe halten? Musste ich ihm so unüberlegt all meine Sorgen mitteilen?

Missmutig halte ich die Schlüsselkarte vor das Schloss meines Wohnheimzimmers und sobald ich das leise Surren höre, öffne ich die Tür.

„Jetzt mach schon!" Jessie sitzt mit Sabrina auf dem Sofa und wendet sich umgehend an mich. „Cat, sag ihr, dass sie es endlich hinter sich bringen muss."

„Sabrina, du musst es endlich hinter dich bringen", wiederhole ich artig, stelle meine Tasche ab und ziehe mir ein riesiges Sitzkissen heran, das Jessie letzte Woche gekauft hat. „Worum geht es?"

Sabrina setzt zum Sprechen an, aber Jessie ist schneller. „Darum, dass sie Anna um ein Date bitten möchte. Jedenfalls, wenn sie nicht vorher einen Rückzieher macht."

„Ich habe nicht vor, einen Rückzieher zu machen."

„Warum ist die Nachricht dann immer noch nicht geschrieben und versendet?"

Sabrina vergräbt die Hände in ihren schwarzen Locken und stöhnt laut. „Was, wenn es unsere Freundschaft zerstört?"

„Das wird es nicht", versuche ich, sie zu beruhigen.

„Das kannst du nicht wissen. Vielleicht habe ich alles völlig falsch verstanden und sie mag gar keine Frauen. Möglicherweise ist sie angeekelt, wenn ich sie um ein Date bitte! Eventuell will sie mich nie wiedersehen!"

„Falls diese Dinge passieren, war sie auch nicht die Richtige für dich“, gibt Jessie vollkommen gleichgültig zurück.

„Weiß sie nicht, dass du lesbisch bist?“, frage ich Sabrina und würde mir im nächsten Moment gerne die Zunge abbeißen. Wir kennen uns so gut wie gar nicht. Ich sollte nicht gleich so persönliche Fragen stellen.

Sie scheint sich jedoch nicht darüber zu ärgern, im Gegenteil. „Doch. Vielleicht. Keine Ahnung! Ich habe mal in einem Nebensatz fallen lassen, dass ich eine Ex-Freundin habe, aber sie hat kaum reagiert und nicht nachgefragt. Vielleicht hat sie es gar nicht gehört.“

„Oder sie hat es gehört und sitzt gerade, genauso wie du, völlig nervös bei einer ihrer Freundinnen auf der Couch und debattiert mit sich, ob sie dich um ein Date bitten kann.“ Jessie verschränkt die Arme. „Komm schon, ihr verbringt jede freie Sekunde miteinander, eine von euch muss den ersten Schritt wagen.“

„Ich hasse es, dass du Recht hast“, murrt Sabrina und greift nach ihrem Handy. „Was soll ich denn schreiben?“

Jessie lacht. „Ich kann dir nicht alles abnehmen.“

Die nächste halbe Stunde feilen wir gemeinsam an der perfekten Formulierung. Locker, lustig und doch eindeutig, dass es sich um eine romantische Verabredung und nicht nur einen gemeinsamen Kinobesuch handelt.

„Ist Kino nicht total langweilig?“, überlegt Sabrina schließlich. Jessie stöhnt laut auf, aber ich schüttle den Kopf.

„Ich würde es eher klassisch nennen. Warum denn nicht ein ganz *typisches Date*?“ Ich male Anführungszeichen in die Luft. „Zum zweiten Date könnt ihr immer noch etwas Ausgefallenes unternehmen.“

„Wenn es jemals dazu kommt“, grummelt Sabrina und Jessie tritt sie spielerisch gegen das Bein.

„Hör auf, so negativ zu denken. Natürlich habt ihr ein zweites Date. Und ehe wir es uns versehen, seid ihr eins von diesen widerlich verliebten Pärchen, die die Finger nicht voneinander lassen können.“

Sabrina wischt sich über das Gesicht. „Ich kann nicht glauben, dass ich das mache.“ Ihr Finger schwebt über dem Bildschirm, sie atmet tief durch, dann schickt sie die Nachricht ab und quietscht laut.

Jessie grinst zufrieden. „Jetzt müssen wir noch jemanden für Cat finden, nach ihrem katastrophalen Date.“

Ich habe ihr nicht die Details erzählt, aber deutlich gemacht, dass ich mir eher einen Arm abhacken würde, als noch einmal mit Edward auszugehen. Sie hat nur mit den Schultern gezuckt und gemeint, dass ein Kerl, der wie ein glitzernder Vampir heißt, sowieso nicht die beste Partie ist.

„Ehrlich gesagt, ich habe heute Abend eine Einladung auf eine Party."

Jessie beginnt zu strahlen. „Wirklich? Von wem? Und welche Party? Ich habe heute nur von Neils Nachspiel-Party gehört, zu der ich euch mitschleppen wollte."

„Vermutlich ist es dieselbe?"

„Jetzt spann uns nicht so auf die Folter!", verlangt Jessie. Wobei *uns* nicht ganz richtig ist, da Sabrina wie gebannt auf ihr Handy starrt, als könnte sie Anna durch bloße Willenskraft dazu bewegen, ihr eine Antwort zu schicken.

Seit ich weiß, dass ich zu diesem Spiel und der anschließenden Party muss, schiebe ich dieses Gespräch vor mir her. Wenn ich bedenke, wie Jessie vor einer Woche reagiert hat, als wir über Liam gesprochen haben, wird ihr diese Entwicklung mit Sicherheit nicht gefallen. Aber ich möchte wirklich nicht allein zum Spiel. Oder auf die Party.

„Liam Rogers hat mich eingeladen."

Damit habe ich auch Sabrinas Aufmerksamkeit. „*Der* Liam Rogers?"

„Gibt es denn noch einen?", fragt Jessie sofort, ohne mich aus den Augen zu lassen. „Wann ist das passiert? Neulich hast du gesagt, du hättest kein Interesse an ihm."

Ich zucke mit den Schultern und senke den Blick. Mein Bruder Tristan durchschaut meine Lügen problemlos, weshalb ich doppelt froh bin, nicht ihm gegenüberzusitzen. Aber Jessies Beschützerinstinkt scheint seinem in nichts nachzustehen. Großartig.

„Ich habe ihn neulich zufällig auf dem Campus getroffen und er hat mich gefragt, ob ich kommen möchte."

„Warum hast du deine Meinung über ihn geändert?"

Ist das hier die Inquisition?

„Keine Ahnung! Wir haben seitdem ein paar Mal geschrieben."

„Ihr habt was?" Jessie sieht so aus, als würde sie mir jede Sekunde das Handy aus der Hand reißen, um sich ein Bild von unseren Gesprächen zu machen. „Das erzählst du uns erst jetzt?"

„Lass gut sein", mischt Sabrina sich zu meiner Erleichterung ein.

„Aber ich brauche Details!“ Jessie springt auf und läuft im Wohnzimmer auf und ab. „Ich bin schon so lange in einer Beziehung, ich muss die College-Erfahrung durch euch erleben. Wie soll ich das anstellen, wenn ich euch alles aus der Nase ziehen muss? Habt ihr kein Mitleid?“

Sabrina kichert und auch ich muss grinsen.

Es ist so lange her, dass ich mit anderen Frauen einfach so zum Spaß Zeit verbracht habe, ich habe gar nicht gemerkt, wie sehr es mir fehlt. Aber es tut gut.

Kapitel 15

Zu meiner Erleichterung erklärt sich Jessie schließlich bereit, mit mir zum Spiel zu gehen, doch Sabrina zögert.

„Anna wird dort sein. Sie ist Cheerleaderin, schon vergessen?"

„Was haben denn Cheerleaderinnen bei einem Fußballspiel verloren?" Jessie ist sichtlich verwirrt. Mittlerweile haben wir es uns in meinem Zimmer gemütlich gemacht, um mir ein passendes Outfit zu suchen. Hierbei setze ich erneut auf Sabrinas Hilfe, die den Inhalt meines Kleiderschrankes begutachtet und bei den Worten meiner Mitbewohnerin den Kopf schüttelt. Anna hat auch zwei Stunden später noch nicht geantwortet und Sabrina wird mit jeder Minute nervöser.

„Irgendetwas von *Cheerleading in neue Sportarten integrieren*, oder so. Anscheinend möchte die Trainerin, dass die Mannschaft so viel Erfahrung vor Publikum sammelt, wie möglich." Sie wedelt ungeduldig mit der Hand in der Luft. „Aber das ist völlig unwichtig. Ich kann da nicht aufkreuzen. Was ist, wenn sie mir eine Absage schickt? Das Letzte, was ich möchte, ist, als verrückte Stalkerin rüberzukommen."

Jessie verdreht die Augen, doch ich werfe Sabrina ein freundliches Lächeln zu.

„Ich verstehe dich." Und dann flüstere ich laut: „Hör einfach nicht auf Jessie, die weiß nicht mehr, wie man *erstes Date* schreibt."

Für diese Bemerkung ernte ich einen Ellenbogen in der Seite, aber Sabrina lacht und öffnet die zweite Schranktür. Sekunden später erfüllt ein ohrenbetäubendes Kreischen den Raum. Jessie und ich zucken so heftig zusammen, dass die Matratze unter uns wackelt, während Sabrina das Kleid in die Höhe hält, dass Christina mir für die Feier vor einigen Tagen ausgeliehen hat. Ich habe noch keine Gelegenheit gefunden, es zurückzugeben.

„Oh. Mein. Gott. Wo hast du denn ein Kleid von Alicia R. bekommen?"

Andächtig streicht sie über den Stoff.

„Das habe ich mir nur geliehen", antworte ich ausweichend. „Ich muss es bald zurückgeben."

„Geliehen? Hast du eine Ahnung, was Kleider von ihr kosten? Und du hast mir das nicht erzählt?"

Unter Sabrinas vorwurfsvollem Blick schrumpfe ich ein wenig zusammen. „Tut mir leid, ich wusste nicht, dass das Kleid etwas Besonderes ist."

Ihre Augen werden kugelrund und Jessie murmelt ein leises „O je."

„Besonders? Alicia R. ist nur die beste Modedesignerin in den USA, wenn nicht sogar der Welt! Sie ist vor nicht mal zwanzig Jahren aus Argentinien hierhergekommen, hat ein eigenes Label aus dem Nichts erschaffen, produziert hochwertigste Qualität und berät die spannendsten Menschen. Angeblich soll sie Kleider für Michelle Obama geschneidert haben und Beyoncé und so viele mehr! Ich würde töten für die Gelegenheit, sie zu treffen."

Natürlich war mir bewusst, dass Mrs. Rogers Modedesignerin ist, doch ich hatte keine Ahnung, dass sie in der Branche über einen solchen Bekanntheitsgrad verfügt. Besser, ich erwähne nicht, dass ich das Kleid von ihr persönlich geliehen bekommen habe, mache mir allerdings eine mentale Notiz Liam zu fragen, ob sie Praktika anbietet.

Sabrina malt die Stickmuster und Nähte andächtig mit ihren Fingern nach. Für einen Moment scheint sie tatsächlich abgelenkt genug, um nicht an Anna zu denken.

„Aber jetzt zu den wichtigen Dingen, was ist dein Plan für heute Abend?" Jessie hüpft leicht auf dem Bett auf und ab.

„Keine Ahnung. Zu der Party gehen?"

„Ich meine wegen Liam! Hast du seinetwegen einen Plan? Willst du mit ihm schlafen? Ist das ein Date?"

„Nein, nein und vielleicht?"

„Es ist Liam *fucking* Rogers!" Jessie wirft Sabrina einen aufgebrachten Blick zu, der scheinbar *jetzt sag doch auch mal was* vermitteln soll.

Aber diese bekommt von unserem Gespräch nichts mit. Sie untersucht konzentriert verschiedene Nähte, von denen ich nicht einmal wusste, dass sie existieren.

Jessie seufzt und wendet sich wieder an mich. „Du musst heiß aussehen!"

Das ist es, was ihr zu schaffen macht. Meine Weigerung, High-Heels in Kombination mit einem kurzen Rock zu tragen. Und einen Jahresvorrat an Kondomen mitzunehmen.

„Ich habe nicht vor, mit ihm zu schlafen. Sein Ego ist schon aufgeblasen genug, ich will nicht, dass er denkt, ich würde mich ihm an den Hals werfen!"

„Also, wenn ich an deiner Stelle wäre, ich würde einen Haufen Kondome einpacken“, sagt Sabrina. Vorsichtig hängt sie das Kleid zurück an seinen Platz, kann jedoch die Augen noch immer nicht davon losreißen.

„Wenn du an ihrer Stelle wärst, würdest du mit Sicherheit keine Kondome einpacken, weil selbst eine Sahneschnitte wie Liam Rogers dich komplett kalt lässt.“

Sabrina zeigt ihrer Freundin den Mittelfinger. „Ich erkenne einen heißen Mann, wenn ich ihn sehe, ich habe nur kein Interesse an einer flachen Brust und einem Penis.“

Meine Ohren glühen. Dabei gibt es keinen Grund, rot anzulaufen. Nur, weil in diesem Zimmer über Liams Geschlechtsteile gesprochen wird, heißt das nicht, dass ich diese jemals zu Gesicht bekommen werde.

„Aber Jessie hat recht“, wendet Sabrina sich schließlich an mich. „Wir reden hier über Liam Rogers, den Typen, der sich das letzte halbe Jahr so intensiv über den Campus gevögelt hat, dass er fast aus der Fußballmannschaft geflogen wäre. Du solltest wenigstens über die Möglichkeit nachdenken, dass er versucht, dich ins Bett zu kriegen. Und Jessie, wenn Cat sich nicht aufbrezeln möchte, ist das ihre Entscheidung und du wirst das akzeptieren.“

Jessie sieht aus, als würde sie widersprechen wollen, doch in dem Moment beginnt ihr Handy zu vibrieren. Ein kurzer Blick auf den Bildschirm zeigt ihren Freund Brandon. Sie zieht die Augenbrauen zusammen, nimmt aber nicht ab. Stattdessen wirft sie es zurück aufs Bett. „Ich habe ihm gesagt, dass ich heute keine Zeit habe.“

Das Klingeln verstummt, nur um sofort von neuem zu starten.

„Soll ich dran gehen?“, fragt Sabrina. Sie hat sich in der Zwischenzeit wieder meinem Kleiderschrank zugewendet, doch der finstere Ton in ihrer Stimme lässt erahnen, wie ein Gespräch mit Brandon ausgehen würde.

„Schon gut, ich rede kurz mit ihm. Vielleicht ist es etwas Wichtiges.“

„Mit Sicherheit ist es das“, murrt Sabrina leise, aber Jessie scheint sie nicht zu hören.

Beim Hinausgehen vernehmen wir noch, wie sie zischt: „Was ist denn? Ich habe dir doch gesagt, dass ich heute keine Zeit habe.“

Dann ist sie in ihrem Zimmer verschwunden und es wird still.

„Also, wenn du mich fragst …“, sagt Sabrina und hält mit kritischem Blick ein T-Shirt in die Höhe, dass sie allerdings sofort in den Schrank zurücklegt. „… Brandon würde gut daran tun, Jessie etwas mehr Freiraum zu lassen.“

„Vielleicht.“ Ich stopfe ein zusätzliches Kissen in meinen Rücken, um es mir gemütlicher zu machen. „Aber ich schätze, Fernbeziehungen sind nicht leicht.“

Sie zieht ein weiteres Oberteil aus meinem Schrank. Ein zustimmendes Brummen ist ihre einzige Antwort.

„Mach dir bei Liam nicht zu viele Hoffnungen. Keine Ahnung, ob du es weißt, doch seine Ex ist seit einigen Tagen wieder hier.“

„Ja, davon habe ich gehört.“

Sabrina seufzt kurz, dann lächelt sie. „Liam war immer ein guter Kerl und ein sehr loyaler Freund gegenüber Isobel, jedenfalls soweit ich das weiß. Ich glaube nicht wirklich, dass er dich ausnutzen würde. Vermutlich mache ich mir unnötig Gedanken.“

Wenn sie wüsste.

„Keine Sorge, ich gehöre nicht zu den Mädchen, die beim ersten Date mit einem Typ in die Kiste springen.“

„Gut.“ Sie lächelt. „Ich auch nicht. Also mit Männern. Mit Frauen könnte es sein, dass mir das schon passiert ist.“

Ich muss lachen und Sabrina zwinkert vergnügt.

Das Schlagen einer Zimmertür und wütende Schritte kündigen Jessies Rückkehr an. Sie lässt sich wortlos auf mein Bett fallen, schnappt sich ein Kissen und schlägt einmal kräftig darauf ein.

„Was ist passiert?“ Sabrina wirft mir ein Oberteil zu und sagt, ohne den Blick von meiner Mitbewohnerin abzuwenden: „Das mit Jessies grauem Faltenrock.“

„Angeblich ist Brandon mir völlig egal, weil ich ihm nicht sofort auf seine Nachricht geantwortet habe.“ Jessie schnauft wütend. „Dabei habe ich ihm gesagt, dass wir heute einen Mädels-Abend machen und ich seltener auf mein Handy gucken werde.“

Sabrina verdreht die Augen, als würde sie diese Geschichte nicht zum ersten Mal hören.

„Sag nichts!“ Jessie streckt drohend einen Arm in Sabrinas Richtung aus.

„Ich habe das Gefühl, irgendetwas zu verpassen.“ Mein Blick wandert zwischen den beiden hin und her.

Jessie richtet sich ruckartig auf, ihre Augen sprühen Funken. „Brandon macht das immer. Er will, dass ich ständig erreichbar bin. Keine Ahnung, warum. Wenn wir uns sehen, ist er nie so. Ich dachte, es würde uns helfen, wenn wir Besuche während des Semesters planen, doch wir sind keine zwei Wochen zurück am College und er fängt wieder damit an." Sie seufzt tief, schüttelt danach aber bestimmt den Kopf. „Wenn er mich besuchen kommt, wird es besser werden. Dann sieht er, dass es nichts gibt, worum er sich Sorgen machen muss."

Sabrina guckt mich skeptisch an, doch bevor sie noch etwas sagen kann, vibriert ihr Handy und wir erstarren alle gleichzeitig.

„O Gott", haucht sie und entsperrt den Bildschirm. Ein strahlendes Lächeln breitet sich auf ihrem Gesicht aus und Jessie fällt ihr bereits um den Hals, bevor sie ruft: „Sie hat Ja gesagt!"

Kapitel 16

Dass wir nun über Wiesen und Parkplätze rennen müssen, um nicht zu spät zum Beginn des Spiels zu kommen, ist ganz allein Jessies Schuld. Sie musste sich ja dreimal umziehen. Den Schweißfilm, der sich in meinem Nacken gebildet hat, schiebe ich Sabrina in die Schuhe, die mich dazu überredet hat, meine Haare offen zu lassen. Trotz der Wolkendecke ist es warm und unsere erzwungene Sporteinlage tut ihr Übriges.

Wie Sabrina vorhergesagt hat, steht mir die Kombination aus blauem Top und grauem Faltenrock hervorragend. Es kostet mich allerdings einige Mühe, nicht bei jedem Schritt zu kontrollieren, ob die wichtigen Stellen noch von dem Stoff verdeckt werden.

Unfairerweise ist Jessie nicht einmal außer Atem. Sie joggt locker neben mir her, während Sabrina ähnlich außer Puste zu sein scheint, wie ich. Ein kleiner Trost.

Nachdem Anna ihr eine unendlich süße Nachricht zurückgeschrieben hat, die vor allem beweist, dass sie mindestens genauso nervös ist, gab es kein Halten mehr und Sabrina hat sich uns überglücklich angeschlossen.

Die Ränge des Stadions sind bereits gut besetzt, aber wie durch ein Wunder sind wir nicht zu spät und bekommen sogar noch Tickets. Danach kämpft Jessie sich durch die volle Tribüne, bis sie drei freie Plätze gefunden hat.

„Letztes Semester mit Sabrina, dieses Semester mit dir, ich frage mich, wann ich mal nur für mich ins Stadion gehe", sagt Jessie grinsend, und klopft auf die Sitzschale neben sich.

Ich lasse mich neben sie fallen. „Vielleicht, wenn Brandon dich besucht."

Offensichtlich die falsche Antwort, denn ihre gute Laune verfliegt schlagartig.

„Falls er überhaupt kommt."

„Was? Wieso?" Sabrina fährt herum, aber Jessie macht nur eine wegwerfende Handbewegung da in diesem Moment die Lautsprecher zum Leben erwachen. Die Menschen um uns jubeln, als das Cheerleading-Team das Feld betritt, direkt gefolgt von den Spielern.

„Da ist Anna", kreischt Sabrina in mein Ohr und winkt aufgeregt.

Sie gehen in Position, Musik beginnt zu spielen und die Gruppe vollführt einige beeindruckende Stunts.

„Ist das nicht Isobel?“, fragt Jessie plötzlich und deutet auf ein Mädchen mit roten Haaren in der letzten Reihe der Cheerleader.

„Sonst ist sie immer ganz vorne“, antwortet Sabrina. „Vermutlich hat sie nach dem Semester im Ausland nicht mehr den Trainingsstand wie im vergangenen Jahr.“

Ich beobachte Liams Ex. Für mich wirkt sie hochprofessionell, allerdings kenne ich auch die Anforderungen für Cheerleading nicht. Doch sie lächelt, springt und steht problemlos auf den Schultern eines Mannschaftskameraden. Anders, als auf der Sommerparty vor einer Woche sieht sie jung aus. Noch immer einschüchternd hübsch, aber auch voller Lebensfreude.

Sobald die Musik endet, reihen die Spieler sich, gemeinsam mit den Schiedsrichtern, auf.

Liam macht einen konzentrierten Eindruck, obwohl er noch eine gelbe Trainingsweste trägt und damit auf der Bank sitzt. Das blaue Trikot mit dem grauen Schriftzug erkennt man trotzdem.

Nachdem alle Spieler ihre Positionen eingenommen haben, wird angepfiffen.

Jessie erklärt mir zwar, was während des Spiels passiert, aber wirklich klar sind mir die Regeln noch immer nicht. Nur eines wird deutlich: Keiner Mannschaft gelingt es, den Fußball in das gegnerische Tor zu befördern, und bald weichen die aufgeregten Jubelrufe genervtem Stöhnen, wenn der Ball ein weiteres Mal von unseren Gegnern erobert wird.

In der Halbzeit versorgt Jessie uns mit Getränken, danach geht es weiter.

Am Spielfeldrand machen sich einige Spieler warm, unter anderem auch Liam. Und dann passiert alles ganz schnell. Der Ball landet im Aus, eine Anzeigentafel wird hochgehalten und darauf steht seine Nummer.

Die Zwölf.

Lächelnd betritt er den Platz und von diesem Moment an gelingt es mir nicht mehr, meine Augen von ihm zu lösen. Liam spielt weit vorne, er ist der Erste, der losrennt, wenn seine Mannschaft den Ball hat und oftmals der Erste, der gefoult wird. Trotzdem versprüht er eine Energie, die sich auf das ganze Team zu übertragen scheint.

Über die lärmende Menge kann ich nicht hören, was sie sich gegenseitig zurufen, aber ich sehe, dass Liam jeden Mitspieler anfeuert, sein Mund steht quasi nie still, er ruft und schreit und klatscht.

Ohne Vorwarnung kommt plötzlich Tempo in die Begegnung, ein Spieler an der Seitenlinie bekommt den Ball und rennt damit los. Liam läuft mittig neben ihm her. Gerade, als ich denke, unsere Gegner werden den Spieler aufhalten, passt er zu Liam.

Die Zuschauer auf den Rängen toben, während er in Richtung Tor läuft. Geschickt trickst er einen der Verteidiger aus, indem er einen Haken schlägt, und dann schießt er. Der Torwart fliegt durch die Luft, doch er ist zu spät. Der Ball ist im Netz.

Nichts hält mich auf meinem Sitz. Gemeinsam mit Jessie und Sabrina juble ich unserer Mannschaft zu. Liams Teamkollegen fallen ihm um den Hals, während er ausgelassen in die Luft springt, seine Faust in Siegerpose in die Höhe gestreckt.

Zum allerersten Mal kann ich ihn völlig ungeniert beobachten, ohne dass er mich damit aufziehen könnte und auch, wenn ich mich dafür verfluche, genieße ich jede Sekunde.

Das Spiel endet unentschieden, aber Jessie wird nicht müde zu betonen, dass unser Gegner sehr stark war und dieses Ergebnis einem Sieg gleichkommt.

Meine Hände tasten immer wieder nach meinem Handy, doch Liam hat mir nicht mehr geschrieben. Ich habe mich schon die gesamte zweite Halbzeit gefragt, ob ich ihm eine Nachricht schicken sollte, einfach, um ihm zu zeigen, dass ich wirklich da war und unsere Abmachung erfüllt habe. Vielleicht auch als Friedensangebot und um mein schlechtes Gewissen wegen meiner unbedachten Worte zu beruhigen. Aber interessiert es ihn überhaupt?

Seufzend lasse ich das Display aufleuchten und öffne unseren Chat.

Cat: Gutes Spiel! Dein Tor sah super aus!

Als wir eine Stunde später auf der Party eintreffen, hat Liam noch immer nicht geantwortet, obwohl mir angezeigt wird, dass er die Nachricht gelesen hat. Na toll.

Es ist bereits brechend voll. Wir drei schaffen es nur langsam, uns an den schwitzenden Körpern vorbei in die Küche zu kämpfen, wo wir uns mit Getränken versorgen.

Ich habe mich, ebenso wie Sabrina, für eine Cola entschieden, Jessie für Wodka mit Orangensaft. Schon bei dem Gedanken an diese Mischung schnürt es mir den Hals zu. Es ist zwei Jahre her. Ich muss aufhören, diesen einen Abend meine Gegenwart bestimmen zu lassen.

Im Wohnzimmer dröhnt uns die Musik so laut entgegen, dass ein Gespräch fast unmöglich ist. Dafür tanzen die Leute ausgelassen und es stehen bereits die ersten Pärchen herum, die so miteinander beschäftigt sind, dass sie vermutlich nichts mehr mitbekommen außer die gierigen Hände des Anderen.

In der hintersten Ecke ist eine Sofagarnitur vor einem großen Flachbildfernseher aufgebaut, über den Mario, Luigi und Co. sich ein verbissenes Rennen liefern.

Dort entdecken wir Anna.

„Bis später!" Jessie lächelt Sabrina auffordernd an, ehe diese irgendetwas sagen muss. Dann sind wir nur noch zu zweit.

„Heyheyhey", ertönt eine Stimme dicht neben meinem Ohr und ein Arm schlingt sich um meine Schultern.

Mein Blick trifft auf Neils, der mich frech angrinst, bevor er Jessie den Arm um die Hüfte legt.

„Habt ihr mich schon vermisst, Ladys?"

„Nein, aber du kommst genau richtig. Hast du die Anderen gesehen?" Mühelos befreit Jessie sich und ich tue es ihr gleich. Neil scheint das offensichtliche Desinteresse nicht zu stören, denn er deutet auf die Terrasse, die von einem ausladenden Balkon überdacht wird, und folgt uns durch die Menge. Im Licht von mehreren Lampen ist eine zweite Sofaecke, ausladender als die, die im Wohnzimmer steht, aufgebaut worden.

Draußen ist es deutlich angenehmer. Die Musik ist, sobald wir uns ein Stück von der Tür entfernt haben, nur noch gedämpft zu hören, und ich atme tief durch, als ein frischer Windhauch über meine, bereits verschwitzte, Haut fährt. Dabei habe ich mich noch nicht einmal großartig bewegt. Zum Tanzen bekommen mich in diesem Backofen keine zehn Pferde.

„Hey."

Ich habe ihn nicht gesehen, aber plötzlich ist Liam neben mir, legt eine Hand auf meine Hüfte, die zweite an meine Wange und senkt den Kopf. Mit klopfendem Herzen warte ich einfach nur ab, was geschieht. Er hat doch nicht vor, mich zu kü …

Seine Lippen legen sich auf meine und Hitze schießt durch meinen gesamten Körper, sammelt sich in meinem Bauch. Der Kuss ist sanft, aber bevor ich dazu komme, die Hand zu heben oder irgendwie zu reagieren, ist der Augenblick vorüber.

Ich könnte schwören, dass Jessie neben mir scharf die Luft einzieht, während der Rest der Welt um uns verstummt.

Liam lässt mich nicht los, sondern zieht mich noch näher an sich und flüstert: „Hör auf, so überrascht zu gucken, das hier war deine Idee."

Es dauert einen Moment, bis seine Worte in mein Bewusstsein vordringen. Ich bin zu abgelenkt von dem warmen Atem an meinem Hals, dem Schauer, der durch meinen Körper fährt. Aber er hat recht. Das hier ist nur ein Spiel. Keine von Liams Berührungen ist echt und ich täte verdammt gut daran, das nicht zu vergessen.

Anstatt einer Antwort lächle ich ihn an. Ein Spiel. Das hier ist alles nur ein Spiel. Das bekomme ich hin.

„Dein Tor war der Wahnsinn."

Er zieht mich noch etwas näher an sich heran und mein Puls schnellt in die Höhe, als sein Körper sich gegen meinen presst.

„Schön, dass es dir gefallen hat." Oberflächlich betrachtet ist er nett, aber ich höre das leichte Beißen in seiner Stimme. Er hat den Kommentar von heute Nachmittag noch nicht vergessen.

„Kann ich kurz mit dir sprechen?" Jessie greift nach meiner Hand.

„Bin gleich wieder da", verspreche ich, da zieht sie mich auch schon mit. Nicht in das überfüllte Wohnzimmer, sondern in den Garten und um die Hausecke. Außer Sicht- und hoffentlich auch Hörweite.

„Ihr habt also nur ein bisschen miteinander geschrieben?" Sie hüpft auf der Stelle, so aufgeregt ist sie.

„Ja."

„Und du findest es in Ordnung, dass er dich einfach so küsst?"

Gut, dass es so dunkel ist. Vielleicht sieht sie nicht, dass ich rot werde. „Es war keine Überraschung."

„Okay. Ich will ja nicht sagen, dass du mir alles erzählen musst, aber ich steige nicht mehr durch und sterbe hier vor Neugier!"

Einen Moment überlege ich, ihr die Wahrheit zu verraten, verwerfe diesen Gedanken jedoch. Niemand darf davon erfahren. Das war meine eigene Bedingung.

„Ich habe doch gesagt, dass wir viel geschrieben haben. Liam hat angedeutet, dass er mich mag und mich gerne küssen würde. Und ich habe ihm geantwortet, dass er es ja versuchen kann, also werde ich mich nicht beschweren."

Die Lügen kommen mir erstaunlich einfach über die Lippen, obwohl ich mich in Grund und Boden schäme.

Jessie seufzt. „Cat, ich mag dich wirklich, aber manchmal bist du verdammt verschwiegen."

„Tut mir leid."

„Du musst dich dafür nicht entschuldigen, nur – warn mich das nächste Mal vor, okay? Fast hätte ich ihm eine reingehauen, so überfordert, wie du ausgesehen hast. Ich dachte echt, er macht das ohne dein Einverständnis und das geht gar nicht."

Schnell schüttle ich den Kopf. „Alles gut, ehrlich. Aber ja, ich werde dir in Zukunft einen Hinweis geben."

„Danke."

Ohne uns absprechen zu müssen, machen wir uns auf den Rückweg. Doch als wir um die Ecke biegen sind Liam und Neil nicht mehr allein.

Isobel steht bei ihnen, ein bisschen zu nah an Liam und sagt etwas, das Neil dazu veranlasst, die Hände zu heben und in Richtung der Couchgarnitur zu verschwinden. Dann legt sie Liam eine Hand auf den Arm und sieht ihn flehentlich an, aber er macht sich mit einem Ruck von ihr los, was das ungute Gefühl in meiner Magengegend ein wenig besänftigt.

„Willst du einfach so zuschauen?", fragt Jessie leise.

Am liebsten würde ich *Ja* sagen und mich irgendwo abseits auf einen Stuhl setzen. Oder noch besser, möglichst schnell nach Hause verschwinden. Doch wir haben einen Deal und mein Teil der Abmachung beinhaltet, Isobel in den Wahnsinn zu treiben.

Liam hat recht. Das hier war meine Idee. Also drücke ich den Rücken durch, und gehe geradewegs auf die beiden zu.

Weder Liam noch Isobel bemerken mich, als ich über den Rasen in ihre Richtung laufe. Obwohl ich verpasst habe, was sie zu ihm gesagt hat, kann ich seine Antwort deutlich hören.

„Wenn jemand nicht ans Telefon geht, bedeutet das normalerweise, dass diese Person nicht mit dir sprechen möchte. Es heißt nicht, dass du sie auf der nächsten Party suchen und sie dort belästigen sollst." Wut schwingt in jedem seiner Worte mit und ich beschleunige meine Schritte.

„Es geht doch nur um ein verdammtes Gespräch! Oder willst du wirklich alles wegschmeißen? All die Jahre?“ Ihr Tonfall ist ungläubig.

Liam schüttelt den Kopf. „Ich bin nicht derjenige, der es weggeschmissen hat, und das weißt du auch ganz genau.“

Möchte sie etwa wieder mit ihm zusammenkommen?

„Hey.“ Mit pochendem Herzen trete ich neben Liam, lege meinen Arm um ihn und versuche mich an einem verliebten Lächeln. Keine Ahnung, ob es mir gelingt, doch wenn ich Isobels säuerliche Miene richtig deute, kauft sie uns diese Vorstellung ab.

Er lächelt mich freudestrahlend an. Wüsste ich nicht, dass er es nur spielt, würden meine Knie weich werden. Na gut, vielleicht werden sie trotzdem ein bisschen weich.

„Du erinnerst dich an Cat?“, fragt er, ohne Isobel anzuschauen, und zieht mich näher an sich.

„Bitte denk noch einmal darüber nach“, erwidert sie knapp und dreht sich, ohne mich eines weiteren Blickes zu würdigen, um.

„Was wollte sie?“, flüstere ich an Liam gewandt, doch dieser schüttelt nur den Kopf, bevor er mich mit einem nichtssagenden Lächeln betrachtet.

„Nichts Wichtiges. Du siehst gut aus. Hast du gar keine Angst, dass ich über dich herfalle und versuche, dich abzuschleppen nur, um dich dann abzuservieren?“

„Sollte ich die haben?“, gebe ich zurück und dieses Mal weiche ich seinem Blick nicht aus.

„Nein.“

„Gut.“ Etwas leiser füge ich hinzu: „Es tut mir leid, was ich geschrieben habe.“

„Warum? Du hast nur deine ehrliche Meinung über mich kundgetan. Wir müssen uns nicht mögen, um das hier durchzuziehen, Kittycat.“ Er raunt mir die Worte ins Ohr und der warme Atem, der meine Haut trifft, lässt Gänsehaut auf meinem gesamten Körper zurück.

Für alle Umstehenden muss es aussehen, als wäre das hier ein Gespräch unter frisch Verliebten. Doch ich weiß es besser.

Wut, Enttäuschung, Angst, keine Ahnung, was sich da gerade in meinem Magen zusammenballt. Aber bitte, wenn er es mir unbedingt schwer machen möchte, dann bekommt er eine Portion Ehrlichkeit.

„Was ist eigentlich dein Problem?“, flüstere ich. Wir stehen so dicht beieinander, dass uns mit der lauten Musik und dem Stimmengewirr niemand hören kann, trotzdem werfe ich einen Blick hinter mich, ehe ich fortfahre. „Du hast dir dieses Image doch hart erarbeitet, richtig? *Ich habe einen Ruf zu verlieren*", äffe ich ihn nach. „Deine Worte. Also hör auf, mir die Schuld daran zu geben, wenn ich es glaube."

Bevor er antworten kann, ruft Neil: „Hey Rogers, wenn ihr Zweisamkeit wollt, sucht euch ein Zimmer. Ansonsten beweg deinen Arsch hier rüber." Er sitzt mit Jessie auf dem riesigen Sofa und winkt uns zu sich.

Ohne mich anzusehen, macht Liam sich auf den Weg zu seinem Freund. Mir bleibt nichts anderes übrig, als ihm zu folgen und sei es nur, um den Fragen meiner Mitbewohnerin vorzubeugen. Glücklicherweise ist Jessie gerade davon abgelenkt, etwas in ihr Handy zu tippen. Bei ihrer grimmigen Miene habe ich eine Vermutung, wem sie schreibt.

Liam lässt sich auf das Sofa fallen und ich setze mich so dicht wie möglich neben ihn, ohne ihn berühren zu müssen.

„Habe ich vorhin Ryan gesehen?", kommt es von Neil, sobald wir uns gesetzt haben.

Ein undefinierbarer Ausdruck flackert in Liams Augen auf, dann zuckt er mit den Schultern. „Keine Ahnung."

„Wer ist Ryan?", fragt Jessie plötzlich und blickt zwischen den beiden Männern hin und her.

Neil setzt gerade zu einer Erklärung an, als Liam ihm ins Wort fällt. „Niemand Wichtiges. Möchte noch jemand einen Shot?"

Damit scheint das Thema erledigt und Liam beginnt ein Gespräch über das letzte Spiel. Doch vorher prosten er und Neil sich noch mit zwei winzigen Bechern zu, während ich mich frage, wie wir jemals glaubhaft ein Pärchen darstellen sollen.

Die erste Party und wir reden schon nicht mehr miteinander. Ganz toll. Es wird ohnehin schwer genug, die Menschen in unserem Umfeld von diesem plötzlichen Sinneswandel zu überzeugen, da hilft es nicht, dass Liam eingeschnappt ist. Genauso wenig wie die Tatsache, dass er mich komplett ignoriert.

Jessie ist in ein Gespräch mit Neil vertieft und sonst kenne ich niemanden.

„Ist hier noch Platz?"

Isobel ist zurück und dieses Mal hat sie Verstärkung mitgebracht. Drei Mädchen scharen sich um sie. Mit ziemlicher Sicherheit sind es ebenfalls Cheerleaderinnen, jedenfalls deutet ihre zierliche Statur zusammen mit den definierten Muskeln darauf hin. Einige Leute begrüßen sie freundlich, Stühle werden von irgendwoher geholt und ehe ich es mich versehe, sind sie Teil der Runde.

Liam schenkt ihnen keine Beachtung. Einzig die Tatsache, dass er mir einen Arm um die Schultern legt, zeigt, dass er ihre Anwesenheit registriert hat, während er mit einigen Teammitgliedern spricht.

Er ist sauer, obwohl er versucht, es sich nicht anmerken zu lassen. Warum interessiert es ihn überhaupt, was ich denke? Es ist ja nicht so, als ob mein Eindruck von ihm irgendeinen Einfluss auf unsere Abmachung hätte.

Isobel lacht laut auf und ich spüre, wie Liam sich neben mir verkrampft.

Ich erinnere mich zu gut an dieses Gefühl. Die Anspannung, wenn man ausgerechnet dem Menschen begegnet, den man am wenigsten treffen möchte, begleitet von der Frage, wann genug Zeit verstrichen ist, bis man der Situation entkommen kann, ohne dass es nach einer Flucht aussieht.

Damals gab es keinen Ort, an dem ich wirklich sicher war vor dem Getuschel, dem Lachen, den Blicken. Nur allein in meinem Zimmer oder beim Schwimmen konnte ich all das für einige Momente vergessen.

Geht es Liam ähnlich? Hat er sich deshalb seinen sogenannten *Ruf* aufgebaut? Um wenigstens das als Schutzschild gegen seine Ex zu haben?

Immer mehr Menschen setzen sich zu uns. Da die Gespräche sich vor allem um Fußball und andere Mannschaften drehen, habe ich kaum etwas beizutragen. Erst, als sich ein Mädchen, die Freundin eines der Spieler, auf meine andere Seite setzt, schaffe ich es, mich ein wenig zu entspannen. Sie heißt Hannah und gibt mir leise Hintergrundinformationen zu den Themen, die so leidenschaftlich diskutiert werden. Sie ist die Tochter von Liams Coach und Teil der Frauenfußballmannschaft von Redhill, was sie zu einer Art Expertin macht, deren Meinung immer wieder zu verschiedenen Situationen des Spiels erfragt wird.

„Wenn du dich hier positionierst …“, sagt sie zu Neil und rückt ein Glas auf dem Tisch zwischen zwei Plastikbecher. „… dann hast du hier, hier und hier“, sie deutet in die entsprechenden Richtungen, „Raum und kannst im Notfall drei Gegenspieler auf dich ziehen.“

Der Rest ihrer Erzählung geht unter, als ich Isobels Blick spüre. Sie mustert erst Liam, danach mich, sieht, dass wir uns kaum berühren, dass wir den ganzen Abend so gut wie gar nicht miteinander gesprochen haben, und ich kann ihre Gedanken fast hören. Wir haben heute eine Schwäche offenbart und wenn mich die Vergangenheit eines gelehrt hat, dann, dass so etwas rücksichtslos ausgenutzt wird.

Mein Herz klopft schneller und dieses Mal hat das nichts mit Liam zu tun.

Jedenfalls, bis ich seine warme Hand auf meinem Knie spüre.

Er sieht mich nicht an, aber ich bin mir sicher, dass ihm Isobels Aufmerksamkeit ebenfalls nicht entgangen ist.

Sein Daumen streicht sanft über mein Bein und berührt nackte Haut. Ich versuche, mich zu sammeln, seine Hand einfach auszublenden, nicht darüber nachzudenken, dass sie langsam, Stück für Stück meinen Oberschenkel hinaufstreicht, bis sie fast den Saum meines Rockes berührt.

Ein kleines bisschen weiter.

Es wird dir gefallen. Vertrau mir.

Die Erinnerung schlägt über mir zusammen und in meinem Kopf beginnt es zu dröhnen, während mein Herz sich panisch zusammenzieht.

Liams Hand bewegt sich wieder über mein Bein, brennt heiß und kriecht hoch und runter.

Das hier war ein Fehler.

Diese ganze Vereinbarung war ein Fehler und ich halte es keine Sekunde länger unter Isobels bohrenden Blicken aus.

Plötzlich stehe ich.

Alle Anwesenden wenden sich mir zu, kalter Schweiß bildet sich auf meinen Handflächen und mein Kopf ist wie leergefegt. Worüber wurde gerade gesprochen?

„Bin gleich wieder da“, sage ich zu niemand Bestimmtem, weiche Liams Blick aus und beeile mich, die Veranda zu verlassen.

Ich brauche einen Moment, um durchzuatmen, muss heute und damals voneinander trennen und wieder einen klaren Kopf bekommen.

Es ist Liam, der neben mir sitzt. Er möchte Isobel davon überzeugen, dass das mit uns echt ist, nichts weiter. Vielleicht will er sich auch ein kleines bisschen für meinen unbedachten Spruch heute Nachmittag rächen. Aber er kennt die Regeln, er weiß, dass nichts zwischen uns passieren wird. Er hat selbst gesagt, er möchte kein Drama.

Um mich herum drängen sich die Menschen und die Masse aus Körpern droht mich zu ersticken.

Eine Hand greift meine und zieht an ihr. Mein erster Impuls ist, mich loszureißen, zu schreien, doch bevor ich etwas davon tun kann lässt Liam mich wieder los.

Liam. Er ist mir gefolgt.

Mein Herz rast, doch ich kann nicht sagen, ob es Panik ist, Liams Anwesenheit oder eine Mischung aus beidem. Keine Ahnung, was in meinem Gesicht geschrieben steht, aber sein Ausdruck wird weich und er legt mir eine Hand auf den Rücken. Federleicht und trotzdem bestimmt führt er mich durch die Menge, öffnet eine Tür und ehe ich es mich versehe, sind wir in einer winzigen Toilette eingesperrt. Er dreht den Schlüssel im Schloss und wendet sich dann mir zu.

Ich warte auf die Wut, die Vorwürfe, dass wir so niemals ein überzeugendes Paar abgeben, aber sie bleiben aus.

„Alles okay bei dir?" Seine Stimme ist leise.

Ein Nicken ist alles, was ich zustande bringe.

„Sicher?"

Ich nicke erneut, darum bemüht, ruhig ein- und wieder auszuatmen, während Liam mich mustert. Er lässt seinen Blick an mir hinauf und hinab gleiten, wie um den Wahrheitsgehalt meiner Worte abschätzen zu können.

„Warum siehst du dann aus wie ein Reh im Scheinwerferlicht?"

Anscheinend kommen ich und mein stummes Nicken nicht sonderlich überzeugend rüber. Habe ich vorher schon kaum einen klaren Gedanken fassen können, ist es jetzt komplett vorbei. Aber ich darf nicht vergessen, dass das hier nicht real ist. Liam ist nur nett zu mir, weil er es sein muss. Egal, wie gut er riecht oder aussieht oder wie offen sein Lächeln ist, es ist alles nur ein Spiel. Und ich bin völlig ausgeflippt und habe so vielleicht alles kaputt gemacht.

Er wird den Deal absagen, er wird sich eine Frau suchen, die besser schauspielern kann, die kein Problem damit hat, von ihm berührt und geküsst zu werden. Der es sogar Spaß macht, sein Date zu spielen, die mehr Erfahrung hat, als ich, die nicht bei jeder Berührung versteinert.

„Tut mir leid." Ich ringe mit den Händen und starre auf den Boden vor mir. Ganz langsam ebbt die Panik ab und zieht sich zurück, auch wenn sie weiterhin am Rande meines Bewusstseins lungert. „Versprochen, ich reiße mich jetzt zusammen!"

„Cat."

Mein Name klingt so weich aus seinem Mund. Liam braucht nur einen Schritt, um direkt vor mir zu stehen, wartet jedoch ab, ob ich zurückweiche, ehe er mir sacht eine Hand unter mein Kinn legt und mich zwingt, ihn anzusehen. „Entspann dich, okay?"

Die Worte sind wie ein Schlag ins Gesicht. Natürlich weiß Liam nicht, dass Dean in jener Nacht genau dasselbe gesagt hat. Trotzdem schießt mein Puls in die Höhe. Wieder gebe ich keine Antwort, schließe die Augen und atme tief durch bis die Anspannung langsam wieder abnimmt.

Sein Blick ruht unverwandt auf mir, bevor er ein weiteres Mal seufzt. „Partys sind nicht so dein Ding, oder?"

„Nein", wispere ich.

„Was kann ich tun?"

„Ich weiß es nicht." Obwohl ich nicht weiterspreche, wartet Liam geduldig ab. Er lässt mir Zeit, meine Gedanken zu ordnen, Ruhe in das Chaos zu bringen, dass in mir tobt. Und tatsächlich, das Rauschen in meinem Kopf wird leiser und das Atmen wieder leichter.

„Ich bin es nicht gewohnt, dass jemand mich …" Als ich endlich versuche, die richtigen Worte zu finden, ist es nicht mehr als ein Flüstern. Aber ich kann es nicht aussprechen. Mein Kopf glüht jetzt schon heißer als tausend Sonnen.

„Das jemand dich, was?" Verwirrt sieht er mich an und plötzlich leuchtet Verständnis auf seinem Gesicht auf. „Streichelt?"

Ich nicke.

„Okay." Er wartet einen Moment. Als ich nicht weiterspreche, nimmt er erneut meine Hand, und grinst mich an. „Bringe ich dich etwa aus dem Konzept, Kittycat?" Der Humor in seiner Stimme tut gut, obwohl ich auf der Stelle noch mehr glühe.

Mein Blut rauscht in meinen Ohren. Vielleicht ist das nach wie vor die Panik, vielleicht die Verlegenheit oder etwas ganz anderes.

Das ist alles nicht richtig. Er macht mir keinen Vorwurf, aber wenn ich mich nicht bald zusammenreiße, denkt Liam am Ende noch, ich hätte Gefühle für ihn. Abgesehen davon, dass das nicht stimmt, hat er von Anfang an mehr als deutlich gemacht, dass er bei meinem bescheuerten Plan nur mitmacht, solange ich ihn mit meinem Drama in Ruhe lasse. Ganz davon abgesehen, dass ich langsam dringend etwas antworten sollte.

„Das hat nichts mit dir zu tun“, murmle ich. „Es ist eher das Gesamtpaket.“ Liam legt fragend den Kopf schief. Gerade möchte ich mir mit den Händen durch das Gesicht wischen, erinnere mich aber in letzter Sekunde an meine Schminke und lasse sie unverrichteter Dinge wieder sinken. „Diese ganze Situation ist einfach komisch.“

Er nickt nachdenklich und lässt sich mit dem Rücken gegen die Badezimmertür fallen. „Stimmt.“

Eine Weile schweigen wir.

„Es tut mir übrigens wirklich leid“, entschuldige ich mich erneut. „Wegen heute Nachmittag.“

„Also glaubst du nicht, dass ich ein selbstverliebtes Arschloch bin, das Frauen nur ausnutzt?“

„Das habe ich nie gesagt!“

Ein kleines Lächeln zuckt um seine Mundwinkel. „Aber gemeint.“

„Vielleicht ein bisschen“, gebe ich zu. „Doch zu meiner Verteidigung, bei unserem ersten Kennenlernen hast du mich nach meinem Namen und direkt im Anschluss nach Sex gefragt. Bei unserem zweiten Treffen habe ich dich mit einer Frau im Bett erwischt und du wolltest, dass ich dazukomme.“

Liam sieht mich einen Moment stumm an, dann bricht er in schallendes Gelächter aus. „Touché“, gluckst er, sobald er sich beruhigt hat. „Wenn du es so formulierst, komme ich tatsächlich nicht sonderlich gut dabei weg.“

Grinsend zucke ich mit den Schultern und der kleine Spiegel zu meiner rechten zeigt mir, dass ich schon wieder – oder eher immer noch – rot angelaufen bin.

„Seid ihr da drinnen bald fertig?“ Der lauten Männerstimme folgt ein ungeduldiges Hämmern gegen die Tür. „Ich muss dringend schiffen!“

Liam zieht eine Grimasse und ein ersticktes Lachen bahnt sich seinen Weg durch meine Kehle.

„Ich versuche, dich in Zukunft nicht mehr allzu sehr aus dem Konzept zu bringen, okay?“ Seine Stimme ist neckend.

„Niemand außer dir hat je behauptet, dass du mich aus dem Konzept bringst. Aber wenigstens bist du von dir überzeugt.“

Ein Lächeln huscht über seine Lippen. „Dann ist ja gut, Kittycat."

Ehe er die Tür öffnen kann, halte ich ihn zurück. „Ich glaube nicht, dass du ein selbstverliebtes Arschloch bist." Für die nächsten Worte kratze ich meinen gesamten Mut zusammen. „Meistens bist du sogar ein ziemlich anständiger Kerl. Also, wenn du nicht gerade versuchst, mich ins Bett zu kriegen."

Liam lächelt und nimmt meine Hand, bevor er mir mit der anderen die Haare verwuschelt. „Spätestens jetzt wird es aber für keinen vor dieser Tür einen Zweifel geben, was wir hier drinnen gemacht haben."

Damit ist mein Schicksal als Tomate für diesen Abend besiegelt.

Kapitel 17

„Mir ist langweilig“, verkündet Isobel in gebieterischem Ton. Sie hat die bunt zusammengewürfelte Gruppe nicht verlassen und keiner scheint sich daran zu stören, dass sie hier ist. Im Gegenteil, immer wieder wurde sie in den letzten Stunden freundlich, zum Teil überschwänglich, begrüßt und mit Fragen nach ihrem Auslandssemester in Paris bombardiert.

Es ist spät geworden, doch die Party ist noch in vollem Gange und niemand macht Anstalten, nach Hause zu gehen. Stattdessen hat irgendjemand eine Flasche Wodka auf den Tisch gestellt.

Nach meinem kleinen Zusammenbruch ist es Liam, der sich mir gegenüber zurückhaltend verhält. Er nimmt meine Hand und legt von Zeit zu Zeit einen Arm um meine Schulter, aber seine Finger streichen nicht mehr spielerisch über meine Haut. Ich bin mir nicht sicher, ob ich mich mit dieser Entwicklung wohler fühle.

Ihn mit meiner heftigen Reaktion zu verunsichern, war nie meine Intention. Zugegeben, als ich aufgesprungen und fluchtartig die Veranda verlassen habe, hatte ich kein echtes Ziel, außer, mich einen Moment zu sammeln.

Kurz spiele ich mit dem Gedanken, bei der nächsten Runde Shots doch mitzumachen, verwerfe ihn jedoch wieder. Keinen Kontrollverlust heute Abend, auch, wenn ich anscheinend die Einzige bin, die Bedenken in diese Richtung hat. Die Flasche Wodka ist jedenfalls leer, als Neil danach greift und sie triumphierend in die Höhe hält.

„Wie wäre es mit Flaschendrehen?“

„Wie alt bist du, zwölf?“, fragt Liam und lehnt sich zurück.

„Kommt drauf an, wen du fragst“, kontert Neil und reicht die Flasche an Isobel weiter. Diese blickt herausfordernd von einer Person zur nächsten.

„Wahrheit oder Pflicht?“

Niemand widerspricht und vereinzelt ist zustimmendes Nicken zu sehen. Selbst Jessie ist der Idee, allem Anschein nach, nicht abgeneigt.

Neil und sie sind zu meiner Erleichterung draußen geblieben. Jessie verbringt noch immer viel Zeit damit, Nachrichten zu schreiben, jetzt legt sie ihr Handy allerdings neben sich und lächelt.

Schön, da habe ich wohl keine andere Wahl. Ich werde dieses Spiel einfach als weitere Möglichkeit sehen, neue Erfahrungen zu sammeln. Wer weiß, vielleicht macht es ja Spaß? In der Highschool habe ich mich meistens davor gedrückt, mitzuspielen, aber ich bin am College und werde heute nicht die Spielverderberin sein.

Isobel legt die Flasche auf den hastig leergeräumten Tisch und dreht. Ich schicke ein stummes Stoßgebet aus, dass sie nicht auf mich zeigt.

Schließlich bleibt sie genau zwischen Neil und Jessie stehen.

Letztere sieht Neil auffordernd an.

Neil starrt genauso auffordernd zurück.

„Die zeigt ja wohl ganz eindeutig auf dich", verteidigt sich meine Mitbewohnerin, aber er schüttelt den Kopf.

„Nein, da ist ein kleiner Schnipsel des Etikettes, siehst du? Damit ist der größere Teil in deiner Hälfte."

Jessie schnaubt. „Netter Versuch. Du wolltest spielen, jetzt nimm deine gerechte Strafe entgegen."

„Ihr könntet einfach beide eine gemeinsame Aufgabe machen", schlägt Liam diplomatisch vor. „Wie wäre es ganz klassisch?"

„Wir sollen uns küssen??" Unsicherheit schwingt in Neils Stimme mit.

„Träum weiter." Jessie verdreht die Augen. „Ich nehme Wahrheit und Neil ganz offensichtlich Pflicht."

Ein blondes Mädchen ruft von einem der Stühle: „Neil, geh nach drinnen und grabe ein Mädchen deiner Wahl mit dem schlechtesten Anmachspruch an, der dir einfällt."

Die Runde beginnt zu johlen.

Neil seufzt, drückt seine Schultern durch und dank der großen Glasscheibe können wir gut beobachten, wie er die erste Studentin anspricht, die ihm über den Weg läuft. Sie wird mindestens so rot wie der Plastikbecher in ihrer Hand, dreht sich um und geht.

„Was hast du gesagt?", fragt Jessie umgehend, als er zurück ist und sich zu uns setzt.

„Das musst du sie schon selbst fragen." Neil zwinkert Jessie verschwörerisch zu. Von der Unsicherheit ist nichts mehr zu sehen. „Oder du fragst noch einmal ganz lieb, wenn wir allein sind."

Für diesen Kommentar erntet er einen Stoß gegen die Rippen.

In Neils Augen funkelt es gefährlich. „Du bist dran. Ich würde sagen, du schuldest uns deine peinlichste Sexgeschichte."

Erneut ertönt allgemeines Johlen, aber Jessie lässt sich nicht aus der Ruhe bringen. Entspannt lehnt sie sich in ihrem Stuhl zurück, grinst selbstgefällig und erzählt uns von dem einen Mal, als sie mit ihrem Freund Sex auf dem Sofa ihrer Eltern hatte. Jedenfalls, bis ihr Vater plötzlich im Wohnzimmer stand. „Brandon ist mindestens sechs Monate nicht mehr zu mir nach Hause gekommen", endet sie ihre Geschichte schmunzelnd.

Zwei weitere Male wird die Flasche gedreht und es wird jeweils eine Pflichtaufgabe ausgerufen. Zur Erfüllung der Ersten, muss jemand ein Getränk austrinken, das sein Kumpel ihm böse grinsend zusammenmixt, für die Zweite muss ein Mannschaftskamerad von Liam wie ein Huhn gackernd über die Veranda laufen.

Als die Flasche schließlich auf mir landet, sackt mein Magen zwar kurz ab, ich möchte mir jedoch nichts anmerken lassen.

Wahrheit oder Pflicht? Eine Pflichtaufgabe müsste ich erfüllen, es gäbe kein drum herum und ich habe genug Erfahrung, um zu wissen, dass das mit einem Mädchen wie Isobel nicht gut ausgehen kann. Also entscheide ich mich für Wahrheit. Im schlimmsten Fall kann ich lügen.

Isobels Augen funkeln und bevor jemand anders etwas sagen kann, lehnt sie sich vor. „Mit wie vielen Männern hast du vor Liam schon geschlafen?"

Mein Herz pocht mir mit einem Mal wieder bis zum Hals und vor meinem inneren Auge steigen Bilder auf. Das weit entfernte Lachen, der Geruch des Lagerfeuers, der Geschmack von Orangensaft auf meiner Zunge.

Liam greift nach meiner Hand. „Ich glaube, es ist Zeit zu gehen", sagt er mit einem Knurren, das eher an Isobel gerichtet ist, als an mich. „Du musst die Frage nicht beantworten, Cat."

„Natürlich muss sie. Wir haben uns alle an die Regeln gehalten, Isaac hat sein Dasein als Huhn gerade erst beendet", widerspricht Isobel gelangweilt und einige murmeln zustimmend.

Es ist Jessies Handy, das mich rettet. Ihr Klingelton schallt durch die Nacht und ohne auf ihre Umgebung zu achten, brüllt sie „Was?" in den Hörer, nachdem sie das Gespräch angenommen hat.

Um uns wird es still.

„Es geht dich einen Scheiß an, wer noch alles hier ist. Nein, ich werde mit Sicherheit nicht nach Hause gehen, nur weil du ein ungutes Gefühl hast."

„Lass uns verschwinden. Solange sie alle abgelenkt sind“, murmelt Liam an meinem Ohr.

Isobel kneift die Augen zusammen, aber er ignoriert sie, wie schon den gesamten, restlichen Abend. Nicht einmal hat er mit ihr gesprochen oder auf etwas reagiert, was sie gesagt hat und irgendwo in mir ist ein Teil, den das tierisch freut.

Kurz versichere ich mich bei Neil, dass er dafür sorgt, dass Jessie sicher ins Wohnheim kommt, dann eile ich hinter Liam her, der bereits vor der Terrassentür auf mich wartet.

Die Musik ist selbst vor dem Haus noch deutlich zu hören.

Ich habe mich bei ihm untergehakt, um möglichen Beobachtern keinen Grund für Spekulationen zu liefern. Doch je weiter wir uns vom Haus entfernen, desto mehr habe ich das Gefühl, dass ich Liam die nötige Stabilität gebe, damit er keine Schlangenlinien läuft.

„Sag mal, wie viel hast du getrunken?“

Er grinst. „Nicht viel. Ein paar Bier und ein oder zwei Shots.“

„Wie kommt es dann, dass du kaum noch geradeaus laufen kannst?“

„Betrunken vor Verliebtheit, schätze ich.“

„Haha.“

„Die viel wichtigere Frage ist doch …“ Er verliert kurz das Gleichgewicht, fängt sich aber sofort wieder und spricht weiter, als wäre nichts passiert. „Warum bist du nicht betrunken?“

Es ist das erste Mal seit dem Sommerfest, dass ich ihn so entspannt erlebe. Da ist keine Arroganz in seiner Stimme, keine Anspannung, sondern Unbeschwertheit.

Diesen Liam mag ich, selbst, wenn er betrunken ist.

„Ich trinke selten Alkohol“, gebe ich zu.

„Wieso?“

„Weil Alkohol dazu führt, dass man dumme Sachen macht.“

„Ach ja?“, fragt er und obwohl das Lächeln noch da ist, überwiegt eindeutig die Neugier.

„Ja.“

„Was denn für Sachen?“

„Das geht dich nichts an.“

Liam pikst mich mit einem Finger in die Seite und ich quietsche vor Schreck auf. Wie zur Entschuldigung legt er mir einen Arm um die Hüfte. Aber vielleicht braucht er auch die zusätzliche Stabilität, ich bin mir nicht ganz sicher.

„Ich kann nicht fassen, dass ich dich das noch nicht gefragt habe, doch was studierst du eigentlich?", wechselt er unvermittelt das Thema.

„Wirtschaft." Und schon ist meine gute Laune dahin.

„Du klingst nicht sonderlich überzeugt."

Was solls. Vielleicht bereue ich es später, ihm diese Dinge zu erzählen, aber in diesem Moment fühlt es sich richtig an.

„Ich finde es nicht unbedingt spannend." Ein Seufzen entweicht mir. „Meine Eltern halten es für die korrekte Entscheidung und da sie mir das College überhaupt erst ermöglichen …" Ich habe diesen Satz in Gedanken so oft gesagt, doch hier und jetzt klingt er erbärmlich.

Dazu kann ich die Langeweile aus meiner eigenen Stimme heraushören. Das ist neu. Sonst schaffe ich es, wenigstens so zu tun, als wäre dies kein einstudierter Text, den ich aufsage, um nicht allzu viele Fragen beantworten zu müssen.

Liam fällt natürlich nicht darauf herein. „Deshalb studierst du etwas, an dem du kein Interesse hast?"

„Wieso nicht? Was studierst du denn?"

„Politik und Geschichte. Aber ich bereite mich auf die Harvard Law School vor." Ich verziehe das Gesicht und er lacht. „Was denn, nicht dein Ding?"

„Das stelle ich mir noch langweiliger vor als Wirtschaft", erwidere ich und rümpfe die Nase. Dann erinnere ich mich, dass Liams Dad als Staatsanwalt tätig ist, dieses Amt aber niederlegen wird, sollte er zum Senator gewählt werden. „Machst du es deinen Eltern zuliebe?"

„Ja und nein. Mein Vater ist bestimmt froh, dass ich in seine Fußstapfen treten möchte, aber ich habe mich dafür entschieden, weil es mir Spaß macht", erklärt er. „Guck nicht so ungläubig", fügt er hinzu, als er meinen Blick sieht. Diesmal drückt er leicht meine Hüfte, was mich ebenfalls zum Grinsen bringt.

„Bist du dir sicher, dass du das nicht nur wegen des Geldes machst?", ziehe ich ihn auf und obwohl Liams Augen funkeln, wird er bei der Antwort wieder ernst.

„Ganz sicher. Ich habe schon als Junge davon geträumt, nach Harvard zu gehen."

„Und? Warum bist du dann noch nicht dort?" Am Geld kann es jedenfalls nicht liegen.

„Man braucht gewisse Voraussetzungen, um angenommen zu werden. Es wird sich in den nächsten Monaten zeigen, ob ich gut genug bin."

Ich nehme ihm seine Sorglosigkeit nicht ab, möchte jedoch die gute Stimmung zwischen uns nicht kaputt machen.

Eine Weile laufen wir schweigend nebeneinander her, bis Liam mich leicht mit der Schulter anstößt, aber gleichzeitig fest genug hält, damit ich nicht das Gleichgewicht verliere.

„Geht es dir besser?"

Verwundert schaue ich auf. „Was? Ich bin nicht diejenige, die schwankend über den Campus läuft."

„Das meine ich nicht", sagt er in sanftem Ton. „Du bist vorhin wirklich blass geworden. Geht es dir besser?"

Einen Moment bin ich versucht, ihm eine Gegenfrage zu stellen, irgendwie abzulenken, aber er hat gesehen, dass es mir nicht gut ging, hat mir geholfen die Situation zu verlassen und mir bis jetzt keine Fragen gestellt. Ich bin ihm eine Antwort schuldig.

„Mir geht es gut. Tut mir leid, dass du meinetwegen so früh gehen musstest."

„Das muss es nicht, so toll war die Party nicht."

Wieder verfallen wir in Schweigen, aber es ist nicht unangenehm.

Als wir vor dem Wohnheim ankommen, bleiben wir stehen.

„Wäre es in Ordnung für dich, wenn ich dich noch nach oben bringe?", fragt er völlig unvermittelt.

„Warum?"

„Um sicherzugehen, dass du sicher in deinem Zimmer landest." Er grinst verschwörerisch.

„Ich hoffe wirklich, dass das kein weiterer Versuch ist, mich ins Bett zu bekommen", scherze ich.

Liam greift sich über das Herz, die andere Hand legt er sich an die Stirn und verdreht dramatisch die Augen. „Vertraust du mir etwa immer noch nicht? Du verletzt mich. Da möchte ich ein Gentleman sein und dir beweisen, dass ich nicht das Arschloch bin, für das du mich hältst und ernte Misstrauen zum Dank."

„Schon gut, schon gut." Lachend schüttle ich den Kopf. „Meinetwegen bring mich noch hinauf und beweise mir, was für ein Gentleman du sein kannst."

„Ich werde dich nicht enttäuschen!", verspricht er inbrünstig, während ich die Wohnheimtür aufstoße. Ausnahmsweise entscheide ich mich für den Fahrstuhl. Vor allem, weil ich Angst habe, dass meinem Begleiter die vielen Treppen zum Verhängnis werden könnten.

Die Türen schließen sich hinter uns und mein Herz klopft plötzlich schneller.

„Keine Sorge, ich habe wirklich nicht vor, über dich herzufallen, Süße", versucht Liam, mich zu beruhigen.

„Sorry, ich weiß." Ich atme einmal tief durch. „Mit jemandem wie dir allein zu sein, bin ich einfach nicht gewohnt, das ist alles."

Glücklicherweise hält der Fahrstuhl in diesem Moment an, wir steigen aus und ich haste zu dem Apartment, bevor er meine Verlegenheit bemerkt.

„Was meinst du damit? Jemandem wie mir?"

„Nichts!"

Schnell schließe ich auf, steuere geradewegs auf die Küchenzeile zu, fülle ein Glas mit Wasser und reiche es Liam, der unschlüssig im Türrahmen stehen geblieben ist.

„Trink."

Er zieht die Tür hinter sich zu, nimmt mir das Glas ab und sinkt auf das Sofa. Es ist nicht groß, jedoch groß genug, dass ich mich ans andere Ende setzen kann.

„Hör mal", beginnt er, verstummt dann allerdings und fährt sich mit der Hand durch die Haare. Ungewohnt ernst betrachtet er mich und ich erwische mich dabei, die Beine wie ein Schutzschild anzuziehen und eine Barriere zwischen uns zu errichten.

„Was ist los?"

Ist das der Moment, in dem er unseren Deal platzen lässt? Es ist meine eigene Schuld. Ich hätte mich heute Abend einfach mehr am Riemen reißen müssen. Zuerst springe ich bei der kleinsten Berührung wie ein verschrecktes Kaninchen auf, dann spreche ich den Rest des Abends kaum ein Wort und als krönenden Abschluss unterstelle ich ihm, mich verführen zu wollen.

Liam atmet tief durch. Wenigstens fällt es ihm nicht leicht. Keine Ahnung, warum das einen Unterschied macht. Möglicherweise zeigt es mir bloß, dass er wirklich kein schlechter Kerl ist, wenn er seine Arroganz mal abgelegt hat. Vielleicht können wir, trotz dieser ganzen Geschichte, Freunde werden.

Unsicherheit liegt in seinem Blick und ich wappne mich innerlich, so gut es geht.

„Ich weiß nicht richtig, wie ich das sagen soll, also … frage ich dich einfach. Wurde dir in der Vergangenheit weh getan?“

Was?

Ich blinzle, doch Liam rührt sich nicht, sieht mich nur weiter mit diesem besorgten Ausdruck an.

Es ist an mir, tief durchzuatmen, obwohl meine Handflächen feucht werden. Er braucht es nicht aussprechen, mir ist klar, was er mich fragt.

„Wie kommst du darauf?“

„Du hast auf der Party so komisch reagiert, zuerst, als ich dein Knie berührt habe und dann, als Izzy dich nach deiner …“, er gerät einen Moment ins Stocken, „… deiner Vorgeschichte gefragt hat“, beendet er den Satz schließlich. Eine wesentlich elegantere Formulierung als die, die Isobel gewählt hat.

„Keine Sorge.“ Er sieht nicht völlig überzeugt aus, also füge ich mit rasendem Herzen hinzu: „Ich habe einfach nur wenig Erfahrung und das muss nicht jeder wissen.“

Meine Worte scheinen Liam glücklicherweise zu beruhigen, ich kann dabei zusehen, wie er sie verarbeitet. Dann zieht der Mistkerl langsam eine Augenbraue in die Höhe. Eine kleine Geste, die mir, gepaart mit dem frechen Grinsen, sofort die Röte ins Gesicht treibt.

„Was heißt nicht viel Erfahrung?“

Mein Kissen trifft ihn direkt am Kopf. Ein guter Wurf. Innerlich klopfe ich mir auf die Schulter. Ich weiß genau, in welche Richtung seine Gedanken gewandert sind. So ungern ich über dieses Thema spreche, möchte ich auf keinen Fall falsche Gerüchte in die Welt setzen.

„Ich bin keine Jungfrau mehr“, fauche ich, als Liams breites Grinsen hinter dem Kissen zum Vorschein kommt. „Aber ich hatte erst einen Freund und das war noch auf der Highschool. Aus irgendwelchen Gründen finden Leute das komisch.“

Er grinst noch immer. Das Kissen legt er neben sich und streicht, völlig unbeeindruckt, mit der Hand darüber.

„Du hast erst mit einem Mann geschlafen?“

Meine Gesichtsfarbe wechselt in diesem Augenblick garantiert von rot zu dunkelrot.

„Im Gegensatz zu gewissen anderen Menschen, bin ich wählerisch, was Männer angeht, und schlafe nicht mit jedem, der mir über den Weg läuft.“

Sein Grinsen wird, wenn möglich noch breiter, dann zwinkert er mir zu. „Ich schlafe auch nicht mit jedem *Mann*, der mir über den Weg läuft."

Das zweite Kissen fliegt ebenfalls in seine Richtung, verfehlt allerdings knapp seinen Kopf und landet auf dem Boden. Obwohl ich es nicht möchte, muss ich bei seinen Worten lächeln. Idiot.

„Hast du auch erst einen Mann geküsst?"

Dass er sich wegen meines Verhaltens heute Abend Sorgen gemacht hat, kann ich verstehen, doch diese Frage?

„Warum interessiert dich das?" Er zuckt mit den Schultern, sieht mich jedoch weiterhin abwartend an. „Erzähl mir etwas, das niemand weiß", verlange ich statt einer Antwort und Liam blinzelt, aber zu meiner großen Überraschung antwortet er mir.

„Isobel und ich haben uns nicht im Guten getrennt."

Ich verdrehe die Augen. „Das ist nicht schwer zu erraten."

„Für dich vielleicht nicht. Trotzdem ist die offizielle Version, dass alles in bester Ordnung zwischen uns ist und ich wäre dir sehr dankbar, wenn du dein Wissen für dich behalten könntest. Also, wie viele Männer hast du schon geküsst?"

„Drei. Warum habt ihr eine offizielle Version, wenn du damit ganz offensichtlich nicht einverstanden bist?"

„Um einen Skandal zu verhindern. Welche Männer?"

Irgendwie gefällt mir dieses Spiel. Eine Wahrheit gegen eine andere. Ich möchte mehr über ihn erfahren, über die Umstände seiner Trennung. Über die Frage, weshalb es einen Skandal gegeben hätte, wenn sie keine Geschichte erfunden hätten. Und ich möchte wissen, wie es ihm heute geht, nachdem er den Großteil des Abends mit Isobel zusammengesessen hat, doch ich zügle meine Neugierde. Vor allem, weil ich Angst vor den Gegenfragen habe, die Liam stellen könnte. Noch befinden wir uns auf unverfänglichem Terrain, aber wie schnell wird sich das ändern?

„Einen Klassenkameraden beim Flaschendrehen in der Middle School, meinen Exfreund Dean und dich." Edward verschweige ich.

„Mich?" Liam lacht, bevor ich die nächste Frage formulieren kann. „Das war doch kein Kuss."

Mit einem Mal schlägt mir mein Herz wieder bis zum Hals.

„Ach nein? Unsere Lippen haben sich berührt, oder etwa nicht?"

Er lehnt sich entspannt zurück. Ich wette, er genießt jede Sekunde meines Unbehagens. Mistkerl. Am liebsten würde ich noch ein Kissen nach ihm werfen, aber ich habe meine gesamte Munition verpulvert.

„Ich rede von einem richtigen Kuss, Kittycat."

„Ein Kuss ist ein Kuss", versuche ich, mich zu verteidigen und sehe, wie es in seinen Mundwinkeln anfängt zu zucken. „Küssen wird meiner Meinung nach sowieso überbewertet."

Klinge ich ein ganz kleines bisschen trotzig? Vielleicht.

Liams Blick wandert zu meinem Mund, aber dann schüttelt er, noch immer sichtlich amüsiert, den Kopf, und steht vom Sofa auf. „Ich sollte jetzt besser gehen."

Er öffnet schon die Tür als ich mich an meine Manieren erinnere und ihm folge, um mich zu verabschieden.

Es gibt absolut keinen vernünftigen Grund, weshalb sich Enttäuschung durch mich hindurchfrisst. Er wollte ja eigentlich nur sicherstellen, dass ich gut ankomme, keine tiefgehenden Gespräche über das Leben führen. Und schon gar nicht wollte er mich küssen.

Liam steht bereits im Flur, dreht sich aber noch einmal zu mir um und sieht mich plötzlich so intensiv an, dass es mir für einen Moment die Sprache verschlägt.

„Ein richtiger Kuss sollte dich schwindelig werden lassen, Cat. Er sollte dir den Atem rauben, dich aufwecken und deine Knie zittern lassen. Du solltest nicht mehr wissen, wo oben und unten ist. Und jeder, der diese Kriterien nicht erfüllt, sollte deine Zeit nicht wert sein. Wenn du Küssen überbewertest, dann bist du noch nie richtig geküsst worden."

Darauf habe ich keine Antwort, sondern starre ihn einfach nur an. Seine blauen Augen halten meinen Blick fest und ich frage mich unwillkürlich, wie es wäre, wenn Liam mich richtig küssen würde. Was er tun würde, wenn ich die kurze Distanz zwischen uns überwinden würde.

„Gute Nacht, Kittycat", raunt er, tritt einen Schritt zurück und reißt mich aus meinem Bann.

Bevor ich ihm antworten kann, dreht er sich um und lässt mich in der offenen Tür mit laut pochendem Herzen stehen.

Ich weiß, dass er sich nicht zu mir umdreht, weil ich ihm wie gelähmt hinterherblicke, bis er um die nächste Ecke verschwindet.

Selbst eine halbe Stunde später, klopft mein Herz bei der Erinnerung an seine Worte heftig.

Ich starre an die dunkle Zimmerdecke, und jedes Mal, wenn ich die Lider schließe, sehe ich Liams Gesicht, seine Augen, sein Lachen.

Verdammt noch mal!

Meine Finger schweben über dem Display meines Handys, doch wie all die Male zuvor halte ich mich davon ab, die Nachricht zu tippen. Es wäre wirklich dumm. Ich sollte einfach versuchen, zu schlafen.

Sein Ego braucht keinen weiteren Schub.

Er weiß ganz genau, wie seine Worte auf mich gewirkt haben, ich muss es ihm nicht noch bestätigen.

Außerdem sollte ich meine Zeit besser nutzen, um dieses Ziehen in meinem Bauch, das ich jedes Mal fühle, wenn ich daran denke, wie es wäre, ihn zu küssen, in den Griff zu bekommen.

Wie von selbst fliegen meine Finger trotzdem über den Bildschirm und ohne weiter darüber nachzudenken, drücke ich auf *senden*.

Ich bin nur besorgt, das ist alles. Es geht nicht darum, unser Gespräch von vorhin weiterzuführen, auszuloten, wie viel Ernsthaftigkeit in seinen Worten war. Nein, es geht nur darum, sicherzustellen, dass er sich nicht verlaufen hat. Immerhin war er angetrunken. Es wäre verantwortungslos, mich nicht bei ihm zu melden.

Die Stimme in meinem Hinterkopf, die sich bei diesen Gedanken totlacht, ignoriere ich.

Genauso wie das aufgeregte Kribbeln, als Liam mir keine Minute später antwortet.

Liam: Ich bin gut nach Hause gekommen. Warum bist du noch wach?

Cat: So spät ist es noch nicht.

Liam: Jemand anders könnte einen solchen Satz als Aufforderung verstehen. ;)

Cat: Denkst du eigentlich immer nur an das Eine?

Liam: Nein, manchmal denke ich auch darüber nach, was ich essen möchte. o:)

*Cat: Gute Nacht. *augenroll**

Liam: Gute Nacht, Süße.

Liam: Und nur, falls du noch etwas länger wach liegst und darüber nachdenkst: Ich bin ein verdammt guter Küsser. ;)

Kapitel 18

Liam: Wie sind deine Pläne für die Woche?
Cat: Dir auch einen guten Morgen.
Liam: Verzeih.
Liam: Guten Morgen.
Liam: Wie sind deine Pläne für die Woche?
Cat: Bisher noch nicht ausgereift, aber ich werde viel lernen.
Liam: Wir sollten zusammen lernen.
Cat: Hat der große Star etwa endlich Zeit dafür?
Liam: Das ist das erste Mal, dass du meine Star-Qualitäten anerkennst. :)
*Cat: **Das** ist es, was du aus meiner Nachricht herausliest?*
Liam: Gab es etwa eine andere, versteckte Botschaft?
Cat: …
Liam: Das habe ich mir gedacht. ;)
Liam: Mittwoch habe ich kein Training, was meinst du?
Cat: Okay

Mit ihm Nachrichten auszutauschen, fühlt sich fast schon normal an. Klar, ab und an flirtet er ein bisschen, aber die meiste Zeit ist ihm – glaube ich – einfach nur langweilig.

Warum nur kann ich seinen Kommentar nicht ebenso leicht abtun, wie die zahlreichen Nachrichten?

Ich bin ein verdammt guter Küsser.

Wie soll man sich konzentrieren, wenn diese Worte immer und immer wieder aus den Tiefen des Unterbewusstseins auftauchen? Die Antwort ist: gar nicht. Jedenfalls ist es mir in den vergangenen zwei Stunden nicht gelungen, die ich nun bereits in der Bibliothek sitze. Mein Plan, vor unserem Treffen schon die wichtigsten Aufgaben abzuarbeiten, ist damit offiziell gescheitert.

Ich nehme eine weitere Karteikarte von ihrem Stapel und beginne, eine kurze Zusammenfassung sowie eine Grafik aus dem Buch zu übernehmen, doch kaum habe ich das letzte Wort geschrieben, weiß ich nicht mehr, worum es geht. Und in fünf Minuten wollen wir uns hier treffen. Jedenfalls laut meines Handys, das ich zum wiederholten Mal aufleuchten lasse, um nach der Uhrzeit zu schauen.

Wenigstens hat Liam mir noch keine Absage geschickt, auch, wenn ich jeden Moment damit rechne. Stattdessen habe ich eine neue

Nachricht von Jessie, die fragt, ob ich ihr Lieblingshaargummi gesehen hätte.

Ich verneine und wende mich wieder meinem Wirtschaftsbuch zu.

Dass meine Mitbewohnerin mich noch keiner ausführlichen Befragung unterzogen hat, habe ich sehr wahrscheinlich ihrem Streit mit Brandon zu verdanken. Seit der Party herrscht Funkstille zwischen ihnen. Trauer und Wut brodeln so dicht unter Jessies Oberfläche, selbst Sabrina geht vorsichtig mit ihr um. Es kann passieren, dass sie in einem Moment tieftraurig ist und im nächsten wütend durch das Wohnzimmer stapft. Das eine Mal, dass ich mich getraut habe, zu fragen, was genau passiert ist, war ein unverständliches Brummen die Antwort. Wie so oft, in den letzten Tagen, ist sie danach in ihre Laufschuhe geschlüpft und gerannt. Als könnte sie ihren Gefühlen davonrennen. Als würden Trauer und Wut weniger laut miteinander streiten, wenn sie nur schnell genug ist.

Ich kann sie gut verstehen. Schwimmen war meine Ausflucht, mein Ventil. Wie oft bin ich ins Wasser gestiegen und erst wieder hinausgekommen, wenn meine Muskeln vor Erschöpfung gezittert und meine Lungen gebrannt haben?

Ich wünschte, ich könnte ihr helfen, aber Jessie lehnt jedes Gespräch kategorisch ab. Also kaufe ich Bananen, Müsli, Joghurt und andere kleine Snacks, damit sie wenigstens genug Energie hat, um dieses Sportprogramm durchzuhalten. Da die Vorräte beständig weniger werden, weiß ich, dass sie zumindest vernünftig isst.

Von Sabrina erfahre ich, dass Streits dieser Art über das letzte Jahr immer häufiger wurden und es jedes Mal gleich abläuft: Zuerst haben sie mehrere Tage kein Kontakt, dann sprechen sie sich aus und geloben Besserung. Danach läuft es einige Wochen gut, bis Brandon einen neuen Streit beginnt.

Ob es bei Liam und Isobel ebenfalls so war? Haben sie sich immer und immer wieder gezofft und vertragen, bis es nicht länger ging?

Ich nehme mehrere bunte Stifte und markiere mir verschiedene Worte sowie Sätze auf der Karteikarte.

Die Frage, was zwischen den beiden vorgefallen ist und ob es Liam nach wie vor nahe geht, lässt mich nicht mehr los.

Natürlich geht es ihm noch nahe, sonst hätte er diese Vereinbarung nicht mit mir getroffen. Doch heißt das auch, dass er noch Gefühle für sie hat?

Das merkwürdige Grollen in mir, wann immer ich an Isobel denke, blende ich aus. Oder versuche es wenigstens. Sie hat mir nichts getan. Nicht direkt. Liam kann fühlen, was immer er möchte, es geht mich nichts an!

Außerdem ist er ab jetzt offiziell zu spät. Zwei Minuten, aber wer zählt schon mit?

Gott, ich muss mich beruhigen. Das hier ist ein Geschäftstermin. Nichts weiter. Kein Grund, nervös zu sein.

Seufzend blättere ich auf die nächste Seite in meinem Buch. Ich habe den letzten Absatz drei Mal lesen müssen, bis ich eine Ahnung davon hatte, was der Autor mir mitteilen wollte und selbst das beginne ich bereits zu vergessen. Liam und sein verdammter Kommentar!

Er sollte dir den Atem rauben, dich aufwecken und deine Knie zittern lassen.

Bloß, weil ich noch nie erlebt habe, dass mir die Knie von einem Kuss weich geworden sind, heißt das nicht, dass ich noch nie richtig geküsst wurde.

Dean und ich haben uns geküsst. Oft. Zugegeben, es war immer etwas nass und ich habe mich jedes Mal gefragt, ob er ein Wettrennen der Zungen veranstalten möchte, aber im Großen und Ganzen war es … nett.

Wahrscheinlich habe ich, nach allem, was passiert ist, einfach nur vergessen, welche Emotionen Dean in mir ausgelöst hat. Außerdem sollte man, wenn einem vom Küssen schwindelig wird, lieber damit aufhören. Sauerstoffmangel ist keine gute Basis.

Ich bin ein verdammt guter Küsser.

Frustriert schlage ich mein Buch über Wirtschaftstheorie etwas lauter als beabsichtigt zu und strecke mich. Für ihn ist es doch eine Art Sport, Frauen aufzureißen. Und ein einzelner Kommentar sollte mich nicht derart aus der Fassung bringen. Liam *darf* mich nicht derart aus der Fassung bringen. Wenn ich es nicht schaffe, mich auf das College zu konzentrieren, dann kann unsere Vereinbarung nicht fortbestehen. Ich darf nicht zulassen, dass irgendetwas meine Noten und damit meinen Abschluss gefährdet. Schon gar kein Sportler mit zu großem Ego. Das bin ich meinen Eltern schuldig.

Außerdem, selbst, wenn Liam und ich uns *richtig* küssen würden, heißt das noch lange nicht, dass er irgendeine Wirkung auf mich hat.

Ich sag ja, zu großes Ego!

So versunken, wie ich den Tisch vor mir angestarrt habe, ist es kein Wunder, dass ich Liams Anwesenheit erst bemerke, als er sich mit einem feixenden Grinsen auf den Stuhl neben mir fallen lässt.

„Was hat dir denn dein Buch getan?"

„Nichts", grummle ich, sobald ich mich von meinem Schreck erholt habe. „Es verweigert mir nur Antworten."

Er grinst und zieht seinen Laptop aus der Tasche. „Vielleicht hast du die falschen Fragen gestellt."

„Oder es will mich in den Wahnsinn trei… ist das alles?" Mein Blick wandert von meinen unzähligen Karteikarten über die Stifte, die nach Farbe sortiert vor mir liegen, zu dem Notizblock und dem Bücherturm. Dann zurück zu Liams Laptop.

„Brauche ich noch mehr zum Lernen?" Er lächelt mich unschuldig an. „Es kann ja nicht jeder einen Schreibwarenladen in der Tasche haben."

„Vergiss nicht die Tatsache, dass du nicht lernen musst, weil du dir deine guten Noten lieber auf andere Weise erschleichst", erklingt plötzlich Edwards Stimme hinter uns.

„Wie bitte?"

„Tu doch nicht so, Rogers. Wir alle wissen, dass der Dekan dich niemals durchfallen lassen würde." Demonstrativ lässt Edward sich uns gegenüber nieder. „Das ist übrigens der einzige Grund, weshalb Cat sich mit dir abgibt. Stimmt doch, oder?"

Liam lehnt sich in seinem Stuhl zurück, einen Arm locker über meine Rückenlehne drapiert, der Inbegriff der Gelassenheit. „Ich bin mir nicht sicher, ob ich belustigt oder beleidigt sein soll, dass der Schleimer meine beste Qualität nicht anerkennt", flüstert er mir so laut ins Ohr, dass Edward ihn problemlos hören kann. „Dabei weiß jeder, dass der wahre Dank dem kleinen Liam gebührt."

Ich kann nicht anders, ich pruste los. „*Der kleine Liam*? Ist das dein Ernst?"

„Du meinst, weil er so klein gar nicht ist?", neckt er mich. „Hey, kein Grund gleich rot zu werden", fügt er schnell hinzu und ich versuche stöhnend, mich hinter meinem Block zu verstecken.

Edwards nächste Worte sind dafür wie eine kalte Dusche. „Sie muss es ja wissen. Nach allem, was man so hört, ist Cat sich für nichts zu schade. Aber ich schätze, in dieser Hinsicht passt ihr perfekt zusammen." Er verzieht das Gesicht. „Die heuchlerische Schlampe und der Typ mit mehr sexuell übertragbaren Krankheiten als man zählen kann. Achtet nur darauf, dass ihr keine neue Mutation erschafft.“

Atmen. Ich darf ihm nicht zeigen, dass er mich getroffen hat, dass seine Worte irgendeine Wirkung auf mich haben. Doch ich kann mich kaum rühren. Wenn Edward etwas erzählt, bin ich geliefert.

„Lass uns verschwinden“, murmelt Liam dicht an meinem Ohr und beginnt, meine Sachen zusammenzupacken. „Bei mir zuhause können wir genauso gut lernen und die Gesellschaft ist wesentlich besser.“

„Ach ja?“ Ich versuche mich an einem Lächeln, das sich allerdings sehr verkrampft anfühlt. Liams Strategie, Edward zu ignorieren, scheint mir die beste Lösung für den Moment. „Wer wäre denn noch alles bei dir?“

„Niemand“, gibt er unbekümmert zurück, drückt mir meine Tasche in die Hand und steht auf, ohne Edward eines weiteren Blickes zu würdigen. „Das ist ja das Gute.“

Kapitel 19

Zu meiner großen Überraschung fährt Liam weder zu schnell, noch versucht er, eine Ampel zu überfahren, kurz, bevor sie auf Rot springt. Im Gegenteil, er hält sich an die Geschwindigkeitsbegrenzungen und guckt lieber einmal mehr über die Schulter, ehe er die Spur wechselt.

Die Wohngegend, in der wir schließlich parken, sieht hübsch aus. Ein kleiner Weg führt vom Parkplatz auf mehrere Mehrfamilienhäuser zu, jedes mit einem gepflegten Blumenbeet und großen Rasenflächen, die die Häuser voneinander trennen.

In dieser Gegend hätte ich eher Paare vermutet, vielleicht mit Kindern, aber keine Studenten.

„Entspann dich", beruhigt Liam mich, als er meinen skeptischen Blick bemerkt. „In meiner Wohnung liegen weder Essensreste der vergangenen drei Jahre, noch alte Socken herum. Glaube ich." Bei den letzten Worten zwinkert er mir zu.

Ich bin ihm dankbar für seinen Humor. Nach allem, was Edward gesagt hat, könnte er mir viele Fragen stellen, doch er tut einfach so, als hätte es diesen Zwischenfall nicht gegeben. Ganz langsam traue ich dem Frieden und kann wieder etwas leichter Luft holen.

Die Wohnung liegt im obersten Stock und ist viel größer, als ich erwartet habe. Die Wände im Flur sind weiß, die Garderobe und eine Kommode, die am Ende des Gangs neben einer Tür steht, sehen modern aus. Rechts und links gehen insgesamt drei Türen in dahinter liegende Zimmer. Die Tür zu meiner Linken ist offen und lässt ein helles Wohnzimmer erahnen.

„Möchtest du eine kleine Führung?", fragt Liam, ist aber noch damit beschäftigt, seine Schuhe ordentlich in ein Regal zu räumen.

„Gerne."

Er stellt seine Tasche bereits im Wohnzimmer ab, während ich aus meinen Schuhen schlüpfe.

Das Zentrum des lichtdurchfluteten Raumes bilden eindeutig das riesige Sofa und der übergroße Fernseher. Auf einem kleinen Tisch liegen mehrere Controller und auf der gegenüberliegenden Seite wird das Zimmer durch einen Tresen getrennt. Dahinter ist, halb verdeckt, eine Küche zu erkennen. Mir gegenüber geben bodentiefe Fenster den Blick auf einen großzügigen Balkon frei.

Die gesamte Einrichtung wirkt neu und irgendwie unvollkommen. Nirgendwo sind Zimmerpflanzen, Bilder oder Dekoration, aber vielleicht liegt das einfach daran, dass hier ein Mann wohnt.

„Mein Wohnzimmer." Mit einer Handbewegung bedeutet Liam mir, ihm zurück in den Flur zu folgen. „Wäschezimmer", er deutet auf die erste Tür im Flur, „Schlafzimmer", die zweite Tür, „und das Bad." Er zeigt auf die letzte Tür am Ende des Flures und dreht sich wieder zu mir um. „Willkommen in der Casa de Rogers."

„Wohnst du allein hier?", frage ich ungläubig und muss an die unzähligen Studenten denken, die nach einem Zimmer suchen. Das schwarze Brett ist voll davon.

„Momentan schon, ja. Aber vielleicht zieht demnächst einer meiner Teamkollegen in das leere Zimmer."

Momentan …

Natürlich. Er hat hier mit Isobel gewohnt.

Warum sonst sollte er ein Zimmer nur für Wäsche haben?

Immer mehr Kleinigkeiten fügen sich in das Gesamtbild ein. Das halbleere Bücherregal, die kahlen Wände und die neuen Möbel.

Ich gebe mir die größte Mühe, meinen Gesichtsausdruck neutral zu halten. Keine Ahnung, was zwischen Liam und Isobel vorgefallen ist, doch er hat jeden Beweis, dass eine Frau hier gelebt hat, vernichtet.

„Nur so aus Neugierde", sagt er in gleichgültigem Tonfall, „was ist das mit dir und Raynolds? Ist er dein Ex-Freund, oder so?"

Ich schnaube. „In seinen Träumen, schätze ich." Liam zieht nur fragend eine Augenbraue in die Höhe. „Ich habe keinen Schimmer, was er eigentlich will. Wir waren zusammen auf der Highschool, doch offen gestanden konnte ich mich nicht mal an ihn erinnern, bis ich ihn wiedergetroffen habe. Er war echt nett, aber dann hat er mich zu einem Date überredet und als ich ihm gesagt habe, dass ich kein Interesse habe …" Ich stocke mitten in der Erzählung, denn als Nächstes kommt der Teil, in dem ich behauptet habe, ich hätte einen Freund.

Aber in Liams Augen funkelt es nicht amüsiert, sondern bedrohlich. „Ja?", fragt er leise.

„Keine Sorge, du musst nicht den weißen Ritter spielen. Ich habe ihm erzählt, dass es jemand anders gibt und das war noch vor unserem …" Ich wedle mit der Hand zwischen uns hin und her.

„Arrangement?"

Ich nicke.

„Also habe ich es ausgerechnet Raynolds zu verdanken, dass du doch noch zugestimmt hast?“

Unschlüssig blicke ich zwischen der Küche und der Fensterfront hin und her, überall hin, nur nicht zu Liam. „Schätze schon.“

„Jetzt sag nicht, er ist der Grund, warum du einen Freund brauchst. Auch, wenn es nur ein Fake-Freund ist.“

„Mir ist auf die Schnelle nichts Besseres eingefallen, okay? Edward ist verdammt hartnäckig“, verteidige ich mich lahm.

„Du hättest ihm einfach sagen können, dass er sich zum Teufel scheren soll.“

„Es gibt Männer, die so etwas leider nicht so leicht akzeptieren“, rechtfertige ich mich. „Außerdem, du bist doch derjenige, der sich diese ganze Sache ausgedacht hat!“

„Reynolds ist ein Idiot.“ Liam seufzt. „Möchtest du auch einen Kaffee?“

Ich nicke, kann aber die nächste Frage nicht zurückhalten. „Warum hasst er dich so sehr?“

Er zuckt mit den Schultern, während er Milch in eine kompliziert aussehende Maschine füllt. Sie hat so viele Knöpfe und Hebel, sie ist nicht mehr weit von einem Flugzeug-Cockpit entfernt. Liam drückt einen Knopf und das Ding erwacht surrend zum Leben.

„Er kann es nicht ertragen, dass ich bessere Noten bekommen habe als er.“ Ein belustigter Blick über die Schulter, dann stellt er eine Tasse unter den Kaffeeauslauf. „Und nur, um das noch einmal richtigzustellen, ich habe mit Sicherheit keine Krankheiten.“

Dieses Mal kann ich mein Auflachen nicht unterdrücken. „Danke für die Info? Schätze ich?“

„Schätzt du?“

„Ehrlich gesagt, darüber habe ich mir noch keine Gedanken gemacht, doch es freut mich zu hören.“

Lautes Mahlen löst das leise Surren ab, aber daran stört Liam sich nicht. „Darüber hast du dir also noch keine Gedanken gemacht? So, wie du dir keine Gedanken darüber gemacht hast, mich zu küssen?“

Mit einem Mal ist die Temperatur im Raum um mehrere Grad gestiegen.

„Muss ich dir erst wieder ein Getränk ins Gesicht kippen, um dich auf den Boden der Tatsachen zurückzuholen?“, frage ich, gleichzeitig schießt mein Puls in die Höhe. Jetzt bloß nicht rot werden.

„Das würdest du nicht wagen!“, lacht er, während sich die Tasse hinter seinem Rücken langsam füllt.

„Ach nein? Gleich habe ich einen heißen Kaffee, willst du das tatsächlich riskieren?“, kontere ich und verschränke die Arme vor der Brust, um mein wild pochendes Herz zur Ruhe zu ermahnen.

„Solche Drohungen bringen dich einem Kaffee nicht näher.“

„Willst du dich wirklich zwischen mich und Kaffee stellen?“ Meine Stimme ist gefährlich leise. „Du wirst verlieren.“

„So sehr es mich reizt, herauszufinden, wie genau du gedenkst, an mir vorbeizukommen, ich kapituliere. Für heute.“ Damit streckt er mir den dampfenden Becher entgegen. „Brauchst du etwas?“

„Zucker wäre super.“

„Kommt sofort.“

Liam fischt ein Paket Würfelzucker aus einem der Schränke. „Löffel findest du in der Schublade neben dir.“

Ich gebe mehrere Stückchen Zucker in die Tasse, rühre um, nehme einen Löffel Milchschaum und seufze wohlig, als sich der süße Geschmack auf meiner Zunge ausbreitet.

Liam starrt mich mit offenem Mund an.

„Was?“

„Hast du da gerade vier Stück Zucker reingeworfen?“, fragt er ungläubig und ich nicke breit grinsend. Er wendet sich kopfschüttelnd ab und murmelt leise vor sich hin. Es klingt verdächtig nach „Mädchen“.

Während er den zweiten Kaffee durch die Maschine laufen lässt, mache ich es mir auf dem riesigen, grauen Sofa bequem und möchte eben nach meiner Tasche greifen, als Liams Handy auf dem Tisch anfängt zu vibrieren.

„Wer stört?“, ruft er aus der Küche und ich linse auf den Bildschirm.

„Ryan.“

Liam ist schneller bei mir, als ich für möglich gehalten hätte. Er reißt das Telefon vom Tisch, drückt den Anruf weg und sieht so aus, als müsste er sich beherrschen, das Smartphone nicht in den Mülleimer zu schmeißen.

Verwundert schaue ich zu ihm auf. Der Name ist bereits auf der Party bei Neil gefallen. „Wer ist Ryan?“

„Niemand wichtiges.“

„Okay.“ Ich glaube ihm kein Wort und Liam weiß das.

„Lass es gut sein, ja? Ich habe ganz einfach keinerlei Interesse daran, mit ihm zu sprechen."

Um einen neutralen Gesichtsausdruck bemüht, zucke ich mit den Schultern. Es geht mich schließlich nichts an. Egal, wie sehr meine Neugierde an mir nagt. Es ist ja nicht so, als würde ich ihm jeden Aspekt aus meinem Leben anvertrauen.

Ohne weiter auf das Thema einzugehen, stapft Liam zurück in die Küche und kommt kurze Zeit später mit seinem eigenen Kaffee in der Hand wieder. Von der undurchdringlichen Miene ist nichts mehr zu sehen. Stattdessen sagt er betont fröhlich: „Meine Schwestern fragen mich übrigens ständig, wie es dir geht."

„Mist, ich habe euch das Kleid noch nicht zurückgegeben. Sind sie sehr sauer?", stelle ich eine Gegenfrage und folge damit seiner Taktik, so zu tun, als hätte es diesen Anruf nie gegeben.

„Keine Sorge." Liam macht eine wegwerfende Handbewegung. „Alicia hat vermutlich völlig vergessen, dass sie es dir geliehen hat."

„Das heißt nicht, dass ich es nicht zurückgeben muss."

„Stimmt. Aber bereite dich darauf vor, dass sie es dir schenkt."

„Was?"

Liam grinst. „Sie macht Mode, weil sie möchte, dass jeder sich schön fühlt und du hast in diesem Kleid umwerfend ausgesehen."

Meine Wangen werden heiß. „Das könnte ich niemals annehmen. Ich habe nachgeschaut, was die Kleider kosten, das geht nicht!"

„Natürlich geht das. Du bedankst dich freundlich bei ihr und alle sind zufrieden."

Nachdenklich trommle ich mit meinen Fingern auf der Tasse.

„Was ist mit deiner leiblichen Mutter?"

Die Frage platzt aus mir heraus, bevor ich mich bremsen kann und bereits im nächsten Moment verfluche ich mich dafür. Wenn er mir schon nichts von diesem Ryan verraten wollte, wieso sollte es bei seiner Mutter anders sein?

„Du musst es mir natürlich nicht erzählen", schiebe ich schnell hinterher.

„Schon gut", antwortet er zu meiner Überraschung. „Meine Mutter ist gegangen, als ich noch klein war. Lauren und Christy konnten noch nicht laufen, als sie ihre Sachen gepackt hat." Ob Liam mir davon erzählen würde, wenn er wüsste, wie viel Trauer bei diesen Worten in seinem Blick liegt? „Ich kann mich kaum noch an sie erinnern. Eine Zeit lang haben wir Postkarten von ihr bekommen, aber auch das hat irgendwann aufgehört. Für die Zwillinge ist Alicia die einzige Mutter, die sie kennen und ganz ehrlich, besser hätten wir es nicht treffen können."

Die Trauer wird von Wärme abgelöst.

Ich bin so schlecht in diesen Situationen, weiß nie, was ich sagen soll und trösten kann ich ebenfalls nicht gut.

„Hast du nie versucht, sie zu finden?"

Liam starrt in seine Tasse und ich könnte mir in den Hintern beißen. Weshalb kann ich nicht einfach die Klappe halten?

„Tut mir leid, ich wollte nicht neugierig sein."

„Schon gut." Er seufzt tief. „Als Kind habe ich mir immer eingeredet, dass sie eine Geheimagentin ist, vielleicht Spionin. Dass es einen guten Grund dafür gibt, warum sie uns zurückgelassen hat. Dass es zu gefährlich gewesen wäre, uns mitzunehmen und sie allein in unserem Interesse gehandelt hat oder so. Als ich älter wurde und eingesehen habe, dass diese Szenarien sehr unwahrscheinlich sind, habe ich gedacht, irgendwann würde ich sie verstehen. Vor einigen Monaten habe ich zum ersten Mal ernsthaft nach ihr gesucht."

Erneut breitet sich Stille zwischen uns aus.

„Und?"

Ich würde so gerne meine Hand nach ihm ausstrecken, ihn in den Arm nehmen, aber möchte er das überhaupt?

„Um es kurz zu machen, sie ist keine Geheimagentin, sondern lebt mit einem Künstler zusammen in Brasilien. Und nein, ich habe nicht versucht, den Kontakt wiederherzustellen", sagt er mit einem lässigen Lächeln, das nicht ganz seine Augen erreicht. „Sie hat uns verlassen. Wenn sie Interesse daran hätte, wie es uns geht, wäre es an ihr, sich zu melden."

Bevor ich noch etwas sagen oder fragen kann, greift er nach seiner Tasche und holt seinen Laptop hervor.

Deutlicher kann er mir nicht vermitteln, dass das Gespräch beendet ist.

Kapitel 20

„Okay, es reicht“, sagt Liam plötzlich. „Bei deinem Gestöhne kann sich ja kein Mann konzentrieren.“

„Tut mir leid.“ Missmutig deute ich auf das Statistikbuch in meinem Schoß und frage mich, was wohl passieren würde, wenn ich es aus dem Fenster werfe. „Die Aufgaben hier ergeben einfach keinen Sinn.“

Liam stellt seinen Laptop zur Seite, rutscht näher an mich heran, blickt mir über die Schulter und liest sich alles konzentriert durch. Dass sein Atem währenddessen meinen Nacken kitzelt, hilft mir nicht dabei, die Aufgaben besser zu verstehen. Dafür kriecht eine Gänsehaut meine Arme hinauf. Hoffentlich sieht er es nicht.

„Wir könnten eine Pause machen“, schlägt er schließlich vor.

„Das ist auch keine Lösung“, erinnere ich ihn über mein wild pochendes Herz hinweg. Muss er so nah bei mir sitzen?

„Spaß ist immer eine Lösung.“

„War klar, dass du das so siehst.“

„Was soll das denn heißen?“, fragt er lachend.

Ich schüttle den Kopf. „Nichts. Es ist nur … ich muss diese verdammten Kurse einfach schaffen und darf mich nicht ablenken lassen.“

„Und ich lenke dich ab?“ Sein freches Grinsen ist zurück und er lehnt sich vor.

„Du brauchst gar nicht so zufrieden zu gucken. Kein Mensch kann sich konzentrieren, wenn du die ganze Zeit redest.“

Liam grinst und ehe ich ihn davon abhalten kann, schnappt er sich das Buch. „Eine kurze Pause wird nicht über bestehen oder durchfallen entscheiden, Kittykat.“

„Gib mir mein Buch zurück.“

„Nein, erst musst du etwas machen, das dir Spaß macht.“

Sein Blick ist herausfordernd und ich spüre ein Lächeln an meinen Mundwinkeln zupfen, trotzdem schüttle ich den Kopf. „Gib es mir einfach wieder, okay?“

Liam hält es in die Höhe und damit genau außerhalb meiner Reichweite. „Komm schon, was spricht gegen eine Runde Mario?“

Ohne lange darüber nachzudenken, springe ich vor und greife zu. Leider ist er schneller. Er lehnt sich zurück und meine Hand trifft auf nichts als Luft. Reflexartig strecke ich den Arm aus, um nicht umzufallen, doch zu spät. Ich liege quer über seiner Brust, mein Kopf an seiner Schulter, während er vor unterdrücktem Lachen bebt.

„O Gott, tut mir leid.“ Meine Hand sucht nach irgendetwas zum Abstützen, um mich wieder aufrecht hinzusetzen, Liam hingegen tut gar nichts. Er lacht einfach nur. Hitze breitet sich meinem gesamten Körper aus und ich bin mir nicht sicher, ob es an meiner Verlegenheit liegt oder an der plötzlichen Nähe zu ihm. Jeder Gedanke ist unmöglich, solange ich seinen Duft einatme und die Muskeln spüre, die sich gegen meinen Körper pressen.

Gerade als ich etwas Halt finde und mich zurück in eine aufrechte Position bringen möchte, legt er einen Arm um mich und hält mich an Ort und Stelle. Mein Kopf wippt im Takt seiner Brust und am liebsten würde ich die Augen schließen und für immer hier liegen bleiben.

„Du hättest mir einfach sagen können, dass du an *diese* Art von Spaß denkst“, sagt er leise, dicht neben meinem Ohr und ich schnaufe höchst einfallsreich.

Als Liam mich schließlich frei gibt, gluckst er noch immer. Ich stemme mich hoch, obwohl jede Faser meines Körpers dagegen protestiert, und mit einem Mal sind unsere Gesichter direkt voreinander.

Die Wärme in seinen Augen, mit denen er auf mich hinunterblickt, das neckische Lächeln und seine Hand, die locker an meinem Arm liegt, lassen mich unwillkürlich innehalten. Auch Liam rührt sich nicht.

Dann streicht seine Hand langsam meinen Arm hinauf zu meinem Schlüsselbein, meinem Hals, ohne den Blickkontakt mit mir zu unterbrechen. Als würde er darauf warten, dass ich ihn aufhalte.

Seine Finger hinterlassen eine heiße Spur auf meinem Körper, sein Daumen fährt über eine besonders empfindliche Stelle an meinem Hals und mir stockt für einen Augenblick der Atem.

Ich bin ein verdammt guter Küsser.

Ist das hier der Moment, in dem ich herausfinde, ob seine Worte wahr sind?

Es wäre ein Fehler. Das hier ist nur ein Spiel.

Oder?

Langsam kommt er mir noch näher, hält jedoch inne. Wartet. Überlässt mir die Entscheidung.

Und ich beuge mich vor.

Das schrille Klingeln meines Handys reißt mich zurück in die Realität, kurz, bevor unsere Lippen sich berühren.

„Scheiße.“ Ich zucke so heftig zurück, dass ich beinahe hintenüberfalle. Nur Liams Arm rettet mich vor einen schmerzhaften und peinlichen Sturz.

Mein Herz rast. Weil ich um ein Haar vom Sofa gefallen wäre natürlich. Nicht, weil ich fast Liam Rogers geküsst hätte.

Ein Bild meines Vaters prangt mir vom Display entgegen, wie er breit grinsend beide Daumen in die Höhe reckt. Schnell nehme ich ab.

„Hi Dad.“

Was hatte das zu bedeuten? Habe ich unsere Vereinbarung ruiniert? Oder ändert es nichts? Ist das normal für jemanden wie Liam? Denkt er jetzt vielleicht, dass wir den Deal um unverbindlichen Sex erweitern können?

Aus unendlich weiter Ferne dringt die Stimme meines Vaters an mein Ohr. Ich muss die ersten Sätze verpasst haben, aber die abwartende Pause am anderen Ende der Leitung deutet darauf hin, dass er eine Antwort von mir erwartet.

„Tut mir leid, was hast du eben gesagt?“, frage ich schnell und versuche, den Knoten, der sich in meinem Magen bildet, zu ignorieren. Ebenso wie Liams unterdrücktes Lachen.

„Ist alles in Ordnung, Schätzchen? Du klingst etwas atemlos.“

„Ja, natürlich. Ich war nur so vertieft in mein Buch.“

Liams Augen funkeln bei diesen Worten amüsiert. „Buch?“, flüstert er.

Den Textmarker, den ich nach ihm werfe, fängt er geschickt auf.

„Ich habe gefragt, wie es dir geht und wie die ersten Wochen waren“, wiederholt sich Dad geduldig.

„Gut.“

Hätten wir uns geküsst, wenn mein Vater nicht angerufen hätte? Oder war das wieder eines von Liams Spielchen, um mich aus der Reserve zu locken?

„Nur *gut*?“, hakt Dad nach.

Scheiße. Ich muss mich auf das Hier und Jetzt konzentrieren. Dad hat ein Gespür dafür, wenn etwas nicht stimmt und es hat sich bereits eine gewisse Skepsis in seine Stimme geschlichen.

„Ja, wirklich. Es gibt nicht viel zu erzählen.“ Liam wirft mir ein provokantes Lächeln zu. Es wird Zeit, dieses Gespräch an einem Ort fortzusetzen, an dem ich nicht von meinem Fake-Freund abgelenkt werde. Kurzerhand verlasse ich das Sofa und gehe in den Flur. „Die

Kurse sind ganz schön stressig, daher verbringe ich viel Zeit in der Bibliothek. Aber meine Mitbewohnerin ist sehr nett."

„Das freut mich." Dad klingt beruhigt, obwohl ich mir sicher bin, dass er weiß, das ich nicht alles erzählt habe. „Eigentlich wollte ich nachfragen, ob noch einmal … nun ja, ob jetzt Ruhe ist."

Mir läuft es eiskalt den Rücken herunter. Automatisch senke ich die Stimme, auch, wenn Liam mich durch die offene Tür problemlos hören kann. „Ja."

Die Nachricht von der unbekannten Nummer verschweige ich besser, sonst macht Dad sich nur noch mehr Sorgen.

„Das ist gut."

Er klingt erleichtert – zu erleichtert.

„Was ist los?" Die Skepsis in meiner Stimme ist deutlich wahrzunehmen.

„Nichts!"

„Dad?"

„Ich bin den Kendricks begegnet", gibt er schließlich zu. „Sie haben nach dir gefragt."

Deans Eltern. Mir wird schlecht. Dean wusste, dass ihm dank ihres Einflusses nichts passieren kann, und er hatte recht.

„Warum?"

„Sie wollten wissen, wie es dir an deinem neuen College geht", antwortet Dad betont ruhig und ich sehe ihn vor mir, wie er auf dem Sofa sitzt und sich mit der freien Hand über die Stirn reibt, wie er es immer tut, wenn er nervös ist.

„Du hast ihnen nichts erzählt, oder?"

„Natürlich nicht!"

„Danke."

In einer Kleinstadt machen Neuigkeiten schnell die Runde, aber trotzdem hoffe ich, dass Redhill noch ein Weilchen länger ein sicherer Hafen für mich bleibt. Und vor allem hoffe ich, dass Dean und Louisa wichtigere Sachen zu tun haben, als mir hinterherzuspionieren.

„Schätzchen? Ist wirklich alles in Ordnung?"

Ich räuspere mich, um das Gefühl der Enge in meinem Hals loszuwerden. „Ja, klar. Alles gut. Sorry, Dad, ich muss jetzt weitermachen. Wir telefonieren bald wieder, okay?"

„Na schön. Aber versprich mir, dass du dich meldest, falls etwas nicht stimmt."

„Klar, versprochen." Damit lege ich auf und atme tief durch.

Als ich zurück ins Wohnzimmer komme, sieht Liam mich fragend an, also setze ich mein überzeugendstes Lächeln auf und mache eine wegwerfende Handbewegung.

„Nur mein Dad. Er sorgt sich immer, dass ich nicht auf mich selbst aufpassen kann."

„Dann weiß er vermutlich nichts von der Cola-Attacke, oder?"

Ich werde rot. „Normalerweise tue ich sowas nicht. Ehrlich."

„Es fällt mir schwer, das zu glauben."

„Keine Ahnung, was an diesem Abend über mich gekommen ist."

„Ich bringe einfach nur deine besten Seiten heraus", feixt er und gegen meinen Willen muss ich grinsen, während ich mich zurück auf das Sofa fallen lasse. Direkt neben Liam.

„Mein schlechtes Gewissen hält sich in Grenzen. Und wo wir gerade von schlechtem Gewissen reden …"

„O man, jetzt fängst du bestimmt wieder mit Lernen an, oder?"

„Wie wäre es mit einem Kompromiss? Wir lernen noch zwei Stunden und danach haben wir Feierabend. Keinerlei Verpflichtungen mehr für den Tag."

„Nur, wenn du für mindestens einen Film hierbleibst. Und wir bestellen Pizza."

Ich muss mir ein Lachen verkneifen. „Wenn es sein muss. Aber nur, weil du darauf bestehst."

Kapitel 21

Wir haben eine Pizza, Pizzabrötchen mit Knoblauch-Dip und zum Nachtisch Eis bestellt. Letzteres durfte ich aussuchen, weshalb wir jetzt einen riesigen Becher Chocolate Fudge Brownie vor uns stehen haben.

„Wehe, du erzählst das dem Coach“, sagt Liam noch, bevor er sich einen großen Löffel der Köstlichkeit in den Mund schiebt.

Ich weiß, was er meint. Vor einem Jahr hätte ich nichts hiervon essen dürfen. Wie Liam heute, habe ich mich an einen strengen Ernährungsplan halten müssen, aber anders als bei ihm, waren Ausnahmen für mich nicht drin.

„Ich liebe es, dass ich jetzt essen kann, was ich will. Ohne Ernährungsplan und alles“, spreche ich meine Gedanken laut aus und stecke den Löffel in das bereits angetaute Eis.

„Du hattest mal einen Ernährungsplan?“

So viel dazu, möglichst wenig über meine Vergangenheit zu erzählen.

„Ich bin früher geschwommen.“

„So richtig in Wettbewerben?“

Ich nicke. „Aber ich habe selten gewonnen.“

„Hast du deshalb aufgehört?“

Um mir etwas Zeit zu verschaffen, schiebe ich mir einen Löffel Eis in den Mund.

Wie viel kann ich ihm verraten? Genug, damit er nicht auf die Idee kommt, Nachforschungen anzustellen. Zwar sollten all die zweifelhaften Artikel und Posts über mich gelöscht worden sein, doch ich bin mir sicher, wenn wer lange sucht, wird er noch immer fündig. Ich vertraue Liam – eine Erkenntnis, über die ich später in Ruhe nachdenken werde – aber noch nicht ausreichend, um ihm die ganze Wahrheit zu erzählen. Also entscheide ich mich für einen Mittelweg.

„Ich habe ein Sportstipendium für Hartford bekommen. Dort war es leider nicht so, wie ich es mir vorgestellt habe. Deshalb bin ich jetzt hier.“

„Hatten deine Eltern nichts dagegen?“, fragt er verwundert.

„Ja und nein. Finanziell war es anders natürlich besser, doch mein Bruder hat ja ebenfalls ein Stipendium. Ich habe angeboten, mir einen Job zu suchen, aber sie wollen, dass ich mich zu einhundert Prozent auf das Studium konzentriere. Von der Catering-Sache wissen sie nichts. Ich glaube, vor allem sind sie erleichtert, dass Tristan hier ein Auge auf mich haben kann."

„Er soll also deinen Babysitter spielen?" Liam blickt mich stirnrunzelnd an.

Leise seufzend lasse ich mich zurück in die Kissen sinken und kann seinen Arm hinter mir auf der Lehne spüren.

„Irgendwie hat er das immer gemacht, vor allem in der Highschool. Das war schon peinlich. Ich hatte mein erstes Date, als mein Bruder endlich am College war, weil er ein Verbot ausgesprochen hat."

Das alles klingt so albern, doch Liam nickt langsam, bevor ein kleines Lächeln über sein Gesicht huscht. „Nimm es mir bitte nicht übel, aber ich glaube, ich kann ihn verstehen."

Ich ziehe eine Grimasse. „Ach ja?"

„Ich habe zwei kleine Schwestern, schon vergessen? Am liebsten würde ich jedem Typ, der ihnen zu nah kommt, die Haut abziehen."

Kurz denke ich an Christina und Lauren. An die Zwillingsschwestern, die sich so ähnlich und doch so unterschiedlich sind. Obwohl ich die beiden erst einmal getroffen habe, bemerke ich das Bedürfnis in mir, sie vor den schlechten Einflüssen auf dieser Welt abschirmen zu wollen. Auch, wenn ich es nicht tun würde. Nicht auf die Art, wie mein Bruder es getan hat.

„Hast du, noch bevor sie auf die Highschool gewechselt sind, dafür gesorgt, dass kein Junge auch nur mit ihnen spricht?"

Liam blinzelt verwundert. „Ehrlich gesagt, ich wüsste nicht mal, wie ich das hätte machen sollen. Ganz davon abgesehen, dass Christina mich dann kastriert hätte."

„Tja, mein Bruder wusste es." Ohne es zu wollen, klinge ich bitter. „Ich habe nie wirklich herausgefunden, mit was genau er gedroht hat, doch er war ziemlich beliebt, niemand wollte sich mit ihm anlegen."

„Wow. Das klingt, als hätte er ein echtes Schreckensregime geführt."

„Ein bisschen."

„Aber es hat sich geändert, als er nach Redhill gegangen ist?"

„Ja." Genau das war der Fehler in seinem Plan. Die Tatsache, dass er aus mir etwas Verbotenes, und damit in den Augen von einigen nur noch Interessantes gemacht hat. „Um es kurz zu machen, damals habe ich beschlossen, am College neu anzufangen und nicht als Tristans kleine Schwester bekannt zu werden."

„Und jetzt bist du trotzdem hier."

Ich zucke mit den Schultern und streife dabei Liams Hand hinter mir.

„Im letzten Schuljahr habe ich mich mit ein paar Leuten zerstritten." Die Untertreibung des Jahres. „Sie sind auch nach Hartford gegangen und das hat den Neuanfang komplizierter gemacht, als ich dachte."

Liam hört mir geduldig zu, aber seine Hand rutscht – wie zufällig - auf meine Schulter und angenehme Wärme breitet sich in meinem gesamten Körper aus.

„Am Ende hat der ganze Stress meine Noten zu sehr beeinflusst und dann sind meine Leistungen beim Schwimmen in den Keller gegangen, weil ich mehr Zeit mit Lernen verbringen musste. Völlig egal, wie viel ich gearbeitet habe, es war nie genug."

Dazu hat Louisa ihr Möglichstes getan, um mir jegliche Freude am College zu nehmen. Die Gerüchte und Geschichten aus dem letzten Highschooljahr kamen wieder hoch und irgendwann konnte ich das Getuschel nicht länger ertragen und habe mein Zimmer nur noch zum Training und für die Kurse verlassen.

„Als Mom und Dad mitbekommen haben, wie schwer der ganze Leistungsdruck für mich war, haben sie mir einen Wechsel nach Redhill angeboten und hier bin ich jetzt."

Ich versuche mich an einem Lächeln, das Liam prompt erwidert.

„Du bist also Schwimmerin?" Er mustert mich mit neuer Intensität. Es ist unmissverständlich, in welche Richtung seine Gedanken wandern. Deshalb finde ich den Stoß mit dem Ellenbogen auch vollkommen berechtigt. „Aua."

„Selbst schuld."

„Ich habe doch gar nichts gesagt."

„Aber gedacht."

Das bestreitet er nicht.

Bei meinen nächsten Worten werde ich jedoch wieder ernst. „War. Ich war Schwimmerin. Ich schwimme nicht mehr."

„Weshalb nicht?"

Ich zucke mit den Schultern, aber so leicht lässt Liam mich nicht vom Haken.

„Komm schon, Cat. Man muss wirklich gut sein für ein Stipendium und das erreicht man nur, wenn man liebt, was man tut. Also, warum hast du aufgehört?"

Kein Mensch hat mich gefragt, wieso ich nicht mehr schwimmen gehe. Weder meine Eltern noch mein Bruder haben diese Entscheidung je hinterfragt.

„Ich hatte einfach keine Lust mehr." Falls er meine offensichtliche Lüge durchschaut, zeigt er es nicht und ich beeile mich, das Gespräch wieder in sicherere Gefilde zu lenken. „Bist du aufgeregt, vor dem Spiel am Wochenende?"

„Ein bisschen." Liam fährt sich durch die Haare. „Boston ist ziemlich stark. Letzte Saison haben sie uns heftig in den Hintern getreten."

„Ich bin mir sicher, dass ihr das schafft." Als hätte ich irgendeine Ahnung, wovon ich rede.

Liam scheint derselbe Gedanke durch den Kopf zu schießen, denn eine Augenbraue wandert langsam in die Höhe, als wollte er fragen: Und du bist plötzlich Fußball-Profi?

Meine Antwort ist das arroganteste Grinsen, das ich zustande bringe, und er lacht.

„Was hast du währenddessen vor?", fragt er, noch immer grinsend.

„Jessie und ich wollen einen Mädels-Abend machen."

„Kissenschlacht in Unterwäsche?"

„Nein." Ich ignoriere sein anzügliches Lächeln. „Gammel-Sachen, Gesichtsmasken aus Quark, jede Menge Süßigkeiten und Liebesfilme."

Ich habe zwar keine Ahnung, was genau Jessie geplant hat, aber ich möchte ihm die Idee von mir in Unterwäsche möglichst effektiv aus dem Kopf prügeln. Seinem enttäuschten Gesicht nach, war ich erfolgreich.

„Keine Sorge", füge ich versöhnlich hinzu. „Ich bin mir sicher, Jessie wird mich zwingen, euer Spiel trotzdem zu gucken."

Das heitert ihn auf. „Ehrlich?"

„Klar!" Ich schnaube. „Sie würde sich die Gelegenheit niemals entgehen lassen, Männern in kurzen Hosen beim Sport zuzugucken. Wenn du ihr einen Gefallen tun möchtest, überrede deine Mannschaft, nach dem Spiel die Trikots auszuziehen."

Liam schnaubt. „Jetzt schiebst du schon deine arme Freundin vor, nur weil du mich nackt sehen willst? Du weißt doch, du musst nur fragen."

Glücklicherweise hat auch er Kissen auf dem Sofa. Ich schnappe mir eins und einen Moment später landet es mit voller Wucht in seinem Gesicht. Er lacht nur noch lauter.

Kapitel 22

Jessie zwingt mich nicht, das Spiel zu schauen. Ich bin es, die ihr diesen Vorschlag macht. Um den Schein zu wahren, natürlich.

Somit habe ich Liam nicht belogen. Auch nicht, was die Jogginghose sowie das riesige Sportshirt meines Bruders angeht, meine Lieblingskleidung, wenn ich den Tag auf dem Sofa verbringen möchte.

Gestern Abend ist die Zeit nur so verflogen und ich habe noch immer keine Ahnung, wie es passieren konnte, dass ich erst nach Mitternacht im Bett war.

Zu dem Film sind wir nie gekommen. Während wir uns durch Netflix geklickt haben, ging die Diskussion um unsere Lieblingsfilme los, ohne dass wir uns für einen von ihnen entscheiden konnten. Irgendwann haben wir es aufgegeben, Musik angemacht und einfach nur geredet.

Zu meiner Überraschung ist Liam ein ebenso großer Fan der *Herr der Ringe*-Filme wie ich, und hätte am liebsten direkt den ersten Teil eingelegt. Doch weil ich früh aufstehen musste, wurde dieses Vorhaben auf nach den Mid-Terms vertagt, unter der Bedingung, dass wir alle drei Filme an einem Wochenende anschauen.

Außerdem weiß ich jetzt, dass er neben seinem Hauptstudium ein Semester Forensik studiert hat, um ein besseres Verständnis von der Ermittlungsarbeit zu bekommen. Dass er als Kind Klavier lernen musste und sich mit zehn Jahren einfach geweigert hat, die Tasten anzuschlagen, bis sein Vater aufgegeben hat. Und dass er keine Ahnung vom Kochen hat, es allerdings gerne lernen würde.

Irgendwann war ich so müde, dass sein Angebot, ich könnte jederzeit (nackt) in seinem Bett schlafen, fast schon verlockend klang, bloß, um endlich die Augen schließen zu können.

Liam hat nur leise gelacht, als ich den Kopf geschüttelt und nach einem weiteren Kissen getastet, aber leider keines gefunden habe. Wieder hat er mich bis vor meine Zimmertür begleitet, nachdem er mich nachhause gefahren hat.

Seitdem gebe ich mir die größte Mühe, die Tage nicht damit zu verbringen auf seine nächste Nachricht zu warten. Es ist erschreckend, wie schnell ich mich daran gewöhnt habe, mich mit ihm auszutauschen, ihm von meinem Tag zu erzählen oder über Bilder und Memes zu lachen, die er mir schickt.

Aber wir sind Freunde, da ist es normal, in ständigem Austausch zu stehen, richtig?

Edward gehe ich nach unserem letzten Zusammentreffen komplett aus dem Weg und habe unserer Professorin eine E-Mail geschrieben mit der Bitte, einen neuen Partner zugeteilt zu bekommen. Es ist mir egal, ob ich mich in ein total neues Thema einarbeiten muss. Je weniger Kontakt ich zu Edward habe, desto besser.

Sie lässt sich mit ihrer Antwort Zeit, da wir bereits Freitag haben, rechne ich frühestens nach dem Wochenende mit einer Rückmeldung.

Den Nachmittag habe ich vor allem damit zugebracht, nicht über Liam nachzudenken. Nicht daran zu denken, wie warm mir jedes Mal wird, wenn er mich berührt. Leider haben die sterbenslangweiligen Texte über Wertschöpfungsketten nicht geholfen, mich von ihm abzulenken. Dabei habe ich keine Zeit für diese Gedanken. Und schon gar nicht für das Kribbeln, dass ich jedes Mal verspüre, wenn ich Liam auf dem Bildschirm des Laptops verfolge, den Jessie auf unserem Wohnzimmertisch aufgebaut hat.

Leider liegt unser Team mit zwei Toren in Rückstand. Das eine Tor, das wir erzielt haben, ist Neil zu verdanken und es war ein echter Glückstreffer. Zumindest laut Kommentator, durch den das Spiel für mich wesentlich einfacher zu verstehen ist. Trotz der Avocado-Quark-Maske, die gerade auf meinem Gesicht trocknet.

Als der Schlusspfiff ertönt, atme ich enttäuscht durch.

„O Mann, das war ja mal gar nichts", jammert Jessie, die neben mir auf dem Sofa sitzt.

Jedes Mal, wenn ich mein Gesicht bewege, möchte ich mich am liebsten kratzen, daher kommt das Ende des Spiels genau richtig. Endlich kann ich mir das Zeug abwaschen.

Ich bin schon auf dem Weg ins Badezimmer, da ruft Jessie mich mit ihrem „O mein Gott, Cat, sieh dir das an!" zurück.

Im ersten Moment verstehe ich nicht, weshalb sie von einem Ohr zum anderen grinst, doch ein Blick auf den Bildschirm und mir bleibt vor Überraschung der Mund offenstehen.

Ein Spieler nach dem anderen zieht sich das Trikot über den Kopf.

„Was zum …?" Ich starre auf den Laptop, auf die vielen nackten Oberkörper, die sich den Kameras und den Fans präsentieren.

O mein Gott.

Liam, Neil und all die anderen Spieler lachen, winken den Fans zu, die im Publikum sitzen und sie angefeuert haben, posieren für die Kameras und gehen nur langsam in Richtung der Kabinen.

Jessie stößt mir ihren Arm in die Seite. „Dein Freund sieht zum Anbeißen aus. Aber die Anderen sind auch nicht schlecht."

Im Stillen gebe ich ihr recht. Ihr Blick klebt förmlich am Bildschirm und irgendetwas an dem Gedanken, dass sie Liam mit den Augen verschlingt, stört mich.

„Hast du nicht einen eigenen Freund, den du bestaunen kannst?" Die Frage rutscht mir heraus, bevor ich sie aufhalten kann.

„Gucken ist erlaubt", gibt Jessie gut gelaunt zurück, die Augen starr auf den Laptop gerichtet. „Und es ist ja nicht so, als würde ich Brandon davon erzählen."

Die Perspektive wird gewechselt, nun werden wieder das gesamte Spielfeld und nicht länger einzelne Spieler gezeigt. Doch das Bild von Liam, verschwitzt und mit nackter Brust, wie er direkt in die Kamera lächelt und zwinkert, geht mir nicht mehr aus dem Kopf. Es ist, als wäre dieses Lächeln nur für mich gewesen. Aber das kann nicht sein. Oder?

„Was ist los?" Jessie grinst mich an. „So überwältigt von dem Anblick?"

Ich schüttle den Kopf und greife zu meinem Handy.

Cat: Das hast du nicht wirklich gemacht!

Natürlich weiß ich, dass er mir nicht sofort antworten wird, trotzdem warte ich kurz, ob er vielleicht doch online kommt. Als nichts dergleichen passiert, gebe ich mir einen Ruck und lege das Handy zur Seite.

Kann es tatsächlich sein, dass das auf Liams und damit auf meinem Mist gewachsen ist?

Ich würde Jessie so gerne nach ihrer Einschätzung fragen, aber die Angst, mich lächerlich zu machen, lähmt meine Zunge.

Wenn ich ihr jetzt Munition gegen mich liefere, wird sie es ausnutzen? Kann ich ihr bereits so weit vertrauen, obwohl ich sie erst wenige Wochen kenne? Andererseits, vielleicht kann sie mir dabei helfen herauszufinden, ob ich mir den Zusammenhang zwischen meinem Gespräch mit Liam und den vielen freien Oberkörpern nach dem Spiel nur einbilde.

Als ich mit meiner kurzen Erzählung fertig bin, sitzt Jessie mir mit offenem Mund gegenüber, dann beginnt sie zu grinsen.

„Ich kann nicht glauben, dass das deine Idee war!"

Unschlüssig schaue ich zwischen ihr und dem Kommentator, der eine Einschätzung zum Spiel gibt, hin und her.

„Meinst du echt, das haben sie meinetwegen gemacht?"

„Weshalb denn sonst?", fragt sie, bevor sie auf ihr Gesicht zeigt. „Lass uns erstmal dieses Zeug abwaschen, damit wir zu dem eigentlichen Teil des Abends kommen können."

Es dauert etwas, die getrocknete Pampe aus Avocado und Quark vollständig zu entfernen. Jedes Mal, wenn ich denke, ich hätte alles erwischt, finde ich noch einen schmalen Streifen am Haaransatz, neben meinem Ohr oder unter dem Kinn. Aber irgendwann bin ich mir sicher, selbst die letzten Reste weggespült zu haben und meine Haut fühlt sich tatsächlich erfrischt an.

Während Jessie in ihr Zimmer geht, um eine Flasche Wein zu holen, werfe ich einen verstohlenen Blick auf mein Handy.

Liam: Und? Hat dir gefallen, was du gesehen hast? ;)

In meinem Magen flattert es aufgeregt.

„Was hat er geschrieben?" Jessie lässt sich mit zwei Gläsern in der einen und der Weinflasche in der anderen Hand auf die Couch fallen.

„Wer?"

„Süße, du bist so rot, ich weiß genau, dass du mit deinem heißen Freund flirtest. Also, was hat er geschrieben?"

„Nichts Spannendes", murmle ich verlegen, lasse den Bildschirm schwarz werden und bin dankbar, als sie mir ein gefülltes Glas reicht.

„Halt", weist Jessie mich an, bevor ich den ersten Schluck trinken kann. „Vorher müssen wir noch ein Foto machen."

„Ehrlich gesagt würde ich meinen ungeschminkten Schlabberlook lieber nicht für die Nachwelt festhalten." Zweifelnd blicke ich an mir hinunter.

„Abgesehen davon, dass du toll aussiehst, meine ich nicht von uns, sondern von dem Wein. Das muss in die Instagram-Storys."

„Meinetwegen. Aber ich will nicht verlinkt werden oder so."

„Wieso nicht?", hakt sie nach, während sie zurück in ihr Zimmer läuft und mit einer Kerze in der Hand zurückkommt.

„Wenn das jemand aus meiner Familie mitbekommt, steht Tristan schneller vor der Tür, als ich *peinlich* sagen kann."

„Warum?"

„Weil er mich für jung und naiv hält und für immer in Watte packen möchte. Alkohol zerstört sein Weltbild." Auch, wenn es einen solchen Vorfall zuletzt in der Highschool gab und Tristan nicht Unrecht hatte, dass ich damals zu jung war.

„Männer." Jessie verdreht die Augen und setzt die beiden Weingläser mit wenigen Handgriffen gekonnt in Szene. Nachdem sie mehrere Fotos aus verschiedenen Perspektiven geschossen hat, sieht sie sich die Bilder an, schreibt einen kurzen Text und lädt sie hoch.

Der erste Schluck Wein schmeckt leicht säuerlich, aber ich habe mir vorgenommen, mein Collegeleben auszukosten, also trinke ich direkt noch einen.

„Erzähle mir alles!", fordert mich Jessie, die ihr Handy nun ebenfalls zur Seite gelegt hat, auf.

„Da gibt es nicht viel zu erzählen."

„Komm schon", quengelt sie und schaut mich mit einem Hundeblick an, der Tristan vor Neid erblassen lassen würde. „Brandon und ich sind so lange zusammen, da passieren nicht viele spannende Dinge. Ich möchte Details. Ist Liam wirklich so gut im Bett, wie alle behaupten?"

Okay, das ist definitiv gefährliches Terrain.

„Cat?", hakt Jessie grinsend nach, vermutlich, weil ich mal wieder einer Tomate ähnle.

Da ich dieser Frage nicht ewig ausweichen kann, entscheide ich mich für die Wahrheit. Falls sie dieses Detail über mich ausplaudert, ist das zwar nicht schön, aber auch nicht so schlimm wie viele andere Dinge.

„Keine Ahnung."

„Moment mal." Ihr Gesichtsausdruck springt zwischen Verwirrung, Ungläubigkeit und Überraschung hin und her. „Soll das heißen, ihr habt noch nicht …"

„Nein."

„Aber wieso nicht?"

Ertappt verziehe ich das Gesicht. Ich hätte einfach etwas erfinden sollen. Andererseits möchte ich Jessie nicht anlügen, zumindest nicht noch mehr, als ich es ohnehin schon tue. Nach der Highschool – nach Louisa – habe ich niemanden mehr an mich herangelassen, doch ich möchte nicht mehr länger in meinem Schneckenhaus bleiben. Es wird Zeit, wieder am Leben teilzunehmen.

Also entscheide ich mich für die Antwort, die der Wahrheit am nächsten kommt.

„Ich bin einfach noch nicht so weit."

„Bist du Jungfrau?"

Ich schüttle den Kopf. „Warum gehen alle davon aus, dass ich Jungfrau bin, nur, weil ich nicht mit Liam schlafe?" Selbst, wenn wir wirklich zusammen wären, ist es tatsächlich so ungewöhnlich, dass man sich erstmal in Ruhe kennenlernt, bevor man miteinander ins Bett steigt? Wenn ich jedoch an die Umstände zurückdenke, unter denen ich Liam kennengelernt habe, an die Party und die Brünette mit dem kurzen Kleid, sollte mich ihre Vermutung nicht überraschen.

„Tut mir leid, so war das nicht gemeint", lenkt Jessie ein. „Es ist nur, wir sprechen hier von Liam Rogers. Da rechnet niemand mit einer solchen Offenbarung."

Ich seufze. „Ja, vielleicht."

Sie beginnt zu grinsen. „Ich hätte ja mit einigen Dingen gerechnet, aber damit … Liam muss dich echt mögen, wenn das für ihn in Ordnung ist. Du hast ihn anscheinend komplett um den Finger gewickelt."

Ich beginne zu kichern, der Wein entfaltet seine Wirkung.

„Zeit für Chips", verkündet Jessie und springt vom Sofa auf. Sie gehört zu diesen Menschen, denen still sitzen wirklich schwerfällt.

Bevor mich der Mut verlässt, den ich dem Wein zu verdanken habe, tippe ich eine schnelle Nachricht an meinen Fake-Freund.

Cat: So viele halbnackte Männer auf einem Haufen haben mir definitiv gefallen!

Liam: Gib zu, dass du nur mich angeschaut hast!

Cat: Vielleicht. ;)

Liam: Ha! Wusste ich es doch!

Liam: Sind jetzt im Bus und planen morgen eine kleine Party im Hector´s, *bist du dabei?*

Liam: Jessie ist natürlich auch eingeladen, damit sie sich bei uns bedanken kann.

Ich schnaube und halte Jessie, nachdem sie mir einen fragenden Blick zuwirft, den Text unter die Nase.

„Wir gehen auf jeden Fall", beschließt sie.

„Bis auf das winzige Problem, dass wir noch nicht einundzwanzig sind, klar", werfe ich sarkastisch dazwischen, doch Jessie macht eine ungeduldige Handbewegung.

„Was glaubst du denn, weshalb das *Hector's* so beliebt ist? Die Kontrollen sind ein Witz."

„Ich weiß nicht …"

„Das ist kein Problem, glaub mir. Bis morgen haben wir dir einen gefälschten Ausweis besorgt und dann wirst du sehen, dass es niemanden interessiert." Ein Einwand liegt mir bereits auf der Zunge, aber Jessie lässt mich gar nicht erst zu Wort kommen. „Lass mich mal machen, ich kenne da jemanden, der jemanden kennt – du weißt schon. Also entspann dich." Sie greift nach ihrem Handy und fängt plötzlich an zu kichern. „Dieser Idiot!"

„Hm?" Ich beschließe, Liam etwas später zu antworten.

Wortlos streckt Jessie mir ihr Smartphone hin, auf dessen Display eine Nachricht von Neil zu lesen ist.

Neil: Hat dir die Demonstration meines gestählten Körpers gefallen?
Jessie: Du hast vergessen, dich mit Öl einzureiben.

Ich pruste los. „Hat er ernsthaft *gestählter Körper* geschrieben?"

Sie nickt und lacht in sich hinein. „Zu seinem nächsten Geburtstag bekommt er Körperöl von mir."

Ich muss ebenfalls lachen. „Was ist das mit dir und Neil?", erkundige ich mich, sobald ich mich etwas beruhigt habe.

Der Wein macht mich in der Tat mutig, aber die Frage beschäftigt mich schon eine Weile. Ob die beiden mehr füreinander sein könnten als Freunde? So gut, wie sie miteinander klarkommen und so oft, wie sie sich mit Brandon streitet, liegt diese Vermutung nahe.

„Nichts", antwortet Jessie und wedelt mit der Hand, als würde sie eine lästige Fliege verscheuchen wollen. „Wir verstehen uns einfach gut, das ist alles." Als sie meinen Blick sieht, verdreht sie die Augen. „Wir haben uns letztes Jahr kennengelernt und haben fast alle Kurse gemeinsam. Doch das ist alles. Ich meine, er ist ein cooler Typ und klar, er ist heiß, aber ganz davon abgesehen, dass ich mit Brandon zusammen bin, kenne ich Neil viel zu gut. Ich weiß, dass wir es keine zwei Tage miteinander aushalten würden."

„Er flirtet permanent mit dir", gebe ich zu bedenken. „Sobald er dich auf einer Party entdeckt, hängt ihr zusammen rum."

„Und? Er flirtet mit jeder Frau und ich habe doch schon gesagt, dass wir uns gut verstehen.“ Sie zuckt mit den Schultern. „Er ist einer meiner besten Freunde. Neben Sabrina und dir natürlich“, fügt sie schnell hinzu.

„Tut mir leid, ich wollte nicht neugierig sein.“ Freundin. Jessie sieht mich als Freundin. „Vermutlich bilde ich mir Dinge ein.“ Ich schaue betreten auf die Schüssel mit Chips, die zwischen uns steht.

Sie lächelt, auch, wenn es traurig wirkt. „Keine Sorge, du bist nicht die Einzige, die uns darauf angesprochen hat.“

„Brandon?“

Jessie seufzt tief und gönnt sich einen großen Schluck aus ihrem Glas. „Er war früher nie eifersüchtig. Und wenn ich sage nie, dann meine ich nie. Manchmal hat es mich sogar gestört, dass es ihm anscheinend egal war, mit wem ich meine Zeit verbracht habe. Glaub mir, die Partys unter Surfern können ganz schön wild werden.“

Ich nicke. Jessie redet nicht oft über Kalifornien, aber wenn sie es tut, leuchtet sie geradezu. Seit einigen Wochen hängen in ihrem Zimmer jede Menge Bilder, vom Strand, von verschiedenen Menschen auf Surfbrettern, und vielen fremden Gesichtern, die mit ihr gemeinsam in die Kamera grinsen. Ich habe sogar eines von Jessie entdeckt, wie sie konzentriert auf einer hohen Welle reitet.

„Irgendwann hat er ein Foto von Neil und mir gesehen und ist völlig an die Decke gegangen“, fährt sie fort, als ich nichts sage. „Er wollte, dass ich jeglichen Kontakt zu ihm einstelle.“

„Man soll aufpassen, was man sich wünscht“, rutscht es mir heraus und Jessie schnaubt zustimmend.

„O ja. Doch mal ganz davon abgesehen, dass es logistisch vollkommen unmöglich ist, ich lasse mir von niemandem vorschreiben, mit wem ich befreundet bin!“ Wütend starrt sie ihr Handy an, dann atmet sie tief durch und grinst mich verschwörerisch an. „Aber zurück zu deinem heißen Fußballer. Schreibst du ihm jetzt endlich, dass wir morgen dabei sind, oder was?“

Kapitel 23

Liam: Warum fragt Neil mich, ob ich zum nächsten Spiel Öl mitbringen kann?

Die Nachricht springt mir von meinem Bildschirm entgegen, bevor ich einen Blick auf die Uhr werfen kann.

Es ist fünf vor neun Uhr.

Wenn man bedenkt, wann ich im Bett war, ist es ein Wunder, dass ich bereits wach bin.

Cat: Das willst du nicht wissen. :D

Abwartend beobachte ich den Bildschirm, aber er ist nicht online. Ich scrolle durch meinen Instagram-Feed, lese einige Schlagzeilen und schicke eine Nachricht an Tristan, um zu fragen, wann wir uns auf einen Kaffee treffen wollen, doch noch immer keine Antwort von Liam. Seufzend werfe ich die Decke zurück und stehe auf.

Das Wohnzimmer ist bereits aufgeräumt, unsere Gläser abgewaschen, Jessies Zimmertür steht weit offen und ihre Laufschuhe fehlen. Dabei haben wir bis tief in die Nacht geredet.

Braucht dieses Mädchen keinen Schlaf?

Kopfschüttelnd gehe ich zur Küchenzeile und setze mir einen Kaffee auf. Nach dem zweiten Glas Wein habe ich Liam zugesagt, heute mit Jessie ins *Hector´s* zu kommen und ihn dort zu treffen, ich sollte also dringend mit dem Tag starten und anfangen zu lernen. Ich habe mein Pensum zu sehr schleifen lassen und wenn das so weitergeht, verliere ich meinen Vorsprung schneller, als mir lieb ist.

Nach einer heißen Dusche und einer zweiten Tasse Kaffee setze ich mich an den Schreibtisch. Doch kaum habe ich das Statistik-Buch aufgeschlagen, fliegt unsere Tür mit einem wütenden Knall ins Schloss. Im Wohnzimmer sehe ich Jessie, die mit vor Anstrengung rot angelaufenem Kopf im Eingangsbereich sitzt und mit einem ihrer Schuhe kämpft.

„Hey“, begrüße ich sie vorsichtig. Ein Blick genügt, um zu wissen, dass irgendetwas vorgefallen ist.

Sie zieht an dem Schnürsenkel, der seine Kooperation verweigert, und knurrt frustriert.

„Kann ich dir irgendwie helfen?“

Jessie hat ihren Fuß endlich befreit und wirft den Schuh zu dem Zweiten in eine Ecke. „Ja. Zumindest, wenn du bereit bist, einen Mord mit mir zu begehen."

O je, es ist *diese* Art von Problem.

„Gib mir zwei Stunden und ich besorge Müllsäcke und eine Schaufel."

Das bringt sie tatsächlich für einen Moment zum Lächeln, dann steigen ihr Tränen in die Augen. Sofort mache ich einen Schritt auf sie zu, doch sie hebt die Hand und schüttelt den Kopf.

„Nicht. Ich kann Mitleid nicht ausstehen." Sie wartet kurz ab, ob ich mich an ihre Forderung halte und spricht schließlich weiter. „Brandon hat heute Morgen angerufen und mit mir Schluss gemacht."

„Was?"

Ich habe mit allem gerechnet, aber nicht damit. Obwohl die beiden ihre Schwierigkeiten haben, bisher hatte ich immer den Eindruck, sie würden daran arbeiten. Wütend fährt Jessie sich über das Gesicht, doch ihre Augen glänzen weiterhin verdächtig und sie dreht sich weg.

„Wegen des Bildes, das ich gestern Abend gepostet habe."

Ich muss einen Moment überlegen. „Die Weingläser?"

Sie nickt und wendet sich wieder zu mir. „Er hat mir geschrieben und wollte wissen, wo ich bin und mit wem ich unterwegs sei. Ich habe nicht geantwortet, weil ich diese ganze Eifersucht so lächerlich finde. Heute Morgen hat er angerufen und es beendet." Mit jedem Wort redet sie schneller, als wollte sie den knappen Bericht so schnell wie möglich hinter sich bringen.

Ich bin sprachlos. So gerne würde ich zu ihr hinüber gehen und sie in den Arm nehmen, bleibe aber wo ich bin.

„Einfach so?"

Jessie schüttelt den Kopf, zuckt dann mit den Schultern und seufzt. „Ja. Nein. Keine Ahnung. Lass uns nicht weiter darüber reden."

Einen Moment sagt keine von uns etwas und mich beschleicht eine Ahnung, dass es mehr zu erzählen gibt. Doch wenn sie nicht darüber sprechen möchte, werde ich ihre Bitte respektieren. Am liebsten würde ich mich in das nächste Flugzeug nach Kalifornien setzen und Jessies, seit heute, Ex-Freund meine Meinung sagen.

„Egal. Was solls. Ich gehe erstmal duschen." Sie verschwindet in unserem Badezimmer und ich bin mir sicher, sie will nicht, dass ich sie weinen sehe.

An Lernen ist nicht mehr zu denken. Keine halbe Stunde später steht Sabrina vor der Tür mit dem festen Plan, Jessie abzulenken. Das heißt, nach Portland fahren und Shoppen, Eis essen, kein Wort über Männer (und in Sabrinas Fall Frauen) zu verlieren und den Tag zu einem Freundschaftstag zu machen.

Obwohl Jessie immer wieder sehr still wird, versuchen wir, sie bestmöglich auf andere Gedanken zu bringen. Wir essen Pizza in der, noch immer kräftigen, Herbstsonne, gehen in jeden einzelnen Laden und kommen erst am Abend zurück.

Von Erschöpfung will Sabrina nichts hören, stattdessen dreht sie die Musik auf und öffnet eine Weinflasche. Wir tanzen durch die Zimmer, schminken uns gegenseitig und ziehen verschiedene Outfits in Vorbereitung auf das *Hector´s* an.

Noch in Portland habe ich den Fehler gemacht, Jessie zu fragen, ob wir nicht lieber zuhause bleiben wollen. Ihre Antwort war eindeutig. Nein. *„Das könnte ihm so passen, dass ich zu Hause sitze und mir seinetwegen die Augen ausheule. Auf keinen Fall. Wir gehen tanzen!"*

Es ist das erste Mal, dass sie Brandon oder ihre Trennung auch nur ansatzweise erwähnt, also fügen Sabrina und ich uns. Was immer ihr guttut. So sehr sich Jessie auch darum bemüht, den Eindruck zu erwecken, es sei alles in Ordnung, ihr Lächeln, das nie die Augen erreicht, verrät sie.

In einem enganliegenden, schwarzen Kleid, das wenig der Fantasie überlässt, sieht sie umwerfend aus. Ein glitzernder Rand lenkt die Augen gekonnt auf den gewagten Ausschnitt und ich bin mir sicher, dass die Bilder, die wir heute Abend gemacht haben, spätestens morgen auf Instagram zu sehen sind.

Sabrina hat mich zu einer engen, schwarzen Hose in ausgefranster Optik und einem blauen Top überredet. Obwohl der Ausschnitt etwas tiefer ist, als ich normalerweise tragen würde, liebe ich es. Meinen flachen Ballerinas bleibe ich allerdings treu, auch, wenn die zwei versucht haben, mir hohe Schuhe anzudrehen. Aber mir tun die Füße schon weh, wenn ich Jessie beim Laufen zugucken muss und ich möchte mir keinen Knöchel brechen.

Sabrina trägt eine hautenge Jeans und ein loses, roséfarbenes Oberteil, das im Licht ganz leicht glitzert und sich wunderschön gegen ihre dunkle Haut abhebt.

Anna wird erst im *Hector´s* zu uns stoßen, sie hat heute ein Event mit ihrem Team. Als Jessie auf Toilette ist, frage ich Sabrina, ob die Sache mit Anna offiziell ist.

Sie zuckt mit den Schultern. „Ich hatte auf heute Abend gehofft, aber solange es Jessie so schlecht geht, ich weiß nicht."

„O nein, Madame!" Wir zucken zusammen, als wir Jessie im Türrahmen stehen sehen. „Das schiebst du nicht auf mich. Das gilt für euch beide! Mir geht es gut, macht euch also keine Sorgen. Hiermit verbiete ich euch, dass ihr euch um mich kümmert, solange eure heißen Liebschaften da sind, haben wir uns verstanden? Heute ist die Nacht, in der ihr gefälligst zusammenkommt." Sie wirft Sabrina einen finsteren Blick zu und wendet sich dann an mich. „Und du zeigst heute der Welt, dass Liam Rogers dir gehört, klar?"

Ich tue es Sabrina gleich und nicke artig. Mit Jessie werde ich mich mit Sicherheit nicht anlegen, solange sie in dieser Stimmung ist.

Es ist spät, als wir uns auf den Weg machen. So spät, dass Liam mir mehrere Nachrichten geschrieben hat. Bei seiner Letzten laufe ich so rot an, dass Jessie mir förmlich das Handy aus der Hand reißt, um zu schauen, was diese Reaktion hervorgerufen hat.

Liam: Schwing deinen süßen Hintern endlich hierher ;)

Ich weiß, es ist dumm, sich über ein solches Kompliment zu freuen. Immerhin sagt er nichts über meine Intelligenz, meinen Humor oder eine andere Eigenschaft, die mich ausmacht. Aber ich kann nichts dagegen tun.

Auf dem Parkplatz vor dem *Hector´s* ist es voll. Zigaretten glimmen in der Dunkelheit zwischen den Autos, Lachen erfüllt die Luft und wann immer die Tür der Bar geöffnet wird, weht eine Mischung aus Musik und lautem Stimmengewirr herüber. Mehrere große Fenster sind von innen verklebt, doch dank der Lichterketten in den Fensterrahmen wirkt es trotzdem einladend.

Aufregung macht sich in mir breit. Wie Jessie es versprochen hat, befindet sich ein gefälschter Führerschein in meiner Handtasche. Wie oder wann sie ihn organisiert hat, ist mir ein Rätsel. Je näher wir den Türen kommen, desto angespannter werde ich und überlege kurz, einfach wieder zu gehen. Die Türsteher sehen uns allerdings nur gelangweilt an, schielen nicht einmal in die Richtung der Plastikkarten in unseren Händen und winken uns durch. Erleichterung, den Abend nicht mit Handschellen zu beenden, macht sich in mir breit. Nicht, dass ich wirklich damit gerechnet hätte, von der Polizei abgeführt zu werden, aber ein winziges bisschen Angst hatte ich trotzdem.

Sobald wir durch die Tür gehen, macht eine Wand aus Körpern es beinahe unmöglich, die Bar zu finden, geschweige denn, Liam zwischen den verschwitzten Studenten auszumachen.

Hinter einem langen Tresen arbeiten mehrere Barkeeper und geben im Akkord Getränke an die Gäste heraus, während andere Mitarbeiter die leeren Gläser einsammeln. Die Tanzfläche sowie die Tische, die strategisch an den Wänden verteilt sind, sind bereits voll und in einer Ecke, etwas erhöht steht ein DJ-Pult.

Es ist beeindruckend, Jessie dabei zu beobachten, wie sie sich einen Weg durch die Menge in Richtung der Bar bahnt. Sie scheut nicht davor zurück, von ihren Ellenbogen Gebrauch zu machen, doch wenn sich jemand wütend zu ihr umdreht, hat sie ein um Verzeihung bittendes Lächeln im Gesicht.

Schneller als gedacht erreichen wir unser Ziel.

Immer wieder suche ich die Menge nach Liam, Neil oder irgendjemandem aus dem Team ab, bisher jedoch ohne Erfolg.

„Hier“, schreit Jessie über die laute Musik hinweg und drückt mir, nach erstaunlich kurzer Wartezeit, ein Getränk in die Hand, bevor sie ihr eigenes Glas in die Höhe streckt. „Zum Wohl!“

„Schwesterherz?“ Bevor ich anstoßen kann, steht Tristan vor mir. „Was machst du denn hier?“

Fuck!

Kritisch mustert er das Getränk in meiner Hand, von dem ich noch nicht herausgefunden habe, was es ist.

„Was soll das heißen, was macht sie hier?“ Jessie wirft sich vor mich und funkelt Tristan wütend an.

Dieser verschränkt die Arme vor der Brust. „Und du bist?“ Sein Blick wandert langsam von Jessies Gesicht über ihren Körper. Jedenfalls, bis sie vor seinen Augen zu schnipsen anfängt.

„Pass auf, dass du nicht anfängst zu sabbern.“

Mein Bruder lässt sich nicht beirren und setzt sein entwaffnendes Grinsen auf, hat aber genug Anstand, ihr wieder in die Augen zu schauen. „Das beantwortet meine Frage nicht.“

Zu meiner Überraschung beginnt auch Jessie zu lächeln – obwohl die Geste mich bei ihr eher an eine Löwin erinnert, die leichte Beute wittert. „Jessie Summers, Cats fabelhafte Mitbewohnerin. Und du bist

Tristan Archer, Cats großer Bruder. Wenn du auch nur anfängst, so etwas wie einen Aufstand zu machen und dadurch unseren Abend zu ruinieren, dann verspreche ich dir, ich erzähle jeder Frau, die ich treffe, dass du einen Mikropenis hast. Haben wir uns verstanden?"

Mir fällt die Kinnlade herunter.

„Das könnten eine ganze Menge Frauen widerlegen", erwidert Tristan gelangweilt. Doch das Funkeln in seinen Augen macht mir Sorgen. Entweder er ist extrem wütend oder sehr fasziniert – oder eine Mischung aus beidem.

Jessie bleibt völlig unbeeindruckt. Mit einem boshaften Lächeln auf den Lippen zwinkert sie ihm zu. „Willst du es darauf ankommen lassen? Wahlweise könnte ich auch behaupten, dass du wahnsinnig schlecht im Bett bist."

„Das würdest du nicht wagen."

„Mit mir wurde heute nach vier Jahren Schluss gemacht, ich bin gerade nicht allzu gut auf den männlichen Teil der Bevölkerung zu sprechen, also glaub mir, ich würde!"

Die beiden liefern sich ein stummes Blickduell. Zu meinem unendlichen Schock ist es mein Bruder, der klein beigibt.

„Meinetwegen." Er wendet sich wieder an mich. „Eigentlich wollte ich dir nur sagen, dass wir dort drüben sind, falls etwas sein sollte." Er deutet zu einem der Tische ein wenig abseits der Tanzfläche.

„Wir passen schon aufeinander auf, keine Sorge", wirft Jessie ein, ehe ich etwas erwidern kann.

Doch Tristan lächelt sogar in Jessies Richtung, bevor er wieder in der Menge verschwindet.

Neben mir hält Sabrina sich an dem Tresen fest, um nicht vor Lachen umzukippen, und Jessie streckt ihre Hand für ein High-Five in die Höhe. Ich schlage ein, noch immer verwundert.

Sabrina ringt neben mir nach Atem, beruhigt sich aber genug, um zu japsen: „Sein Gesicht. Habt ihr sein Gesicht gesehen?"

Bei der Erinnerung kann auch ich nicht mehr anders, als in das Lachen meiner Freundinnen einzustimmen. „Der Arme wusste nicht, wie ihm geschieht."

Nachdem wir uns alle wieder beruhigt haben, probiere ich vorsichtig den ersten Schluck. Es ist definitiv etwas mit Cola, aber den Alkohol kann ich nicht erraten.

Suchend lasse ich meinen Blick wandern. Immer wieder denke ich, Liam in der Menge zu sehen, mein Herz beginnt wild zu klopfen, nur, damit es sich im nächsten Moment als falscher Alarm herausstellt. Für meine Gesundheit kann der Wechsel zwischen Herzrasen und Enttäuschung nicht gut sein.

Als hätte Jessie meine Gedanken gelesen, ruft sie: „Also, wen finden wir zuerst? Liam oder Anna?"

Sabrina hält ihr Handy in die Höhe. „Anna hat gerade geschrieben, dass sie rechts vom DJ-Pult einen Tisch haben."

Sobald wir die Bar hinter uns gelassen haben, lichtet sich die Menge einigermaßen und es dauert nicht lange, bis sich besagter Tisch in unser Sichtfeld schiebt.

Anna hält bereits nach uns Ausschau, ihre Augen leuchten auf, als sie Sabrina entdeckt und sie winkt aufgeregt. Jessie hat recht. Es wird höchste Zeit, dass die zwei es offiziell machen, jeder kann sehen, dass sie nur Augen füreinander haben.

Mein Blick huscht über die umstehenden Tische. Und dann sehe ich ihn, doch anstatt mich zu entspannen, rutscht mir das Herz in die Hose.

Liam steht, etwas abseits von seinen Teamkameraden, in einer Ecke und wendet mir den Rücken zu. Das bietet mir die perfekte Sicht auf Isobel, die ihre Hand auf seine Schulter gelegt hat, die Lippen dicht an seinem Ohr und auf ihn einredet.

So muss es sich anfühlen, einen Eimer mit Eiswasser über den Kopf zu bekommen.

Meine Optionen sind simpel. Hingehen und um seine Aufmerksamkeit buhlen, oder auf dem Absatz kehrtmachen und in die Damentoilette fliehen. Ich tendiere zu Letzterem.

„Ist das sein Ernst?", schnaubt Jessie neben mir. „Du kommst ein paar Minuten zu spät und er lässt sich von seiner Ex betatschen?"

Vielleicht sollte ich einfach wieder nach Hause gehen. Irgendeine Ausrede erfinden, Liam eine Nachricht schreiben und verschwinden.

Es geht mich nichts an, und wenn er wieder etwas mit Isobel anfangen möchte, ist das seine Entscheidung. Obwohl ich bisher dachte, dass er mich wenigstens warnen würde.

Aber wenn die beiden ihre Probleme beseitigt haben, gut. Schön für sie.

Andererseits – nein!

Er hat mich hierher eingeladen und wären wir wirklich zusammen, würde ich nicht danebenstehen, ich würde zu ihm gehen. Oder das Mädchen, das ich gerne wäre, würde hinübergehen, sich an ihn schmiegen und jedem Menschen in dieser verdammten Bar zeigen, dass Liam Rogers ihr gehört.

Ehe ich es mich versehe, tragen meine Beine mich in seine Richtung.

„Hey.“ Ich lege ihm einen Arm um die Mitte, sobald ich ankomme. „Was habe ich verpasst?“

Falls er überrascht ist, mich zu sehen, zeigt er es nicht. Wie selbstverständlich zieht er mich an sich und beugt sich zu mir hinunter, bis sein Mund direkt neben meinem Ohr ist. „Du siehst heiß aus.“

Das alles ist nur Show, nicht echt, nicht echt, nicht echt!

Aber das kann ich mir noch so oft sagen, ich spüre meinen ganzen Körper brennen. Vielleicht ist es schummrig genug, dass niemand sieht, wie rot ich gerade werde.

Isobel wirft einen säuerlichen Blick in meine Richtung, bevor sie an Liam gewandt sagt: „Wir reden später.“ Dann verschwindet sie in der Menge, zwei Freundinnen, die sich von einem der Tische lösen, dicht auf den Fersen.

„Perfektes Timing, Süße.“

„Was wollte sie?“ Ich kann nicht anders, ich muss fragen.

Liam lächelt nur nichtssagend und zuckt wieder einmal mit den Schultern. „Nur das Übliche, nichts Besonderes.“

Meine Augenbrauen wandern in die Höhe. „Und *das Übliche* ist …?“

„Jetzt sag bloß nicht, du bist eifersüchtig.“

„Quatsch!“ Ich bemühe mich, meine Stimme ruhig und unbeteiligt klingen zu lassen. „Es ist nur komisch, dass Isobel an deinem Arm klebt, wann immer ich dich kurz allein lasse.“

Das Grab, das ich mir gerade schaufle, wird mit jedem Wort tiefer. Doch aus irgendeinem Grund kann ich nicht aufhören zu sprechen. „Ich meine, wenn du genug von …“, hastig senke ich die Stimme, „… von unserem Arrangement hast, musst du es nur sagen.“

„So viel Territorialität hätte ich dir gar nicht zugetraut.“ Liam ist offensichtlich um eine ernste Miene bemüht, allerdings sehe ich das kleine Zucken in seinen Mundwinkeln.

Möglichst unauffällig will ich mich von ihm losmachen, aber er drückt mich nur noch enger an sich.

„Also habe ich recht“, stellt er ruhig fest. „Du bist eifersüchtig.“

„Nein.“ Doch selbst ich muss zugeben, dass ich nicht überzeugend klinge. Deswegen versuche ich mich an einem Teil der Wahrheit. „Ich will euch nicht im Weg stehen, wenn ihr noch Gefühle füreinander habt, das ist alles."

Liam streicht mir sanft über den Rücken und ich schaue auf, direkt in seine blauen Augen, die mich mit neuer Intensität mustern. Verdammt, muss mein Herz ausgerechnet jetzt auf ein Trampolin steigen?

„Cat", sagt er ruhig. „Das mit Izzy und mir ist vorbei. Du hast mich gerade vor einem unangenehmen Gespräch bewahrt und dafür bin ich dir dankbar."

Ich nicke, nicht sicher, was ich darauf erwidern soll und Liam drückt mir einen Kuss auf die Stirn, der mich ein Feuerwerk sehen lässt.

O Gott. Das war´s. Wie soll sich mein armes Herz je davon erholen?

„Gut. Und wo wir schon dabei sind, als Fake-Freundin darfst du gerne ein bisschen eifersüchtig sein. Ich nehme das als Kompliment." Er zwinkert mir zu und führt mich die wenigen Schritte zu seinem Tisch. Doch kurz, bevor wir ankommen, beugt er sich noch einmal zu mir hinunter. „So heiß, wie du heute Abend aussiehst, werde ich dich übrigens auch keine Sekunde aus den Augen lassen."

Noch nie gab es einen passenderen Moment, um in Ohnmacht zu fallen. Es grenzt an ein Wunder, dass ich ohne einen solchen Zwischenfall den Tisch erreiche.

Mit den anderen zu reden und zu lachen fällt mir überraschend leicht. Warum auch immer, zum ersten Mal seit langer Zeit habe ich auf einer Party nicht das Gefühl, mich in einer Ecke verkriechen zu wollen. Zwar lasse ich Sabrina, Anna und Jessie allein die Tanzfläche erobern, aber solange Liam neben mir steht und mir von Zeit zu Zeit über den Rücken streicht, weiß ich, dass mir nichts passieren kann.

Es sollte mich nicht überraschen. Schließlich sind wir Freunde, richtig? Freunde fühlen sich wohl miteinander. Das werde ich mir weiterhin einreden, bis ich es glaube, denn die Alternative würde eine ganze Reihe Komplikationen mit sich bringen, für die ich nicht bereit bin.

Stattdessen lasse ich mich von der Musik davontragen, genieße die ausgelassene Stimmung und trinke auch das zweite Getränk, das Jessie vor mir abstellt. Wieder Cola. Dieses Mal jedoch ohne Alkohol. Gerade, als ich kurz davor bin, diesen Abend in meinem Kopf als einen der besten meines Lebens zu betiteln, spüre ich es.

Die leichte Spannung in meinem Unterleib.

Nein, nein, nein. Ich sollte erst in vier Tagen meine Periode bekommen, nicht heute.

Schnell murmle ich etwas von Toilette in Liams Richtung, dann sprinte ich los. Zum Glück ist nur eine der fünf Kabinen besetzt, sonst hätte ich auf die Gnade der anderen Frauen hoffen müssen, schließlich ist das hier ein Notfall.

Sobald ich eine der Türen hinter mir verriegelt habe, reiße ich mir die Hose hinunter. Wie es aussieht, habe ich Glück im Unglück. Im Stillen bedanke ich mich beim Schicksal, dass noch kein Blut in meiner Unterhose ist, nur, um im nächsten Moment eine Reihe stummer Flüche auszustoßen.

Ich. Habe. Nichts. Dabei. Keinen Tampon, nicht mal eine Slipeinlage.

„Cat?"

„Sabrina?"

„Und Jessie!" Die Worte kommen ihr schwerfällig über die Lippen.

„Ist alles in Ordnung? Du bist plötzlich losgerannt", fragt Sabrina, mindestens zwei Getränke nüchterner als meine Mitbewohnerin.

„Musst du kotzen oder so? Ich halte dir gerne die Haare", bietet Jessie an und ich höre etwas gegen meine Tür fallen. „Upsi."

Schnell stopfe ich meine Unterhose mit Toilettenpapier aus und betätige die Spülung. Mit ein wenig Glück genügt das als Provisorium, bis ich zuhause bin.

„Keine Sorge, ich musste mich nicht übergeben", sage ich, während ich aus der Tür trete. Jessie lehnt an der Wand und Sabrina passt darauf auf, dass sie kein weiteres Mal umkippt. „Ich habe nur meine Tage bekommen. Hat eine von euch zufällig einen Tampon dabei?"

Jessie verneint, Sabrina hingegen beginnt sofort, in ihrer winzigen Tasche zu wühlen, schüttelt allerdings nach kurzer Zeit bedauernd den Kopf. „Tut mir leid. Sonst habe ich immer welche mit."

„Ich auch", murmle ich verdrossen und wasche mir die Hände.

„Warte hier, ich gehe Anna fragen."

„Damit am Ende alle davon wissen?" Leichte Panik mischt sich in meine Stimme.

„Was ist denn dabei?", fragt Jessie und kommt mit großen Schritten auf mich zu, schwankt allerdings bedenklich auf ihren hohen Schuhen. „Alles, was das bedeutet, ist, dass du nicht schwanger bist und so, wie ich das verstanden habe, ist das ein gutes Zeichen, richtig?"

Sie hat recht. Selbstverständlich hat sie recht. Trotzdem schreit eine fiese, kleine Stimme, dass diese völlig natürliche Sache unendlich peinlich ist.

„Ich glaube, es ist besser, wenn ich verschwinde", verkünde ich mit einem Seufzen. So gerne ich darüberstehen, hoch erhobenen Hauptes zurück an unseren Tisch gehen und nach einem Tampon fragen möchte, ich bringe es einfach nicht über mich. Und eine meiner Freundinnen zu schicken kommt mir noch peinlicher vor.

„Auf keinen Fall!" Jessie baut sich vor mir auf, die Hände in die Hüften gestemmt und erinnert mich an die nüchterne Version von vorhin, als sie meinem Bruder die Meinung gesagt hat. „Hast du nicht gesehen, wie Isobel sich an deinen Freund rangeschmissen hat? Was, wenn sie den nächsten Versuch unternimmt, sobald du weg bist?"

„Was soll dann sein? Wenn er sich darauf einlässt, ist es so." Allein bei dem Gedanken wird mir eiskalt.

„Wirklich?", mischt sich auch Sabrina wieder in das Gespräch ein, einen überraschten Ausdruck im Gesicht. „Stört dich das nicht?"

„Doch." Ich habe einen losen Faden am Saum meines Shirts gefunden und versuche, ihn zu entfernen. „Aber wenn er noch Gefühle für sie hat, ist es mir lieber, ich erfahre jetzt davon. Dann war es so oder so nicht das Richtige."

Hinter uns geht eine Tür auf. Jessie, die gerade tief Luft geholt hat, stockt und starrt auf eine Person hinter mir.

Ich muss nicht hinsehen, um eine Ahnung zu haben, wer aus der letzten Kabine getreten ist. Trotzdem drehe ich mich um.

Isobel kommt in ihrem perfekt sitzenden Kleid direkt auf mich zu, mustert mich und streckt die Hand aus. Zwei Tampons liegen in ihrer Handfläche. „Bitteschön. Viel Spaß heute Abend."

„Danke", hauche ich überrumpelt, aber sie hat bereits die Tür aufgestoßen und ist verschwunden.

Kapitel 24

Der Abend ist gerettet und das habe ich ausgerechnet Isobel zu verdanken. Die Tatsache, dass sie die Situation nicht ausgenutzt, sondern mir sogar geholfen hat, will so gar nicht in das Bild passen, das ich von ihr habe. Ich kann nicht anders, als ihr von Zeit zu Zeit verstohlene Blicke zuzuwerfen. Sie sitzt etwas abseits mit einigen Freundinnen, geht immer wieder tanzen und ignoriert unseren Tisch geflissentlich. Jessie ist schon vor einer ganzen Weile mit Sabrina und Anna auf der Tanzfläche verschwunden, während ich bei Liam sitzen geblieben bin.

Von Tristan habe ich den Abend über erstaunlich wenig gesehen. Einmal haben wir uns an der Bar getroffen und er hat mir ein Wasser bestellt, das ich gerne angenommen habe. Trotzdem bin ich überzeugt davon, dass er mich im Auge behält. Es ist immer noch mein großer Bruder und auch, wenn er sich sichtlich darum bemüht, nicht zu sehr auf mich aufzupassen, seinen Beschützerinstinkt wird er nie ganz abstellen, dessen bin ich mir sicher.

Dass Liam und ich uns kaum wie ein frisch verliebtes Pärchen verhalten, hilft vermutlich ebenfalls. Bis auf gelegentliches Händchen halten oder seinem Arm auf meiner Lehne, berühren wir uns nicht. Obwohl ich mehrmals darüber nachdenke, meine Hand auf sein Bein zu legen oder mich an ihn zu schmiegen, entscheide ich mich jedes Mal dagegen.

Was, wenn er das nicht möchte? Wenn er wegrutscht oder die Hand wegnimmt?

Gerade nippe ich an meinem Wasser, als Liam sich neben mir anspannt und den Kopf reckt.

„Ist das nicht Jessie?“, fragt er mit einem Nicken in Richtung Tür, wo irgendein Kerl einen Arm um ihre Schultern gelegt hat und sie zum Ausgang dirigiert.

Ich zögere keine Sekunde, sondern springe auf und kämpfe mich durch die Menschen zu meiner Freundin. Panik lässt mich schneller werden und wo ich sonst einen Umweg gemacht hätte, setze ich jetzt die Ellenbogen ein. Auf keinen Fall wird dieser Typ sie mit nach draußen nehmen.

„Jessie“, rufe ich über den Lärm hinweg, doch sie hört mich nicht. Je näher ich komme, desto deutlicher ist es, dass sie sich kaum noch auf den Beinen halten kann und der Typ einen Großteil ihres Gewichtes trägt.

Scheiße.

Ich traue mich nicht, mich nach Sabrina oder Anna umzuschauen aus Sorge, Jessie aus den Augen zu verlieren. Warum haben die beiden nicht aufgepasst?

Erst kurz vor dem Ausgang schließe ich zu ihr auf und stelle mich ihnen in den Weg. Von Nahem sieht der Typ riesig aus. Seine Arme und sein Oberkörper sind muskelbepackt und müsste ich wetten, würde ich auf Footballer tippen.

„Hey Jessie, wer ist das?“, wende ich mich direkt an meine Mitbewohnerin. Meine Handlung war mehr ein Reflex als alles andere und nun bin ich mir nicht sicher, wie ich mich verhalten soll. Es scheint mir allerdings eine gute Idee zu sein, sie von dem Kerl wegzuholen.

„Jim.“ Sie lallt gewaltig und ihre Augen fokussieren nicht richtig. „Jim von der Bar. Er will mir sein Auto zeigen.“ Sie beginnt zu kichern, schwankt aber heftig.

„Du solltest hierbleiben.“ Meine Hände zittern, doch die Angst verleiht mir mehr Mut, als ich für möglich gehalten hätte.

„Verpiss dich, Schlampe“, sagt Jim, deutlich nüchterner als Jessie, und baut sich drohend vor mir auf. „Sie hat gesagt, dass sie mitkommen möchte.“

„Ich habe nicht den Eindruck, dass sie noch in der Lage ist, diese Entscheidung zu treffen, also lass sie gefälligst los.“

Physisch habe ich keine Chance, ich muss ihn nur lange genug an Ort und Stelle halten, damit Liam oder Tristan hier ankommen. Oder Sabrina. Irgendjemand, der mir helfen kann.

„Fick dich.“

„Sorry, Kumpel, doch ich glaube, meine Freundin hat recht.“

Liam. Na endlich. Warum hat er so lange gebraucht, verdammt noch mal?

„Du kannst mich mal, Alter.“

Entschieden versucht Jim an uns vorbeizugehen, doch Liam baut sich vor ihm auf.

Erst jetzt wird mir bewusst, wie viel größer und kräftiger Jim ist. Liam ist trainiert, ja, seine Stärke liegt allerdings in Schnelligkeit und Wendigkeit. Jims Stärke hingegen scheint bloße Körperkraft zu sein.

Aber Liam lässt sich davon nicht beeindrucken.

„Sie bleibt hier."

Für einen Moment bin ich mir sicher, dass Jim von seinen Fäusten Gebrauch machen wird, so wütend funkeln seine Augen.

„Hey, Schwesterherz, gibt es ein Problem?"

Ich wusste, dass Tristan mich im Auge behalten würde.

Jim stößt noch einige wüste Beschimpfungen aus, doch als er realisiert, dass er in der Unterzahl ist, lässt er Jessie los und verschwindet.

Sie fällt, ohne die Stütze, einfach nach vorne.

„Scheiße." Meine Hände umfassen ihre Schultern und sie stützt sich schwer auf mich.

„Cat?"

„Ja." Ich lege einen ihrer Arme über meine Schulter. „Ich glaube, es ist an der Zeit, nach Hause zu gehen."

Jessie schüttelt den Kopf. „Nein, ischill nonich."

Sie versucht, mich abzuschütteln, gerät dabei jedoch so heftig ins Taumeln, dass wir beinahe gemeinsam Bekanntschaft mit dem dreckigen Fußboden machen.

Es ist Tristan, der uns auffängt und ebenfalls einen Arm um Jessie legt, um sie zu stützen.

Ein bisschen hilflos versuche ich es erneut. „Du kannst kaum noch stehen, es wird wirklich Zeit."

„Nein!"

„Bitte, Jessie."

Sie nuschelt etwas, das ich mit viel Mühe als „Du musst doch deinen Abend genießen", entschlüsseln kann.

Liam steht ein wenig unschlüssig neben uns, nickt aber.

„Ich kann schnell unsere Jacken holen, dann bringe ich euch nach Hause."

„Schon okay, du musst nicht …", fange ich an, doch mein Bruder unterbricht mich.

„Ich kann sie zu euch bringen."

Etwas perplex sehe ich auf.

Tristan zuckt nur mit den Schultern. „Ich schulde dir was. Immerhin habe ich dein Handy zerstört. Außerdem wollte ich sowieso demnächst los."

Auf der einen Seite möchte ich Jessie wirklich sicher zu Hause wissen und ich komme mir wie die schäbigste Freundin der Welt vor, Tristan meinen Job machen zu lassen. Andererseits ist er in solchen Situationen einfach so viel besser als ich.

Niemals würde Tristan Jessies Zustand ausnutzen. Ein Mädchen aus unserer Highschool ist einmal in Tränen aufgelöst zu mir gekommen und hat sich erkundigt, ob mein Bruder sie nicht mag, weil er sich geweigert hat, sie zu küssen, nachdem sie ein paar Becher Bier getrunken hat. Ich habe ihn gefragt und seine Antwort damals hat mich überrascht.

„Keiner kann wissen, wie Alkohol auf einen anderen Menschen wirkt, ob sie dieselben Entscheidungen treffen würden, wenn sie nüchtern wären. Ich möchte niemanden ausnutzen.“

Und ich weiß, dass mein Bruder seinerzeit öfter Freundinnen von mir nach Hause gebracht hat. Ich selbst durfte mich auf Partys nicht blicken lassen, aber sie haben es mir erzählt. Wie wundervoll er sich gekümmert hat, dass er nichts zugelassen hat, sogar, wenn sie es wollten. Louisa hat aus ihm eine Art Heiligen gemacht, nachdem er sie eines Nachts begleitet hat.

So gut es geht, versuche ich, Jessie, die mittlerweile auf einem Stuhl sitzt, zu erklären, dass Tristan sie begleiten wird. Liam verschwindet mit dem Schnipsel, den wir bei der Garderobe erhalten haben.

„Jessie“, sage ich noch einmal, in der Hoffnung, dass ich zu ihr durchdringe. „Ist es in Ordnung, wenn Tristan dich nach Hause bringt? Wenn du möchtest, komme ich mit.“

Meine Freundin schüttelt den Kopf. „GenießdeinenAbend“, nuschelt sie. „Tristan isokay.“

Ich sollte jetzt keine Erleichterung fühlen, sollte nicht so selbstsüchtig sein, aber ich habe keinerlei Erfahrung mit Menschen, die so betrunken sind wie Jessie. Vorausgesetzt, es ist nur Alkohol, der ihren Verstand vernebelt.

Bei dem Gedanken, dass ihr jemand etwas in ihr Getränk gemischt haben könnte, wird mir schlecht.

Liam kommt mit ihrer Jacke und zwei Gläsern Wasser vor mir zum Stehen und ich überzeuge Jessie, zu trinken. Schluck für Schluck flöße ich ihr das Wasser ein und bete, dass es ein bisschen hilft.

Ein Blick zurück zeigt, dass mein Bruder Liam an der Schulter gepackt hat und auf ihn einredet. Dieser nickt einmal kurz, gibt eine knappe Antwort, dann kommen die beiden zu uns.

Tristan legt sich Jessies rechten Arm um die Schulter und greift um ihre Mitte. Leise spricht er mit ihr und nachdem er mir ein letztes Mal versichert hat, dass er mir schreibt, sobald Jessie sicher in ihrem Bett liegt, verschwinden sie durch die Tür.

„Was hat Tristan gesagt?“, wende ich mich an Liam. So, wie ich meinen großen Bruder kenne, war es nicht sonderlich freundlich.

„Nichts Wichtiges.“ Trotz seines unbeschwerten Tonfalls runzelt er die Stirn. „Sag mal, habt ihr Goldfische?“

Kapitel 25

Liam stellt ein Glas Cola auf einen halb zerpflückten Untersetzer vor mich.

Vielleicht hätten wir einen Notarzt rufen sollen? Was, wenn sie eine Alkoholvergiftung hat? Was, wenn ihr wirklich jemand etwas ins Getränk getan hat und es Nebenwirkungen gibt?

Als ich es nicht mehr aushalte, schicke ich meinem Bruder eine Nachricht, die er umgehend beantwortet:

Tristan: Sind noch auf dem Weg, mit den Schlangenlinien, die Jessie läuft, brauchen wir das Doppelte an Zeit. Hör auf, dir Sorgen zu machen, ich melde mich dann schon, du kleiner Kontrollfreak.

„Sie sind noch unterwegs", wende ich mich an Liam, obwohl er nicht nachgefragt hat.

„Mach dir keine Sorgen, dein Bruder wird sich schon kümmern", versucht er, mich – nicht zum ersten Mal – zu beruhigen.

Er hat seinem Team Bescheid gegeben, ein Auge auf die Frauen in ihrer Umgebung zu haben und auch die Cheerleaderinnen informiert, aber Jim hat sich nicht mehr blicken lassen.

Ich lächle ihn an. Ein Lächeln, das er warm erwidert, bevor er sich neben mich auf die Bank setzt und seinen Arm locker um meine Schultern legt.

„Entspann dich, Cat", sagt er dicht an meinem Ohr und dieses Mal bin ich mir sicher, dass er ganz genau weiß, dass er meinen Arm streichelt … und dass diese kleine Geste in meinem gesamten Körper zu spüren ist.

„Tut mir leid. Es ist nur … das war verdammt knapp, oder?"

Liam nickt grimmig und zieht mich ein wenig dichter an sich.

Endlich vibriert das Handy in meiner Hand.

Tristan: Wir sind angekommen.

Ich zeige Liam die Nachricht und er drückt kurz meine Schulter. „Siehst du? Alles ist gut." Dann dreht er sich nach rechts, weil irgendjemand seinen Namen ruft.

Gut.

Jetzt kann ich Tristan endlich mit einer anderen Frage konfrontieren.

Cat: Was hast du zu Liam gesagt?

Tristan: Nichts Schlimmes, keine Sorge.

Cat: Tristan …

Tristan: Nur die Wahrheit. Das ich ihn bei lebendigem Leib Stück für Stück an unsere Goldfische im Gartenteich verfüttere, wenn er dich schlecht behandelt.

Cat: Du hast was???

Tristan: Euer Wohnzimmer sieht übrigens aus, als hätte eine Bombe eingeschlagen, ist dir das bewusst?

Typisch Tristan, keinen zweiten Gedanken daran verschwenden, wie Liam eine solche Drohung auffassen könnte, aber die Unordnung bemerken.

Zähneknirschend gebe ich auch Sabrina und Anna Bescheid, dass Jessie sicher angekommen ist.

Sabrina stößt mich an. „Dann guck nicht so grimmig. Es ist doch superlieb von deinem Bruder, dass er Jessie nach Hause gebracht hat."

Es hat eine Weile gedauert, Sabrina zu überzeugen, dass es nicht ihre Schuld war, was beinahe passiert wäre.

Ich habe sie und Anna gesucht, nachdem die Situation geklärt war. Die zwei haben in einer dunklen Ecke gestanden, weit von allem Geschehen entfernt und so dicht beieinander, dass es keinen Zweifel gab, sie wollten ungestört sein. Keine von beiden hat mir die Unterbrechung übelgenommen.

Danach sind sie mit mir an unseren Tisch gekommen und obwohl es nicht offensichtlich ist, sie nicht eng umschlungen sind oder sich küssen, hat sich etwas zwischen ihnen verändert.

Manchmal streichen sie sich über die Hand oder den Rücken, wenn sie sich unbeobachtet fühlen.

Der Abend hat also definitiv auch seine guten Seiten.

Ich beobachte die Tanzfläche, ohne wirklich hinzusehen. Ob ich damals genau so hilflos gewirkt habe, wie Jessie eben? Aus irgendeinem Grund macht es das noch schlimmer. Zu wissen, dass niemand mir geholfen hat.

Liam fährt mit dem Daumen über meinen Nacken, als wollte er mich massieren und reißt mich damit aus den düsteren Gedanken. Es ist alles gut gegangen. Jessie ist sicher im Wohnheim. Tristan ist bei ihr und entgegen all meiner Befürchtungen hat mein Bruder mich nicht vor Liam blamiert. Abgesehen von der Sache mit den Goldfischen, die Liam ganz offensichtlich nicht ernst nimmt.

Logisch. Das mit uns ist nicht echt.

Er muss sich keine Sorgen darum machen, mich schlecht zu behandeln.

Freunde! Ihr seid Freunde.

Nur, dass ich bei meinen anderen Freunden nicht so nervös bin. Oder alles anfängt zu kribbeln, sobald sie mich berühren. Oder ich jedem Mädchen, das in ihre Richtung guckt, die Augen auskratzen möchte.

Verdammt noch mal, Liam vertraut darauf, dass ich mich nicht in ihn verliebe und ich sitze hier und bekomme Weingummibeine, einfach nur, weil sein Arm hinter mir auf der Bank liegt. Jede noch so kleine Bewegung von ihm bemerke ich und wann immer er etwas sagt, rückt die ganze Welt in den Hintergrund.

Am liebsten würde ich mich an ihn ankuscheln, seinen Duft einatmen und endlich die Muskeln mit den Fingern nachfahren.

Ich springe auf.

Abstand.

Ich brauche Abstand von ihm. Brauche Zeit, um meine Gefühle zu sortieren und alle Empfindungen, die nicht in unsere Vereinbarung gehören, wieder in die Ecken zu stellen, aus denen sie herausgekrochen sind.

„Lasst uns tanzen", wende ich mich zu meiner eigenen Überraschung an Sabrina und Anna, die begeistert jubeln. Den ganzen Abend versuchen sie schon, mich zu überreden und bevor ich es mir anders überlegen kann, ziehen sie mich mit sich.

Dieser Abend hatte bereits mehr als genug Drama. Ich möchte nicht in das Nächste stürzen, auch, wenn es sich nur in meinem Kopf abspielt.

Überall um mich herum wird getanzt und ich schließe mich der Masse an Körpern an, die sich im Takt wiegen. Ob man uns von unserem Tisch aus sehen kann?

Vorsichtig hebe ich den Blick. Trotz all der Menschen finde ich Liam sofort, dessen Augen jede meiner Bewegungen verfolgen. Ertappt werfe ich ihm ein schnelles Lächeln zu und wende mich ab.

Ich werde mich jetzt nicht von ihm ablenken lassen.

„Entspann dich“, ruft Sabrina mir zu. „Auf uns achtet sowieso niemand.“

Das bezweifle ich, doch ich kann versuchen, es mir einzubilden.

Langsam finde ich mich in den Takt der Musik ein. Selbst, als Sabrina und Anna nur noch Augen füreinander haben, tanze ich weiter. Die beiden werden so oft angesprochen, ich kann es kaum zählen, doch jedes Mal weichen sie geschickt aus, schütteln die Köpfe und ich tue es ihnen gleich, wenn mir jemand zu nahekommt.

Ich will gar nicht wissen, was für ein Spektakel die Männer daraus machen würden, wenn Sabrina und Anna sich hier, mitten auf der Tanzfläche, küssen würden. Kein Wunder, dass sie nicht mal die Hand der anderen halten, bei der Aufmerksamkeit, die sie ohnehin bekommen.

Die Lieder sind eine bunte Mischung aus Pop und Rock und der DJ hat einen tollen Lauf.

Ich schließe die Augen. Fange an, mich ausgelassen zu bewegen, mich nicht länger mit den Menschen um mich herum zu vergleichen, sondern für den Moment einfach nur zu sein. Es achtet sowieso niemand auf mich, richtig?

Eine Schweißperle läuft meinen Rücken hinab, aber das ist mir egal.

Liam ist ein Freund. Könnte er unter anderen Umständen mehr sein als das?

Vielleicht.

Doch das spielt keine Rolle, denn die Umstände sind nicht anders. Ich muss das Herzrasen in seiner Gegenwart definitiv in den Griff bekommen, muss aufhören, an ihn zu denken und mir zu wünschen, dass er mehr in mir sieht.

Als ich erneut aufblicke, hat Liam den Tisch verlassen.

Schön.

Wenn ich ganz ehrlich bin, ist ein kleiner – okay, zugegeben, ein großer – Teil von mir enttäuscht, dass er mir nicht länger zusieht. Der Gedanke, dass er mich beobachten könnte, hat mich auf merkwürdige Weise beflügelt und dazu verleitet, ausgelassener zu tanzen, als ich es jemals für möglich gehalten hätte.

Vielleicht holt er nur etwas zu trinken. Oder er ist auf Toilette. Ja, er hat am Anfang des Abends gesagt, dass er mich nicht aus den Augen lassen würde, doch das war bestimmt nicht wörtlich gemeint.

Hände umfassen mich von hinten und ich zucke zusammen, möchte mich befreien, aber eine vertraute Stimme sagt, so dicht, dass sein Atem meinen Hals kitzelt: „Ich bin es."

Gänsehaut bildet sich auf meinen Armen. Liam ist mir nah genug, dass ich seine Wärme an meinem Rücken fühlen kann, passt sich meinen Bewegungen an und legt seine Hände an meine Hüfte.

„Du wirst von so vielen Männern beobachtet", raunt er in mein Ohr, „dass ich es nicht mehr ausgehalten habe."

„Wer ist jetzt eifersüchtig?", frage ich mit belegter Stimme und spüre sein leichtes Lachen mehr, als dass ich es höre.

„Ich habe vor, jedem hier zu beweisen, dass sie besser die Finger von dir lassen sollen. Immerhin müssen wir doch den Schein wahren, oder?"

Richtig. Wir müssen den Schein wahren.

Darum geht es ihm, um nichts anderes.

Liam Hände streichen seitlich an meinem Oberkörper hinab und mir stockt der Atem, als sie bei dem Streifen nackter Haut über meinem Hosenbund ankommen.

Doch plötzlich zögert er. Mitten in der Bewegung. Ich muss ein frustriertes Stöhnen unterdrücken und lehne mich stattdessen zurück, komme ihm die wenigen Zentimeter entgegen, die noch zwischen uns sind.

Das ist all die Ermutigung, die er braucht. Federleicht streicht er mit den Fingern über meine Haut, nur einen winzigen Moment, dann wandern seine Hände wieder hinauf und verharren einige Zentimeter unter meinen Brüsten. Nur das Flüstern einer Berührung, aber sie sendet Stromschläge durch meinen ganzen Körper.

Sein Atem ist heiß in meinem Nacken, ich lehne mich gegen seine warme Brust und kann weiter abwärts etwas Hartes an meiner Hüfte wahrnehmen, das mir die Röte in die Wangen treibt. Doch ich ziehe mich nicht zurück. Liam macht mir keine Angst, im Gegenteil, alles in mir schreit nach mehr. Die federleichten Berührungen sind nicht mehr genug, nichts ist genug, um das Feuer zu bändigen, das von mir Besitz ergriffen hat.

Seine Hände wandern erneut zu dem Streifen Haut und verharren dort. Mit den Fingern zieht er eine brennende Spur einige Millimeter unter mein Oberteil.

Ich fühle mich wie in Trance, völlig verloren in seiner Wärme und dem aufregenden Kribbeln, das von seinen Zärtlichkeiten ausgeht.

Sein Mund wandert von meinem Ohr ganz langsam an meinem Hals hinab, warmer Atem streift meine Haut, Gänsehaut breitet sich auf meinem gesamten Körper aus und dieses Mal stört es mich nicht, dass er es sieht. Soll er wissen, was er mit mir macht. Wie ich auf ihn reagiere. Nur diesen einen Abend möchte ich mir darum keine Sorgen machen.

Das Kribbeln in mir konzentriert sich in meiner Mitte, angeheizt von seinen Bewegungen und seinem Mund, der sanft über eine besonders empfindliche Stelle meines Halses streicht.

Das ist alles nur Show.

Trotzdem habe ich die unrealistische Hoffnung, dass dieses Lied niemals endet. Jeder klare Gedanke ist verschwunden, jede Ermahnung, warum das hier eine schlechte Idee ist. Ich nehme nichts mehr wahr, außer seinem Körper und den Berührungen.

Die Musik ist ein dumpfes Hintergrundgeräusch, nichts weiter als Taktgeber für unsere Bewegungen, ohne Anfang und ohne Ende. Wir sind die einzigen Menschen auf der Welt. Seine Hände auf meiner Hüfte und seine Lippen in meinem Nacken, nichts anderes zählt noch.

Als ich die Hüften nach hinten drücke, bin mir fast sicher, dass ich hören kann, wie ihm der Atem stockt. Vielleicht fühle ich es auch.

Gemächlich lasse ich eine Hand an seinem Arm hinabgleiten und beobachte, wie feine Härchen sich aufstellen …

Und dann ist das Lied doch vorbei.

Ich bleibe stehen, unfähig, mich zu bewegen oder die Verbindung zwischen uns zu trennen. Auch Liam rührt sich nicht.

Ein neues Lied setzt ein. Es ist langsamer und Liam dreht mich behutsam um.

Bis wir uns, eng umschlungen, gegenüberstehen.

Seine Augen glühen und bohren sich in meine. Sein Blick hält mich gefangen, hält sogar meine rasenden Gedanken in Schach, so eingenommen bin ich von dem stürmischen Blau.

Allmählich beginne ich, die Umgebung wieder wahrzunehmen, die Menschen, die noch immer tanzen, lachen und keine Ahnung davon haben, was gerade passiert ist.

Ich hoffe, dass er mich loslässt und gleichzeitig kann ich mir nichts Schlimmeres vorstellen, als die Verbindung zu verlieren, die plötzlich so klar zwischen uns entsteht.

Doch Liam lässt mich nicht los. Stattdessen streicht er mir mit der Hand eine Haarsträhne aus dem Gesicht.

Wir sind allein in unserem eigenen Kosmos.

Langsam beugt er sich zu mir, hält einen Moment inne und ich überbrücke die letzten Millimeter.

Als unsere Lippen aufeinandertreffen, rückt der Rest der Welt in weite Ferne, abgelöst von den zahlreichen Empfindungen überall in mir.

Der Kuss ist sanft, fast zögernd, doch als ich nicht zurückweiche, wird er mehr. Fester. Forschender. Mein Körper reagiert von ganz allein, mein Mund öffnet sich für ihn und auch das letzte bisschen Distanz zwischen uns wird überwunden, als seine Arme sich enger um mich legen und mich an ihn drücken, während er den Kuss vertieft.

Liam hatte recht. Ich habe nie vorher einen echten Kuss erlebt. Einen, wie diesen hier.

Ich spüre alles zugleich, mir ist schwindelig, alles fokussiert sich auf ihn. Überall, wo er mich berührt, kribbelt mein Körper. Die Spannung in meiner Mitte wird fast unerträglich und ich dränge mich näher an ihn, möchte mich an ihm reiben, irgendetwas tun, um diesem Druck in meinem Inneren zu entkommen.

Und dann zieht er sich langsam zurück. Seine Arme liegen noch immer schützend um mich, doch ein Teil der Realität dringt wieder zu mir durch. Unter meinen Händen, die auf seiner Brust ruhen, spüre ich, dass sein Atem genauso unregelmäßig ist, wie meiner.

Er hält meinen Blick fest, einen Ausdruck in den Augen, den ich nicht benennen kann, aber ich habe das Gefühl, dass er direkt in mein Innerstes sieht. Vorsichtig lehnt er seine Stirn gegen meine und lächelt. So strahlend, so wunderschön, dass ich das Bild für immer in meiner Erinnerung speichern möchte.

„Hallo Cat." Über die Musik kann ich ihn gerade noch verstehen.

Worte sind unendlich weit entfernt, trotzdem verlässt ein heiseres „Hey" meinen Mund.

Noch einen Moment länger hält mich sein Blick fest, als würde auch er Schwierigkeiten haben, sich von mir zu lösen, dann richtet er sich langsam auf.

Um uns herum springen die Leute wild umher. Die Musik spielt, als wäre nichts passiert und ich nehme wieder das Lachen sowie die Gespräche der Menschen wahr, aber bin noch immer losgelöst, als würde ich schweben.

„Lass uns gehen", raunt Liam dicht an meinem Ohr und ich nicke benommen.

Kapitel 26

Ich bin mir nicht sicher, was genau mich weckt, aber ich weiß, dass es noch zu früh ist. Wenn ich nur die Augen geschlossen halte, kann ich vielleicht wieder einschlafen. Doch Erinnerungen an die vergangene Nacht sprudeln unaufhaltsam hinauf. Liams Hände auf meiner Haut, der Kuss …

Schlagartig bin ich hellwach.

Wir haben uns geküsst. Richtig geküsst. Und die verdammten Schmetterlinge habe ich mir bestimmt nicht eingebildet.

Stöhnend ziehe ich mir die Decke über den Kopf. Liam hatte eine Bedingung. Eine! Aber nach der letzten Nacht kann ich nicht mehr so tun, als hätte ich keine Gefühle für ihn.

Wann, verflucht nochmal ist das passiert? Liam ist arrogant, ein Aufreißer und garantiert nicht die Art Mann, die ich in meinem Leben haben möchte. Ich habe mir geschworen, dass ich beim nächsten Mal vorsichtig sein werde, mir einen Freund suche, der lieb und nett und sicher ist. Liam ist alles, doch nicht sicher.

Nachdem wir das *Hector´s* verlassen haben, war die Stimmung komisch. Nicht direkt unangenehm, aber den Großteil des Heimwegs haben wir geschwiegen, obwohl er meine Hand nicht losgelassen hat. Gedanken daran, was dieser Kuss für uns bedeutet und ob er mit in mein Zimmer kommen möchte und – viel wichtiger – ob ich das möchte, haben mich geplagt.

Überflüssigerweise, wie sich herausgestellt hat. Vor dem Wohnheim hat er mich nur lange in den Arm genommen, mir schöne Träume gewünscht und ist gegangen. Auch, wenn ich mir eingeredet habe, dass es so am besten ist, konnte ich die Enttäuschung nicht vollkommen beiseiteschieben. Natürlich hätte eine gemeinsame Nacht ohnehin nicht zur Debatte gestanden, dafür hat meine Periode gesorgt. Doch das wusste Liam nicht und trotzdem hat er nicht einmal versucht, mich zu verführen. Es sollte mir nichts ausmachen, immerhin war das von Anfang an die Vereinbarung, doch es versetzt mir einen schmerzhaften Stich, dass er einfach so gegangen ist. Vermutlich hat ihm dieser Kuss nichts bedeutet, während ich die halbe Nacht wachgelegen und daran gedacht habe, wie gut seine Berührungen sich angefühlt haben und wie es wäre, mehr von ihm zu bekommen. Oder wie gut seine Küsse sich an anderen Stellen meines Körpers anfühlen würden.

Aber das wäre dumm und unvernünftig und wenn ich noch ein bisschen darüber nachdenke, fällt mir bestimmt auch wieder ein, warum.

Trotzdem springt mein Herz durch meinen Brustkorb, als hätte es mindestens drei Tassen Espresso zu viel gehabt.

Apropos, ich brauche Kaffee. Viel Kaffee. Mir ohne den Wachmacher weiter den Kopf zu zerbrechen, hat keinen Sinn.

Doch als ich meine Zimmertür aufmache, erstarre ich mitten in der Bewegung.

Dort, vor unserer Tür, hüpft Tristan auf einem Bein und versucht, einen seiner Schuhe anzuziehen, ohne die Schnürsenkel zu öffnen. Eine Angewohnheit, die unsere Mutter in den Wahnsinn treibt.

„Was zum …?"

Er wirbelt herum und sieht mich erschrocken an.

„Das ist nicht das, wonach es aussieht, Cat, ehrlich", sagt er leise, hört aber auf zu hüpfen.

Nachdem ich den ersten Moment der Überraschung hinter mir habe, muss ich bei seinem erschrockenen Gesichtsausdruck fast lachen. Es ist definitiv filmreif, wie er auf einem Bein steht und mich mit weit aufgerissenen Augen anstarrt.

„Jessie hat sich auf dem Heimweg mehrmals übergeben, deshalb habe ich einen Eimer gesucht und sie hat mich gebeten, zu bleiben, das ist alles", sprudelt es aus ihm heraus, während er sich aufrichtet. „Ehrlich", fügt er hinzu, als ich meine Augenbrauen in die Höhe ziehe, einfach, weil es Spaß macht zuzusehen, wie er sich windet. „Ich habe mir Sorgen gemacht und bin geblieben."

Schließlich halte ich es nicht mehr aus und fange an zu kichern. „Weiß ich doch."

Er legt die Stirn in Falten. „Ach ja?"

„Ich vertraue dir", antworte ich schlicht. „Möchtest du einen Kaffee?"

Er wirft einen sehnsüchtigen Blick auf die Kaffeemaschine, schüttelt aber den Kopf. „Besser, ich verschwinde." Als er meinen ungläubigen Gesichtsausdruck sieht, setzt er schnell hinterher: „Es war Jessie gestern höchst unangenehm, dass ich ihr die Haare gehalten habe. Ich glaube nicht, dass das heute besser wird. Falls sie sich überhaupt daran erinnert."

Normalerweise kann Tristan Kaffee ebenso wenig widerstehen, wie ich, daher muss es ernst sein.

Ein leises *Ping* kündigt eine neue Nachricht auf meinem Handy an. Koffein ist ab diesem Moment unnötig, wäre ich bei Tristans Anblick nicht schlagartig wach geworden, spätestens jetzt bin ich es.

Doch der Text auf dem Bildschirm ist nicht von Liam. Es ist eine unbekannte Nummer.

Unbekannt: Nur weil du in einer anderen Stadt bist, heißt das nicht, dass ich dich vergessen habe, Schlampe.

Sofort lasse ich das Display schwarz werden.

„Cat? Ist alles okay?"

„Was?"

Tristan mustert mich besorgt. „Du bist gerade ziemlich blass geworden. Wer hat dir geschrieben?"

„Niemand!"

„Verarsch mich nicht."

„Lass es gut sein, Tris, es ist nichts. Ich habe nur meine Tage bekommen und die Krämpfe sind unschön. Das ist alles."

„Ach so." Er sieht ein wenig überfordert aus. „Brauchst du irgendwas? Schmerztabletten oder so?"

Das Thema ist ihm so offensichtlich unangenehm, es ist fast schon komisch.

„Nein, alles gut." In Jessies Zimmer rührt sich etwas, also schiebe ich ihn in Richtung Ausgang. „Ich tue so, als hätte ich dich nie gesehen."

„Danke", flüstert er, ehe er die Tür leise hinter sich schließt und ich einen Schwall Luft ausstoße.

Wenigstens hat Tristan die Nachricht nicht gesehen. Er würde sich einmischen und damit alles nur noch schlimmer machen.

Wo hat sie meine Nummer gefunden? Weiß sie, wo ich bin? Wie schnell wird es dauern, bevor die Gerüchte sich auch hier verbreiten? Bis alle mich anstarren?

Dank Liam sitze ich quasi auf dem Präsentierteller.

Wenn ich klug wäre, würde ich diese ganze Sache beenden. Liam beherrscht seit Tagen, nein, Wochen, meine Gedanken, ich bin in den Kursen unkonzentriert, hinke mit dem Lernstoff hinterher und mittlerweile weiß jeder auf dem Campus, wer ich bin. Und daran bin ich ganz allein schuld. Ich hätte unsichtbar bleiben sollen. Doch dafür ist es jetzt zu spät.

Andererseits, sollten die Gerüchte wieder beginnen – und ich habe keinen Zweifel, dass es nur eine Frage der Zeit ist – hilft es vielleicht, wenn ich weiter an Liams Seite bin. Er ist beliebt, hat gute Kontakte und die meisten Studenten begegnen ihm mit Respekt.

Also darf nichts unsere Vereinbarung gefährden. Erst recht nicht diese dummen Schmetterlinge in meinem Bauch, die plötzlich eine Party feiern.

Weiterhin seine Freundin zu spielen, bedeutet, mir mein eigenes Herz zu brechen. Doch das ist besser als die Alternative. Besser, als den Gerüchten schon wieder schutzlos ausgeliefert zu sein. Irgendetwas sagt mir, dass Liam mir helfen wird. Gut möglich, dass das einfach nur mein naives Wunschdenken ist, dass meine Gefühle meine Urteilskraft beeinträchtigen, aber es ist die beste Chance, die ich habe.

Solange ich es nicht versaue.

Kapitel 27

Sonntagmorgen

Cat: Guten Morgen. :)
Liam: Guten Morgen, Kittycat. :)
Liam: Hast du gut geschlafen?
Cat: Ja, danke. Und selbst?
Liam: Hervorragend. ;)
Cat: Wollen wir uns heute treffen? Zu einem Spaziergang oder so?
Liam: Ich habe leider keine Zeit, sorry. Sonntags ist immer großes Familientreffen im Hause Rogers.
Cat: Ach so.
Liam: Wie wäre es, wenn ich morgen mit Frühstück vorbeikomme?
Cat: Deal! :)

Sonntagabend

Liam: Hey, es tut mir leid, aber ich schaffe es morgen früh nicht. Habe vergessen, dass ich einen Termin mit einem Professor wegen der Bewerbung für Harvard habe. Aber wir könnten gemeinsam Mittag essen?
Cat: Schade aber dann nehme ich, was ich kriegen kann. Mittagessen klingt super.
Liam: Dann bis morgen!

Die klimatisierte Luft des Gebäudes zu verlassen und nach draußen zu treten, ist, wie die Tür eines Backofens zu öffnen. Und es ist noch nicht einmal neun Uhr.

Ich hole mein Handy aus der Umhängetasche, um abzuschätzen, wie viel Zeit mir noch bleibt, bis ich in meinen Kurs muss. Liam nicht zum Frühstück zu treffen, hat auch Vorteile. Ich konnte in aller Ruhe einige Bücher zurück in die Bibliothek bringen und habe jetzt noch eine Stunde, die ich zum Lernen nutzen möchte. Falls ich mich konzentrieren kann. Den gestrigen Tag habe ich jedenfalls kaum etwas geschafft. Meine Gedanken sind von ganz allein zurück ins *Hector´s* und auf diese Tanzfläche gewandert.

Zu den federleichten Berührungen seiner Hände, dem heißen Atem an meinem Hals, seinen Lippen auf meinen, dem Blick, der mich gefangen gehalten hat und so intensiv war, dass jede Faser meines Körpers nach mehr verlangt hat. Allein bei der Vorstellung, ihn in wenigen Stunden zu sehen, werde ich hibbelig.

Wie soll ich ihm gegenübertreten? Soll ich ihn küssen? Umarmen? Wie begegnet man sich nach einem Kuss, der die Welt aus den Angeln gehoben hat?

Ob es für ihn auch so überwältigend war? Vermutlich nicht. Wahrscheinlich verführt er ständig Frauen auf Tanzflächen. Aber er hat nicht versucht, mich zu verführen, hat nicht versucht, mit mir zu schlafen. Irgendwie hoffe ich, dass das etwas zu bedeuten hat.

Ich lege einen kleinen Zwischenstopp bei meinem Lieblingscafé ein, um mir einen großen Milchkaffee zu gönnen. Doch kurz, bevor ich die Tür aufziehen kann, wird sie von innen geöffnet.

„Cat." Liam steht vor mir, einen Ausdruck auf dem Gesicht, den ich nicht recht deuten kann.

Trotzdem beginnt mein Herz aufgeregt zu flattern.

„Hey", krächze ich.

In dem weißen T-Shirt sieht er aus wie ein Model und am liebsten würde ich meine Hände in seinen Haaren vergraben und sie zerzausen. Oder ihn zu mir ziehen und küssen. Oder beides.

Himmel, ich muss mich dringend wieder beruhigen.

Liam tritt nach draußen, ein lockeres Lächeln auf den Lippen. „Was machst du hier?"

Grinsend deute ich auf das Schild über dem Eingang. „Ich habe gehört, dass man mir hier eine Koffeininfusion geben kann."

Er lacht, aber es wirkt ein wenig gezwungen.

„Und du?", frage ich, als er nichts sagt. „Wie lief dein Termin?"

„Gut." Er wirft einen schnellen Blick über die Schulter. „Also, ich …"

In diesem Moment schwingt die Tür ein weiteres Mal auf und das braunhaarige Mädchen, mit dem ich ihn auf der ersten Party im Bett erwischt habe, kommt, zwei Kaffeebecher balancierend, heraus. „Der Barista hat unsere Bestellung verwechselt und dann … oh." Sie verstummt, als sie mich sieht.

Verwirrt sehe ich Liam an, der meinem Blick ausweicht. Mehr als alles andere ist es diese winzige Geste, die mich die nächsten Worte aussprechen lässt.

„Ich habe mir deinen Professor irgendwie anders vorgestellt."

„Cat", versucht er, mich zu beschwichtigen. „Das ist jetzt doof gelaufen, können wir nachher beim Mittagessen drüber reden?"

Er hat mich angelogen. Darüber, dass er sich mit seinem Professor treffen muss. Dieses Treffen hat es nie gegeben, er war von Anfang an mit diesem Mädchen verabredet. Jeder Gedanke, den ich bis eben noch ansatzweise im Kopf hatte, ist wie weggeblasen.

„Schon gut. Ich habe heute Mittag sowieso keine Zeit", behaupte ich. „Also, ich muss jetzt auch los. Ich bin spät dran für eine … Sache."

Ehe Liam noch ein Wort sagen kann, schiebe ich mich bereits an ihm vorbei und trete die Flucht an. Ein Hauch seines Geruchs liegt in der Luft, vermischt sich mit dem Parfüm der Fremden. Aber vielleicht bilde ich mir das auch nur ein.

Zu allem Überfluss beginnt es, hinter meinen Augen verdächtig zu brennen, während ich um die nächste Ecke biege.

Wie konnte ich nur so dumm sein? Wie konnte ich jemals auch nur darüber nachdenken, dass dieser eine, winzige Kuss mehr für ihn sein könnte, als ein Teil unserer Vereinbarung? Es war doch klar, dass ich nur ein Mittel zum Zweck bin, ein Weg, sein Gesicht vor Isobel zu wahren. Das Mädchen, das sicher ist, mit dem es kein Drama gibt und das gegen seinen Charme immun ist.

Ich wünschte, es wäre wahr.

Kapitel 28

Die Woche kriecht dahin. Liam versucht mehrmals, mich anzurufen, doch obwohl die Versuchung riesig ist, hebe ich nicht ab. Wozu auch? Diese ganze Vereinbarung war von Anfang an eine temporäre Sache. Völlig abgesehen davon, dass er mir keinerlei Rechenschaft schuldig ist, möchte ich es nicht hören. Ich will keine Erklärung, weshalb er sich mit diesem Mädchen getroffen und es mir verschwiegen hat. Nein, nicht verschwiegen – warum er mich angelogen hat. Zumal mir der Anblick der beiden im Bett noch sehr deutlich in Erinnerung ist.

Suchend lasse ich meinen Blick über die Wiesen und Wege des Campus schweifen. So spät am Nachmittag wimmelt es nur so vor Studenten, die in der Sonne liegen oder sich – vernünftigerweise – einen Schattenplatz gesucht haben.

Die anhaltende Hitze ist der einzige Grund, wieso ich Jessie über den Campus begleite. Nicht nur hat sie versprochen, mir ein Eis auszugeben, vor allem habe ich es bei diesem, vielleicht letzten, Aufbäumen des Sommers keine Sekunde länger in meinem stickigen Zimmer ausgehalten.

„Hallo, Erde an Cat, ist jemand zuhause?" Jessie, ihr Handy in der einen, eine Mappe mit Fotografien in der anderen Hand, stellt sich mir direkt in den Weg.

„Ja, sorry. Ich war nur …"

„Abgelenkt? Das bist du in den vergangenen Tagen verdammt häufig und ich weiß auch, warum."

„Ach ja?"

„Natürlich. Derselbe Grund, weshalb ich manchmal abgelenkt bin. Probleme mit Männern. Aber ich vermute, anders als mein Problem, ließe sich deines lösen."

Ich gebe ein Brummen von mir, das sowohl Zustimmung als auch Unglauben bedeuten könnte, und konzentriere mich auf die Menschen um mich herum. Anders ausgedrückt: Ich suche nach Liam, um mich im Zweifel schnell verstecken zu können.

„Komm schon, Cat, du musst mir ja nicht all die schmutzigen Details verraten, aber erzähl mir wenigstens, warum dein Handy nicht mehr in nervtötender Regelmäßigkeit wegen eingehender neuer Nachrichten brummt!"

Seufzend hebe ich den Blick in den wolkenfreien Himmel. „Er hat mich angelogen."

„Und das ist alles?"

„Braucht es noch mehr?"

„Das kommt darauf an, um was es ging." Jessie grinst mich verschwörerisch an, ehe sie sich wieder in Bewegung setzt und ich es ihr gleichtue.

Nicht zum ersten Mal überlege ich, wie viel von der Wahrheit ich ihr anvertrauen kann. Natürlich muss die Vereinbarung zwischen Liam und mir ein Geheimnis bleiben, aber was ist mit dem Rest?

„Er hat mir erzählt, dass er einen Termin mit seinem Professor hat, und dann habe ich ihn zufällig mit dieser Frau getroffen, mit der ich ihn damals auf der Party im Bett unterbrochen habe."

Ihre Miene wird weich. „Autsch."

„Sie haben sich einen Kaffee geholt und es war ihm sichtlich unangenehm, dass ich das gesehen habe", erzähle ich weiter und starre vor mir auf den Boden.

„Warum hat er das gemacht?"

„Keine Ahnung."

„Er hat dir nicht mal eine Erklärung gegeben?"

„Ich bin nicht direkt zu einem netten Pläuschchen stehen geblieben."

„O nein." Jessie stoppt und eine steile Falte erscheint zwischen ihren Augenbrauen. „Du hast ihm nicht mal die Chance eingeräumt, sich zu erklären?"

Ich halte ebenfalls an. „Warum genau sollte ich das tun? Er hat mich angelogen!"

„Menschen machen dumme Dinge."

Ich schnaube und schüttle den Kopf. „Nicht direkt, nachdem wir … egal."

„Nachdem ihr, was? Habt ihr etwa miteinander geschlafen? O mein Gott, lag ich nur ein Zimmer weiter im Vollrausch, während du atemberaubenden Sex hattest?" Jessie wird immer lauter und einige Köpfe drehen sich in unsere Richtung.

Schnell packe ich sie am Arm und ziehe sie weiter. „Nein, haben wir nicht."

„Warum nicht?"

Wenn ich das wüsste. Er hat es ja nicht einmal versucht. „Weil ich noch nicht so weit bin."

„Komm schon Cat, du starrst mehr aus dem Fenster, als dass du lernst. Versuch nicht, das zu bestreiten!"

„Siehst du?", kontere ich. „Das ist genau der Grund, weshalb es eine ganz miese Idee ist, das mit Liam weiterlaufen zu lassen. Ich kann mich nicht mehr konzentrieren und er trifft sich sowieso mit anderen Frauen. Es ist nur eine Frage der Zeit, bis das schief geht."

„Aber hättest du gerne mit ihm geschlafen? So rein hypothetisch?" Jessie wackelt übertrieben mit den Augenbrauen.

Ein entschiedenes *Nein* liegt mir auf der Zunge, doch ich weiß, dass es eine Lüge wäre. Schließlich habe ich mir genau das mehr als einmal vorgestellt.

„Kannst du eigentlich immer nur an das Eine denken?"

„Wir reden gerade darüber, wie verkorkst du bist, nicht ich. Also, hättest du?"

„Vielleicht", gebe ich schließlich zu. „Ich möchte es einerseits und habe andererseits Angst."

„Wovor?"

„Das er mir wehtut? Emotional, nicht körperlich."

Wir haben mittlerweile das Kunstgebäude erreicht. Es unterscheidet sich nicht besonders von all den anderen Backsteinbauten auf dem Campus, abgesehen von einem Graffiti das die Türen des Haupteingangs ziert. In der unteren Ecke sitzt eine Studentin an einem Tisch, einen Stift in der Hand. Die Umgebung wirkt trist, doch an dem Punkt, an dem der Stift das Papier berührt, brechen Farben heraus. Sie verteilen sich über der Doppeltür, werden zu Mustern und Formen und Schatten. Fasziniert bleiben meine Augen daran hängen.

„Cool, oder?" Jessie stellt sich neben mich. „Aber zurück zu der Sex-Sache."

Ich seufze. „Müssen wir darüber reden? Erzähl mir lieber, warum du mich über den ganzen Campus schleifst, wenn du die Bilder genauso gut morgen nach der Vorlesung abgeben könntest."

„Netter Versuch, das Thema zu wechseln, doch meinetwegen. Ich werde ein langes Wochenende nehmen und ab morgen in Portland sein. Mom eröffnet am Samstag eine neue Ausstellung und braucht Hilfe. Ich kann also nicht mit zur Strandparty, was mich zurück zu deinem Problem bringt. Du solltest dir darüber klar werden, was du willst."

„Was hat das mit der Strandparty zu tun?"

„Liam wird da sein“, erklärt Jessie, als wäre der Rest offensichtlich.

„Und?“

„Und dass er so lange Interesse an nur einer Person hatte, habe ich seit der Isobel-Zeit nicht mehr erlebt.“

„Hast du nicht gehört, was ich erzählt habe? Er hat sich mit einer anderen Frau getroffen.“

„Und hast du ihm eine Chance gegeben, sich zu erklären?“

Verlegen beiße ich auf die Innenseite meiner Wange.

„Hat er versucht, sich zu erklären?“, verhört sie mich weiter.

„Möglich. Ich habe seine Anrufe weggedrückt.“

Jessie stößt einen gequälten Seufzer aus. „Ehrlich, Cat, für eine so intelligente Person bist du manchmal ganz schön dumm.“ Bevor ich weiß, was ich darauf erwidern soll ist sie schon die zwei Schritte zum Eingang gegangen und zieht die Tür auf. „Ich gebe die hier“, sie wedelt mit der Mappe, „schnell ab, dann gehen wir Eis essen. Ach und übrigens, ich bin der Meinung, du solltest mit ihm reden!“

Mit diesen Worten lässt sie mich stehen.

Kapitel 29

Die drückende Hitze hat am nächsten Tag etwas nachgelassen, auch, wenn es noch immer ungewöhnlich warm ist. Eine Tatsache, die den gesamten Campus zu freuen scheint, schließlich deuten alle Anzeichen auf eine laue Sommernacht hin, wenn sich morgen ganz Redhill zum Strandfest trifft. Es ist Tradition, wurde mir heute ein ums andere Mal erklärt.

Doch ohne Jessie, die mir vor einer Stunde geschrieben hat, dass sie jetzt im Auto und auf dem Weg nach Portland ist, weiß ich nicht so recht, an wen ich mich halten kann. Sabrina hat ein Date mit Anna, das sie seit Wochen plant. Inklusive Picknick und Kerzen. Da werde ich mich bestimmt nicht aufdrängen. Vielleicht könnte ich Tristan darum bitten, mich mitzunehmen, aber dann bin ich nichts weiter als *Tristans kleine Schwester*.

Wir nennen das Plan B.

Ich trete einen winzigen Stein mit aller Kraft den Gehweg entlang. Er rollt nur einige unbefriedigende Zentimeter, bevor er im Gras liegen bleibt. Logisch. Nicht mal der dumme Stein ist auf meiner Seite.

Mit mehr Schwung als nötig stoße ich die Eingangstür des Wohnheims auf, ignoriere den Fahrstuhl und sprinte, immer zwei Stufen auf einmal nehmend, die Treppe hinauf. Vielleicht hilft das ja, das Gespräch mit meiner Professorin zu vergessen.

Heute bin ich in ihre Sprechstunde gegangen, um über die Gruppenarbeit mit Edward zu sprechen. Oder genauer, die Tatsache, dass ich nicht länger mit ihm zusammenarbeiten möchte.

In ihrem zukünftigen Beruf werden Sie regelmäßig auf Menschen treffen, mit denen die Zusammenarbeit schwierig ist, und dort können Sie auch nicht einfach gehen, war ihre Antwort.

Schließlich hat sie mir angeboten, das gesamte Projekt allein zu schreiben. Damit hätte ich die doppelte Arbeit und, dank des Abgabetermins, der nicht mal mehr zwei Wochen hin ist, weniger Zeit als alle anderen. Trotzdem ist das besser, als zu versuchen, den Frieden mit Edward wieder herzustellen.

Schwer atmend komme ich in meinem Stockwerk an, greife in das kleine Nebenfach meiner Handtasche, in dem ich für gewöhnlich die Schlüsselkarte verstaue und fluche unterdrückt. Es ist leer. Mit etwas

Glück ist die Karte nur herausgerutscht und irgendwo in den Untiefen meiner Tasche verschwunden.

Leise schimpfend wühle ich mich durch Hefte, Stifte, meine Trinkflasche, mein Portemonnaie und diverse Kassenzettel, die längst in den Mülleimer gehören. Als ich das Plastik-Ding schließlich zu fassen bekomme, stoße ich einen erleichterten Seufzer aus. Das hätte mir gerade noch gefehlt. Das eine Wochenende, an dem meine Mitbewohnerin nicht zuhause ist, und ich schließe mich gleich am ersten Tag aus.

Surrend öffnet sich das Schloss, ich trete ein – und bleibe abrupt stehen.

Liam lehnt, die Arme verschränkt, an unserem Spülbecken und mustert mich von Kopf bis Fuß. „Gut, du lebst noch."

Verdattert starre ich ihn an. „Was tust du hier?"

„Jessie war so freundlich, mich reinzulassen."

„Ach ja?" Ich mache eine mentale Notiz, meine Mitbewohnerin bei nächster Gelegenheit zu erwürgen. „Und was willst du?"

„Sichergehen, dass du nicht von einem Bus überfahren wurdest. Aber offensichtlich habe ich mir umsonst Sorgen gemacht und du hast einfach nur beschlossen, mich zu ignorieren."

Um mir etwas Zeit zu verschaffen, stelle ich die Tasche ab und schlüpfe aus meinen Schuhen.

„Mir war nicht bewusst, dass ich dir Rechenschaft schuldig bin", erwidere ich schließlich. „Außerdem warst du ja beschäftigt, richtig?"

Wie gerne ich ihm den überheblichen Ausdruck aus dem Gesicht wischen würde, mit dem er mich bei meinen letzten Worten betrachtet.

„Darum geht es? Du bist eifersüchtig?"

„Nein."

Er schnaubt höhnisch. „Ist klar."

„Ich werde nicht gerne angelogen", stelle ich richtig und verschränke nun meinerseits die Arme. Was bildet er sich eigentlich ein?

„Bist du dir sicher, dass das alles ist?"

Durchatmen. Dann hat mein Körper halt einige, falsch platzierte, Glückshormone ausgestoßen, während wir getanzt haben. Das hat nichts zu bedeuten. Absolut gar nichts!

„Ja, Liam, ob du es nun glaubst, oder nicht, das ist alles." Innerlich bebe ich, doch zu meiner eigenen Überraschung klingt meine Stimme ruhig. „Tut mir leid, falls dir das nicht passt. Nicht jede Frau liegt dir zu Füßen. Ich weiß, für dein Ego ist das vermutlich schwer zu verkraften. Aber ich hatte bisher den Eindruck, dass du diese ganze Abmachung nur deshalb mit mir eingegangen bist, weil ich nicht zum Liam-Rogers-Fanclub gehöre. Es geht mich nichts an, mit wem du dich triffst."

„Wieso bist du dann so wütend?"

Schnaubend stoße ich die Luft aus. „Ich bin nicht wütend. Ich werde nur nicht gerne angelogen, das habe ich doch schon erklärt. Du hättest mir einfach die Wahrheit sagen können, ich meine, wenn du so dringend Sex brauchst, geht mich das nichts an, richtig? Wir tun schließlich nur so, als würden wir uns mögen."

Für einen Moment breitet sich Fassungslosigkeit auf seinem Gesicht aus. „Wow. Danke für die Analyse unserer Situation und meines Charakters. Das war wirklich sehr aufschlussreich." Er stößt sich ab, überwindet die Distanz zwischen uns und bleibt direkt vor mir stehen. So nah kann ich sein Aftershave riechen, müsste nur die Hand ausstrecken und könnte ihn berühren.

Ich muss meinen Kopf in den Nacken legen, um ihm weiterhin in die Augen schauen zu können, die gefährlich glitzern. Innerlich wappne ich mich gegen die Worte, die mit Sicherheit kommen werden. Die Worte, vor denen ich mich schon die ganze Woche fürchte.

„Wieso? Ist irgendetwas daran falsch?", frage ich, um mein hämmerndes Herz zu übertönen.

„So ziemlich alles, doch das interessiert dich ja nicht. Dir ist nur wichtig, dein Bild von mir beizubehalten, komme, was da wolle."

„Du hast mir bisher keinen Anlass gegeben, meine Meinung über dich zu ändern."

Etwas flackert in seinen Augen auf. Schmerz? Enttäuschung? Aber es ist zu schnell verschwunden, als dass ich mir sicher sein könnte. Stattdessen ist da nur das arrogante Lächeln, das mich von Anfang an in den Wahnsinn getrieben hat.

„Wenn das so ist, sollte ich jetzt wohl besser gehen." Liam läuft mit großen Schritten zur Tür, wendet sich allerdings noch einmal zu mir um. „Falls du diese ganze Scharade beenden möchtest, meinetwegen, aber morgen ist die Strandparty. Wenn du deine Abneigung gegen mich also noch für einen Abend überwinden könntest, wäre ich dir sehr verbunden."

„Du willst mit mir zu dieser Party?", hake ich perplex nach.

„*Wollen* ist unter diesen Umständen etwas übertrieben. Doch dort mit einem Date aufzutauchen, wäre vorteilhaft, deshalb ja, ich möchte da morgen mit dir hingehen."

„Warum ist es vorteilhaft?", frage ich, nicht sicher, wie ich auf diese Aussage – auf dieses ganze Gespräch – reagieren soll.

Liam lächelt nur sein falsches Lächeln. „Was geht es dich an? Wir mögen uns schließlich nicht, richtig? Meine Motive können dir also vollkommen egal sein."

„Meinetwegen."

„Ich hole dich um sieben ab."

Damit reißt er die Tür auf und lässt sie mit einem Knall hinter sich ins Schloss fallen.

Fuck!

Kapitel 30

Es ist Punkt sieben Uhr, als Liam mir schreibt, dass er vor dem Wohnheim auf mich wartet.

So schnell ich kann, suche ich die Schlüsselkarte, das Handy und etwas Geld zusammen, halte jedoch kurz inne und werfe einen letzten, prüfenden Blick in den Spiegel. Die Haare habe ich zu einem langen Zopf geflochten, dazu trage ich ein enges T-Shirt und meine Lieblingsjeans, die meinen Hintern besonders zur Geltung bringt. Rasch greife ich nach meinem Cardigan, falls es später kühl wird, dann ziehe ich die Tür hinter mir zu.

Nervosität, Wut und ein anhaltendes schlechtes Gewissen sind meine ständigen Begleiter, seit er gestern das Wohnheim verlassen hat.

Liam bemerkt mich nicht, während ich auf das Auto zulaufe. Er hält den Kopf gesenkt und scheint sich auf irgendetwas zu konzentrieren – vermutlich sein Handy – bis ich vorsichtig gegen die Beifahrerscheibe klopfe. Sofort entriegelt er die Tür und ehe ich noch weiter darüber nachdenken kann, steige ich ein.

„Bist du bereit?“, fragt er, mustert mich kurz von der Seite und startet den Motor, bevor ich viel mehr tun kann als nicken.

Schweigend fahren wir los, zuerst über den Parkplatz, dann den Campus und schließlich auf die Hauptstraße. Irgendwann schalte ich wieder das Radio ein, nur, um der drückenden Stille zu entkommen.

Abseits vom Stadtkern werden die Grundstücke weitläufiger, auch wenn die Größe und der Zustand der Häuser variieren. Irgendwann erstrecken sich nur noch Felder und Wiesen vor uns, die an einen Wald grenzen. Glücklicherweise fährt Liam sehr langsam, denn die Schlaglöcher in dem Feldweg, auf den wir vor kurzem eingebogen sind, könnten selbst dem SUV zusetzen. Gelegentlich überholen wir kleine Menschengruppen, die fröhlich lachend in dieselbe Richtung unterwegs sind, wie wir. Obwohl ich von dem eigentlichen Lagerfeuer noch nichts erkennen kann, wirkt die Stimmung außerhalb des Wagens geradezu ausgelassen.

Bunte Holzschilder weisen uns den Weg zum See. Eine Wiese, die zu einem Parkplatz umfunktioniert wurde, steht bereits voller Autos und Liam parkt neben einem roten Pick-up.

Kurz zögert er und ich bin mir sicher, dass er etwas sagen möchte, dann öffnet er mit einem Ruck die Tür.

„Warte!“, halte ich ihn auf.

Langsam dreht er sich zu mir, seine Augenbraue fragend in die Höhe gezogen.

„Soll das jetzt den ganzen Abend so laufen? Eisernes Schweigen?“

„Keine Ahnung, Cat, sag du es mir. Du bist immerhin diejenige, die damit angefangen hat.“ Die Schärfe in seiner Stimme lässt mich innehalten. Zu meiner Bestürzung bin ich plötzlich erschreckend nah dran, in Tränen auszubrechen. Aber ich sage nichts, schüttle nur den Kopf und steige ebenfalls aus.

Wir überwinden die kurze Distanz vom Auto zu dem kleinen Wäldchen, ohne uns anzusehen. Lichterketten sind am Wegesrand gespannt, auch, wenn sie noch nicht eingeschaltet sind, und das leise Summen von unzähligen Stimmen und Musik weht durch die Bäume in unsere Richtung. Und dann sind wir plötzlich da.

In einiger Entfernung kann ich den See im schwindenden Licht des Tages erkennen, dessen Oberfläche ruhig daliegt. Der breite Strandabschnitt vor uns ist voller Menschen, die dabei sind, ein riesiges Feuer in der Mitte des Strandes zu entzünden. Die Sonne verschwindet vollends hinter den Bäumen, als die ersten Flammen in den Himmel aufsteigen und die Menge klatscht begeistert. Mehrere Buden wurden auf dem Strand verteilt und es gibt unzählige kleine Feuerstellen, um die Stühle und Bänke aufgestellt wurden und deren Holzscheite nach und nach entzündet werden. Marshmallows und lange Stöcker stehen bereit, Kinder zupfen schon ungeduldig an den Händen ihrer Eltern, die Augen auf die Süßigkeiten fixiert. Sogar eine kleine Bühne wurde aufgebaut, aber im Moment ist sie verlassen.

Die Luft riecht nach verbranntem Holz, Wald und frischer Wiese. Ohne Vorwarnung beginnt mein Herz schneller zu schlagen, kalter Schweiß bildet sich auf meinen Handflächen und die Luft wird immer dünner.

Tief durchatmen. Das hier ist nicht wie damals.

Und doch …

Das Stimmengewirr, die Musik, die Abgeschiedenheit, die man verspürt, sobald man aus dem Lichtschein des Feuers heraustritt - am liebsten würde ich auf dem Absatz kehrtmachen und fliehen.

„Cat?“

Liam dreht sich zu mir um. Ich habe nicht bemerkt, dass er einige Schritte vorausgegangen ist, während ich noch immer wie angewurzelt am Waldrand stehe und mit aller Macht versuche, die Bilder zurückzudrängen.

Einatmen.

Ausatmen.

„Ist alles okay?“

„Ja, sorry.“ Ich schüttle den Kopf, doch die Bilder bleiben.

Es ist zwei Jahre her, es sollte mich nicht mehr so sehr aus der Bahn werfen. Ich habe diese Nacht hinter mir gelassen.

Ja, auf den ersten Blick ähneln sich die Umstände, aber bloß, weil die letzte Party an einem Lagerfeuer in einer Katastrophe geendet ist, muss diese nicht genauso werden.

Liam beäugt mich skeptisch und hält mir dann seine Hand hin. „Wir wollen doch den Schein wahren, richtig?“, fragt er.

Nach kurzem Zögern nehme ich sein Angebot an, obwohl die Worte mir einen Stich versetzen. Seine Wärme erdet mich, beruhigt mich und das Gewicht auf meiner Brust wird weniger.

Es ist wahnsinnig voll, aber ich vermute, es dauert nicht mehr lange, bis die letzten Eltern ihre Kinder einsammeln und den Strand der feiernden Jugend überlassen. Die eine oder andere Person torkelt bereits verdächtig, doch alles in allem ist die Atmosphäre ausgelassen.

Wir drängeln uns an den Menschen vorbei bis wir eine Gruppe bekannter Gesichter ausmachen.

Neil entdeckt uns als Erster. Er sitzt mit einigen Studenten, die ich von den letzten Partys wiedererkenne, um eines der kleineren Feuer und winkt.

„Rogers“, ruft er über die Musik hinweg und ein paar Köpfe drehen sich in unsere Richtung.

Es ist eine große Gruppe und die meisten Sitzgelegenheiten sind bereits vergeben. Liam steuert zielsicher auf einen der wenigen freien Plätze zu, ohne mich eines weiteren Blickes zu würdigen. Klasse.

Glücklicherweise entdecke ich Sabrina in der Runde, die mich zu sich winkt und auf einen freien Hocker neben sich deutet. Dankbar gehe ich zu ihr hinüber.

Es überrascht mich, wie viele aus dieser Gruppe mich begrüßen und ich bekomme sofort ein schlechtes Gewissen, da ich mich nur an etwa die Hälfte der Namen erinnern kann.

„Möchtet ihr etwas von meiner Wodka-Cola?“, fragt Hannah, die einige Plätze entfernt sitzt und die mir noch gut in Erinnerung geblieben ist. Die Tochter vom Coach der Fußballmannschaft lallt ein wenig und ihr Freund – Gregor oder George oder so ähnlich - sieht uns verzweifelt an. Er ist einer von Liams Teamkameraden, so viel weiß ich.

„Bitte nehmt etwas, Hannah hat es jetzt schon übertrieben“, fleht er. „Autsch!“

Seine Einschätzung zu ihrem Zustand ist nur teilweise richtig, immerhin hat sie ihm gerade mit größter Zielsicherheit auf den Fuß getreten.

„Vorsicht, Hannah.“ Liam lacht. „Georges Fuß brauchen wir noch. Alles oberhalb der Beine ist okay.“

„Na vielen Dank auch“, knurrt dieser und fängt Hannahs Hand ab, bevor sie ihm in die Seite piksen kann. Sie kichert glücklich, als ihre andere Hand ihr Ziel findet und George zusammenzuckt.

Schnell werfe ich einen Blick in Liams Richtung, der den beiden grinsend zuschaut und mich nicht beachtet. Schön. Dann bin ich wohl die Einzige, die das sehnsüchtige Ziehen spürt, das bei der Kabbelei zwischen Hannah und George entsteht. Nicht, dass ich jemals ernsthaft gedacht hätte, so etwas mit Liam haben zu können. Aber je mehr Zeit vergeht, desto mehr wird es zur Gewissheit.

So sehr ich mich auch darum bemühe, Liam auszublenden, bekomme ich doch jede noch so kleine Bewegung mit, höre sein Lachen und das Murmeln seiner Stimme über das Knacken des Feuers hinweg. Manchmal könnte ich schwören, dass er mich ansieht, aber wenn ich mich zu ihm umdrehe, stellt es sich als falscher Alarm heraus. Dabei möchte ich nichts mehr, als diesen Streit zu vergessen. Dann jedoch sehe ich das brünette Mädchen wieder vor mir und jede Menge Bilder fluten meinen Kopf, warum sie gemeinsam frühstücken waren.

„Wo ist eigentlich Anna?“, unterbreche ich Sabrinas Ausführung über das Kleid, an dem sie gerade arbeitet. Vor allem, um mich selbst abzulenken.

Sabrina zuckt mit den Schultern. „Irgendein Cheerleading-Notfall. Eine Krise oder so etwas. Da muss dann die ganze Mannschaft zusammenkommen. Eine für alle, alle für eine. Frag nicht, ich kenne mich mit diesen Team-Dingen nicht aus.“

„Aber euer Date war gut?"

Sie beginnt, von einem Ohr zum anderen zu strahlen. Sabrina hatte die letzten Tage kein anderes Thema, als ihr Überraschungs-Picknick-Date für Anna. Inklusive Kerzen, mindestens fünfzehn verschiedenen Snacks, natürlich alle selbst zubereitet, und Musik.

„Wunderschön! Es hat alles genauso geklappt, wie ich es geplant habe und Anna überlegt sogar, über Thanksgiving mit zu meiner Familie zu kommen."

„Wow, so schnell? Ich meine, es freut mich für euch, aber Familien sind irgendwie eine große Sache, oder?"

Sabrina zuckt mit den Schultern. „Das mit uns ist ja auch eine große Sache." Dann wird sie ernst. „Leider wird es wohl noch ein wenig dauern, bis ich ihre Eltern kennenlernen kann."

„Warum?"

„Sie wissen nicht, dass wir ein Paar sind."

Bevor ich etwas antworten kann, höre ich Neil auf der anderen Seite des Feuers fragen: „Hey Liam, hast du schon von der Sache mit Ryan gehört?"

Liam sieht seinen Freund gleichgültig an. Nur das arrogante Lächeln, das nicht ganz seine Augen erreicht, verrät, dass ihm das Thema nicht so egal ist, wie er alle Menschen glauben machen möchte.

„Nein", antwortet er. „Sollte ich?"

„So, wie er und Isobel sich vorhin angeschrien haben, ja." Neil betrachtet Liam nachdenklich. „Im Ernst, Mann, vielleicht redest du mal mit ihm. Er hat ihr einige üble Dinge an den Kopf geworfen."

Ich könnte schwören, dass Liams Griff um die Flasche Cola fester wird. Doch möglicherweise ist das auch nur ein Spiel des Lichts. Dieses Mal bilde ich mir nicht ein, dass sein Blick zu mir huscht, bevor er, ohne eine Antwort zu geben, ins Feuer starrt.

„Ich weiß ja nicht, was passiert ist-", versucht Neil es ein weiteres Mal, wird aber von Liam unterbrochen.

„Dann halt dich raus!"

„Er ist dein bester Freund. Oder war, wie es aussieht."

„Das geht dich nichts an, Campbell, also lass es gut sein."

Sie liefern sich ein stummes Blickduell und es ist Neil, der schließlich ergeben die Hände in die Luft wirft und das Thema wechselt.

Falls ich vorher dachte, die Stimmung zwischen Liam und mir wäre angespannt, ist das nichts im Vergleich zu jetzt. Vor der Erwähnung dieses Ryans hat Liam wenigstens noch am allgemeinen Gespräch teilgenommen. Nun sitzt er, die Arme auf den Knien abgestützt, stumm da und starrt ins Feuer.

Was immer es mit diesem Typen auf sich hat, was immer zwischen den beiden vorgefallen ist, die bloße Nennung seines Namens hat ihn dazu getrieben, komplett dicht zu machen.

Die Gespräche um mich herum rücken in den Hintergrund, während ich versuche, aus der ganzen Geschichte schlau zu werden. Plötzlich zieht Sabrina mich ohne Vorwarnung in die Höhe. „Ich gehe mir mal das große Feuer aus der Nähe angucken. Du kommst doch mit, oder?"

Der, mehr oder weniger geheime Code für *ich muss mit dir reden und will dich nicht zu offensichtlich von den Anderen wegholen.*

Erleichtert darüber, der Situation für den Moment zu entkommen, nicke ich und werfe ein unbestimmtes „Bis gleich" in die Runde.

Liam sieht nicht einmal zu mir auf.

„Was ist los?", erkundige ich mich, sobald wir außer Hörweite sind. Sabrina verlangsamt ihr Tempo und wir schlendern gemächlich in Richtung des Feuers, das schon deutlich heruntergebrannt ist, aber trotzdem hohe Flammen in den Himmel schickt.

„Bei mir? Nichts. Doch ich konnte diese Blicke zwischen Liam und dir nicht länger ertragen. Nimm es mir nicht übel, aber ihr seid beide nicht besonders gut darin, Gleichgültigkeit vorzutäuschen. Und diese *ab jetzt rede ich nicht mehr und starre missmutig ins Feuer* Nummer? Das hält ja kein Mensch aus. Also dachte ich mir, wir haben Spaß, bis der Trottel sich wieder eingekriegt hat."

Gegen meinen Willen lache ich laut auf. „Du bist ein bisschen durgeknallt, hat dir das schon mal jemand gesagt?"

„Ich bitte dich, ein Tag, an dem ich diese Worte nicht höre, ist ein verlorener Tag."

In einiger Entfernung zum Feuer lassen wir uns in den aufgewärmten Sand fallen und Sabrina zaubert eine Cola-Flasche aus ihrem Beutel.

„Ich sollte aufhören, dieses Zeug zu trinken", murmle ich. Beim Öffnen gibt die Flasche ein leises Zischen von sich. „Sonst werde ich bald aufgehen wie ein Hefeteig."

Sabrina lacht. „Meinetwegen verspreche ich, dass ich dir ab heute nur noch Wasser anbiete. Jessie und ich werden Chips und Schokolade essen, dazu Wein trinken und dich auslachen, während du an deinem Wasser nippst, aus Angst, ein wenig Hüftspeck zu bekommen.“

Schnaubend stoße ich sie aber mit dem Ellenbogen an. „Das ist nicht witzig. Meine Hosen werden schon eng.“

„Na und? Dann kaufst du eben neue.“ Sie macht eine wegwerfende Handbewegung. „Keine große Sache.“

Nachdenklich blicke ich einigen Funken hinterher, die in den Himmel steigen. Höher und höher, bis sie sich selbst verbrannt haben.

„Vielleicht sollte ich doch wieder schwimmen.“ Eigentlich wollte ich das nicht laut aussprechen. Schnell füge ich hinzu: „Seit ich nicht mehr schwimme, habe ich meine Ernährung und den Sport zu sehr vernachlässigt.“

Nachdenklich mustert Sabrina mich, dann blickt sie wieder ins Feuer, als würde sie spüren, dass dieses Thema schwierig ist. „Süße, wenn du dich unwohl fühlst, ist das eine ganz andere Geschichte. Mach Sport. Geh wieder schwimmen oder such nach etwas anderem, das dir Spaß macht. Solange du dich nicht für Liam oder irgendwelche Schönheitsideale quälst, die ohnehin unerreichbar sind, sondern für dein eigenes Wohlempfinden, tu es. Aber wenn du meine Meinung hören willst, ein bisschen was auf den Rippen ist sexy.“ Sie grinst breit und ich muss lachen.

Gerade möchte ich ihr versichern, dass es mir ganz sicher nicht um Schönheitsideale geht, als der Sand neben mir knirscht und wie aus dem Nichts ein Paar langer, muskulöser Beine neben mir Halt macht.

Verwundert schaue ich auf und muss den Kopf in den Nacken legen, um dem Fremden ins Gesicht blicken zu können.

Ein kräftig gebauter Mann mit schwarzen Haaren und ordentlich gestutzten Bart lächelt höflich auf mich hinab.

„Bist du Cat?“, fragt er.

Ich nicke und stehe auf, um zumindest einigermaßen auf Augenhöhe zu sein. Ein vergebliches Unterfangen. Er ist mindestens zwei Köpfe größer als ich.

Auch Sabrina ist aufgestanden, beäugt den Typ aber weit weniger skeptisch als ich.

Dieser streckt mir, noch immer lächelnd, die Hand entgegen. „Ich bin Ryan, freut mich, dich kennenzulernen."

Mein Herz beginnt wie wild zu rasen, als ich seine Hand schüttle und mich an einem neutralen Gesichtsausdruck versuche.

Ryan. Der mysteriöse Freund von Liam, dessen Namen er nicht einmal hören will, geschweige denn, über ihn reden.

Er sieht gut aus. Nicht so gut wie Liam, ein Lächeln von ihm bringt nicht meine gesamte Welt aus dem Gleichgewicht, doch die braunen Augen sind freundlich und unter dem Pullover und der dünnen Jacke kann ich deutlich Muskeln erkennen.

„Hör zu", spricht er schließlich weiter und mir fällt auf, dass ich noch kein Wort zu ihm gesagt habe. „Ich habe keine Ahnung, was Liam dir über mich erzählt hat, aber ich habe mich gefragt, ob du ihm vielleicht eine Nachricht von mir ausrichten könntest?"

„Was für eine Nachricht?"

Ryan fährt sich mit der Hand durch die Haare. „Sag ihm einfach, dass es mir …"

Er verstummt und im nächsten Moment weiß ich auch, warum. Liams warmer Arm legt sich um meine Schultern, er zieht mich an sich und sein Duft weht mir in die Nase. Zum ersten Mal seit Tagen habe ich das Gefühl, frei atmen zu können und am liebsten würde ich mich an ihn schmiegen und ihn nie wieder loslassen.

„Was willst du hier?", fragt er ruhig, doch da ist etwas in seinem Unterton, dass meine romantischen Gedanken sofort verschwinden lässt. Eine leise Drohung, die auch unserem Gegenüber nicht verborgen bleibt.

Ryan, der bis eben noch freundlich aussah, verkrampft sich sichtlich. „Das hier ist ein öffentlicher Ort, oder nicht?"

„Du hast hier nichts verloren."

So abweisend habe ich Liam noch nie erlebt, nicht einmal Isobel gegenüber. Verunsichert schaue ich zwischen den beiden Männern hin und her.

Ryan verschränkt die Arme und ein wütendes Funkeln tritt in seine Augen. „Ach nein? Vielleicht mag ich Lagerfeuer."

„Dann such dir ein anderes." Liams Griff um meine Schultern wird fester, ein stummes Zeichen zu gehen, ehe er sich abwendet und in Bewegung setzt.

Gerade möchte ich Ryan ein entschuldigendes Lächeln zuwerfen, als dieser Liam an der Schulter packt.

„Ich werde nicht verschwinden. Du kannst mich so viel ignorieren, wie du willst, aber ich werde immer wiederkommen, bis du mit mir sprichst."

Liam lässt mich los, dreht sich betont langsam um und blickt Ryan gelangweilt an. „Ich habe kein Interesse an einem Gespräch oder Entschuldigungen. Es ist mir scheißegal, was du zu sagen hast, kapier das endlich." Nach außen wirkt er völlig ruhig, als wäre diese ganze Situation nicht der Rede wert. Doch ich weiß es besser, weiß, dass er seine Wut nur mühsam im Zaum hält. Die Anspannung in seinem Körper verrät es mir.

Diese vermeintliche Ruhe scheint Ryan nur noch wütender zu machen. „Du hörst dir gefälligst an, was ich zu sagen habe. Oder hau mir meinetwegen eine rein, aber hör mit diesem Theater auf." Ryan baut sich vor ihm auf. „Das bist du mir schuldig, Liam."

„Ich schulde dir gar nichts." In Liams Tonfall mischt sich eine Schärfe, die ich nicht kenne. Ein weiterer Beweis, dass ihm die Situation nicht ansatzweise so gleichgültig ist, wie er Ryan glauben machen möchte.

„Ich verspreche dir, ich komme immer wieder, bis wir das geklärt haben", knurrt Ryan. „Entweder zu dir oder zu deiner kleinen Freundin hier. Doch ich lasse mich nicht länger ignorieren."

Vielleicht bilde ich es mir nur ein, aber ich könnte schwören, dass Liam vor Wut zittert. „Lass Cat in Ruhe, haben wir uns verstanden? Du kommst nicht mal in ihre Nähe."

„Oder was?", höht Ryan, bevor er seinen Blick betont langsam an mir hoch und wieder hinuntergleiten lässt. In Liams Augen blitzt es gefährlich und in diesem Moment wird mir klar, dass Ryan nur provozieren will. Dass er Liam die Maske der Gleichgültigkeit herunterreißen will und genau weiß, welche Knöpfe er drücken muss. Sein Plan funktioniert. Vielleicht ein wenig zu gut, wenn ich Liams Körpersprache richtig deute. Ryan schüttelt ungläubig den Kopf. „Wow, du traust mir das tatsächlich zu, oder?"

Immer mehr Menschen bleiben stehen, versammeln sich um die beiden Männer, die sich wütend anstarren. Die Anspannung ist fast mit Händen greifbar.

Bei diesem Streit geht es nicht um mich, nicht wirklich. Und trotzdem wünschte ich, ich könnte irgendetwas sagen oder tun, um Liam zu beruhigen.

„Du hast bereits bewiesen, dass man dir nicht vertrauen kann", presst er hervor und macht Anstalten, sich ein weiteres Mal abzuwenden, doch Ryans Worte halten ihn auf.

„Du bist an dieser ganzen Sache nicht völlig unschuldig, weißt du?"

Liam ballt die Hände zu Fäusten, das einzige Anzeichen, dass er Ryan überhaupt gehört hat. Etwas, dass auch diesem nicht verborgen bleibt.

„Du präsentierst dich so gerne als überlegen, aber wenn es drauf ankommt, ist es leichter, die Welt in schwarz-weiß zu sehen, richtig? Es muss einen Bösen in deiner Geschichte geben, damit du der Gute sein und jede Verantwortung abgeben kannst. Doch weißt du was? Wenn deine Kleine dir zu langweilig wird, übernehme ich sie gerne. Dann kannst du weiterhin so tun …"

Weiter kommt er nicht, denn in diesem Moment stürzt Liam sich auf ihn und nur Ryans schnelle Reaktion verhindert, dass Liams Faust in dessen Gesicht landet.

Kapitel 31

Ryan geht zu Boden, Liam ist innerhalb von kürzester Zeit über ihm und sie wälzen sich über den Sand.

Es ist nicht wie in den Filmen, in denen solche Augenblicke in Zeitlupe an einem vorbeiziehen, untermalt von heroischer Musik.

Stattdessen ist es eine Mischung aus Stöhnen, Grunzen und dem übelkeitserregenden Geräusch, wenn ein Faustschlag sein Ziel findet. Oder zumindest nahe genug an sein Ziel herankommt, denn keiner von beiden hat zu einem weiteren Schlag ins Gesicht ausgeholt.

Ein kleiner Trost.

Ich stehe wie angewurzelt daneben, kann mich kaum bewegen und nehme nur am Rande wahr, dass Sabrina mir eine Hand auf den Arm gelegt hat.

Neil kämpft sich durch die Menge, aber noch bevor er bei Liam und Ryan ankommt, taucht Isobel wie aus dem Nichts auf und stürzt sich zwischen die kämpfenden Männer.

„Seid ihr jetzt vollkommen übergeschnappt?“, schreit sie.

Beide erstarren und schauen zu ihr auf.

„Was stimmt denn nicht mit euch?“, schimpft sie weiter. „Wollt ihr unbedingt verhaftet werden? Was meinst du wohl, wie sich das auf deiner Bewerbung für Harvard macht, Liam?“

Mit einem kräftigen Schubs befreit dieser sich, steht auf und läuft los, ohne sich noch einmal umzudrehen. Richtung Ufer, weg von dem wärmenden Schein des Feuers und von den Menschen.

„Geht es dir jetzt wenigstens besser?“, ruft Ryan ihm hinterher, bekommt jedoch keine Antwort.

Ich bin nach wie vor starr und kann nur zuschauen, wie Liam sich immer weiter entfernt, während Isobel sich besorgt über Ryan beugt.

„Alles in Ordnung?“, fragt sie leise und streckt eine Hand aus, wie, um seine Wange zu berühren.

Ryan springt auf die Beine und weicht vor ihr zurück. Wütend blickt er auf Isobel hinab, die noch immer vor ihm auf dem Boden sitzt. „Neun Monate höre ich kein Wort von dir und jetzt machst du dir Sorgen? Ernsthaft? Du kannst mich mal.“

Damit dreht er sich um und die Umstehenden, die die Szene stumm verfolgen, bilden schnell eine Gasse, um ihn durchzulassen.

Isobel sieht ihm einige Sekunden nach, dann scheint sie sich daran zu erinnern, dass sie auf dem Boden hockt, umgeben von Menschen. Seufzend klopft sie sich den Sand von den engen Jeans, danach fällt ihre Aufmerksamkeit auf mich.

„Gehst du ihm jetzt endlich hinterher, oder muss ich alles allein machen?", faucht sie und deutet in die Richtung, in der Liam in der Dunkelheit verschwunden ist.

Das reißt mich aus meiner Starre. Ich blicke zu Sabrina, die mir kurz zunickt, dann laufe ich, so schnell das über den Sand möglich ist, hinter ihm her.

In die Dunkelheit.

Nachdem ich den Schein des Feuers verlassen und meine Augen sich an die neuen Lichtverhältnisse gewöhnt haben, kann ich nur seine Silhouette erkennen. Zielstrebig steuert er auf den angrenzenden Wald zu, der nur hier genug Platz für einen Strandabschnitt lässt. Überall sonst reicht er bis an das dunkle Wasser.

Ich weiß, sobald Liam zwischen den Bäumen verschwindet, habe ich kaum eine Chance, ihn zu finden, also beginne ich zu rennen. Mein Atem klingt laut in meinen Ohren, trotz des Stimmengewirrs rund um die Feuer, die ich eben erst hinter mir gelassen habe.

Es dauert nicht lange, da wird auch Liam darauf aufmerksam, dass er nicht mehr allein ist, und wirbelt herum.

Plötzlich bin ich mir unsicher, was ich sagen, wie ich mich verhalten soll. Mit Sicherheit bin ich die letzte Person, die er gerade sehen möchte. Jeder andere wäre besser gewesen. Doch jetzt ist es zu spät.

„Bist du verletzt?" Es scheint mir die wichtigste und zugleich unverfänglichste Frage zu sein.

„Nein. Geh wieder zu den Anderen." Er klingt wütend. Richtig wütend.

„Keine Chance", erwidere ich trotzig und blicke herausfordernd zu ihm auf. Hoffentlich geht der Effekt durch die Dunkelheit nicht komplett verloren.

Liam ist mir gefolgt, als es mir schlecht ging. Ich werde ihn jetzt nicht sich selbst überlassen.

„Ich möchte nicht darüber reden, okay?"

„Müssen wir nicht."

„Ach nein? Fängst du nicht gleich an, mich mit Fragen zu löchern, was es mit diesem Streit auf sich hatte?", höhnt er.

„Nein. Ich will nur sichergehen, dass es dir gut geht."

„Bei mir ist alles in Ordnung, okay? Geh wieder zurück, Cat", versucht er ein weiteres Mal, mich loszuwerden.

„Warum? Damit du allein in der Dunkelheit vor dich hinstarren kannst?" Egal, wie die Dinge gerade zwischen uns stehen, ich bin nicht gewillt, mich von ihm verjagen zu lassen.

„Kannst du das nicht einfach in die Schublade legen, in die du mich ohnehin gesteckt hast und mich in Ruhe lassen?"

„Schublade?"

„Reicher Playboy, vögelt alles, was ihm unter die Augen kommt, musste sich nie im Leben anstrengen, prügelt sich ab und an", zählt er an den Fingern ab. „Habe ich irgendetwas vergessen?"

„Arrogant?", versuche ich es mit Humor, aber er dreht sich nur um und geht.

Ich laufe ihm nach.

„Was soll ich denn denken, Liam? Kannst du mir das mal erklären? Zuerst küssen wir uns, danach sagst du eine Verabredung ab und lügst mich über die Gründe an, die ich übrigens immer noch nicht verstehe. Vergiss bitte nicht, wie wir uns kennengelernt haben. Dann noch dieses riesige Geheimnis um die Trennung von Isobel! Und jetzt wirfst du mir vor, dass ich meine eigenen Schlüsse ziehe?"

Liam schießt herum. „Vielleicht wäre es verständlicher gewesen, wenn du nur einmal nachgefragt hättest, anstatt direkt vom Schlimmsten auszugehen. Maja ist eine Kommilitonin. Sie hat die letzten zwei Vorlesungen verpasst, ich habe ihr meine Notizen gegeben und zum Dank hat sie mir einen Kaffee spendiert. Das ist alles. Ja, wir hatten auf dieser Party etwas, aber das war eine einmalige Sache und dessen ist sie sich auch bewusst."

„Und das konntest du mir nicht einfach sagen?"

Er lacht, hohl und verdrossen. „Wann denn? Als du weggelaufen bist? Oder meine Anrufe ignoriert hast?"

„Warum hast du mich dann angelogen?"

„Ich habe dich nicht angelogen. An diesem Morgen hatte ich einen Termin bei meinem Professor und auf dem Rückweg haben wir uns zufällig getroffen. Sie hat angeboten, mir einen Kaffee auszugeben. Ende der Geschichte. Mal ganz davon abgesehen, du erzählst mir doch auch nichts."

„Was?"

„Komm schon. Als würde mir nicht auffallen, dass du von Zeit zu Zeit völlig verkrampfst. Oder wie angespannt du bist, wenn du eine neue Nachricht bekommst. Wollen wir vielleicht mal darüber sprechen? Wir können aber auch erörtern, warum du manchmal zusammenzuckst, wenn ich dich berühre. Glaubst du, es macht mich nicht wahnsinnig, dass ich jederzeit irgendeine Grenze bei dir überschreiten könnte, ohne zu wissen, was, verdammt noch mal, ich jetzt wieder falsch gemacht habe? Ob es an mir liegt?"

Ich schlucke und sage nichts.

Wieder dieses hohle Lachen. „Dachte ich es mir doch."

Wir stehen uns gegenüber, messen uns, so gut das in der Dunkelheit möglich ist, mit Blicken und schweigen.

Aus dem angrenzenden Waldstück kommt ein Typ in unsere Richtung getorkelt, zwei Freunde dicht hinter ihm und als er plötzlich zu würgen beginnt, verziehe ich angewidert das Gesicht.

Es ist ein Fortschritt, dass Liam und ich wieder miteinander sprechen, doch hier ist ganz eindeutig nicht der richtige Ort dafür. Also frage ich über das Würgen des Fremden hinweg: „Wollen wir spazieren gehen?"

Liam nickt und setzt sich langsam in Bewegung. Weiter den Strand hinunter.

Die Musik und das Gelächter sind nur noch leise zu hören, aber das Ufer zieht sich in einer langen Kurve um den See. Mit jedem Schritt wird es kühler, doch weg von den Feuern, kann ich die Sterne sehen. Der Mond leuchtet ausreichend hell, um vage Umrisse zu erkennen und der Weg ist breit genug, dass wir nebeneinander gehen können.

Liam hat recht. Ich habe ihm nie die Chance gegeben, irgendetwas zu erklären und ich bin sofort vom Schlimmsten ausgegangen. Davon, dass er mich hintergeht. Dass ich ihm egal bin.

Die Bäume ziehen sich wieder etwas zurück und ohne Vorwarnung biegt Liam ab, geht über einen kleinen Sandabschnitt und setzt sich schließlich, den Rücken an einen dicken Baumstamm gelehnt.

Die Party ist fast auf der gegenüberliegenden Seite des Sees. Entferntes Stimmengewirr fliegt über das Wasser zu uns, aber abgesehen davon sind nur das leise Rascheln des Waldes und das Zirpen der Grillen zu hören.

Vorsichtig setze ich mich neben ihn und starre auf die dunkle Wasseroberfläche. Ich kann Liam keinen Vorwurf daraus machen, dass er einen Teil seiner Vergangenheit vor mir verschlossen hält. Nicht, wenn ich genau dasselbe tue.

„Mit meinem Ex“, sage ich leise. „Ich war nicht ganz ehrlich zu dir.“

Trotz der Dunkelheit kann ich seinen Blick auf mir spüren, doch er sagt kein Wort. Wartet. Gibt mir die Zeit, mich anders zu entscheiden. Aber einer muss den Anfang machen und den Grundstein für Vertrauen legen.

„Willst du die kurze oder die lange Version?“ Mit den Fingern durchpflüge ich den Sand, nur, um etwas zu tun zu haben.

„Die lange.“

Dann gibt es wohl kein Zurück. Und ja, vielleicht habe ich auch darauf gehofft, dass er sich für die kurze Version entscheidet.

Ich atme ein letztes Mal tief durch. „Dass Tristan es mit seinem Beschützerinstinkt ein wenig übertrieben hat, habe ich dir schon erzählt, oder?“ Das Gespräch ist mir noch genau im Gedächtnis, allerdings brauche ich ein bisschen mehr Zeit, um meine Gedanken zu sortieren.

Liam macht ein zustimmendes Geräusch.

„Mein Bruder hat sich auf der Schule einige Feinde gemacht. Er war der Schulschwarm, aber obwohl er ein Mädchen nach dem anderen abgeschleppt hat, hat er mich für tabu erklärt. Und glaub mir, es war ihm völlig egal, ob das Mädchen, das er gerade toll fand, in einer Beziehung war, oder nicht. Es hat ihm nichts ausgemacht, was andere über ihn dachten, solange er bekommen hat, was er wollte.“

Liam schnaubt. „Ich habe ihn nicht wirklich anders kennengelernt – abgesehen von dem Beziehungs-Ding.“

„Vielleicht hat er tatsächlich dazu gelernt.“ Ich bin mir da nicht sicher und dieser Gedanke löst unwillkürlich mein schlechtes Gewissen aus. „Versteh mich nicht falsch, er ist kein böser Mensch, oder so. Er würde nie etwas tun, was nicht von beiden Seiten gewollt wird und ich weiß, dass er nichts mit Frauen anfängt, die unter Alkohol- oder Drogeneinfluss stehen.“

„Schon gut Cat, ich glaube nicht, dass dein Bruder ein solches Arschloch ist, sonst hättest du ihm niemals Jessie anvertraut“, beruhigt Liam mich und stupst mit seinem Knie auffordernd gegen meins.

Richtig. Weitererzählen.

„Irgendwann hat sich eine Klassenkameradin mit mir angefreundet, die schrecklich in ihn verknallt war. Sie dachte wohl, dass sie über mich besser an ihn herankommt. Dabei wusste Louisa ganz genau, wie er mit Frauen umging. Oder immer noch umgeht, schätze ich. Trotzdem war sie davon überzeugt, dass sie ihn ändern kann. Du weißt schon, die Geschichte von dem Mädchen, das immer direkt vor der Nase des Stars ist. Eines Tages entdeckt er, dass sie schon immer die Liebe seines Lebens war, und sie leben glücklich bis an das Ende ihrer Tage."

„Ich vermute, es kam anders?" Er klingt wieder ruhiger, nicht mehr so kalt wie noch vor einigen Minuten.

„Und wie. Nur, dass mein Bruder Louisa wirklich irgendwann bemerkt hat."

Neben mir seufzt Liam leise.

„Die beiden waren einen Sommer lang unzertrennlich. Direkt, bevor Tristan nach Redhill gekommen ist. Für ihn war völlig klar, dass diese Sache nur eine Sommerromanze ist, nichts Ernstes. Ich habe immer wieder versucht, Louisa zu warnen, dass sie mit ihm reden soll, auf sich aufpassen soll und mein Bruder am laufenden Band Herzen bricht, doch sie hat nicht auf mich gehört. Nachdem sie miteinander geschlafen haben, habe ich ihr gesagt, dass ich nichts mehr davon hören will. Ich hatte so ein Gefühl, dass ich am Ende ins Kreuzfeuer geraten könnte." Selbst jetzt wüsste ich gerne, was Tristan sich dabei gedacht hat. „Aber er wäre einfach so gefahren, ohne ihr zu sagen, dass es vorbei ist. Für ihn war selbstverständlich, dass sie ein Ablaufdatum haben, während Louisa mir freudestrahlend von einem Überraschungsbesuch bei Tristan erzählt hat, den sie plant. Am Abend, bevor er abreisen wollte habe ich ihm gesagt, dass er es anständig beenden muss."

Altbekannte Wut schwemmt an die Oberfläche. Wut darüber, dass Louisa meine Warnungen nicht ernst genommen hat, doch vor allem Wut auf Tristan, der keinen Gedanken daran verschwendet hat, welche Folgen seine Taten haben könnten.

„Er ist zu ihr gefahren und du kannst dir denken, dass Louisa völlig fertig war. Keine Ahnung, was genau vorgefallen ist, aber danach hat sie kein Wort mehr mit mir gesprochen."

Manchmal frage ich mich, ob sie mir in dieser Zeit Rache geschworen hat, oder ob das erst später kam, doch diesen Gedanken behalte ich für mich.

„Was hat Tristan dazu gesagt, als du es ihm erzählt hast?", unterbricht Liam meine Grübelei.

„Es tat ihm unendlich leid." Weil ich das Gefühl habe, meinen großen Bruder verteidigen zu müssen, füge ich hinzu: „Er hat mir versprochen, dass meine Freundinnen ab diesem Moment für ihn tabu sind. Laut Tristan hat er Louisa von Anfang an mehr als deutlich gemacht, dass sie keine Zukunft über den Sommer hinaus miteinander haben." Ich zucke mit den Schultern. „Keine Ahnung, was nun die Wahrheit ist, doch ich schätze, mittlerweile glaube ich Tristan. Als Louisa wieder mit mir geredet hat, war es nicht mehr so wie früher. Aber nach ein paar Wochen hat sie mich ermutigt, endlich auf Dates zu gehen, *jetzt, wo Tristan weg ist*", imitiere ich ihre Stimme. „Auf einmal hat mich dieser supersüße Typ auf ein Date eingeladen. Quasi aus dem Nichts, doch ich habe mir nicht viel dabei gedacht. Dean war beliebt, Footballspieler und es gab wirklich keinen Grund, nein zu sagen. Wir sind drei Monate miteinander ausgegangen und er wollte mehr. Ich habe ihn immer wieder hingehalten und irgendwann ist er ungeduldig geworden."

Liam rutscht unruhig neben mir hin und her, als wüsste er bereits, wo diese Geschichte endet.

„Da war diese Party, am Strand, mit Lagerfeuer und Alkohol." Ich nicke mit dem Kopf in Richtung unserer eigenen Party. Sein Bein streift meines, nicht aufdringlich, nur eine stumme Erinnerung, dass er hier ist und ich keine Angst haben muss.

„Wir waren alle da. Louisa hat mich überredet, ein bisschen Wodka mit Orangensaft zu trinken. Es hat gar nicht schlecht geschmeckt, also hat sie mir noch eine Mischung gemacht. Und noch eine. Dean wurde immer …" Das Zittern in meiner Stimme lässt mich innehalten und durchatmen. „Er wollte mehr und Louisa hat mir gut zugeredet. Dass ich die Letzte in unserem Jahrgang sei, die es noch nicht getan hätte und dass es halt dazu gehört, wenn man einen Freund hat. Irgendwie hat es in diesem Moment Sinn ergeben, deswegen habe ich zugestimmt."

„Fuck!", stößt er so unvermittelt aus, dass ich zusammenzucke. Leiser fügt er hinzu: „Bitte sag mir nicht, dass du dein erstes Mal auf dieser Party hattest."

„Auf dem Rücksitz von Deans Honda." Meine Stimme klingt überraschend ruhig, als würde ich über eine Wirtschaftstheorie sprechen und nicht über diese eine Nacht, die mein Leben so nachhaltig verändert hat. „Es war nicht schön, wie du dir vermutlich denken kannst."

Bei dem Gedanken an Deans hektische Bewegungen, wie er mich küsst und mir gleichzeitig unter den viel zu kurzen Rock fasst, zu dem Louisa mich damals überredet hat, wird mir übel. Seine Hände, die mir plötzlich die Unterhose hinunterziehen und sein heiseres Flüstern, dass ich mich einfach nur entspannen müsse, alles ist mit einem Mal zurück.

Liam ist sehr still geworden. Ich bin mir nicht einmal sicher, ob er atmet, aber er flüstert: „Du hast gesagt, dass dir keine Gewalt angetan wurde."

Ich antworte nicht.

„Cat?", fragt er leise, „Hat dieses Arschloch dich … hat er mehr genommen, als du bereit warst, zu geben?"

Mir steigen Tränen in die Augen, doch ich blinzle sie hastig weg. Er wählt seine Worte so umsichtig und ich bin ihm dankbar, dass er es nicht ausspricht. Vergewaltigung. Ich hasse dieses Wort und alles, was damit zusammenhängt. Es drückt so viel aus und gleichzeitig wird es dem, was mir passiert ist, nicht gerecht.

„Er hat nicht aufgehört", antworte ich schließlich leise. „Dabei habe ich ihn gebeten, zu warten, da ich es mir anders überlegt habe und zu den anderen zurück möchte."

Egal, wie oft ich Dean gesagt habe, dass ich es nicht mehr will, er hat weitergemacht. Mein Herz hämmert bei der Erinnerung und ich höre kaum, wie Liam eine ganze Reihe Flüche ausstößt.

„Ich weiß auch nicht, warum ich nicht geschrien habe", fahre ich fort, um seiner nächsten, unvermeidbaren Frage zuvorzukommen.

„Nein." Die Vehemenz, mit der er dieses eine Wort sagt, lässt mich überrascht innehalten. „Cat, was immer du in diesem Moment gemacht, oder nicht gemacht hast, spielt keine Rolle. Er hat dir etwas Furchtbares angetan. Nichts daran, wie du reagiert hast, ist falsch und du musst dich nicht dafür rechtfertigen."

Dieses Mal kann ich die Träne nicht aufhalten, die mir über die Wange kullert.

Wieder und wieder habe ich mir die Frage gestellt, die jede andere Person zu interessieren scheint. *Wenn du es nicht wolltest, warum hast du nicht geschrien?* Weil ich es nicht konnte. Alles, was ich in diesem Augenblick wollte, war, dass es vorbei ist. Also habe ich die Augen geschlossen, mir vorgestellt, ich wäre im Wasser und angefangen, meine Atemzüge zu zählen.

„Ich würde diesem Typen gerade gerne den Hals umdrehen", reißt Liam mich aus der Erinnerung und zu meiner Überraschung lache ich kurz auf. Es ist kein freudiges Lachen, passt aber zu der Bitterkeit in meiner Stimme, als ich weiterspreche.

„Dann warte ab, bis ich den Rest der Geschichte erzählt habe."

„Das war noch nicht alles?“

„Nein.“

Ich hole ein letztes Mal tief Luft. „Als es vorbei war, ist ihm aufgefallen, dass er kein Kondom benutzt hat.“ Liam flucht erneut. „Er hat mir noch gesagt, ich solle am nächsten Tag in eine Apotheke fahren. Für die Pille danach. Dann ist er zu den anderen zurück und hat weiter gefeiert, als wäre nichts gewesen.“ Meine Hände graben sich tief in den Sand. Es ist, als würden sie mich im Hier und jetzt verankern. „Louisa ist nicht an ihr Handy gegangen und ich wollte nicht wieder zur Party gehen. In meinem betrunkenen Zustand dachte ich, es wäre eine gute Idee, Tristan anzurufen und ihm die Geschichte zu erzählen. Andererseits, vielleicht war es gar nicht so dumm. Er ist drangeblieben, während ich nach Hause gelaufen bin. Als ich ankam, hat Mom schon auf mich gewartet. Tristan hat sie geweckt, denn natürlich konnte er von Redhill aus rein gar nichts für mich tun. Sie ist mit mir in die Apotheke gefahren und alles.“

Zittrig atme ich ein, um mich für den letzten Teil zu wappnen.

„Meine Eltern wollten Dean zur Rechenschaft ziehen, doch seine Familie hat wirklich gute Kontakte. Und dann ist auch noch ein Video davon aufgetaucht, wie ich zustimme, mit ihm zu gehen. Ich meine, ich bin offensichtlich betrunken, aber das scheint niemanden zu interessieren.“

„Deine Freundin ist nicht eingeschritten?“

Wieder dieses freudlose Lachen, das ich kaum als meines erkenne. „Nein. Ich kann es nicht beweisen, doch ich glaube, dass sie das Video aufgenommen hat.“

„Miststück.“

„Ich habe über die nächsten Monate herausgefunden, dass sie mir die Schuld für die Trennung von Tristan gegeben hat. Anscheinend hat sie mit Dean gewettet, wie lange es dauert, bis er mich ins Bett bekommt. Das hat das Gericht damals natürlich nicht interessiert. *So sind Jungs halt, niemand möchte die Zukunft eines jungen Mannes mit viel Potential wegen eines dummen Fehlers verbauen* und dieser ganze Scheiß. Dean hat allen erzählt, er hätte mit mir Schluss gemacht und ich würde mich dafür rächen wollen, indem ich seine Chancen zerstöre, ein Stipendium zu bekommen. Mein Wort stand gegen seins und mit dem Video zusammen hat es nicht lange gedauert, bis die gesamte Schule über mich geredet hat. Seine Eltern haben mich sogar wegen Verleumdung angeklagt.“

Liam schüttelt den Kopf, immer und immer wieder. „Wir können dagegen vorgehen, Cat. Mein Vater könnte deinen Fall bestimmt übernehmen."

„Wozu? Der Schaden ist bereits angerichtet. Niemand in meiner Highschool hat noch mit mir gesprochen und als ich nach Hartford gegangen bin, gingen die Gerüchte auf dem Campus wieder los. Ich hätte es wissen müssen. Zu viele aus meiner Heimatstadt gehen dort aufs College."

„Bist du deshalb nach Redhill gekommen?"

Ich nicke. „Es schien mir die beste Option."

Keine Ahnung, wie lange wir schweigend an den Baumstamm gelehnt in der Dunkelheit sitzen. Wie lange es dauert, bis ich den Mut aufbringe, ihm endlich zu sagen, was mir seit Tagen in der Seele brennt.

„Was ich neulich gesagt habe, dass du mir keinen Anlass gegeben hast, meine Meinung über dich zu ändern, das war gelogen", gestehe ich leise. „Es tut mir leid, dass ich überreagiert habe."

„Schon gut", unterbricht er mich. „Du musst dich nicht rechtfertigen. Meine Reaktion war auch alles andere als perfekt."

Langsam lasse ich mich mit dem Rücken gegen den Baumstamm sinken und reibe mir über die Arme. Ich habe nicht bemerkt, wie sehr die Temperaturen gefallen sind.

Leises Rascheln ertönt, als Liam sich neu positioniert. „Ist dir kalt?"

„Ein bisschen", gebe ich zu. „Aber ich möchte noch nicht zurück."

„Darf ich dich umarmen?", fragt er vorsichtig.

„Ja." Mein Puls beschleunigt sich, doch dieses Mal ist es nicht die Erinnerung an die Vergangenheit, sondern allein die Aussicht, Liam nahe zu sein.

„Dann rück ein wenig vor", murmelt er dicht neben mir und ich folge seiner Bitte, ohne weitere Fragen zu stellen. Ich vertraue ihm.

Er lässt sich hinter mir in den Sand fallen, die Beine links und rechts neben mir. Danach zieht er mich an seine Brust und legt die Arme um mich, sodass ich von ihm, seiner Wärme und seinem Geruch umgeben bin.

Mit einem wohligen Seufzer lehne ich mich gegen ihn und obwohl seine Nähe meinen Herzschlag beschleunigen lässt und Hitze über meinen Körper kriecht, entspannen meine Muskeln sich nach und nach. Langsam lege ich den Kopf auf seine Schulter und schaue in den Sternenhimmel.

Wann habe ich mich das letzte Mal so geborgen gefühlt?

„Danke, dass du es mir erzählt hast", raunt er.

Ich nicke, viel zu abgelenkt von der plötzlichen Nähe, um mir noch weiter Sorgen darum zu machen, wo das alles endet. Jessie hat recht. Ich sollte es einfach genießen und nicht zu viel hinterfragen.

Er hat mich nicht verurteilt. Eine Tatsache, die ein riesiges Gewicht von meinen Schultern hebt. Meine Hand tastet in der Dunkelheit nach seiner und es dauert nicht lange, bis unsere Finger sich miteinander verschränken.

Diese Geschichte, *meine* Geschichte, mit jemandem zu teilen, war bisher nie eine Option, doch jetzt, nachdem ich sie erzählt habe, geht es mir erstaunlicherweise besser. Alles fühlt sich mit einem Mal leichter an und die Wärme, die sich in meinem gesamten Körper ausbreitet, kommt nicht nur von Liam. Sie kommt aus mir. Nicht das heiße Verlangen, das ich auf der Tanzfläche gespürt habe, sondern das Gefühl von Sonnenstrahlen, die aus meinem Inneren kommen und die ganze Welt um uns herum in warmes Licht tauchen.

Wann genau wir uns auf den Weg zurück zu der Party machen, weiß ich nicht. Ohne mein Handy, das ich im Auto gelassen habe, gibt es keine Möglichkeit, nachzuschauen. Vielleicht ist das besser so, es nehmen ohnehin alle an, dass wir uns anderweitig vergnügt haben. Doch aus irgendeinem Grund stört mich dieser Gedanke nicht. Im Gegenteil. Er sorgt dafür, dass mir heiß wird und mein Herz aufgeregt flattert.

Nach allem, was ich heute Abend preisgegeben habe, sollte ich die Zweisamkeit mit Liam nicht auch noch herbeisehnen, doch genau das tue ich. Glücklicherweise legt auch er keinen gesteigerten Wert darauf, sich wieder ins Getümmel zu stürzen, also gehen wir ohne Umweg zum Auto. Es fühlt sich fast magisch an, die Feuer, die Lichterketten in den Bäumen zusammen mit Fackeln, die uns den Weg durch die Dunkelheit weisen.

Im Wagen hole ich mein Handy aus der Tasche, schreibe Sabrina eine schnelle Nachricht, um sie wissen zu lassen, dass Liam und ich verschwinden und sie sich keine Sorgen machen braucht.

Seinen belustigten Blick bemerke ich nur, weil wir noch immer nicht fahren.

„Was ist los?"

„Nervös?", fragt er grinsend.

„Wieso?"

Liams Augen wandern zur Tür und meiner Hand auf dem Türgriff. Augenblicklich stoppe ich das Trommeln meiner Finger, das ich bisher nicht mal bemerkt habe.

„Sag schon, was ist los?“, drängt er.

„Nichts. Alles gut.“

Zu meiner Erleichterung lässt er es auf sich beruhen, startet den Motor und kurz darauf rollen wir langsam durch die dunklen Felder.

Unruhe macht sich in mir breit. Setzt er mich gleich vor dem Wohnheim ab und danach sehen wir uns erst am nächsten Wochenende wieder? Zur nächsten Party oder welches Event dann auch immer stattfindet?

Die Fahrt wird nur wenige Minuten dauern, dann wird Liam mich zu meiner Tür bringen und sich verabschieden, weil er alles richtig machen möchte. Und ich werde allein in meinem Bett liegen und nicht schlafen können.

Es reicht, mich an unseren Kuss zu erinnern, schon kann ich erneut dieses angenehme Ziehen in meiner Mitte spüren, das Kribbeln, die Hitze zwischen meinen Beinen.

Wenn ich mich nicht von ihm verabschieden möchte, was würde passieren, wenn ich ihn zu mir in das Wohnheim bitte?

Jessie ist in Portland bei ihrer Mutter, wir hätten die Räumlichkeiten für uns allein.

Würde ich mich damit wohl fühlen?

Zu meiner großen Überraschung bereitet mir dieser Gedanke kein Unbehagen, keine Angst oder gar Panik. Stattdessen ist da nur Vorfreude und Aufregung.

Liam würde nichts tun, womit ich nicht einverstanden wäre. Während unserer ganzen Vereinbarung hat er mich entscheiden lassen, wie weit wir gehen. Selbst, als er der Meinung war, dass wir dadurch weniger überzeugend sind.

Damit ist meine Entscheidung gefallen.

Es kostet mich all meine Willenskraft, kein nervöses Trommelkonzert mit meinen Fingern zu veranstalten, stattdessen wippe ich unruhig mit dem Fuß. Was soll ich ihm sagen? Soll ich direkt sein? Würde er es verstehen, wenn ich ihn einfach küsse?

„Du starrst mich an, Kittycat.“

Verdammt. „Ich will nur sichergehen, dass du kein Veilchen hast, das würde meinem guten Ruf schaden.“

Liam grinst. „Deinem guten Ruf also. Ich dachte, der wäre schon dadurch zerstört, dass du mit mir zusammen gesehen wirst."

„Weit weniger, als ich anfangs gedacht hätte", gebe ich zu. „Ich schätze, dass mich hier niemand kennt, ist ein Vorteil. Ich kann selbst entscheiden, wie ich von den Menschen wahrgenommen werden möchte."

„Und wie willst du wahrgenommen werden?"

Diese Frage zu beantworten, sollte nicht so schwierig sein.

Obwohl ich bereits an meinem ersten Abend hier beschlossen habe, dass die Dinge sich nun ändern, habe ich heute Nacht das erste Mal das Gefühl, dass es stimmt. Dass ich jede Freiheit habe, zu entscheiden, wer ich sein möchte.

Ich will nicht mehr die schüchterne, naive Cat aus der Highschool sein oder die gestresste, überwältigte Cat, die vor lauter Aufgaben vergessen hat, zu leben. Die ein gesamtes Collegejahr hat verstreichen lassen, ohne nur eine einzige denkwürdige Erinnerung zu sammeln.

Dabei möchte ich mich an so viele Momente wie möglich erinnern.

Ganz besonders an diesen hier.

„Als Person, die ihre eigenen Entscheidungen trifft, völlig egal, was andere Menschen davon halten", antworte ich ihm schließlich.

Und damit werde ich heute Abend anfangen.

Kapitel 32

Am Wohnheim angekommen, steigen wir gemeinsam aus dem Auto. Es ist schon fast ein Ritual, dass Liam mich vor meine Tür begleitet, aber ich habe trotz meines soeben gefassten Entschlusses noch immer keine Ahnung, wie es dort weitergehen soll.

Den gesamten Weg kann ich seinen Blick in meinem Rücken spüren und Unruhe ergreift von mir Besitz. Wie fragt man jemanden, ob er die Nacht mit einem verbringen möchte?

Klar, ich könnte einfach fragen, bloß was ist, wenn er nicht will?

Oder wenn ich auf halben Weg merke, dass ich doch nicht so weit bin? Nur, weil ich mir seit Wochen vorstelle, wie es wäre, ihm mehr zu geben, als nur einen Kuss, muss das nicht bedeuten, dass es sich in die Realität übertragen lässt. Immer und immer wieder habe ich mich gefragt, wie Sex sein kann. Guter Sex, der auf gegenseitiger Anziehung und Respekt basiert. Die Art Sex, über die man in Romance-Büchern liest – und Liam ist genau die richtige Person, um das herauszufinden.

Vor meiner Zimmertür bleibe ich schließlich stehen. „Vier Partys in vier Wochen. Das ist mein neuer Rekord."

In seinem Gesicht blitzt Belustigung auf. Und noch etwas anderes, fast, als hätte ich ihn herausgefordert. „Bin ich etwa ein schlechter Einfluss auf dich?"

Da ist er wieder. Dieser Rausch. Das laute Pochen, das Gefühl, dass mein ganzer Körper unter seinem Blick kribbelt und das aufgeregte Ziehen in meinem Bauch, an das ich mich hoffentlich niemals gewöhnen werde.

„Ein sehr schlechter Einfluss", murmle ich mit belegter Stimme, was auch Liam nicht entgeht.

Langsam hebt er seine Hand und streicht mir über die Wange. „Dann wäre es wohl besser, wenn ich jetzt gehe."

„Nein." Das Wort rutscht mir heraus und mein Kopf beginnt zu glühen, aber ich halte seinem prüfenden Blick stand.

Selbst, als er noch einen Schritt auf mich zu geht. So nah, dass kaum noch Raum zwischen uns ist, doch wir berühren uns nicht. Ich bin überrascht, wie sehr seine Zurückhaltung mich in diesem Moment frustriert.

„Nein?“, fragt er leise. „Heißt das, ich soll bleiben?“

Weil sprechen unter seinem intensiven Blick schwierig ist, nicke ich einfach.

„Wenn ich bleibe, könnte es passieren, dass ich dich noch einmal küssen möchte.“

„Das wäre akzeptabel, denke ich.“

Ob er versteht, was ich versuche, ihm zu sagen?

Behutsam streckt er die Hand nach mir aus und streicht mir sachte über die Wange. „Nur akzeptabel?“

Mein Puls schnellt in die Höhe, während ich versuche, einen klaren Gedanken zu fassen.

Er findet es witzig, mich in Verlegenheit zu bringen, und ich hasse es, dass es ihm auch noch gelingt, aber meinem Körper ist das egal. Jedenfalls nach der Nässe zu urteilen, die sich allein bei der Erinnerung an unseren letzten Kuss zwischen meinen Beinen bildet.

„Nein.“

„Soll das heißen, es hat dir gefallen, als ich dich geküsst habe?“

„Das weißt du ganz genau.“

Ich sollte mich umdrehen und diesem eingebildeten Typ die Tür vor der Nase zuschlagen, das hätte er als kleine Retourkutsche mehr als verdient. Liam ist leicht zu durchschauen, wenn man weiß, worauf man achten muss. Im Moment will er mich nur ärgern. Mich aus der Reserve locken.

Und, verdammt noch mal, es gelingt ihm. Aber heute möchte ich nicht das schüchterne Mädchen von nebenan sein. Heute möchte ich Erinnerungen schaffen.

Ein letztes Mal sammle ich meinen Mut, dann trete ich einen Schritt vor. Direkt vor ihn, stelle mich auf die Zehenspitzen und schlinge meine Arme um seinen Hals.

Verwunderung sowie Freude huschen über sein Gesicht und er legt mir die Hände auf den Rücken.

„Und wie geht es jetzt weiter?“, fragt er, die Stimme eine Spur rauer. Gut.

Ich beuge mich vor und schließe die Augen, als meine Lippen auf seine treffen. Vorsicht, langsam.

Liam zieht mich näher an sich, doch er überlässt mir die Führung, überlässt es mir, zu entscheiden, ob dieser Kuss sich zu mehr entwickelt oder ein Abschiedskuss wird. Es fühlt sich so gut an. Allmählich fällt die Nervosität von mir ab, ich vertiefe den Kuss, fahre mit den Händen durch seine weichen Haare und presse mich noch enger an ihn.

Liam ist es, der sich zuerst zurückzieht, nur wenige Zentimeter, nicht weiter. Prüfend sieht er mich an, sucht nach Antworten und was immer er in meinen Augen liest, reicht ihm.

Dieses Mal ist der Kuss kein vorsichtiges Ausprobieren, kein cleveres Zusammenspiel. Dieses Mal fällt es mir schwer, Luft zu bekommen, so verschlungen sind wir miteinander.

Jede Berührung von ihm hinterlässt eine heiße Spur und etwas Großes baut sich in mir auf, eine Anspannung, der ich nicht entkommen kann. Jedenfalls nicht allein.

Meine Hände wandern über seinen Rücken, ziehen ihn an mich, obwohl schon lange kein Platz mehr zwischen uns ist. Plötzlich ist da die Tür in meinem Rücken, gegen die Liam mich mit seinem Körper presst, er schiebt ein Bein vor und gibt mir Halt. Ich nehme nichts anderes wahr als ihn. Seine Hand in meinem Nacken, die andere streicht über meine Hüften, weiter hinauf und stoppt kurz vor meinen Brüsten.

Warum hört er dort auf, verdammt?

Mein Becken bewegt sich von ganz allein, drückt sich gegen sein Bein und das Pochen in meiner Mitte wird mit jeder Sekunde, mit jeder Bewegung stärker. Ich will nicht, dass er geht, aber vor allem möchte ich ihm zeigen, dass seine Nähe mich nicht abschreckt. Im Gegenteil.

Sein Mund löst sich von meinem, nur um eine feurige Spur von Küssen über mein Kinn bis zu meinem Hals zu ziehen. Das leichte Saugen an einer besonders empfindlichen Stelle sendet Stromschläge durch meinen Körper und lässt mich stöhnen.

Ein Laut, der uns beide wieder zur Besinnung bringt.

Wir stehen noch immer in diesem Flur, schwer atmend, während mein Wohnheimzimmer, leer und verlassen, nur eine Tür entfernt ist.

Langsam lässt mich Liam los und geht einen Schritt nach hinten. Ich sehe die Unsicherheit in seinem Blick. Die unausgesprochene Frage. Also strecke ich meine Hand nach seiner aus und verschränke unsere Finger miteinander.

„Möchtest du noch mit reinkommen?“

„Ich … glaubst du, dass das eine gute Idee ist?“

Ich nicke und meine Knie drohen, unter mir nachzugeben, als ich die Tür öffne. All der Mut, den ich eben noch verspürt habe, ist wie weggeblasen. Wie geht es jetzt weiter? Bringe ich ihn direkt in mein

Schlafzimmer? Biete ich ihm noch etwas zu trinken an? Warum gibt es eigentlich keinen verdammten Leitfaden für diese Dinge? Vielleicht hätte ich früher doch mehr Frauenzeitschriften lesen sollen. Irgendwo gab es bestimmt mal einen Artikel über *Die fünf besten Wege, um ihn zu verführen.* Momentan klingt das nicht mehr albern, sondern äußerst hilfreich.

„Tja, also, hier wären wir." Unschlüssig bleibe ich in der Mitte des Raumes stehen.

„Ja, hier wären wir." Liams Blick liegt nur auf mir. Warm, weich und ein klein wenig belustigt. Idiot.

„Möchtest du etwas trinken?"

Sanft hält er mich am Handgelenk zurück. „Lieber würde ich dich küssen." Er beugt sich vor und als ich nicht widerspreche, liegen seine Lippen erneut auf meinen.

Zärtlich erkundet er meinen Mund, während seine Hand über meinen Arm streicht, meine Schulter, meinen Rücken, bis ich die Aufregung wieder vergessen habe und mich nur noch auf ihn konzentrieren kann. Doch er kommt nicht näher. Als würde er mir die Möglichkeit geben wollen, mich zurückzuziehen.

Aber ich möchte nicht, dass wir aufhören. Nein, ich möchte mehr. Vorsichtig berühre ich seine Brust und kann die Muskeln unter seinem Pullover erahnen. Hart und weich zugleich. Ich möchte nichts sehnlicher, als meine Hände über nackte Haut wandern lassen. Bevor ich das lästige Stück Stoff beseitige, muss ich mich allerdings erstmal um meinen eigenen Cardigan kümmern.

Zittrig suche ich nach den Knöpfen, aber sie entgleiten mir ein ums andere Mal und ich stoße einen frustrierten Laut aus.

Liam lacht leise. „Lass mich."

Wenige Augenblicke später fällt das Kleidungsstück auf den Boden.

Ich bemerke kaum, wie wir durch den Raum taumeln, bis ich plötzlich in meinem dunklen Zimmer stehe, die Arme um seinen Hals geschlungen und schwer atmend. Kurz zögere ich und er stoppt ebenfalls.

„Ich weiß nicht genau …", murmle ich verlegen, unsicher wie ich ihm erklären soll, dass ich keine Ahnung habe, wie es jetzt weitergeht.

„Es muss nichts passieren, okay?", sagt er sanft. „Wir können einfach schlafen gehen oder ich fahre nach Hause, wenn dir das lieber ist. Es ist deine Entscheidung, ob und wie das hier weitergeht."

„Möchtest du denn, dass es weitergeht?“, hake ich unsicher nach.

Wieder dieses leise Lachen. „Cat, was glaubst du denn?“

„Du wolltest kein Drama.“

„Und muss das hier zu Drama werden?“, stellt er mit einem amüsierten Augenzwinkern eine Gegenfrage.

„Nein.“

„Bist du dir denn sicher, dass du das hier möchtest? Nach allem, was du mir erzählt hast?“

„Ja“, antworte ich rasch und verschränke meine Finger mit seinen. „Ich vertraue dir und ich will das hier.“ Trotz aller Verunsicherung weiß ich tief in meinem Inneren, dass er meine Grenzen respektiert. Dass er ein *Nein* akzeptiert, wann auch immer es ausgesprochen wird.

„Wir können jederzeit aufhören, okay? Du musst es nur sagen. Wenn es dir zu schnell geht oder irgendwie unangenehm ist, musst du es mir sagen. Versprochen?“

Ich nicke, halte seinem Blick stand und ziehe ihn vorsichtig näher. Erst jetzt begreife ich wirklich, dass das hier nicht bloß für mich eine Herausforderung ist.

Heute Abend werde ich mir Erinnerungen schaffen, die ich nicht wieder vergesse. Wann genau ich angefangen habe, Liam auf diese Weise zu vertrauen, ist nicht wichtig. Vielleicht war es mit jedem Treffen ein klein wenig mehr. Aber ich weiß mit absoluter Sicherheit, dass jeder weitere Schritt meine Entscheidung sein wird.

Wie von allein finden meine Hände den Weg unter seinen Pullover und langsam schiebe ich den Stoff nach oben.

„Ich weiß nicht wirklich, was ich hier tue“, gestehe ich leise. „Du musst es mir zeigen.“

Liam legt mir vorsichtig einen Finger unter das Kinn und bedeutet mir, ihn anzusehen. „Alles, was du möchtest.“

Er küsst mich und ich ziehe ihn ungeschickt Richtung Bett, bis ich mit den Beinen gegen das Gestell stoße und fast das Gleichgewicht verliere. Nur seine Arme um meinen Oberkörper verhindern Schlimmeres. Liam grinst und lässt mich langsam auf die Matratze sinken, bevor er sich über mich beugt, die Hände links und rechts von meinem Kopf. Ich streiche über seinen Arm, dann die Schulter bis in den Nacken und spiele mit den weichen Haaren, danach wandern meine Finger abwärts.

Zwischen uns ist noch immer viel zu viel Stoff, also ziehe ich ungeduldig an seinem T-Shirt, bis es aus seiner Hose rutscht. Liams Haut fühlt sich warm und weich an, die Muskeln treten deutlich hervor. Mein Atem beschleunigt sich, als ich langsam ihre Umrisse nachziehe und er vertieft den Kuss mit einem leisen Stöhnen. Als müsste er mich genauso dringend spüren wie ich ihn.

Doch als ich meine Finger unter den Bund seiner Jeans schieben möchte, senkt er seinen Körper auf meinen und verweigert mir so den Zugang.

Dafür kann ich *ihn* fühlen. Hart drückt er gegen meinen Bauch.

„Ich bin kein Heiliger", erklärt Liam mit rauer Stimme.

Mit der Hand streiche ich ihm durch die Haare und halte seinen Blick fest. „Gut, ich auch nicht."

Seine Augen werden eine Spur dunkler und als er mich dieses Mal küsst, zeichnet seine Hand mein Schlüsselbein nach, bevor er sie in meine Haare schiebt.

Dann verlagert er seine Position und plötzlich presst die Beule in seiner Hose sich gegen meine Mitte, wo all die Empfindungen zusammenlaufen und sich unaufhaltsam Druck aufbaut.

Kein einziger klarer Gedanke ist noch in meinem Kopf, ich weiß nur, dass es nicht reicht.

Liam beißt mir leicht in die Unterlippe und saugt im nächsten Moment an ihr, sendet mit dieser winzigen Handlung einen Stromschlag durch mich hindurch, der mich aufkeuchen lässt. Dann zeichnet er eine Spur aus federleichten Küssen über meinen Kiefer, meinen Hals, findet eine empfindliche Stelle und zieht sie vorsichtig zwischen seine Zähne. Alles in mir beginnt zu kribbeln.

Er stützt sich mit einem Arm ab, seine freie Hand gleitet aus meinen Haaren, über meinen Hals an meiner Seite hinunter, bis ich sie auf meinem Bein fühle, doch die Jeans verhindert unmittelbaren Körperkontakt. Behutsam schiebt er seine Hand nach oben, testet aus, wie viel ich zulassen werde, aber ich habe nicht vor, ihn jetzt zu stoppen.

Als er zwischen meinen Beinen zum Stillstand kommt, registriere ich, wie sein Mund sich zu einem Lächeln verformt.

Und mir wird auch klar, warum. Scheiße.

Ich bin feucht genug, dass er es durch zwei Schichten Kleidung fühlt und natürlich schießt mir all mein Blut direkt in den Kopf.

Liam entgeht mein Unbehagen nicht und er flüstert: „Ich nehme das als Kompliment."

Dann schiebt er seine Hand unter den Stoff meines T-Shirts, erkundet meinen Bauch in kreisenden Bewegungen, schiebt das Shirt ein wenig weiter nach oben.

Plötzlich kommt die Realität zurück. Ich liege hier, vermutlich mit hochrotem Kopf und habe keine Ahnung, was ich tue. Wahrscheinlich bereut er bereits, sich auf mich eingelassen zu haben, immerhin kann ich mit der Erfahrung der anderen Frauen nicht mithalten.

Liam bemerkt die Veränderung sofort. „Ist alles okay?", fragt er vorsichtig, besorgt. „Wir können aufhören, wenn du möchtest und noch einen Film anmachen oder schlafen oder …"

„Ich hab nur … kann ich … ich meine …" Lächerlich. Mein Gestammel ist so unendlich lächerlich. Ich will das hier. Ich habe alle Pros und Kontras an die tausend Mal in meinem Kopf abgespielt. Anders, als vor zwei Jahren, bin ich mir sicher, dass es die richtige Entscheidung ist. Selbst, falls ich mich umentscheiden sollte, ich weiß, dass Liam meine Entscheidung respektieren wird. Viel zu lange habe ich mich von meiner Angst leiten lassen und dieses Mal werde ich nicht zulassen, dass sie mir das hier kaputt macht.

Bevor ich es mir anders überlegen kann, zerre ich mir das Oberteil über den Kopf, öffne in einer schnellen Bewegung meine Hose und ziehe sie mir – nicht gerade anmutig – aus.

Im ersten Moment wirkt Liam tatsächlich ein wenig überrumpelt, aber dann lächelt er, streckt die Hand aus und streicht mir über die Wange, meinen Hals und schließlich das Schlüsselbein. Sein Blick folgt dieser Bewegung und mir ist schrecklich bewusst, dass ich nur noch in Unterwäsche vor ihm sitze.

Dann sieht er mich fragend an und ich nicke.

Langsam wandert seine Hand abwärts, an meinen Brüsten vorbei, bis zu meinem Bauchnabel und wieder zurück.

Liams Stimme ist belegt, als er fragt: „Darf ich dir den BH auch ausziehen?"

Meine eigene Stimme fühlt sich völlig unbrauchbar an, deswegen nicke ich. Während ich fast vollständig entkleidet bin, hat er noch immer viel zu viel an, also strecke ich meine Hand nach ihm aus und ziehe an seinem Shirt.

„Ich bin für Gleichberechtigung."

Es dauert nur wenige Sekunden, bis er Pullover und T-Shirt über den Kopf gezogen und zu dem größer werdenden Haufen auf dem Fußboden geworfen hat.

„Besser?", fragt er grinsend.

Eingebildeter Idiot.

Aber der Anblick seines Oberkörpers lässt mich jede Erwiderung vergessen. Seine Haut ist vom Sommer noch immer gebräunt, die Muskeln klar definiert und von seinem Bauchnabel verläuft eine feine Linie dunkler Härchen hinab und verschwindet in seiner Jeans. Ich kann nicht anders, ich strecke die Hand danach aus und fahre sie nach.

Liam zieht scharf die Luft ein, als meine Finger über die Hose wandern, bis sie auf die deutlich sichtbare Ausbuchtung treffen. Ich streiche darüber. Einmal. Zweimal. Beim dritten Mal hält er mich auf, einen gequälten Ausdruck im Gesicht.

„Das könnte jetzt schief gehen", presst er zwischen zusammengekniffenen Lippen hervor und ich weiß nicht, ob ich rot werden oder kichern soll. Also entscheide ich mich für beides. „Lachst du mich etwa aus?"

„Nein." Jegliche Bemühungen, eine ernste Miene aufzusetzen, scheitern kläglich. „Ich lache mit dir. Es ist ja nicht mein Problem, dass du nicht einstimmst."

Seine Mundwinkel zucken und seine Augen glitzern gefährlich. „Du bist ganz schön frech, Kittycat." Meine Antwort wartet er nicht ab, sondern küsst mich. Schnell und wild. Er knabbert an meiner Lippe, meinem Kinn und schließlich an meinem Hals, bis sich alles in mir zusammenzieht. Wie in Zeitlupe drückt er mich zurück in die Kissen und endlich trifft Haut auf Haut. An jeder Stelle, an der wir uns berühren, breitet sich ein angenehmes Kribbeln aus, bis mein gesamter Körper zu vibrieren scheint.

Langsam wandert Liam an meinem Hals abwärts, bis er schließlich bei meinen Brüsten ankommt. Seine Zunge fährt sanfte Kreise um meine linke Brustwarze, seine Hand spiegelt die Bewegung an der anderen. Als sein Mund leicht zu saugen beginnt, schießt die Empfindung direkt in mich, durch mich hindurch und ich keuche auf.

Mein Körper bebt, mein Becken schnellt immer wieder nach vorne, dem Rhythmus folgend, den Liam mit seiner Zunge vorgibt. Er lacht heiser in sich hinein, bevor seine Lippen mich weiter erforschen. Irgendwo in meinem Hinterkopf meldet sich eine kleine Stimme, dass mir meine Unkontrolliertheit schrecklich peinlich sein müsste, doch mit jedem weiteren Kuss wird sie leiser.

Über meinen Bauch bis zu dem Saum meines letzten Kleidungsstücks küsst er sich vor, hält jedoch inne und sieht mich fragend an.

„Gleichberechtigung?“, fragt er und ich nicke.

Innerhalb von Sekunden hat er sich die Jeans ausgezogen. Seine schwarze Boxershorts liegt eng an seinem Körper und lässt nur wenig Spielraum für Interpretationen. Die Beule, die ich nun klar erkennen kann, ist riesig.

Langsam mischt sich doch Nervosität unter meine Lust und ich unterdrücke das Bedürfnis, mich vor Liam zu verstecken.

Sein Blick gleitet an meinen Beinen entlang, über meinen Bauch bis zu meinen Augen.

„Ist alles okay?“, erkundigt er sich.

„Ja.“

„Cat, wenn du aufhören möchtest …“ Ich schüttle den Kopf, trotzdem spricht er leise weiter. „… jederzeit, okay? Falls es dir zu viel wird, falls du dich umentscheidest, das ist jederzeit in Ordnung. Okay?“

„Okay.“ Meine Stimme klingt belegt, aber ich lächle.

Ich will nicht, dass wir aufhören. Da mir die Worte abhandengekommen sind, um ihm zu sagen, wie sehr ich das hier möchte, streiche ich mit meinen Fingern über seine Boxershorts. Dieses Mal hält er mich nicht auf und ich schaue fasziniert dabei zu, wie die Ausbuchtung unter meiner Berührung zu zucken beginnt.

Dann ist Liam wieder über mir, küsst mich und zieht mit den Fingern eine brennende Spur von meinem Hals, bis zwischen meine Beine.

Unsere Unterwäsche ist die letzte Barriere und Liam fährt gemächlich mit der Hand an meinem Slip entlang, bis er den Knoten aus Nerven, direkt zwischen meinen Schenkeln findet. Als er anfängt, über dem Stoff kleine Kreise zu ziehen, bin ich verloren.

Liam schiebt seine Hand unter mein Höschen, bewegt seine Finger zuerst langsam, dann immer schneller über das Pochen, bis ich zum Zerreißen gespannt bin. Ich spüre Küsse an meinem Hals, ein kurzes Knabbern an meiner Lippe, ein leichtes Zwicken an meiner Brustwarze, das zu meiner Erregung beiträgt, obwohl ich es nur am Rand wahrnehme. Außer meinem Atem und dem Rauschen in meinen

Ohren, das mit jeder Sekunde stärker wird, nehme ich nichts mehr wahr. Unwillkürlich presse ich mich immer fester gegen seine Hand und er kommt mir entgegen, erhöht den Druck, bis ich anfange, unkontrolliert zu zucken. Mein gesamter Körper bebt, ein Kribbeln breitet sich von meiner Körpermitte bis in den hintersten Winkel meines Bewusstseins aus und die Welt um mich herum zerspringt in tausend Einzelteile.

Kapitel 33

Ich liege schwer atmend auf dem Bett, den Kopf auf Liams Arm gebettet, ohne zu wissen, wie er dorthin gekommen ist. Seine freie Hand streicht noch immer ganz sachte über meinen empfindlichsten Punkt, wandert weiter über die Innenseiten meiner Schenkel und wieder hinauf zu meinem Bauchnabel.

Seine Berührungen, die eben meinen kompletten Körper zum Erzittern gebracht haben, wirken nun beruhigend.

Als ich es endlich schaffe, die Augen zu öffnen, sieht Liam mich an. Sein Blick ist prüfend, besorgt, aber auch unverkennbar stolz.

„Und?", fragt er mit einem selbstzufriedenen Lächeln. „Gefällt dir, was ich dir bisher gezeigt habe?"

„Es war ganz nett", antworte ich, einfach nur, um diesen Ausdruck von seinem Gesicht zu wischen.

„Ganz nett? Hast du deshalb so laut gestöhnt, dass alle Bewohner dieses Wohnheims wissen, was wir hier tun?"

„Habe ich nicht!", empöre ich mich.

Liam lacht. „Hast du wohl."

Und schon werde ich wieder rot. Andererseits, vermutlich ist mein Gesicht ohnehin noch gerötet, also drehe ich mich weit genug auf die Seite, dass ich ihm in die vergnügt funkelnden Augen schauen kann.

„Falls sich morgen früh jemand beschwert, sage ich einfach, du hättest dir den Fuß gestoßen und gejault."

Er pikt mich in die Seite. „Du willst meinen guten Ruf wohl völlig ruinieren, kann das sein?"

„Welchen *guten* Ruf?", necke ich ihn.

Liam antwortet sehr erwachsen, indem er mir die Zunge herausstreckt, und ich schmiege mich an ihn.

Das war nicht mein erster Orgasmus. Ich bin über die Jahre ziemlich gut darin geworden, mir selbst zu helfen, aber es war der Intensivste und mit jeder Sekunde, die wir so daliegen, möchte ich ihn wieder küssen, möchte ihn spüren.

Seine Hand zieht Kreise auf meinem Bauch, mal schneller, mal langsamer, mal größer, mal kleiner. Er beobachtet mich und so ungern ich es zugebe, diese winzige Bewegung reicht aus, um das Ziehen, das Pochen zwischen meinen Beinen erneut anschwellen zu lassen.

Ein kurzer Blick in Liams Gesicht und ich weiß, die Zärtlichkeit ist kein Zufall.

Doch diesmal möchte ich mit all den Empfindungen nicht allein sein. Meine Hände liegen auf seiner Brust und langsam beginne ich, seine Brustwarzen zu umkreisen, dann weiter nach unten zu wandern, über seinen Bauch, bis zu seinen Boxershorts.

Mutig fahre ich am Bund hin und her, schiebe die Finger wenige Millimeter darunter, ziehe sie wieder heraus und streiche träge über die Beule.

Liam hört auf, Muster auf meinem Körper zu malen. Er liegt einfach da, ganz still, doch sein Atem geht schneller. Irgendetwas mache ich anscheinend richtig.

Davon ermutigt hake ich meine Finger unter den Bund und ziehe die Boxershorts hinunter. Er ist größer, als ich erwartet habe und trotz des entspannten Zustandes, in dem ich mich gerade befinde, meldet sich meine Angst. Dean habe ich nicht wirklich gesehen, es war dunkel und es ging alles so schnell, aber ich bin mir sicher, dass er kein Vergleich zu Liam war.

Sofort verbanne ich diese Gedanken in den hintersten Winkel meines Gehirns.

Liam hat gesagt, wir können jederzeit aufhören. Und ich vertraue ihm. Wenn ich das Gefühl habe, dass er zu viel für mich ist, wenn er mir weh tut, kann ich nein sagen. Ich habe die Macht das hier jederzeit zu stoppen.

Es ist diese Gewissheit, die mich meine Bedenken vergessen lässt.

Liam hebt kurz das Becken, um die Unterwäsche komplett auszuziehen und ich nutze die Zeit, um mein eigenes, nasses Höschen abzustreifen. Er beugt sich zu mir, erobert meinen Mund und es dauert nicht lange, bis ich mich erneut vollkommen darin verliere. Seine Finger legen sich ein weiteres Mal zwischen meine Beine und mein Körper zittert. Doch er verweilt nur einen Augenblick bei dem Nervenbündel, bevor er seine Finger noch tiefer gleiten lässt. Mitten hinein in meine Nässe.

Als er in mich eindringt, halte ich für einen Moment mit wild pochendem Herzen die Luft an. Aber der Schmerz, den ich trotz allen Vertrauens erwartet habe, bleibt aus.

Kurz verharrt Liam in mir, dann beginnen seine Finger sich vorsichtig zu bewegen und ich mich mit ihm. Anfangs ist das Gefühl noch ungewohnt, doch es dauert nicht lange und die Spannung baut sich erneut in mir auf. Ein rauer Laut entweicht mir und Liam versteht. Mehr.

Er nimmt einen zweiten Finger dazu und beginnt gleichzeitig, kleine Kreise um meine pochende Mitte zu ziehen, bis ich mich unter seinen Berührungen winde. Bis ich nicht anders kann, als meine Hüften in demselben Rhythmus zu bewegen, wie seine Finger ihn mir vorgeben. Bis das Blut in meinen Ohren rauscht und jeder Gedanke aus meinem Bewusstsein verbannt ist.

Meine Hände wandern wie von selbst über seine Brust und tiefer. Ich will dieselbe Macht über ihn haben, die er gerade über mich ausübt. Deswegen fahre ich seinen Schaft entlang und streiche über die weiche Haut die gesamte Länge hinunter und wieder hinauf.

Unter meinen Berührungen beginnt sein Penis zu zucken.

„Wie soll ich …?"

Liam legt seine Hand über meine, zeigt mir, wie viel Druck ich ausüben muss, wie schnell ich meine Hand bewegen soll, und ich folge seinen stummen Anweisungen, bis ein dunkler Laut aus seiner Kehle rollt.

Jetzt, mit meinem Fokus auf Liam, ist es nicht mehr ganz so überwältigend, so alles verschlingend, wenn er seine Finger in mir bewegt. Es ist aufregend zu beobachten, wie sein Körper sich immer wieder anspannt, wie seine Küsse gieriger werden, wie er plötzlich scharf die Luft einsaugt.

„Daran hätte ich vielleicht vorher denken sollen, aber bitte sag mir, dass du Kondome hier hast", flüstert er gegen meinen Mund. „In meiner Jacke sind welche, aber die ist im Auto. Die könnte ich ansonsten holen."

Mit einem Kuss unterbreche ich ihn, taste nach meinem Nachtschrank und greife in die oberste Schublade. Ich habe immer Kondome neben meinem Bett. Genauso, wie immer ein Kondom in meiner Tasche ist. Immer.

Er nimmt mir das Päckchen ab, reißt es auf und einen Moment später beugt er sich über mich.

In seinen Augen tobt ein Sturm und sein Blick bohrt sich in meinen. „Bist du dir sicher?"

„Ja."

„Wir können jederzeit aufhören." Dass er mir mit diesem Satz ein ums andere Mal versichert, meine Entscheidungen zu respektieren, schnürt mir für einen Augenblick den Hals zu. Falls ich noch einen Funken Zweifel hatte, spätestens jetzt sind sie verflogen.

Ich nicke. Mein Herz poltert in meiner Brust und mich überkommt ein weiteres Mal ein winziger Anflug von Angst, aber ich lege Liam die Hand in den Nacken, ziehe ihn zu mir hinunter und küsse ihn. Diese Art von Nähe gibt mir die Sicherheit und die Ablenkung, die ich brauche.

Für ihn ist der Kuss die Antwort, auf die er gewartet hat. Ganz langsam senkt er sich auf mich hinab. Ich kann ihn an meinem Eingang spüren, zuerst nur sehr leicht.

Er schiebt seine Hüften ein Stück weiter nach vorne, hält inne, wartet ab. In mir baut sich eine neue Art von Druck auf, aber es ist nicht unangenehm, nur ungewohnt.

Stück für Stück gleitet er tiefer in mich hinein und die Empfindungen werden so überwältigend, dass sich meine Lider von ganz allein schließen.

„Schau mich an", bittet er heiser und ich schlage die Augen auf.

Sein Gesicht ist angespannt, doch ich weiß nicht, ob vor Anstrengung oder vor Besorgnis.

„Ist alles okay?", fragt er leise.

„Ja … mehr als das", versichere ich ihm. Meine Antwort ist kaum mehr als ein Flüstern, aber die Anspannung in seiner Miene wird weniger.

Vorsichtig fängt er an sich in mir zu bewegen, während seine Lippen sich sanft auf meine legen. Er knabbert daran, spielt mit mir, wandert zu der empfindlichen Stelle an meinem Hals, zu meinem Ohr und zurück zu meinem Mund, bis ich nicht länger denke. Bis ich meine eigenen Bewegungen wie von selbst an ihn anpasse, bis ich nicht mehr sagen kann, wo mein Körper aufhört und seiner beginnt.

Meine Hände streichen seinen Rücken hinauf, ich klammere mich an ihm fest und lasse mich von ihm führen. Die Spannung ist wieder da, nimmt mit jedem Eindringen zu.

Liam hält sich zurück, dessen bin ich mir ganz sicher. Er möchte mir die Zeit geben, die ich brauche.

Ich sehe, wie sich kleine Schweißperlen in seinem Gesicht bilden und kann nicht anders, als ihm die Haare aus der Stirn zu streichen. Unsere Blicke treffen sich.

Mein eigenes Verlangen macht es mir unmöglich, Worte zu formen, also lege ich alles, was ich ihm sagen will, in diesen Blick.

Stetig wird er schneller, seine Stöße tiefer und ich komme ihm entgegen, gebe ihm dieselbe Leidenschaft zurück, die er in mir auslöst. Meine Finger krallen sich in seinen Rücken und entlocken ihm ein leises Stöhnen. Oder bin ich es, die stöhnt?

Mein Körper bebt vor Anspannung, nur ein Wort, das unablässig meinen Kopf füllt. *Liam.*

Zum zweiten Mal an diesem Abend zerfällt mein gesamtes Ich in hunderte Splitter, setzt sich wieder zusammen und zerfällt erneut.

Über mir spüre ich, wie auch er erzittert, dann ist es, als hätte ihn jegliche Kraft, jegliche Anspannung verlassen und er sinkt auf mich hinunter.

Ich kann nicht sagen, wie lange wir so ineinander verschlungen liegen bleiben. Als er sich schließlich aufrichtet, streicht er mir vorsichtig eine Haarsträhne aus dem Gesicht und verteilt Küsse auf meinem Hals.

Nichts als Wärme spiegelt sich in seinen Augen und ich bin mir sicher, dass ich ähnlich aussehe.

Dieses Mal ist sein Kuss träge und zufrieden. Behutsam zieht er sich aus mir zurück.

„Ich bin gleich wieder da, okay?", sagt er lächelnd und ich nicke.

Die Badezimmertür schließt sich leise und ich kann das breite Grinsen, das sich auf meinem Gesicht ausbreitet, nicht länger unterdrücken.

Schnell stehe ich auf, suche mir frische Unterwäsche aus dem Schrank, dazu das riesige Sport-Shirt meines Bruders und krabble gerade ins Bett, als Liam zurückkommt.

Er legt den Kopf schief und lächelt mich an. „So habe ich dich nicht zurückgelassen. Ich fürchte, ich muss dich direkt wieder ausziehen."

Gespielt überrascht blicke ich an mir hinab. „Was ist falsch an Kleidung?"

„Eine ganze Menge. Aber besonders stört mich, dass du ein T-Shirt eines Mannes anhast, der offensichtlich nicht ich bin."

„Eifersüchtig?", hake ich nach, kann mein Lächeln allerdings nicht unterdrücken. „Keine Sorge, das Shirt gehört Tristan."

Jetzt ist es an Liam, zu grinsen. „Ein Grund mehr, es dir direkt auszuziehen. Ich will nichts in diesem Bett haben, das mich an deinen Bruder erinnert.“ Mit diesen Worten hebt er sein eigenes T-Shirt vom Boden auf und wirft es mir zu.

Irgendwie hat er ja recht.

Nachdem er seine Boxershorts aufgehoben und angezogen hat, legt er sich wieder neben mich und schließt mich in seine Arme. Sein gleichmäßiger Herzschlag beruhigt mich und es dauert nicht lange, bis meine Augenlider schwer werden. Ich kuschle mich noch dichter an ihn, er gibt mir einen Kuss auf die Stirn und ich murmle noch ein leises „Gute Nacht“, bevor ich endgültig einschlafe.

Kapitel 34

Etwas Schweres ruht über meiner Hüfte und zieht mich näher an den warmen Körper, der hinter mir liegt.

Liam.

Er ist hier, fest an mich geschmiegt. Vorsichtig beginne ich, mich zu rühren.

„Guten Morgen, Kittycat“, höre ich seine leise Stimme dicht an meinem Ohr.

Ich recke mich und das Erste, was ich sehe, als ich mich umdrehe, sind seine blauen Augen. Selbst, wenn ich wollte, das Lächeln, das sich auf meine Lippen stiehlt, kann ich nicht aufhalten, während mein Herzschlag sich beschleunigt. Er ist hier. Liam ist hier. Bei mir.

„Hey.“ Ich klinge kratzig und müde. „Wie spät ist es?“ Trotz der Vorhänge ist es hell, die Sonne muss also schon vor einer Weile aufgegangen sein.

„Kurz vor neun“, antwortet er und drückt mir einen Kuss auf die Stirn, der alles in mir in Aufruhr versetzt. Dann zieht er mich noch ein wenig näher und vergräbt sein Gesicht in meinem Nacken. Sein warmer Atem kitzelt meine Haut und ich schließe mit einem wohligen Seufzer die Augen. Meinetwegen können wir ewig so liegen bleiben.

Mein Zeitplan für heute sieht vor, dass ich seit einer Stunde an der Gruppenarbeit sitze, für die ich plötzlich doppelt so viel recherchieren muss, aber wen stört das schon?

„Hast du gut geschlafen?“, fragt Liam leise und streicht mit den Fingern meinen Arm hinab.

„Ja, ich bin nur etwas müde.“ Ich kann einfach nicht aufhören zu lächeln.

„Es ist ja auch spät geworden.“ Er zwinkert mir zu und zieht mich noch einmal fest an sich. Irgendwo im Zimmer vibriert ein Handy, verstummt und fängt kurz darauf erneut an.

Blind tastet Liam neben dem Bett, bis er es gefunden hat, wirft einen Blick auf den Bildschirm und drückt den Anruf weg.

„Meine Familie hat heute ein großes Essen geplant und ich bin spät dran.“ Er vergräbt seinen Kopf in meiner Halsbeuge und küsst mich sanft, bevor er flüstert: „Ich würde dich ja fragen, ob du mitkommen möchtest, aber es wird furchtbar langweilig. Voller Menschen, die Dad

Geld für seinen Wahlkampf geben wollen. Ich würde dir den Smalltalk und die Gespräche über das Wetter gerne ersparen. Ist das okay?“

Den kleinen Stich der Enttäuschung schlucke ich hinunter. Immerhin gibt es absolut keinen Grund, anzunehmen, dass wir den Tag miteinander verbringen. Wir sind nicht verabredet, oder irgendetwas.

Abgesehen davon ist es verständlich, dass er mich nach meinem Verhalten in der vergangenen Woche nicht direkt zu einem Familienessen mitnehmen möchte. Egal, was letzte Nacht zwischen uns passiert ist.

„Ich muss sowieso lernen“, sage ich schnell. „Außerdem hätte ich nichts Passendes zum Anziehen.“

„Danke“, murmelt er, drückt mir einen Kuss auf die Schulter und setzt sich auf. „Kann ich bei euch duschen? Hast du eine Zahnbürste für mich? Ich habe mein Jackett im Auto, dann müsste ich nicht mehr nach Hause.“

Ich nicke, doch in letzter Sekunde fällt mir noch etwas ein. Etwas, das ich vielleicht schon gestern am Strand hätte ansprechen sollen.

„Liam?“ Er dreht sich zu mir um. „Wenn du nicht darüber sprechen willst, verstehe ich das, aber dieser Streit mit Ryan, worum ging es da?“

Der fröhliche Ausdruck in seinem Gesicht weicht einem Stirnrunzeln. „Du hast recht. Ich möchte wirklich nicht darüber reden“, erklärt er.

Ich nicke, doch sobald er, das Handy in der einen, seine Anziehsachen in der anderen Hand, aus dem Zimmer geht, schaffe ich es nicht, still sitzen zu bleiben. Habe ich mit dieser dummen Frage alles kaputt gemacht?

Ein Blick in den Spiegel erinnert mich daran, dass Liam mir zum Schlafen sein eigenes T-Shirt gegeben hat und er es vermutlich braucht, bevor er das Wohnheim verlässt.

Schnell ziehe ich es mir über den Kopf und tausche es gegen Tristans Shirt, das noch immer auf dem Boden neben dem Bett liegt. Ich möchte auf keinen Fall, dass Liam mich erst darum bitten muss, denn dann müsste ich mich auch entscheiden, ob ich mich hier, im hellen Licht des Tages, vor ihm umziehe. Doch so etwas machen nur Pärchen, oder? Und wir sind keines. Jedenfalls hat niemand von uns etwas Derartiges gesagt.

Plötzlich strömen die Fragen, die ich letzte Nacht erfolgreich verdrängt habe, wieder auf mich ein. Was bedeutet es, dass wir miteinander geschlafen haben? Ändert es etwas an unserer Übereinkunft? Ist das etwas, das wir jetzt regelmäßig machen, oder bleibt es bei dem einen Mal? Sind wir jetzt offiziell zusammen, oder hat es für ihn nichts zu bedeuten? Verdammt, wir hätten vorher darüber sprechen sollen. Doch ich bereue es nicht, mit Liam geschlafen zu haben, im Gegenteil.

Sobald ich an die vergangene Nacht denke, werden meine Knie weich. Das kann nicht schlecht sein, oder? Ich habe nur Angst davor, was jetzt passiert. Was geschieht, wenn Liam aus dem Badezimmer kommt, sich mit einem flüchtigen Kuss verabschiedet und all die unausgesprochenen Dinge unausgesprochen bleiben.

Dass er genau in diesem Moment meine Zimmertür öffnet, mit nassen Haaren und freiem Oberkörper, trifft mich ein wenig unvorbereitet und aus meinem Mund sprudelt das Erste, was mir einfällt. „Hier, dein T-Shirt." Mein Gesicht glüht, als ich es ihm entgegenhalte und mich darum bemühe, die Bilder der letzten Nacht zurückzudrängen.

Nach allem, was wir gestern gemeinsam erlebt haben, ist es absolut lächerlich, dass ich ihm nicht in die Augen schauen kann.

Liam scheint das ähnlich zu sehen, denn er grinst und macht keinerlei Anstalten, mir das Shirt aus der Hand zu nehmen. Stattdessen betrachtet er mich von oben bis unten.

„Ich wollte dich eigentlich fragen, ob du es behalten möchtest, damit du nicht mehr die T-Shirts deines Bruders tragen musst." Die Wärme ist in seine Stimme zurückgekehrt. „Meine Sachen stehen dir viel besser, finde ich."

„Und dein Plan war, nackt zu deinem Auto zu gehen?", frage ich, bemüht seinen entspannten, flirtenden Tonfall zu imitieren.

„Erstens, ich habe noch immer eine Hose, ich wäre also nicht nackt. Zweitens, ich glaube die meisten Frauen und bestimmt einige Männer würden sich sehr freuen, wenn ich meinen Oberkörper präsentiere. Und drittens", geht er über mein lautes Schnauben hinweg, „habe ich noch immer einen Pullover. Schon vergessen?"

Wie um mich daran zu erinnern, bückt er sich und hebt besagtes Kleidungsstück vom Boden auf, macht aber keinerlei Anstalten, sich weiter anzuziehen. „Gut, da es dir offensichtlich die Sprache verschlagen hat, kann ich die Gelegenheit nutzen und dir mitteilen, dass ich einen tollen Einfall hatte, als ich unter der Dusche stand."

„Ach ja?"

„Ja. Wir gehen auf ein Date."

„Mit wem?"

„Mit niemandem." Liam blickt mich halb verwirrt und halb belustigt an. „Nur du und ich."

Ich blinzle. Nur wir beide? Allein? Ohne, dass uns jemand dabei beobachtet?

„Ist Isobel irgendwo in der Nähe?"

Liam gluckst. „Wieso würde ich wollen, dass Isobel in der Nähe ist, wenn ich dich auf ein Date ausführe?"

So muss es sich anfühlen, wenn man von einem Lastwagen überfahren wird – nur, dass es vermutlich schmerzhafter ist. Warum denke ich über Unfälle nach?

„Moment. Du meinst ein Date? Wie in *Date*?"

„Gibt es denn noch eine andere Art?"

Sein Tonfall ist viel zu unschuldig. Er weiß genau, wie sehr er mich überrumpelt, und genießt es. Wenn nicht mein ganzer Körper unter Strom stehen und mein Herz keine aufgeregten Freudensprünge vollführen würde, würde mir vielleicht eine bessere Frage einfallen als: „Aber warum?"

„Weil wir noch keins hatten, wir miteinander geschlafen haben und ich dich gerne auf ein Date ausführen möchte", erklärt er mir geduldig.

„Okay", sage ich, noch immer nicht ganz in der Lage, einen klaren Gedanken zu fassen.

„*Okay* wie in: Ich freue mich, Liam, das wird bestimmt wunderschön, ich liebe diese Idee und überhaupt, du bist der Beste? Oder *okay* als Synonym für: Wenn es sein muss?"

Himmel, wie kann ein einzelner Mensch eine so hohe Meinung von sich haben?

„Das entscheide ich später." Obwohl mein breites Grinsen mich vermutlich verrät.

„Dann hole ich dich morgen Abend um sieben Uhr ab."

Bevor ich ihm antworten kann, öffnet sich die Tür, gefolgt von einem überraschten „Scheiße" und lautem Poltern.

Jessie ist zurück.

Eine Reisetasche hängt ihr am Arm, als wäre sie ihr von der Schulter gerutscht, während sie wütend meine Schuhe begutachtet, die ich gestern in meiner Aufregung nicht wie sonst üblich ins Schuhregal gestellt habe und über die sie gerade gestolpert ist.

Die Schimpftirade bleibt ihr jedoch im Hals stecken, als sie Liam in meiner offenen Zimmertür entdeckt und ein anzügliches Grinsen breitet sich auf ihrem Gesicht aus. Völlig ungeniert wandert ihr Blick an ihm hinunter, dann wieder hinauf.

„Liam, das ist aber eine Freude. Werde ich dich ab jetzt öfter hier treffen? Vorzugsweise nackt?"

Liam grinst und der Blick, den er mir zu wirft, spricht Bände.

„Ich hoffe doch", sagt er und ergänzt mit einem Zwinkern: „Wie viel Kleidung ich dabei trage, solltest du allerdings mit Cat besprechen. Ich persönlich hätte kein Problem, dauerhaft nackt durch die Gegend zu laufen, ihr scheint dieser Gedanke jedoch nicht zu gefallen."

Mistkerl.

Ich möchte schon protestieren, als Liam mir einen schnellen Kuss gibt, seinen Pullover überzieht und mit einem leisen „Ich melde mich später" das Zimmer verlässt.

Jessie sieht mich mit verschränkten Armen an. „Da bin ich mal ein Wochenende weg und verpasse das Beste?"

Kapitel 35

Noch fünfzehn Minuten. Damit bin ich offiziell zu spät und das ist meine eigene Schuld. Anstatt zu recherchieren, hätte ich mir gestern, in der Sekunde, in der Liam das Zimmer verlassen hat, Gedanken darüber machen sollen, was ich zu unserem Date anziehe. Aber natürlich habe ich das erst vor einer Stunde getan und jetzt stehe ich hier, halbnackt und genauso schlau wie vor dem Ausräumen meines Schrankes.

„Hey!", ertönt es aus Richtung der Wohnheimzimmertür, gefolgt von dem unverkennbaren Geräusch von Schuhen, die in eine Ecke geschmissen werden.

Eine Woge der Hoffnung überschwemmt mich.

„Jessie, du musst mir helfen!"

„Zuerst muss ich duschen", ruft sie aus dem Wohnraum zurück und ich stürze aus meinem Zimmer.

„Bitte hilf mir, Liam ist jede Sekunde hier und ich habe keine Ahnung, was ich anziehen soll."

Ihre Augen weiten sich, als sie mich in Jeans, BH und dem halb angezogenen Oberteil sieht. Obwohl ihr Schweißtropfen über die Stirn rinnen, versteht sie den Ernst der Lage sofort. Ohne zu fragen, holt sie sich ein Handtuch, trocknet sich notdürftig ab und deutet schließlich auf mein graues Kleid, das ich mehrmals an- und wieder ausgezogen habe. Es fällt locker, wird jedoch um die Taille von einem dünnen Band gehalten, sodass es an genau den richtigen Stellen kaschiert und als kleinen Bonus mein Dekolleté hervorhebt. „Das da."

„Bist du dir sicher? Sieht das nicht zu sehr danach aus, als hätte ich mir Mühe gegeben?"

„Ja klar, aber wieso ist das etwas Schlechtes?"

„Ich weiß nicht." Unschlüssig beiße ich mir auf die Innenseite meiner Wange. „Ich will sein Ego nicht noch weiter aufblasen?"

Sie lacht. „Ist das eine Frage?"

„Nein?"

Jessie lacht nur noch lauter.

So schnell ich kann, schäle ich mich aus der Jeans, werfe einen panischen Blick auf die Uhr und drehe mich wieder zu Jessie, die mir bereits eine Nylonstrumpfhose und Schuhe reicht, bevor sie im Bad verschwindet.

Das Make-up halte ich simpel - etwas Wimperntusche, Puder und leichten Lidschatten, für mehr ist keine Zeit - und bin pünktlich fertig.

Der Stress hat dazu geführt, dass ich vergessen habe, weiter nervös wegen dieser Verabredung zu sein.

Dafür kommt das jetzt in doppelter Intensität zurück.

Ein Date mit Liam.

Ich habe ein verdammtes Date mit Liam.

Weil wir noch keins hatten, wir miteinander geschlafen haben und ich dich gerne auf ein Date ausführen möchte.

Heißt das etwa, es ist ein echtes Date?

Okay, es reicht. Diese Frage stelle ich mir in einer Regelmäßigkeit, die keinen Spaß mehr macht. Mehrmals pro Minute ist einfach zu oft!

Dafür, dass ich vorhin so knapp dran war, zieht sich die Zeit jetzt ganz schön in die Länge. Noch eine Minute, dann sollte er hier sein. Ein letztes Mal kontrolliere ich, ob ich alles eingepackt habe. Portemonnaie, Handy, Schlüsselkarte. Die Digitalanzeige meines Telefons springt auf sieben Uhr. Vorsichtshalber ziehe ich mir meine Schuhe schon einmal an und lege eine dünne Jacke über die Sofalehne, aber noch immer ist draußen nichts zu hören. Nur das Geräusch der Dusche, die im Badezimmer munter prasselt und meine Finger, die ungeduldig auf der Sofalehne trommeln.

Zwei Minuten nach sieben.

Was, wenn er unser Date vergessen hat?

O mein Gott, ich muss mich beruhigen. Es gibt keinen Grund zur Panik. Jeder darf sich mal verspäten, richtig?

Kurzerhand schnappe ich mir mein Handy und scrolle durch Instagram, ohne einen Beitrag wirklich zu lesen. Mein Smartphone zeigt bereits fünf nach sieben an, als es endlich klopft. Ich springe auf, stolpere fast über meine eigenen Füße und zwinge mich, tief durchzuatmen. Keine Unfälle heute Abend.

Liam strahlt mir entgegen, als ich die Tür öffne. „Du siehst toll aus."

„Du auch."

Das ist nicht gelogen. Dabei hat er nur Jeans und Pullover an, aber das Bedürfnis, die Hand nach ihm auszustrecken, wird übermächtig.

„Entschuldige die Verspätung, irgendwie haben sich die Ampeln gegen mich verschworen und dann gab es keine freien Parkplätze", sagt er, bevor er sich zu mir hinunterbeugt und mir einen Kuss gibt, der meine Knie weich werden lässt.

„Kein Problem“, hauche ich. „So hatte ich ein paar Extra-Minuten, um mich fertig zu machen.“

Ein weiteres Mal lässt Liam den Blick über mich wandern, langsamer diesmal und er zwinkert mir zu. „Es hat sich definitiv gelohnt. Also, wollen wir?“

Natürlich werde ich auf der Stelle rot. Wieso bin ich bloß so nervös? Es gibt keinen Grund dafür, dass meine Hände zittern.

Absolut. Keinen. Grund.

Er beobachtet jede meiner Bewegungen und einmal mehr bin ich erleichtert, dass niemand meine Gedanken lesen kann.

Als wir endlich nach draußen treten heiße ich die kühle Brise, die dazu beiträgt, dass ich nicht auch noch Schweißausbrüche bekomme, herzlich willkommen. Die Tage sind warm, abends spürt man allerdings, dass es auf den Herbst zugeht.

„Wie war es gestern bei deiner Familie?“, erkundige ich mich, als das Auto in Sichtweite ist.

„Viele reiche Menschen, aber nichts, was eine Erwähnung wert ist.“

Wenn er nicht darüber reden möchte, meinetwegen. Doch mir fällt kein Thema ein, jedenfalls keines, das nicht den großen Elefanten im Raum anspricht. Schließlich füllt Liam die Stille mit harmlosem Geplänkel über das Wetter, die Mid-Terms und Überlegungen, welche Kurse er im nächsten Semester besuchen will.

Wie schaffen andere Menschen es, in Momenten wie diesen so unverschämt gelassen zu wirken? Hat er vergessen, dass wir Sex hatten? Sollten wir nicht wenigstens ein paar Worte darüber verlieren, was das für uns ändert? Ändert es überhaupt etwas?

Als die Fahrt keine fünfzehn Minuten später endet, bin ich genauso schlau wie vorher.

Liam hat ein kleines Restaurant am Rande der Stadt ausgesucht. Die Wände bestehen aus hellen Natursteinen und indirekte Lichtquellen verbreiten einen goldenen Schein. So schlicht dieser Ort im ersten Moment wirkt, er schreit förmlich nach Geld.

Durch eine große Fensterfront kann man über die angrenzenden Felder bis zum Wald schauen und die meisten Tische sind bereits belegt. Doch als Liam seinen Namen nennt, beginnen die Augen der Kellnerin zu strahlen. Sie führt uns an den letzten freien Tischen vorbei und eine breite Treppe hinauf in das erste Stockwerk. Die neugierigen Blicke, die uns folgen, versuche ich auszublenden.

Auch hier stehen Tische, aber anders als im unteren Bereich, gibt es keine Schilder, die auf Reservierungen hindeuten. Oder andere Gäste.

Wir sind allein hier.

Zielstrebig führt die Servicekraft uns in eine abgeschiedene Ecke, die ursprünglich ein Balkon gewesen sein muss und zu einer Art Wintergarten umgebaut wurde. Klein und privat.

Der Ausblick ist wunderschön. Es ist, als würden wir unter freiem Himmel essen, nur, dass es warm ist und wir nicht mit den Insekten zu kämpfen haben.

Die Kellnerin bringt uns die Speisekarte, auf der bedenklich wenige Gerichte stehen, liest uns die Tageskarte vor und versichert, dass sie gleich zurück ist.

„Gefällt es dir?“ Liam beobachtet mich über den Rand seiner Karte hinweg.

Schnell verstecke ich mein Lächeln, das garantiert die Millionen an Schmetterlingen in meinem Bauch verrät, und nicke. „Wen musstest du bestechen, um dir diesen Tisch zu sichern?“ Die Frage ist nur halb als Scherz gemeint, aber er lacht trotzdem.

„Niemanden. Das Lokal gehört einem guten Freund meines Vaters.“

„Also hast du tatsächlich vorher einen Anruf machen müssen?“

„Sogar zwei.“ Er zuckt mit den Schultern, als wäre diese Sonderbehandlung alltäglich, und wendet sich wieder seiner Speisekarte zu. „Vielleicht wollte ich dich ein bisschen beeindrucken.“

Sofort wird mir heiß und das Prickeln in meiner Magengegend ist zurück.

Er wollte mich beeindrucken.

In diesem Moment kommt die Kellnerin wieder zu uns und nimmt unsere Getränkebestellung auf. Ohne einen echten Blick in die Karte geworfen zu haben, entscheide ich mich einfach für eine Cola, Liam für einen Saft.

„Also so bekommst du deine Dates rum?“, scherze ich, vor allem, um meine eigene Verlegenheit zu überspielen. „Teure Restaurants und private Tische?“

„Ich date nicht.“ Als er meinen ungläubigen Gesichtsausdruck bemerkt, spricht er weiter. „Jedenfalls habe ich schon lange kein Date mehr gehabt. Nicht seit Izzy.“

„Ich dachte …“ Die Worte verlassen meinen Mund, bevor ich darüber nachgedacht habe. Schnell klappe ich ihn wieder zu.

„Du dachtest was?“

„Schon gut.“

„Los, spuck es aus.“

Ich seufze. „Okay, aber erinnere dich daran, du wolltest es hören!“ Liam zieht einfach nur seine verdammte Augenbraue hoch. „Ich habe angenommen, genau das hier wäre deine Masche.“

Verlegen senke ich den Blick auf die Karte. Natürlich ist mir bewusst, dass das nicht fair ist. Er hat mich immer gut behandelt, es gibt keinen Grund für mein Misstrauen und dennoch kann ich nicht aufhören, zu denken, dass das alles zu gut ist, um wahr zu sein.

Seine Hand liegt plötzlich auf meiner, sein Daumen streicht zärtlich über meinen Handrücken. „Ich mache von Zeit zu Zeit Bekanntschaften auf Partys, das ist richtig.“ Etwas in meinem Magen krampft sich zusammen. Ich habe nur Hunger. Das ist keine Eifersucht! „Aber …“, fährt er mit sanfter Stimme fort, als wüsste er, was in mir vorgeht, „… ich habe keine Dates. Jedenfalls hatte ich keins, bis heute.“

Das Lächeln, mit dem er mich betrachtet, raubt mir den Atem. Bilder unserer gemeinsamen Nacht steigen vor meinem inneren Auge auf, von all den Momenten, in denen er mich mit derselben Wärme angesehen hat.

„Also, wenn dein Vater den Besitzer kennt, was kannst du mir von diesem Zeug auf der Karte empfehlen?“ Ich muss dringend an andere Dinge denken und habe keine Lust, aus Versehen Schnecken zu bestellen.

„Lass den Chefkoch nicht hören, dass du seine Gerichte als *Zeug* bezeichnet hast.“ Liam lacht, zieht seine Hand zurück und studiert seine eigene Karte. „Ich persönlich finde das Entrecôte hervorragend, oder das irische Rinderfilet.“

Ein Blick auf die Preise und ich beginne, nach Salaten zu suchen. Doch es gibt keine. Das Günstigste sind die Beilagen - die man selbstverständlich extra zahlt - darüber hinaus wird ein Antipasti-Teller angeboten, der sich in meinem Budget bewegt. Dieser ist allerdings als Vorspeise deklariert und im Preis sind nur fünf verschiedene Teile enthalten.

Mein Unbehagen muss sichtbar sein, denn Liam streift sein Bein behutsam gegen meines.

„Entspann dich, Cat. Du bist eingeladen."
„Ein weniger teures Restaurant hätte es auch getan."
„Hätte es. Aber bist du nicht diejenige, die mich immer wieder auf meinen guten Ruf aufmerksam macht?" Er grinst. „Wie soll ich denn sonst deine Vorurteile mir gegenüber bestätigen?"
„Es sind keine Vorurteile, wenn sie wahr sind", schieße ich amüsiert zurück. „Außerdem weißt du doch, der erste Eindruck zählt immer am meisten."
Liam lächelt. „Stimmt. Und für deinen ersten Eindruck von mir wollte ich mich noch bei dir entschuldigen."
Das lässt mich stutzen. „Ach ja?"
„Ja. Ich war … mir ging es nicht besonders gut in dieser Zeit und ich war ein ziemlicher Idiot."
Altbekannte Hitze kriecht meinen Hals hinauf und ich weiß, dass die schummrige Beleuchtung nicht darüber hinwegtäuscht, wie rot ich werde. „Tut mir leid, dass ich dir eine unfreiwillige Dusche mit Zuckerwasser verpasst habe."
„Warum um alles in der Welt solltest du dich entschuldigen?"
Verlegen zucke ich mit den Schultern. „Ein deutliches *Nein* hätte es vermutlich genauso getan."
„Stimmt. Aber ich habe mich dir gegenüber wie ein Arschloch verhalten. So unschön die Cola-Dusche auch war, ich hatte sie verdient. Es tut mir leid."
Die Kellnerin kehrt zurück und rettet mich vor einer Antwort.
Über unser Gespräch habe ich vergessen, mir zu überlegen, was ich bestellen möchte, also sage ich das Erste, was mir in den Sinn kommt, obwohl ich keinen blassen Schimmer habe, was genau Entrecôte eigentlich ist. Doch ich bin mir immerhin sicher, dass es nichts mit Schnecken zu tun hat.
Danach wechseln wir das Thema.
Ich frage Liam nach seiner Bewerbung für Harvard und im Gegenzug fragt er mich nach meinen Plänen und Träumen für die Zukunft. Eine normale Frage, besonders für ein Date, aber ich hasse sie, weil ich keine Antwort darauf habe.
Die Idee, etwas zu studieren, an dem ich kein Interesse habe, kam mir noch nie so schlecht vor wie heute Abend.
Jura ist seine Leidenschaft, das höre ich aus jedem Satz, den er mir darüber erzählt. Seine Augen leuchten, auch, wenn er immer wieder fragt, ob es mich tatsächlich interessiert.

Viel zu schnell kommt unser Essen, das wirklich hervorragend ist und nur von dem Nachtisch übertroffen wird, den wir uns teilen. Liam überlässt mir sogar das letzte Stück des köstlichen Schokoladen-Mousse-Etwas, dessen Namen ich in der Sekunde vergessen habe, in der er es bestellt.

„Vielen Dank für die Einladung. Ist alles okay?", frage ich, als Liam mich plötzlich anstarrt. „Habe ich Schokolade am Kinn?"

„Nein", antwortet er und blinzelt. „Ich freue mich nur, dass dir das *Zeug* offensichtlich schmeckt."

„Hey, wenn sie einfach *ein Traum aus Schokolade* in die Speisekarte schreiben würden, statt diese aufgeblähten Namen, könnte ich mir auch merken, wie es heißt."

„Touché." Sein Blick liegt weiterhin auf mir, doch er wird ernst. „Und wann sprechen wir endlich darüber, dass wir miteinander geschlafen haben?"

Das nennt man, glaube ich, den Stier bei den Hörnern packen. Betreten senke ich die Augen. „Jetzt?"

„Hey, schau mich an."

Nur mit Mühe schaffe ich es, den Blick zu heben und sehe, wie er mich besorgt mustert.

„Bereust du es?", fragt er leise.

„Nein." Okay, das war vielleicht ein bisschen zu schnell, also versuche ich mich an einer Erklärung. „Ich bereue es nicht, dass wir miteinander geschlafen haben, ehrlich. Aber ich weiß nicht, was das alles zu bedeuten hat."

„Möchtest du denn, dass es etwas zu bedeuten hat?"

„Du warst derjenige, der kein Drama wollte. Ich versuche nur, mich an unsere Vereinbarung zu halten", erwidere ich mit mehr Nachdruck, als beabsichtigt. Rasch schiebe ich hinterher: „Sorry, die ganze Situation ist einfach ungewohnt."

Er seufzt. „Dann erzähle ich dir jetzt, was ich denke." Er wartet bis ich nicke, anschließend fährt er fort. „Ich mag dich, Cat, ich mag dich sehr. Und wenn du das auch möchtest, würde ich gerne herausfinden, wo es uns hinführt. Ob das mit uns beiden etwas Echtes sein kann. Aber ich will nicht, dass uns dabei irgendeine Vereinbarung im Weg steht."

Fühlt sich so ein Herzinfarkt an? Vielleicht wäre atmen hilfreich … und antworten. Ich sollte wirklich antworten.

„Okay.“ Den Orden für Eloquenz werde ich in nächster Zeit nicht bekommen. „Das klingt nach einem guten Plan.“ Ich verwette meinen Laptop, dass Liam lächelt, aber um das herauszufinden, müsste ich ihn ansehen und dafür fühle ich mich noch nicht ganz bereit. Vorher muss ich noch eine Frage stellen. „Also, heißt das jetzt, wir sind zusammen? So richtig?“

Leises Lachen ertönt, dann liegt seine warme Hand auf meiner. „Wir sind so zusammen, wie du es möchtest, Kittycat.“

Kapitel 36

Die nächste Woche fliegt nur so dahin. Mein Lernpensum ist brutal, aber immerhin muss ich es nicht allein bewältigen, denn wann immer Liam nicht beim Training ist, sitzen wir gemeinsam in der Bibliothek. Für ihn steht die Aufnahmeprüfung für Harvard kurz bevor und mir wird einmal mehr bewusst, dass die Mid-Terms weniger als zwei Wochen entfernt sind.

Heute hocke ich jedoch allein in meinem Zimmer und bemühe mich, nicht alle paar Sekunden nachzuschauen, ob Liam mir geschrieben hat. Die Mannschaft ist bereits heute Mittag zu ihrem Auswärtsspiel gefahren und sie werden erst morgen zurück sein.

Gerade überlege ich, wie es schon wieder Freitag sein kann als Jessie, ohne anzuklopfen, in mein Zimmer stürmt.

„Ich störe dich nur ungern, aber Sabrina und Anna sind gleich hier. Obwohl, das stimmt nicht, ich störe dich sehr gerne. Die ganze Woche habe ich dich nicht gesehen und erwarte mindestens eine Stunde Anwesenheit bei unserem Mädels-Abend, ist das klar?“

„Ich habe dir schon morgen Abend versprochen“, protestiere ich.

„Du hast nur zugesagt, weil Liam ebenfalls auf der Vor-Halloween-Party sein wird, also tu mal nicht so.“

Erwischt.

Schuldbewusst verziehe ich das Gesicht und bevor ich weitere Einwände erheben kann, ist sie bereits wieder verschwunden. Sie hat jedes Recht, sauer zu sein, nachdem ich sie seit einer Woche versetze. Entweder wegen Liam oder weil ich lernen muss, oft genug beides.

Seufzend starre ich auf das Dokument, das langsam Gestalt annimmt. Noch vierundzwanzig Stunden bis zur Abgabe. Leider komme ich nicht so gut voran, wie ich gehofft habe. Wenn ich diese Aufgabe bestehe, grenzt das an ein kleines Wunder, aber mit etwas Glück kann ich die Note später im Semester ausgleichen.

Trotzdem, ich war eine schreckliche Freundin, insbesondere, wenn man bedenkt, dass Jessie noch immer Liebeskummer hat, auch, wenn sie nicht darüber sprechen möchte.

Nachdem sie Liam an jenem Morgen gesehen hat, wurde ich so lange mit Fragen gelöchert, bis ich ihr einen groben Abriss der Geschehnisse gegeben habe. Anfangs war es komisch, mit ihr darüber zu reden, aber es war auch erstaunlich befreiend. Natürlich habe ich ihr nichts von der Abmachung erzählt, die erst zu unserer gemeinsamen Nacht und dem Date geführt hat. Dieses Geheimnis nehme ich mit ins Grab.

Es dauert nicht lange, da klopft es und Sabrina und Anna kommen Händchen haltend hereinspaziert.

„Hey, Cat ist auch da." Sabrina fällt mir um den Hals. „Du bist seit einer Woche wie vom Erdboden verschluckt, ich hatte noch gar keine Zeit, dich zu fragen, was mit Liam und dir nach der Party passiert ist!"

„Nachdem ihre Kleidung *überall* herum lag, kann ich dir ziemlich genau sagen, was passiert ist", kommentiert Jessie mit diesem süffisanten Grinsen, das sie immer zur Schau stellt, wenn von Liam die Rede ist.

Natürlich werde ich wieder rot, aber Sabrina wirkt entzückt.

„Diese wir-prügeln-uns-um-die-Frau-Masche zieht doch jedes Mal."

„Ich dachte, Liam und Ryan hätten sich wegen Isobel gestritten?" Anna sieht verwirrt zwischen uns hin und her. „Jedenfalls hat Isobel das erzählt."

„Was weiß die schon." Jessie macht eine wegwerfende Handbewegung und schwenkt eine Flasche Wein, die sie aus ihrem nicht endenden wollenden Vorrat geholt hat.

Anna ist wirklich lieb und eigentlich mag ich sie sehr gerne, doch die Art, wie sie die Stirn runzelt, gefällt mir gar nicht. „Vielleicht habe ich da was falsch verstanden. Isobel hat nur erzählt, dass Liam sich neulich bei diesem Spenden-Event bei ihr bedankt hat, daher habe ich wohl angenommen, es wäre um sie gegangen."

„Liam hat mit Isobel gesprochen?", frage ich, darum bemüht, keinen meiner rasenden Gedanken in meinem Gesicht zu zeigen. Das Spenden-Event – etwa diese Familiengeschichte, zu der er mich nicht mitnehmen wollte? Direkt, nachdem wir miteinander geschlafen haben? Wusste er, dass Isobel dort sein würde?

Er hat mich angelogen. Er hat behauptet, dass er keinen Kontakt mehr zu Isobel hat, und mich angelogen.

Anna sieht mich mit großen Augen an. „Jedenfalls hat Isobel sowas in der Richtung gesagt", murmelt sie ausweichend.

„Sie haben sich im Guten getrennt, oder nicht?" Jessie zuckt gleichgültig mit den Schultern und entkorkt die Weinflasche.

„Und?“, fragt Sabrina, die Arme vor der Brust verschränkt. „Das heißt nicht, dass sie noch Kaffeekränzchen miteinander abhalten müssen.“

„Sie haben eine lange Geschichte, ich kann schon verstehen, dass sie noch Kontakt haben.“ Der traurige Ausdruck auf Jessies Gesicht spricht Bände, sicher denkt sie gerade an Brandon. „Außerdem, so, wie er dich angesehen hat, Cat, besteht für mich kein Zweifel, dass du ihn völlig um den kleinen Finger gewickelt hast.“

„Ich würde mir an deiner Stelle auch keine Sorgen machen.“ Anna lässt sich auf unser Sofa neben Sabrina fallen, die ihr prompt einen Arm um die Schultern legt. „Die beiden sind einfach noch gut befreundet. Isobel sagt immer wieder, wie wichtig ihr Liam nach wie vor ist.“

„Ach ja?“ Mit einem Mal ist mir eiskalt.

Annas Worte sind das Gegenteil von beruhigend und das ungute Gefühl, dass etwas hinter meinem Rücken passiert, von dem ich nichts weiß, sinkt wie ein Stein in meinen Magen.

„Ja.“ Anna denkt vermutlich, dass mich ihre Worte beschwichtigen. „Ich meine, so eng, wie ihre Eltern zusammenarbeiten und alles, ich glaube, es wäre wirklich schwierig, wenn sie anfangen würden, sich anzuschweigen.“

„Sie haben also oft Kontakt?“ Das Rauschen in meinen Ohren wird immer lauter und hasse mich ein wenig dafür, wie dünn meine Stimme klingt.

Ich dachte, Liam würde aller Welt nur vorspielen, dass zwischen ihm und Isobel alles okay ist. Habe ich mir seine Wut nur eingebildet? Habe ich nur gesehen, was ich sehen wollte? Und warum hat er mir gesagt, dass er keinen Kontakt mehr zu Isobel hat, wenn das nicht stimmt?

Anna fühlt sich sichtlich unbehaglich, als sie mir schließlich antwortet. „Keine Ahnung. Manchmal, glaube ich.“

Isobel und Anna sind beide Cheerleaderinnen. Selbst, wenn sie nicht die besten Freundinnen sind, ich weiß aus Erfahrung, dass man nicht im selben Team sein kann, ohne zumindest ein bisschen über das Leben der anderen Personen zu wissen.

Hat er mir nur etwas vorgespielt, weil er mit mir schlafen wollte? Ging es ihm am Ende einfach nur darum, mich zu erobern, nachdem ich ihn bei seinem ersten Versuch vor seinen Freunden lächerlich gemacht habe?

Nein. So ist Liam nicht. Oder?

Ich will nicht glauben, dass ich mich in ihm getäuscht habe, doch es wäre nicht das erste Mal, dass ich mein Vertrauen der falschen Person schenke. Hat meine Menschenkenntnis mich wieder im Stich gelassen?

„Cat!“ Sabrinas Gesicht ist direkt vor mir und ihre braunen Augen blicken mich fest an. „Wo immer du gerade in deinen Gedanken hinwanderst, es ist nicht gut, also hör auf. Ich bin mir sicher, wenn du ihn danach fragst, wird sich alles klären.“

Atmen, ich muss atmen. Ein, aus. Ein, aus.

Langsam lässt das Rauschen nach, mein Herzschlag beruhigt sich, ich bekomme wieder Luft und damit klärt sich auch mein Kopf.

Ich muss mit Liam reden. Morgen. Auf der Party. Oder anschließend. Das alles wird sich als großes Missverständnis herausstellen, er wird darüber lachen, dass ich mir Sorgen gemacht habe, und alles wird gut.

Zum Glück lenkt Sabrina das Gespräch auf die bevorstehende Kostümparty. Warum genau eine Halloween-Party vorgezogen wird, hat mir bisher niemand erklärt. Aber Jessie, Sabrina und Anna sind Feuer und Flamme und als ich erwähne, dass ich kein Kostüm habe, wird umgehend mit der Planung begonnen. Trotzdem nistet sich das ungute Gefühl tief in mir ein, egal, wie sehr ich versuche, an andere Dinge zu denken.

Kapitel 37

Ich bin ein Zombie. Doch ausnahmsweise haben weder Schlafmangel, noch übermäßiges Lernen etwas mit diesem Zustand zu tun.

Dafür hatte die Tatsache, dass ich für dieses Kostüm nur eine zerrissene Strumpfhose und ein Blümchenkleid brauche, einen maßgeblichen Anteil an meiner Entscheidung. Dank Sabrina reicht mir das Kleid, statt bis zu den Knien, nur noch bis zur Hälfte der Oberschenkel und hat sogar einen Ausschnitt bekommen, was es zumindest einigermaßen sexy macht. Ein Effekt, der durch das Kunstblut und meine neuen *Dekorationen* mit der Schere wieder zunichtegemacht wird. Doch darum geht es heute Abend nicht. Es ist Halloween, die Kostüme sollen gruselig sein, nicht sexy.

Leider haben weder Jessie noch Sabrina dieses Memo erhalten.

Jessie ist als Lara Croft verkleidet und wird vermutlich sämtliche Männer zum Sabbern bringen, aber Sabrina übertrifft uns alle.

Aus blau schimmerndem Stoff hat sie sich einen bodenlangen Rock geschneidert, der sich an den Waden weitet. Silbrig-glitzernde Dreiecke formen eine Art BH, von dem unzählige, dünne Streifen aus Silber und Blau locker über ihren Bauch, bis zu dem Rock fallen und immer wieder nackte Haut erahnen lassen. Ihr glitzerndes Make-up ist farblich perfekt abgestimmt und kleine, silberne Seesterne funkeln in ihren schwarzen Locken. Eine Meerjungfrau an Land. Das war jedenfalls ihr Motto, als es auf der halbjährlichen Modenschau des Redhill-Colleges vorgestellt wurde.

Obwohl die Kostüme unter unseren dicken Wintermänteln kaum zu sehen sind, neben meinen Freundinnen fühle ich mich unscheinbar. Ganz besonders, weil Sexy-Zombie im Vergleich mit Sexy-Meerjungfrau und - nun ja - Lara Croft wirklich schlecht abschneidet.

In einer ähnlichen Nacht, vor gerade einmal einer Woche, konnten wir noch draußen sitzen, jetzt wird mir schon auf dem kurzen Weg in das Verbindungshaus kalt.

Doch nichts wird mir an diesem Abend die Laune verderben, weder mein unscheinbares Kostüm, noch die kühlen Temperaturen. Schließlich habe ich die Projektarbeit heute abgeschickt.

Einem Wochenende mit Liam und der *Herr der Ringe* Trilogie steht also nichts im Weg. Abgesehen von der Frage nach Isobel, aber ich bin mir sicher, die Angelegenheit wird sich schnell klären. Wann immer meine Unsicherheit mir etwas anderes einzureden versucht, erinnere ich mich daran, dass ich ihm vertraue. Sabrina hatte völlig recht, mir das Schlimmste auszumalen bringt mich nicht weiter. Trotzdem kann ich es kaum erwarten, ihn zu sehen und von ihm zu hören, dass ich mir keine Gedanken machen muss.

„Hallo, Erde an Cat!"

Eine Hand wedelt vor meinem Gesicht herum und mir wird bewusst, dass wir fast da sind und ich kein Wort von dem gehört habe, was Sabrina zu mir gesagt hat.

„Sorry, was?"

Sabrina vergräbt ihre Hand wieder in ihrer Manteltasche und verdreht die Augen. „Ernsthaft?"

„Lass sie doch von ihrem heißen Freund träumen." Jessie hakt sich bei mir unter. „Das tue ich schließlich auch regelmäßig."

Schnell werfe ich Sabrina ein entschuldigendes Lächeln zu und stoße meiner Mitbewohnerin den Ellenbogen in die Seite.

„Ich habe gesagt, es wäre toll, wenn du Anna heute Abend sagen könntest, dass du ihr nicht übelnimmst, was sie über Liam und Isobel erzählt hat. Sie macht sich schreckliche Vorwürfe", wiederholt Sabrina.

„Warum?"

„Weil sie denkt, dass ihr deswegen Streit haben werdet und wenn sie den Mund gehalten hätte, blablabla."

„So ein Quatsch."

„Das habe ich ihr auch gesagt, aber auf mich hört sie nicht."

„Ich rede mit ihr", versichere ich Sabrina.

Anna wird, ebenso wie Liam, schon auf der Party sein, denn auch sie ist heute mit ihrem Team unterwegs.

Das Haus ist bereits vom Ende der Straße deutlich zu erkennen, nicht nur aufgrund der Musik, sondern auch dank der vielen Dekorationen, die ganz eindeutig einige Wochen zu früh dran sind. Der Garten ist in eine Kürbis-Fratzen-Sammlung verwandelt worden, um die Fenster hängen Lichterketten in verschiedenen Farben und ich kann schon von außen erahnen, dass in dem riesigen Gemeinschaftsraum eine Nebelmaschine steht.

Irgendwo da drinnen ist Liam.

Der Garten ist jedoch nichts im Vergleich zum Inneren des Hauses. Das Licht in den Räumen ist schummrig und wird nur von Blitzen durchbrochen, welche dunkle Ecken und die darin versteckten Geister und Mumien für wenige Augenblicke erhellen. Falsche Spinnennetze kleben an den Wänden, über dem Treppengeländer und an Lampen. Überall sind Totenköpfe, abgehackte Hände und Kürbisse aufgebaut und auf dem Weg in die Küche springe ich, sehr zu Jessies Freude, mindestens einen Meter in die Luft, als mir eine Scream-Maske auf einer Schaufensterpuppe entgegenfällt.

Rote Becher sind neben zwei großen Schüsseln mit Bowle aufgereiht, in der Augen schwimmen. Bei näherer Inspektion sehe ich, dass in jedem einzelnen Plastikbecher irgendetwas drin ist. Ohren, Finger und Spinnen machen den größten Anteil aus, aber hier und da sind auch Zungen, blutige Schrauben und ekelig aussehende Würmer. Ich entscheide mich für eine Spinne, die unschuldig auf dem Boden des Bechers liegt. Besser, als ein Wurm.

Als ich mich umdrehe, fällt mir ein Skelett ins Auge, das wild mit den Armen wedelnd auf uns zugelaufen kommt.

„Ihr habt ja alle Kostüme an", sagt es mit der enttäuschten Stimme von Neil. Sein Gesicht ist kunstvoll in einen Totenkopf verwandelt worden und die Schminke geht so nahtlos in seine Verkleidung über, dass ich ihn vermutlich nicht erkannt hätte.

„Nachdem du klar gemacht hast, dass du jeden, der ohne auftaucht, persönlich einkleidest und dafür schon einige Dessous gekauft hast, wollte ich es nicht drauf ankommen lassen", sagt Jessie mit einem unschuldigen Lächeln.

Neil grinst breit und zwinkert ihr zu. „Dein Outfit lässt wenig Spielraum für Fantasie, ich werde mich also nicht beschweren."

Jessie holt aus, doch Neil springt lachend zu Seite, bevor sie ihm gegen den Arm boxen kann.

„Hast du Liam irgendwo gesehen?", frage ich in die kurze Gesprächspause.

„Ein paar der Jungs sind auf der Terrasse, aber ob Liam dabei war weiß ich nicht."

Neil deutet zum Gemeinschaftsraum, in dem die Musik, wie gewohnt, laut ist. Dank der Nebelmaschine sind jedoch nur undeutliche Schemen zu erkennen.

Sabrina sieht genauso unschlüssig in Richtung des Nebels wie ich.

„Da drin finde ich Anna nie", seufzt sie und ich muss ihr im Stillen zustimmen. Schließlich fragt sie an Jessies gewandt: „Kommst du auch?"

Diese schüttelt den Kopf. „Geht schon mal vor, ich finde euch dann."

Auf der Tanzfläche ist es so stickig, es grenzt an ein Wunder, dass noch niemand in Ohnmacht gefallen ist, aber keiner scheint sich daran zu stören.

Es dauert nicht lange, da steht Anna plötzlich vor uns. Sie und Sabrina haben eine Art Radar füreinander, da bin ich mir sicher. Komplett in Rosa, mit einem großen *Barbie*-Aufdruck auf ihrem Shirt, umarmt sie Sabrina stürmisch.

„Wir sitzen da hinten, kommt ihr mit?"

Mit *wir* können nur die anderen Cheerleaderinnen gemeint sein, also lehne ich dankend ab und die zwei verschwinden winkend in der Menge.

Mein Magen ist eine Mischung aus aufgeregtem Knoten und Schmetterlingen bei dem Gedanken, Liam gleich wieder gegenüberzustehen. Auch, wenn alle Welt uns bisher schon für ein Paar gehalten hat, diese Party ist die erste Gelegenheit, zu der es wahr ist.

Die Terrasse ist ebenfalls voll, doch ich kann ihn nirgends entdecken. Gerade möchte ich wieder hinein gehen, um noch einmal in Ruhe zwischen den Tanzenden und in der Küche zu suchen, als Edwards Stimme zu mir durchdringt.

„Cat, hübsches Outfit."

Der Sarkasmus in seinen Worten ist nicht zu überhören, aber als ich das Superman-Kostüm sehe, in dem er steckt, beiße ich mir auf die Innenseite der Wange, um ein Lachen zu unterdrücken.

Der Ganzkörperanzug hat offensichtlich eingenähte Muskeln, die seinen Kopf unproportional klein wirken lassen. Auch die schief sitzende Hornbrille kann an diesem Umstand wenig ändern.

„Superman braucht keine Brille, die hat er nur auf, wenn er als Clark Kent unterwegs ist", kläre ich ihn auf.

Edward steht vor mir und begutachtet mich mit abfälligem Blick von oben bis unten. „Du bist erstaunlich gut gelaunt, wenn man bedenkt, dass dein Freund es sich gerade von seiner Ex besorgen lässt." Kälte breitet sich in meiner Brust aus. „Ich habe versucht, dich vor ihm zu warnen", fährt er fort. Seine bedauernde Stimme passt nicht so recht zu dem triumphierenden Funkeln in den Augen.

Ich zwinge meine Gesichtszüge dazu, ruhig zu bleiben und nichts von meinen Gedanken an die Oberfläche dringen zu lassen. „Netter Versuch."

„Du glaubst mir nicht?“ Edward verschränkt die Arme vor der Brust. „Dann würde ich mal nach oben gehen, dahin habe ich die zwei vor einer halben Stunde verschwinden sehen.“ Mit diesen Worten lässt er mich stehen.

Für ein paar Sekunden rühre ich mich nicht vom Fleck.

Das würde Liam nicht tun.

Edward ist nur neidisch, das ist alles. Das *muss* alles sein. Und wenn ich jetzt diese Treppe in den ersten Stock hinaufsteige, zeige ich ihm nur, dass seine Worte Zweifel in mir geweckt haben. Damit gebe ich ihm genau, was er möchte.

Entschlossen, ihm diese Genugtuung nicht zu verschaffen, mache mich auf die Suche.

Ich kann Liam problemlos übersehen haben. Vermutlich sitzt er in einer Ecke und spielt Mario, oder er ist in der Küche oder auf Toilette oder tanzen.

Aber egal, wo ich nach ihm suche, er ist unauffindbar.

In der Küche renne ich dafür Tristan in die Arme, der ihn allerdings auch nirgends gesehen hat.

Es dauert zwanzig Minuten und das mehrmalige Ablaufen sämtlicher Räume, bis ich die Treppe hinaufsteige.

Mit jedem Schritt hasse ich mich selber ein wenig mehr. Liam ist nicht da oben, schon gar nicht mit Isobel.

Der Flur liegt dunkel vor mir und unter keinem einzigen Türspalt kann ich Licht erkennen. Na also. Hier ist niemand.

Trotzdem gehe ich weiter. Wenn mich nicht alles täuscht, geht es am Ende des Gangs auf einen Balkon, von dem aus man einen guten Blick auf den Garten haben muss und diese Aussicht möchte ich mir zunutze machen.

Erst die offenstehende Glastür macht mich stutzig.

Dann höre ich Liams Stimme.

„Wir bekommen das schon wieder hin, okay? Zusammen.“

An der Ecke des Geländers steht Isobel, dicht an Liam gepresst, die Arme um seinen Hals geschlungen. Er hält sie mindestens genauso fest, wie sie ihn. Ihr Kopf liegt auf seiner Schulter und er streichelt ihr über den Rücken.

Ich habe das Gefühl, einen Schlag in die Magengrube zu bekommen. Einatmen, ausatmen, einatmen … doch so sehr ich auch versuche, ruhig zu bleiben, mein Atem wird immer unregelmäßiger.

„Meinst du wirklich?“ Ihre Stimme klingt dünn und zittrig, aber voller Hoffnung, die in starkem Kontrast zu der wilden Entschlossenheit in Liams Stimme steht.

„Ja. Wir schaffen das.“

Eisige Kälte flutet meinen Körper, mir wird schlecht und alles um mich herum verschwimmt. Hastig blinzle ich, bis meine Sicht wieder klar wird. Doch ich kann die Tränen spüren. Sie warten nur darauf, fließen zu dürfen.

Weg, einfach nur weg. Jetzt.

So schnell und leise ich kann, laufe ich den Gang zurück, bis zu der Treppe. Das Letzte, was ich nun möchte, ist, Liams Aufmerksamkeit auf mich lenken. Von Edward ist glücklicherweise nirgends etwas zu sehen, aber auch meine Freundinnen sind nicht zu entdecken. Jedenfalls nicht in der kurzen Zeit, die ich brauche, um meine Jacke zu finden und mich zum Eingang vorzukämpfen. Kühle Nachtluft schlägt mir entgegen, als ich die zwei Stufen in den kleinen Vorgarten mit einem Satz überwinde.

„Cat, warte!“

Kapitel 38

Ich halte inne, darum bemüht, die Tränen zurückzuhalten.

Tristan holt mit schnellen Schritten auf, die Besorgnis in seinen Augen verwandelt sich in Wut, sobald er mir ins Gesicht sieht. „Was ist passiert?"

„Liam." Meine Stimme ist leise und brüchig. „Ich habe Liam und Isobel gesehen und sie …"

Sein ganzer Körper spannt sich sichtbar an. „Ich habe dem Arschloch gesagt, wenn er es nicht ernst meint, soll er die Finger von dir lassen."

„Tristan!"

„Ist er da drin?"

„Beruhige dich, okay?"

„Ich soll mich beruhigen, wenn so ein Wichser meine Schwester verarscht?!", gibt er aufgebracht zurück.

Mit aller Kraft ziehe ich ihn weg vom Haus, weg von der leisen Musik, die selbst durch die geschlossene Eingangstür gut zu hören ist, und weg von Liam. Würde Tristan sich ernsthaft gegen mich wehren, ich hätte keine Chance, doch er lässt sich von mir zu einer kleinen Steinmauer führen.

Solange ich dermaßen aufgelöst bin, sieht mein Bruder rot, also atme ich ein paar Mal tief durch. Die Musik wird für einen Moment wieder lauter, als die Haustür sich öffnet und schließt. Vermutlich weitere Partygäste, die gerade ankommen.

„Bitte geh da nicht wieder rein", sage ich schließlich, so ruhig ich kann.

„Ach komm schon, willst du dieses Arschloch jetzt ernsthaft verteidigen?"

Ich zucke mit den Schultern und weiß sofort, dass es ein Fehler war.

„Bei diesem Penner Dean konnte ich schon nichts unternehmen, das mache ich nicht noch mal mit."

„Dieses Mal ist es anders!", flüstere ich, in der Hoffnung, dass Tristan mir einfach glaubt.

„Ach ja? Wie ist es denn anders? Du lässt dich auf einen Kerl ein, der nur daran interessiert ist, dich auszunutzen! Was ist bitteschön anders als vor zwei Jahren?"

„So ist das nicht."

„Dann erklär es mir!" Er schreit fast, so frustriert ist er. Damals konnte er mich nicht beschützen und er denkt bis heute, die Ereignisse wären seine Schuld. Kein Wunder, dass er mich jetzt verteidigen möchte. Auf die Schnelle fällt mir nur eine Möglichkeit ein, ihn zu beruhigen.

„Liam und ich waren nie wirklich zusammen."

„Das ist kein Grund, dich … Moment … was?"

„Wir haben nur so getan, als wären wir ein Paar", antworte ich leise. Ich kann ihm bei diesen Worten nicht in die Augen schauen. „Es ist eine lange Geschichte. Aber wir waren nie zusammen und er hat mich auch nicht ausgenutzt. Es ist sein gutes Recht, mit Isobel zu machen, was immer er will. Ich dachte nur …" Ein Schluchzer bahnt sich seinen Weg nach oben und ich atme zittrig ein. Erst, als ich sicher bin, dass meine Stimme nicht bricht, spreche ich weiter. „Ich dachte, er würde mich wenigstens vorwarnen, das ist alles."

Einige Zeit sitzen wir stumm nebeneinander, während Tristan diese Information verdaut.

„Du hast dich in ihn verliebt", stellt er schließlich fest.

Ich mache mir nicht die Mühe, es zu leugnen. „Dumm von mir. Liam hat von Anfang an gesagt, dass echte Gefühle kein Teil unserer Vereinbarung sind." Ich versuche mich an einem kleinen Lachen, aber das riesige Loch in mir beginnt mit einem Mal zu pulsieren. Tristan bemerkt die Veränderung ebenfalls und nimmt mich in den Arm.

„Komm, ich bringe dich nach Hause", murmelt er und zieht mich auf die Beine.

Mein Kopf tut weh, ein schmerzhaftes Pochen, das mich aus dem Schlaf holt. Es fühlt sich an, als hätte ich die ganze Nacht geweint.

Dabei habe ich das nicht. Keine einzige Träne. Selbst, als ich es versucht habe, war da nur Leere. Ein schwarzes Loch, das mir die Luft zum Atmen nimmt.

Erinnerungen prasseln wie Pistolenkugeln auf mich ein. Schnell und unaufhaltsam.

Liam und Isobel, eng umschlungen auf dem Balkon. Ihr hoffnungsvoller Blick, die Zuversicht in seiner Stimme.

Wir bekommen das schon wieder hin, okay?

Mein Magen krampft sich so stark zusammen, ich habe den Eindruck, mich übergeben zu müssen, aber bereits eine Sekunde später ist es verflogen. Alles, was bleibt, ist Schmerz und das Gefühl, überflüssig zu sein.

Es hat keine halbe Stunde gedauert, bis Jessie durch die Tür gestürzt ist, dank einer Nachricht meines Bruders.

Als es später, nachdem Tristan bereits weg war, geklopft hat, war es Jessie, die geöffnet und Liam unverrichteter Dinge zum Teufel gejagt hat. Ich konnte durch die geschlossene Zimmertür nur Teile der Unterhaltung hören, aber die Worte *such dir jemand anderen, den du verarschen kannst* kamen definitiv vor. In diesem Moment wäre ich fast schwach geworden und zu ihm gegangen.

Allein die Angst vor dem, was er mir sagen könnte, hat mich zurückgehalten. Ich kann die Bestätigung, dass ich mich schon wieder so sehr in einem Menschen getäuscht habe, nicht hören. Damals, bei Dean und Louisa wäre ich an dieser Erkenntnis fast zerbrochen und habe mir geschworen, nie wieder so unvorsichtig zu sein.

Doch dann kam Liam und ich wollte ihm unbedingt vertrauen. So sehr, dass ich ihm alles über mich und meine Vergangenheit erzählt habe, selbst, als er zu seiner eigenen Geschichte mit Isobel geschwiegen hat.

Tief in mir weiß ich, wie unfair ich mich ihm gegenüber verhalten habe, schließlich habe ich ihm nicht einmal die Möglichkeit gegeben, sich zu entschuldigen. Denke ich jedoch daran, ihm gegenüberzutreten, wird mir schlecht. Abgesehen davon, dass er mich anrufen oder mir schreiben könnte, wenn es ihm wichtig wäre, doch in all den Stunden, die seitdem vergangen sind, blieb mein Handy stumm. Wahrscheinlich ist er froh, kein klärendes Gespräch mit mir führen zu müssen, immerhin wollte er kein Drama. Das hat er vom ersten Moment an deutlich gemacht.

Meine Augen beginnen zu brennen, doch wieder kommen keine Tränen. Vielleicht kann ich nicht weinen, weil ich immer geahnt habe, dass es schiefgehen wird. Es sollte keine Überraschung sein und nicht so verdammt wehtun, an ihn zu denken.

Liam, der mich küsst. Liam, der mir verspricht, dass wir jederzeit aufhören können. Liam, der mich ärgert, der versucht, mich aus der Reserve zu locken. Mit jedem neuen Bild kommt ein anderer Schmerz. Ich hatte keinen Schimmer, dass man auf so viele Arten gleichzeitig in Stücke gerissen werden kann.

Bis ich mich wieder bewege, vergeht eine Ewigkeit. Vielleicht auch nur wenige Minuten. Keine Ahnung. Zeit ist ein merkwürdiges Konzept.

Als ich mich schließlich auf die Seite rolle, ertasten meine Finger etwas unter meinem Kopfkissen. Sein Shirt. Mit klopfendem Herzen ziehe ich es hervor und es kostet mich jeden Rest Selbstbeherrschung, nicht daran zu riechen. Das ist so demütigend.

Vorgestern war ich noch außer mir vor Freude, habe es zum Einschlafen in der Hand gehalten, meine Nase im weichen Stoff vergraben und mir vorgestellt, er läge neben mir.

Alles, was das Shirt jetzt noch tut, ist, mich auslachen. Dafür, wie naiv ich war zu glauben, dass Liam Rogers sich ausgerechnet in mich verlieben könnte.

Mit einem Satz springe ich auf, ziehe den Bettkasten hervor und schleudere es mit aller Wucht hinein. Möglicherweise hilft es, jede Erinnerung an ihn aus meinem Leben, oder zumindest meinem unmittelbaren Sichtfeld zu verbannen. Einen Versuch ist es jedenfalls wert.

Früher oder später werde ich mein Zimmer verlassen müssen, aber noch ist es nicht soweit.

Noch nicht.

Kapitel 39

Dick eingepackt in meinen Mantel stehe ich vor dem Ausgang unseres Wohnheims, aber mich selbst davon zu überzeugen, dass es eine gute Idee ist, über den Campus und in meine Vorlesungen zu gehen, ist schwieriger, als ich dachte.

„Bist du dir sicher, dass du nicht noch einen Tag mit *Friends* im Bett liegen möchtest?", fragt Jessie besorgt.

„Warst du nicht diejenige, die unbedingt wollte, dass ich mich *direkt wieder in den Sattel schwinge*?"

Sie zuckt nur mit den Schultern. „Möglich. Doch jetzt stehen wir schon seit fünf Minuten hier rum und du bewegst dich nicht."

„Wie sehr würdest du mich verurteilen, wenn ich einfach zurück ins Bett gehen würde?" Fragen kostet schließlich nichts, richtig?

„Ich würde dich überhaupt nicht verurteilen, Cat. Aber ich glaube nun mal, dass Ablenkung die beste Medizin ist."

Und abgelenkt hat sie mich. Jessie hat mich nur zum Schlafen aus den Augen gelassen. Die letzten Tage habe ich mit ihr und Sabrina verbracht, eingekuschelt auf meinem Bett mit Pizza, Schokolade und *Friends*. Noch nie in meinem Leben war ich Streaming-Diensten so dankbar. Was haben die Menschen bloß gemacht, bevor sie die Möglichkeit hatten, zwanzig Folgen einer Serie am Stück zu schauen?

Gestern habe ich es schließlich nicht mehr ausgehalten und einen Entschluss gefasst. Es ist an der Zeit, die Vergangenheit und alles darin hinter mir zu lassen. Statt über Dinge nachzugrübeln, die ich nicht ändern kann, muss ich nach vorne blicken und der erste Schritt ist, wieder in meine Vorlesungen zu gehen.

Außerdem bin ich mit Sicherheit nicht sechzig Minuten früher aufgestanden, um jetzt einen Rückzieher zu machen.

Mir das perfekte Outfit zusammenzustellen, hat gestern mehrere Stunden in Anspruch genommen. Diese Zeit möchte ich nicht verschwendet haben. Ebenso wenig wie die Stunde vor dem Spiegel, um jeden Schminktipp, den ich jemals bekommen habe, in die Tat umzusetzen. Immerhin, das Resultat kann sich sehen lassen, sogar meine Augenringe erkennt man kaum noch. Früher oder später werde ich Liam begegnen und dieses Treffen kann nicht davon überschattet werden, dass ich aussehe, als hätte ich fünf Nächte nahezu ohne Schlaf verbracht. Selbst, wenn es der Wahrheit entspricht.

Jessie ist gerade rechtzeitig von ihrer morgendlichen Joggingrunde zurück, um mich bei meinen ersten Schritten über den Campus zu begleiten und mir ihren wasserfesten Mascara zu leihen. Wenn ich daran denke, wie unberechenbar meine Tränendrüsen in den letzten Tagen waren, ist das vermutlich eine gute Idee. Nach der ersten Nacht ohne eine einzige Träne quellen meine Augen plötzlich wegen jeder Kleinigkeit über. Und weil jeder weiß, dass das unvermeidbare Aufeinandertreffen mit Liam genau dann stattfinden wird, wenn ich furchtbar aussehe, habe ich einen, quasi idiotensicheren, Plan geschmiedet. Ich muss nur für den Rest meines Lebens perfekt geschminkt sein und mit etwas Glück werde ich ihn nie wiedersehen. Es ist ein dünner Strohhalm, aber besser als nichts.

Ein letztes Mal atme ich tief durch, versuche mich an einem wackeligen Lächeln für Jessie und trete in die kühle Herbstluft. Sie hat recht. Es ist, wie vom Pferd fallen - man muss so schnell wie möglich zurück in den Sattel. Mich in meinem Zimmer zu verkriechen, hilft niemandem.

Mit dem Versprechen, dass wir uns zum Mittagessen in der Mensa treffen, trennen sich unsere Wege schließlich, denn Jessie hat eine Vorlesung am anderen Ende des Campus. Fast automatisch tragen meine Beine mich zu meinem Lieblingscafé, doch in letzter Sekunde halte ich inne. Vor genau diesem Kaffee habe ich Liam und seine, wie ich nun weiß, Kommilitonin getroffen. Was, wenn er jetzt ebenfalls dort ist? Mit Isobel?

Sofort machen sich besagte Tränendrüsen ans Werk und bevor ich die letzte Ecke umrundet habe, ändere ich die Richtung. Besser nichts riskieren. Selbst, wenn ich meine tägliche Dosis Koffein heute nötiger habe als an den meisten anderen Tagen. Aber so sehr ich an die Pferd-Metapher glaube, ich muss ja nicht gleich einen Hindernisparcours absolvieren.

Immer mehr Studenten strömen in kleinen Grüppchen oder allein über die Wege und ich schaue mich in der Erwartung um, dass Liam jeden Augenblick ohne Vorwarnung vor mir steht.

Mehrmals setzt mein Herz zu einem Sprint an, nur um im nächsten Moment festzustellen, dass die braunen Haare, die blauen Augen oder die kräftige Statur jemand anderem gehören.

Der letzte Fehlalarm hätte mich fast dazu gebracht, hinter einem Mülleimer in Deckung zu gehen. Endlich den Kursraum zu betreten, fühlt sich daher an, als würde eine riesige Last abfallen. Für die nächsten neunzig Minuten bin ich in Sicherheit.

Kapitel 40

Die Mid-Terms kommen und gehen und ich habe, obwohl ich meinen Lernplan nicht komplett einhalten konnte, ein gutes Gefühl. Bis auf die Gruppenarbeit, die ich zwar rechtzeitig abgegeben, die meine Professorin aber nur widerwillig entgegengenommen hat. Es würde an ein Wunder grenzen, wenn ich diesen Kurs bestehe.

Trotzdem, die schlimmsten Stunden liegen hinter mir. Jedenfalls wenn ich ausblende, dass ich Liam in den letzten zwei Wochen nicht mal aus der Ferne gesehen, geschweige denn, etwas von ihm gehört habe. Nicht, seit Jessie ihm den Zugang zu unserem Reich verweigert hat. Es ist fast, als hätte er nie existiert. Völlig egal, wie oft ich auf mein Handy schaue, ich habe keine neue Nachricht von ihm, keine verpassten Anrufe, gar nichts.

Die Tatsache, dass ich jedes Mal, wenn mein Telefon vibriert, Herzrasen bekomme, macht es nicht besser. Nach zwei Wochen Funkstille habe ich noch immer die irrationale Hoffnung, dass ich ihm nicht egal bin. Doch es ist nie Liam, der mir schreibt, und die Enttäuschung darüber, nichts von ihm zu hören, brennt noch genauso heiß, wie am ersten Tag. Offensichtlich hat er mich in der Sekunde vergessen, in der er sich mit Isobel versöhnt hat. Ich war ihm nicht einmal wichtig genug, um mich anzurufen und sich zu entschuldigen.

Leider ist da eine leise Stimme in meinem Hinterkopf, die mir unaufhörlich zuflüstert, dass ich dieses Gespräch hätte haben können. Schließlich ist Liam in meinem Wohnheim gewesen, um mit mir zu sprechen und ich habe es nicht zugelassen. Stattdessen hat Jessie an meiner Stelle mit ihm gesprochen, weil ich zu feige war, ihm gegenüberzutreten.

Sobald dieser Gedanke kommt, schiebe ich ihn wieder beiseite. Darüber möchte ich nicht nachdenken. Heute will ich mich nur mit Jessie und Sabrina zum Mittagessen treffen, feiern, dass wir die Mid-Terms überstanden haben und später mit Tristan einen Kaffee trinken gehen.

Auf dem Weg zur Mensa zeigt mein Handy mehrere neue Nachrichten an. Zwei sind von Jessie, die mir mitteilt, dass sie sich verspätet, aber wir ihr einen Schokoladenpudding mitbringen sollen. Eine von meinem Bruder, der mir ein Bild von seiner Fitnessuhr schickt. Sieht so aus, als hätte er eine neue Bestzeit erlaufen. Die letzte Nachricht ist allerdings von einer unbekannten Nummer.

Insgeheim hatte ich gehofft, sie hätte mich vergessen. Ich hatte gehofft, dass sie es endlich leid ist, mich zu terrorisieren, aber anscheinend habe ich mich getäuscht.

Ich könnte die Nachricht einfach ungelesen löschen und so tun, als hätte sie nie existiert. Der Gedanke ist verlockend, doch wenn ich eines gelernt habe, dann, dass es besser ist, sofort zu wissen, woran ich bin.

Ich schließe die Augen, ehe ich die Nachricht aufrufe, zähle innerlich von drei rückwärts und erinnere mich daran, dass Louisa weit weg ist und sie keinen Einfluss mehr auf mein Leben nehmen kann.

Es sind nur wenige Worte und trotzdem läuft mir beim Lesen ein kalter Schauer über den Rücken.

Unbekannt: Wie gefällt dir meine Überraschung?

Kopfschüttelnd schiebe ich das Handy zurück in die Jackentasche und obwohl mein Herz mir bis zum Hals schlägt, bemühe ich mich darum, den Worten keine Bedeutung beizumessen. Doch es gelingt mir nicht.

Was meint sie damit? Welche Überraschung? So, wie ich Louisa kenne, ist es nichts Gutes. Sie hat die Angewohnheit, das zu tun was ich am wenigsten erwarte.

„Sagt mal, habt ihr auch das Gefühl, dass wir angestarrt werden?", fragt Sabrina eine halbe Stunde später, während wir in unserer üblichen Ecke im Speisesaal sitzen.

Lustlos stochere ich in den Nudeln mit Tomatensoße, die langsam kalt werden. Ich habe gehofft, ich würde mir die verstohlenen Blicke zu unserem Tisch nur einbilden, aber wenn es Sabrina ebenfalls auffällt …

„Haben wir irgendetwas im Gesicht oder so? Habe ich ein Schild mit einem blöden Spruch auf dem Rücken? Ich schwöre euch, wenn Neil sich wieder einen seiner Scherze erlaubt hat, bringe ich ihn um", sagt Jessie drohend.

„Du hast nichts am Rücken oder im Gesicht", murmle ich. Das ungute Gefühl verstärkt sich. Wenn ich bisher schon kaum Appetit hatte, werde ich jetzt ganz sicher keinen Bissen hinunterbringen, also schnappe ich mir den Schokopudding und lege ihn in meine Tasche. Mein Zukunfts-Ich wird es mir danken.

In der Highschool musste ich für Monate das Flüstern um mich herum ignorieren und nach der letzten Nachricht von Louisa ist es kein Wunder, dass ich ein bisschen paranoid bin. Aber warte ich nicht seit Wochen darauf, dass Neuigkeiten über Liams und meine *Trennung* die Runde machen? Bestimmt ist es nur das. Es kann nichts anderes sein. Es *darf* nichts anderes sein.

Sabrinas Handy beginnt lautstark zu klingeln und noch mehr Köpfe drehen sich zu uns. Ich sehe gerade noch Annas Bild auf dem Display, dann hält es sich Sabrina bereits ans Ohr. Das Lächeln, das sich auf ihr Gesicht gestohlen hat, verschwindet nach und nach.

„Bist du dir sicher?" Pause. „Nein, sie ist hier. Okay. Ja, das ist vermutlich das Beste." Ihr Blick landet auf mir. „Okay. Danke, dass du angerufen. Ja, wir reden später."

Das ungute Gefühl ist von einem unangenehmen Prickeln zu einer ausgewachsenen Übelkeit geworden. „Worum auch immer es geht, sag es mir lieber gleich."

Sabrina schluckt, offensichtlich nicht sicher, wie sie anfangen soll, dann strafft sie die Schultern. „Nicht hier. Lass uns einen Spaziergang machen, oder so."

Jessie verliert keine Zeit, räumt unsere Tabletts und Teller auf einen wackeligen Stapel und sagt bemüht fröhlich: „Geht schon mal vor, ich bringe das hier weg und wir treffen uns draußen."

Ich nicke wie in Trance und folge Sabrina, die mich zielsicher zum Ausgang führt. Kaum haben wir die großen Türen hinter uns gelassen, ist Jessie bereits an meiner anderen Seite. Sie muss gerannt sein, um uns einzuholen.

„Also, was ist los?", fragt sie an meiner statt. „Müssen wir jemanden umbringen?"

„Musst du immer so gewalttätig sein?", kontert Sabrina, aber mir entgeht nicht, dass sie uns ungeduldig an einigen Studenten vorbeiführt, die uns allesamt neugierige Blicke zuwerfen.

„Kannst du mir jetzt bitte verraten, worum es geht?", frage ich, darum bemüht, mit ihren ausladenden Schritten mitzuhalten. Noch ein bisschen schneller und ich muss rennen. Das allein ist schon besorgniserregend.

Was immer Sabrina uns zu sagen hat, nichts kann so schlimm sein, wie die Szenarien, die sich gerade in meinem Kopf abspielen.

„Es gibt einen Blog-Artikel über dich“, flüstert sie, als wir endlich außer Hörweite anderer Menschen sind. „Mehr weiß ich auch nicht, aber Anna wurde mehrfach darauf angesprochen.“

Ich lag falsch. Es kann noch schlimmer sein als die Szenarien in meinem Kopf. „Blog?“

Sie nickt. „Auf *Inside Redhill.*“

Verwirrt schaue ich von Jessie zu Sabrina und wieder zurück. „Was ist das für ein Blog?“

„Ich habe dir davon erzählt, weißt du nicht mehr? Auf unserer ersten Party. Der Blog, der in die Welt gesetzt hat, dass das Mädchen mit der Cola-Attacke in Liams und Isobels Trennung involviert gewesen sein könnte.“

Richtig. Wir haben im Garten gesessen und ich habe ihr gebeichtet, dass ich besagtes Mädchen bin.

Endlich sind wir beim Wohnheim angekommen und ausnahmsweise macht es mir nichts aus, den Fahrstuhl zu nehmen, um möglichst schnell in die Sicherheit meines Zimmers zu kommen und diesen Artikel zu lesen. Glücklicherweise begegnet uns niemand. Kaum haben wir die Tür hinter uns geschlossen, flitzt Jessie auch schon in ihren Raum und kommt kurz darauf mit ihrem Laptop wieder.

„Bereit?“, fragt sie, bevor sie die Internetadresse eingibt.

„Nein. Aber lesen sollte ich es trotzdem, oder?“

Statt einer Antwort drückt sie auf Enter und der Blog öffnet sich.

Wer ist sie wirklich? – Die Geschichte von C. Archer

Auf Gerüchte kann man bekanntlich nicht viel geben. Außer sie sind wahr.

Wie viele andere Frauen (und Männer) auf dem Campus, hat sich auch die Redaktion von Inside Redhill *die Frage aller Fragen gestellt: Wie hat C. Archer es geschafft, ausgerechnet den beliebtesten aller Frauen- (und Männer-)Schwärme an sich zu binden, wo sie doch quasi aus dem Nichts bei uns aufgetaucht ist? Könnte es sein, dass L. Rogers das zurückhaltende Mädchen aufgrund ihres Charakters mag? Oder existiert eine andere, versteckte Wahrheit?*

Eines ist sicher: Versteckte Wahrheiten gibt es um C. Archer zuhauf.

Wir fragen uns zum Beispiel, ob L. Rogers die höchst skandalöse Vorgeschichte seiner neuen Geliebten bekannt ist?

Inside Redhill *hat mit einer ehemaligen Freundin von C. Archer gesprochen, welche die vermeintlich schüchterne Frau noch aus Highschool-Zeiten kennt.*

„Wir waren ewig befreundet", beginnt L.M. ihre Erzählung. „Deshalb war ich damals wirklich geschockt. Ich habe sie immer für das liebe Mädchen von nebenan gehalten. Aber ich habe mich komplett in ihr getäuscht."

L.M. bezieht sich damit auf einen Vorfall, der sich in C. Archers letztem Highschool-Jahr ereignete.

„Sie war eifersüchtig", erklärt L.M. weiter. „Ihr Bruder und ich haben uns ineinander verliebt und sie konnte den Gedanken nicht ertragen, dass sie nicht länger seine ungeteilte Aufmerksamkeit hat. Am Ende waren wir gezwungen, uns zu trennen. Wir haben dem ständigen Druck von C. nicht mehr standgehalten."

Aber C. Archer war damit noch nicht zufriedengestellt.

„Ein paar Monate danach habe ich mich neu verliebt. D. war lieb und freundlich, doch C. hat mir selbst dieses bisschen Glück nicht gegönnt. Sie hat ihn verführt und später schlimme Dinge über ihn erzählt."

L.M. war zu höflich, um weiter auf das Thema einzugehen, aber Recherchen haben ergeben, dass C. Archer D. vorwarf, sie vergewaltigt zu haben. Eine Behauptung, die in Frage gestellt wurde, als belastendes Videomaterial aufgetaucht ist, welches eine andere Geschichte erzählt. Um sich vor weiteren Anschuldigungen zu schützen, sah sich die Familie von D. schließlich gezwungen, C. Archer wegen Verleumdung anzuzeigen.

Warum C. Archer sich letztendlich entschloss, nach Redhill zu kommen, ist unbekannt. Vielleicht wirklich – wie sie behauptet – um näher bei ihrem Bruder zu sein.

Oder steckt mehr dahinter?

Inside Redhill *hat im letzten Winter mehr als einmal die Frage gestellt, welche Gründe es für die plötzliche Trennung von L. Rogers und I. Collins geben könnte.*

Ist das die Antwort?

Um diese Trennung ranken sich ähnlich viele Spekulationen, wie um einen Vorfall nur wenige Wochen darauf, als ein unbekanntes, blondes Mädchen L. Rogers auf einer Party völlig grundlos ein Getränk ins Gesicht schüttete.

Aber war es wirklich so grundlos?

Nach eingehender Recherche und der Sichtung von Fotos aus dieser Nacht können wir bestätigen: Dieses unbekannte Mädchen war niemand geringeres, als C. Archer.

Könnte es also sein, dass diese stille Frau im Hintergrund schon viel länger die Fäden zieht? Hat sie dafür gesorgt, dass L. Rogers und I. Collins sich trennen, um die Früchte nur wenige Monate später zu ernten? Sollte dies der Fall sein, können wir alle nur hoffen, dass L. Rogers in Zukunft vorsichtiger mit der Wahl seiner Partnerinnen sein wird.

Doch es gibt Hoffnung: Aus sicheren Quellen haben wir erfahren, dass L. Rogers und I. Collins zu mehreren Anlässen in innigem Gespräch miteinander beobachtet wurden. Vielleicht besteht also noch die Chance auf ein Happy End für unser Traumpaar.

Ich zittere am ganzen Körper, als ich endlich beim Ende angelangt bin.

„Was für ein Haufen Scheiße", flucht Jessie. „Dagegen muss man doch etwas unternehmen können. Ich meine, niemand darf einfach so Lügen verbreiten, oder?"

Sabrina streicht mir beruhigend über den Rücken. „Wer zum Henker ist diese L.M.?"

„Louisa Marshall", antworte ich tonlos, noch immer unfähig, mich zu bewegen. Wenigstens lässt das Zittern langsam nach. „Wir waren mal befreundet."

„Du kennst dieses Miststück?" Jessie sieht so aus, als würde sie am liebsten den nächsten Baseballschläger nehmen und Louisa ausfindig machen wollen.

„Ja", hauche ich.

Und dann erzähle ich ihnen die ganze Geschichte.

Irgendwann setzt Jessie sich wieder neben mich, deutlich bemüht, ihr Temperament unter Kontrolle zu halten, während Sabrina gegen Ende Tränen in den Augen hat.

„Louisa und ich haben uns auf dieselben Colleges beworben, als wir noch dachten, dass wir für immer beste Freundinnen sein würden und ich war mir sicher, dass Hartford groß genug für uns beide wäre. Besonders, wenn ich ihr einfach aus dem Weg gehe. Doch sie hat nicht aufgehört. Deshalb bin ich nach Redhill gekommen", schließe ich meine Erzählung ab.

„Aber warum tut sie das? Woher wusste sie, an wen sie sich hier wenden muss, um die Geschichte publik zu machen?", fragt Sabrina vorsichtig.

Ich zucke mit den Schultern. „Google?" Auf einmal kommt mir ein anderer Gedanke. „Oder Edward. Er war auf meiner Schule, es kann sein, dass er den Kontakt hergestellt hat."

„Wie kommst du darauf? Also, abgesehen davon, dass ich ihn von Anfang an nicht mochte?" Jessie runzelt die Stirn.

Ich fühle mich wie betäubt. Aber das ist vermutlich besser. Solange ich taub bin, muss ich nichts anderes fühlen. „Er und Liam mögen sich nicht.“ Die Untertreibung des Jahres. „Als er erfahren hat, dass Liam und ich ein Paar sind, war er wirklich sauer.“

„Du meinst, er ist eifersüchtig?“ Sabrina zwirbelt nachdenklich eine Haarsträhne zwischen den Fingern.

„Vielleicht. Keine Ahnung. Ist das jetzt überhaupt noch wichtig?“

„Natürlich ist es das“, braust Jessie auf. „Diese kleine Kröte!“

Kopfschüttelnd starre ich auf meine Hände.

So viel zu meinem Neuanfang.

„Wenn Liam nur ein bisschen Anstand in den Knochen hätte, würde er eine Gegendarstellung liefern.“ Sabrina trommelt mit den Fingern auf ihrem Oberschenkel. „Er sollte wenigstens richtigstellen, dass du nichts mit seiner Trennung zu tun hattest.“

„Liam und ich waren nie wirklich zusammen!“ Ich schreie fast, aber ich kann die Worte nicht aufhalten.

Zwei verwirrte Augenpaare sehen mich an, also beginne ich zu erzählen. Die ganze Geschichte, von dem Moment an, als ich Liams Date auf der Feier seiner Eltern gespielt habe.

„Es tut mir leid, dass ich euch angelogen habe“, ende ich schließlich. „Ich kann verstehen, wenn ihr nichts mehr mit mir zu tun haben wollt.“

Es kostet mich jedes Quäntchen Kraft, aber ich stemme mich auf die Beine.

„Was?“ Jessie springt ebenfalls auf. „So ein Schwachsinn, Cat! Wir sind deine Freundinnen.“

Sabrina nickt heftig. „Du kannst dich auf uns verlassen.“

Schon wieder steigen mir Tränen in die Augen, doch dieses Mal nicht vor Verzweiflung.

Sofort ist Jessie da und schließt mich in die Arme.

„Was soll ich denn jetzt machen?“, schluchze ich. „Ich halte diese schrecklichen Gerüchte über mich nicht mehr aus. Und was ist, wenn der Dekan das liest? Kann er mich wegen so etwas rausschmeißen? Weil ich den Ruf des Colleges schädige, oder so?“

„Quatsch. Da hätte er eine Menge Menschen rauswerfen müssen“, versichert mir Jessie schnell. Doch wirklich überzeugen kann sie mich nicht.

Sabrina legt mir eine Hand auf den Arm. „Für heute bestellen wir etwas zu essen und machen mit den Serien da weiter, wo wir aufgehört haben. Morgen entwickeln wir einen Schlachtplan.“

Kapitel 41

Schlampe.

Nicht so unschuldig, wie sie tut.

Geschieht ihr recht.

In den Chor von damals mischen sich neue Stimmen, die mich über die Wege des Campus verfolgen und irgendwo dazwischen ist Isobels Lachen. Liam steht neben ihr, glücklich lächelnd. Sie laufen Hand in Hand über das Universitätsgelände und etwas glitzert an ihrer Hand. Ein Ring. Um mich hat sich eine Menschenmenge versammelt, die anfängt zu jubeln und zu klatschen, als Liam stolz verkündet: „Die Hochzeit ist in einer Woche." Jemand ruft etwas, das ich nicht verstehe. Egal wie sehr ich mich auch anstrenge, der tosende Applaus um mich herum ist zu laut. Dafür kann ich Liam deutlich hören. „Wer? Cat? Wer soll das sein?"

Ich möchte weglaufen, doch meine Beine bewegen sich nicht, ich kann mich nicht umdrehen, kann die Szene nicht hinter mir lassen, bin dazu verdammt, zuzuschauen, wie Liam sich zu Isobel beugt und sie sanft küsst.

Mit einem Ruck schrecke ich hoch. Es ist dunkel, nur das Licht einer Straßenlaterne scheint durch die offenen Vorhänge.

Ein Traum. Es war ein vollkommen verrückter Traum.

Ich rolle mich zu einer winzigen Kugel auf dem Bett zusammen, umklammere mich, als könnte ich so all die Einzelteile, in die ich zersprungen bin, zusammenhalten, und schließe erneut die Augen.

Es dauert nicht lange, bis das Kissen unter mir feucht ist, doch ich gebe keinen Laut von mir.

Das war es. Redhill war nur ein weiterer Versuch, vor allem davonzulaufen, und er ist gescheitert. Was soll ich jetzt tun? Die Blicke, das Flüstern hinter meinem Rücken, ich kann es nicht ertragen. Ich kann das alles nicht noch einmal durchmachen.

Ein leises Klopfen dringt an mein Ohr. Schnell wische ich die Tränen weg, bleibe jedoch still in der Hoffnung, dass, wer immer auf der anderen Seite der Tür ist, wieder verschwindet.

Jasmin und Sabrina haben ihr Versprechen wahr gemacht und wir haben eine Folge nach der nächsten geschaut, doch irgendwann war Sabrina mit Anna verabredet und ich habe Jessie gesagt, dass ich schlafen gehen möchte.

„Cat, komm schon“, dringt Tristans Stimme durch die Tür.

Verdammt. Ihn werde ich nicht abwimmeln können. Besser, ich bringe es gleich hinter mich. „Komm rein.“

Sofort öffnet er die Tür und sieht mich besorgt an. Im Hintergrund entdecke ich meine Mitbewohnerin und plötzlich besteht für mich kein Zweifel, wer dafür gesorgt hat, dass mein Bruder nun in meinem Zimmer steht.

So, wie es sich anfühlt, sind meine Augen vom Weinen verquollen und meine Haare ein einziges Chaos, ich kann ihm also nicht verdenken, dass er die Stirn runzelt.

Die Bilder des Traumes sind noch immer so klar, als wäre es eine Erinnerung, keine irrwitzige Erfindung meines Unterbewusstseins. Alles tut mir weh. Mein Körper. Mein Geist. Alles. Deswegen starre ich einfach nur zurück. Für etwas anderes fehlt mir die Kraft.

„Ich hätte das alles niemals so weit kommen lassen dürfen, nachdem ich nach Redhill gezogen bin“, kommt Tristan direkt zum Punkt.

„Da war es bereits zu spät.“ Meine Stimme klingt tonlos und leer.

„Ich hätte mit ihr reden müssen. Ihr deutlich machen, dass du nichts mit alldem zu tun hattest. Oder …“

„Du hättest es nur noch schlimmer gemacht“, falle ich ihm ins Wort. Er sieht so aus, als würde er mir widersprechen wollen und zum ersten Mal seit langem spüre ich Wut in mir hochkochen. Wut auf meinen Bruder. „Nach der ganzen Scheiße, die du abgezogen hast, wäre es völlig egal gewesen, was du getan hättest, Louisa hätte trotzdem einen Weg gefunden, mich zu verletzen. Sie hat all ihre Wut und ihren Schmerz gegen mich gerichtet, das hättest du nicht verhindern können.“

„Es war nicht deine Schuld, das muss sie doch gewusst haben.“

„Es war ihr egal, Tristan. Sie brauchte ein Ventil und du warst nun einmal nicht da. Wieso hast du es überhaupt so weit kommen lassen?“ Endlich hört sich meine Stimme wieder kräftig an. „Warum hast du dich auf sie eingelassen, obwohl du wusstest, dass sie mehr für dich fühlt?“

Er schüttelt den Kopf, aber seine Antwort klingt schwach. „Ich habe ihr von Anfang an gesagt, woran sie ist.“

„Das macht es in deinen Augen besser?“, hake ich ungläubig nach. „Glaubst du ernsthaft, dass Gefühle so einfach zu steuern sind?“

Tristan sagt nichts, seufzt und lässt sich auf die Bettkante sinken. „Es tut mir leid, Cat. Alles daran. Ich hätte Louisa nie auch nur anschauen dürfen, das weiß ich jetzt. Und ich habe mein Versprechen damals ernst gemeint. Ich werde nie wieder etwas mit einer deiner Freundinnen anfangen."

Dann schweigen wir eine ganze Weile. Irgendwann mache ich ihm Platz und er setzt sich neben mich.

„Ich bin mir nicht sicher, was es bedeutet", sagt er schließlich bedächtig, „doch in den vergangenen Wochen hatte ich das Gefühl, meine kleine Schwester wiederzuhaben. Nicht nur, weil du jetzt hier am College bist, sondern auch wie du dich verhalten hast. Du warst schon immer ruhig, aber in den letzten zwei Jahren war es mehr als das. Du warst regelrecht verschreckt. Doch es hat sich etwas verändert."

Erstaunt blicke ich auf. „Ach ja?"

Liebevoll lächelt er mich an. „Ja. Du bist endlich wieder aus dir herausgekommen, hast dich neue Dinge getraut. Es ist gut, zu sehen, dass du langsam wieder zu dir selbst findest. Bitte lass nicht zu, dass sie es wieder zerstört."

Trotz allem, trotz Liam und dieses Artikels spüre ich ein zaghaftes Lächeln an meinen Mundwinkeln ziehen. „Ich werde es versuchen. Dankeschön."

„Gern geschehen, Schwesterherz."

Kapitel 42

Obwohl dieses Gespräch, diese Konfrontation längst überflüssig war, Tristan irrt sich. Ich finde nicht zu mir selbst, ich verliere mich. Stück für Stück. Was er sieht, ist der verzweifelte Versuch, so zu tun als wäre alles in Ordnung.

Es war leicht zu glauben, dass alles wieder gut werden würde, solange er da war. Wir haben geredet. Über Louisa, die Highschool, seine nächsten Wettkämpfe und meine Kurse. Doch nun, wo er weg ist, wird die Stille in meinem Zimmer wieder erdrückend laut.

Die einzig richtige Entscheidung ist, Redhill zu verlassen. Vielleicht ist es einfach nicht der richtige Weg für mich. Ja, ich habe mein ganzes Leben darauf hingearbeitet, eines Tages aufs College zu gehen, aber bisher hat sich das nicht bezahlt gemacht, im Gegenteil. Meine Probleme haben mich überall eingeholt.

Noch immer sitze ich auf meinem Bett, mein Kinn auf den Knien abgestützt und starre ins Nichts.

Würde ich das College verlassen, müssten meine Eltern nicht mehr für mich bezahlen. Es wäre für alle das Beste, richtig? Ich könnte mir einen Job suchen, irgendwo weit weg und ein neues Leben beginnen. Erst das leise Trommeln macht mir bewusst, dass ich mit den Fingern auf die Bettdecke klopfe. Sofort höre ich auf. Aber das Verlangen nach Bewegung wird übermächtig.

Und dann treffe ich eine Entscheidung.

Es dauert nur wenige Minuten, meinen Badeanzug aus dem Koffer unter dem Bett hervorzuholen, überzustreifen, Handtuch, Schwimmbrille und Badelatschen in eine Tasche zu werfen und das Wohnheim hinter mir zu lassen. Ich habe keine Ahnung, wie spät es ist, doch mit etwas Glück hat die Schwimmhalle noch geöffnet.

Obwohl ich nie zuvor dort war, habe ich das Gefühl, ein Stück zu Hause wiedergefunden zu haben, als ich die schweren Türen aufdrücke und von einem Schwall warmer Luft in Empfang genommen werde.

Mein Badeanzug fühlt sich kühl an, der Geruch nach Chlor hängt in der Halle und die Geräusche, die mich umgeben, sind so vertraut, dass ich einen Moment die Augen schließe. Das leise Gluckern von Wasser und von Zeit zu Zeit ein lautes Platschen, hallen von den Wänden wider. Irgendwie ist es beruhigend, trotz der späten Stunde nicht völlig allein zu sein. Am anderen Ende des Beckens zieht eine einzelne Schwimmerin ihre Bahnen. Ruhig und gleichmäßig gleitet sie durch das Wasser.

Freiheit, Schwerelosigkeit, all das sehe ich mit einem Mal deutlich vor mir.

Ich werde dir das Leben zur Hölle machen, du kleine Heuchlerin. Vor mir kannst du dich nicht verstecken.

Ich schüttle den Kopf, um Louisa aus meinen Gedanken zu vertreiben.

Mein Herz klopft schnell und laut, trotzdem laufe ich langsam, lege mein Handtuch auf eine kleine Bank und hänge mir die Schwimmbrille über den Arm.

Diese Bewegung habe ich unzählige Male gemacht. An den Beckenrand gehen, Arme, Beine und Bauch mit dem kühlen Wasser befeuchten, mich auf den Startblock stellen. Es ist so selbstverständlich wie atmen. Plötzlich habe ich das Gefühl, dass es nicht schnell genug gehen kann, dass ich zu viel Energie in mir trage und explodieren werde, wenn ich nicht sofort ins Wasser komme.

Ich ziehe mir die Schwimmbrille auf, hole ein letztes Mal tief Luft und springe.

Das hast du dir alles selbst zuzuschreiben, weißt du?

Kaltes Wasser schlägt über meinem Kopf zusammen, aber meine Muskeln erinnern sich genau daran, was zu tun ist. Arme und Beine führen die Bewegungen wie von allein aus und innerhalb von Sekunden finde ich meinen Rhythmus.

Dachtest du wirklich, dass Dean sich ausgerechnet in dich verliebt? Süß.

Ich ändere den Schlag meiner Arme, werde schneller. Atmen, tauchen, atmen, Drehung, tauchen, atmen.

Er wollte dich von Anfang an nur ins Bett bekommen. Aber ich schätze, die Rückbank seines Autos hat es auch getan.

Bahn um Bahn schwimme ich, bis meine Muskeln und meine Lungen brennen.

Jetzt weiß endlich jeder, wie scheinheilig du bist.

Hier, im Wasser, ist nichts davon wichtig. Einzig meine Atmung zählt.

Nur deinetwegen hat Tristan mich verlassen!

Louisa hatte Unrecht. Mein Bruder hat seine eigenen Entscheidungen getroffen. Ich war nur ihr Sündenbock, weil sie nicht zugeben konnte, dass sie sich in ihm getäuscht hat.

Je länger ich im Wasser bin, desto ruhiger werde ich. Der Blogartikel, Liam, meine Kurse, all das scheint in weite Ferne gerückt. Hier zählt lediglich, dass ich mich nicht verzähle, meine Atmung kontrolliere und darauf achte, die Bewegungen sauber auszuführen.

Doch das fehlende Training der vergangenen Monate macht sich bemerkbar und früher, als mir lieb ist, halte ich mich schwer atmend am Beckenrand fest. Die andere Schwimmerin zieht noch immer eine Bahn nach der nächsten. Bestimmt ist sie im Schwimmteam und trainiert. Ich warte auf die Enttäuschung über mich selbst, auf den Neid, aber nichts passiert.

Langsam beruhigt sich meine Atmung und ich hole ein letztes Mal tief Luft, bevor ich abtauche.

Stille.

Ich habe sie vermisst, diese Stille. Diese Ruhe meiner Gedanken, die ich nur beim Schwimmen habe.

Unter Wasser, immer am Boden des Beckens entlang, tauche ich auf das andere Ende zu, das unendlich weit weg scheint.

Nach der Sache mit Louisa und Dean habe ich jede freie Sekunde im Wasser verbracht, um ihre Stimmen und ihr Lachen für einige Momente vergessen zu können. Es war meine einzige Zuflucht.

Nachdem ich mein Stipendium aufgegeben habe, habe ich mich dafür bestraft, nicht durchgehalten zu haben, denn es war eine Strafe, nicht länger zu schwimmen.

Kontrollierte Bewegungen bringen mich vorwärts, obwohl meine Lunge immer dringender nach Sauerstoff verlangt.

Ich habe ein Stück von mir selbst aufgegeben.

Nach Louisa habe ich keine Freundschaften mehr zugelassen. Bis jetzt. Jessies und Sabrinas Gesichter tauchen vor meinem inneren Auge auf und so sehr es schmerzt, auch Liams.

Noch zwei Schwimmzüge, einer. Meine Finger streifen den Beckenrand auf der anderen Seite und ich stoße mich vom Grund ab.

Wunderbare Luft füllt meine Lungen in dem Moment, in dem mein Kopf die Wasseroberfläche durchbricht.

Ich habe es geschafft, ich habe durchgehalten.

Schwer atmend drehe ich mich auf den Rücken, strample leicht mit den Füßen und starre an die Decke, während ich durch das Wasser gleite.

Ich könnte das College verlassen. Die Option ist da.

Aber wofür?

Meine Träume aufzugeben? Was sind eigentlich meine Träume? Ans College gehen, das war immer der eine Traum, den ich hatte und ich habe ihn mir erfüllt. Doch was jetzt? Wirtschaft ist nicht das, was mich begeistert. Was ist es dann?

Die letzten Meter tauche ich, drehe mich unter Wasser um, stoße mich ein weiteres Mal vom Rand ab und konzentriere mich auf die saubere Technik beim Brustschwimmen.

Anstatt mich den schwierigen Fragen zu stellen, bin ich immer wieder davor weggelaufen. Habe ein Studium begonnen, das ich nicht mag, bloß, weil es die einfachste Lösung darstellt.

Die Angst, von anderen verurteilt zu werden, hat mich wieder und wieder in eine Ecke gedrängt.

Louisa ist sehenden Auges ins offene Messer gelaufen und hat mir die Schuld gegeben. Doch es war nie meine Schuld. Nichts davon. Auch nicht, was Dean mir angetan hat. Ja, ich bin mit ihm zu seinem Auto gegangen, doch in dem Moment, in dem ich *Nein* gesagt habe, hätte er aufhören müssen. Er hätte meine Wünsche respektieren müssen, stattdessen hat er sich dazu entschieden, sich gewaltsam zu nehmen, was er haben wollte. Aber ich konnte nichts dafür, das ist mir endlich klar geworden. Nicht nur, aber auch dank Liam.

Liam …

Ein weiteres Mal tauche ich auf den Grund des Beckens.

Ich war mir so sicher, dass ich ihm vertrauen kann und alles, was ich am Ende bekommen habe, ist, wieder allein zu sein. Egal, wie sehr ich versucht habe, mich selbst davor zu bewahren, er hat sich in mein Herz geschlichen. Ich wusste, dass er mir wehtun könnte und doch habe ich es zugelassen. Vielleicht ging es Louisa damals genauso. Sie wusste, dass sie geradewegs auf ein Messer zu rennt, wollte aber gar nicht langsamer werden, weil die Erfahrung jeden Schmerz wert ist. Dann ist da noch die Tatsache, dass ich mich, wie Louisa, der Wahrheit nicht stellen wollte. Stattdessen habe ich den vermeintlich leichteren Weg gewählt. Doch dieser hat sich als Sackgasse herausgestellt.

Wieder an der Wasseroberfläche ist nur noch eine einzige Frage übrig.

Wenn ich die letzten Wochen ändern, die Zeit zurückdrehen könnte, würde ich es tun?

Ruhig beginne ich zu kraulen, Bahn für Bahn, zähle meine Atemzüge und lasse zum ersten Mal all die Erinnerungen, die ich mit Liam gesammelt habe, zu.

Als ich schließlich völlig erschöpft aus dem Becken steige, habe ich meine Antwort.

Ich würde nichts ändern. Keine einzige Sekunde. Und es wird höchste Zeit, dass ich mich meinen Ängsten stelle.

Kapitel 43

Ich werde nicht mehr weglaufen. Nicht vor der Vergangenheit, der Gegenwart und schon gar nicht vor der Zukunft. Ich kann nicht ändern, was passiert ist. Doch ich kann das Beste aus diesem Moment, aus dieser Nacht, machen. Es wird höchste Zeit, dass ich der Realität ins Auge blicke.

Ich habe mich in Liam Rogers verliebt. Das ist eine Wahrheit, vor der ich nicht länger fliehen kann. Aber ich kann mich ihr stellen. Anders als Louisa, werde ich meine Trauer nicht an Dritten auslassen.

Zurück im Wohnheim verliere ich keine Zeit. Nach einer schnellen Dusche tausche ich die Jogginghose gegen eine Jeans, streife den erstbesten Pullover über, den ich finden kann, und bin auf dem Weg zur Tür, als Jessies Stimme mich innehalten lässt.

„Nicht mehr lange und ich hätte einen Suchtrupp losgeschickt. Wo willst du denn jetzt schon wieder hin?“, fragt sie, als sie realisiert, dass ich im Begriff bin, die Wohnung erneut zu verlassen. Da sie nur ein Tanktop und eine Boxershorts trägt, bin ich mir ziemlich sicher, dass sie bereits im Bett war.

„Tut mir leid, ich wollte dich nicht wecken.“

„Hast du auch nicht.“ Sie mustert mich von Kopf bis Fuß. „Aber das beantwortet meine Frage nicht.“

Richtig. „Zu Liam.“

„Es ist kurz nach Mitternacht“, klärt sie mich stirnrunzelnd auf. „Denkst du nicht, was immer du vorhast, kann bis morgen warten?“

„Nein.“

„Nein?“

Einen Schuh in der Hand, den anderen bereits halb am Fuß drehe ich mich zu ihr um. „Nein.“

Jessie betrachtet mich mit einem Ausdruck, als hätte ich den Verstand verloren. Wer weiß, vielleicht habe ich das auch. Endlich habe ich den zweiten Schuh am Fuß. Fehlt noch der Autoschlüssel. Wo ist das verdammte Ding? Leise fluchend durchwühle ich erst meine Handtasche, dann einen Rucksack und schließlich meine Jackentaschen. Ohne Erfolg.

„Warum möchtest du mitten in der Nacht mit Liam reden?", fragt sie mich geduldig.

Nachdem die Suche an der Garderobe erfolglos war, muss er auf meinem Schreibtisch sein. „Ich mache das nicht, weil ich mir irgendetwas davon erhoffe. Aber er sollte wissen, dass er mich verletzt hat. Abgesehen davon möchte ich nicht den Rest meines Lebens bereuen, dass ich ihm nie gesagt habe, was ich fühle. Selbst, wenn es ihn nicht mehr interessiert."

„Okay." Jessie nickt und ich sehe den Moment, in dem sie einen Entschluss fasst. „Ich fahre dich."

„Was?"

„Dafür sind Freundinnen da, Cat. Außerdem habe ich schon alle anderen spannenden Wendungen verpasst und für diesen Teil der Geschichte möchte ich unbedingt anwesend sein." Sie grinst verschmitzt, wirbelt herum und kommt kurz darauf in Jogginghose und einem mantelartigen Überwurf zurück.

„Bist du dir sicher?", hake ich nach, auch wenn ich insgeheim froh bin, sie an meiner Seite zu wissen.

„Natürlich." Sie schwenkt ihre eigenen Autoschlüssel. „Wollen wir?"

„Sofort." Gerade rechtzeitig habe ich mich an das Kleid erinnert, das noch immer in meinem Schrank hängt und das ich schon längst hätte zurückgeben müssen. Außerdem habe ich die Vermutung, dass ich Liam nach der heutigen Nacht nicht mehr unter die Augen treten kann. Die Schuhe und sein T-Shirt verstaue ich in einem Beutel, dann bin ich fertig.

„Zwei Fliegen mit einer Klappe", erkläre ich, als Jessie mir einen fragenden Blick zuwirft.

„Also, wenn du mich fragst, dieses Kleid ist die perfekte Entschädigung, aber bitte, wenn du unbedingt vernünftig sein musst." Sie zieht die Tür hinter sich zu.

Mein Herz pocht so schnell, dass mir beinahe schlecht ist, doch genau das ist der Grund, weshalb ich jetzt zu Liam muss. Morgen früh fehlt mir ganz sicher der Mut.

„Hast du gelesen, was Anna in unserer Gruppe geschrieben hat?", erkundigt sich Jessie auf dem Weg über den dunklen Parkplatz und ich schüttle den Kopf.

Das Handy liegt in meiner Tasche. Bisher hatte ich weder den Mut, noch habe ich die Notwendigkeit gesehen, mich den Hassnachrichten, die sich garantiert darauf befinden, zu stellen.

„Isobel war beim Training stinksauer über diesen Blog-Artikel", klärt sie mich auf. „Es mussten wohl einige Teammitglieder zusätzliche Liegestütze machen."

„Warum sollte sie mich verteidigen? Sie kann doch froh sein, dass dieser verdammte Beitrag geschrieben wurde."

Wir steigen ein, bevor sie losfährt, dreht Jessie sich allerdings noch einmal zu mir. „Hast du schon mal daran gedacht, dass Isobel nicht so fies ist, wie du denkst?"

Nein.

„Ich meine", fährt sie fort, „sie hat dir diese Tampons im *Hector's* gegeben und jetzt verteidigt sie dich. Vielleicht mag sie dich."

Ein nichtssagendes Brummen ist meine Antwort, denn es spielt keine Rolle. Nicht wirklich. Liam hat seine Entscheidung getroffen und ich bilde mir nicht ein, mit dieser durchgeknallten Aktion heute Nacht etwas daran ändern zu können. Ich tue das hier für mich. Nur einmal will ich nichts bereuen. Gar nichts.

Die Fahrt dauert ewig und ist trotzdem viel zu schnell vorbei. Vermutlich hilft es auch nicht, dass ich mich nur vage erinnere, welchen Weg wir nehmen müssen und wir uns gleich zwei Mal verfahren. Doch irgendwann biegen wir endlich auf einen mir bekannten Parkplatz ein. Liams Auto steht an derselben Stelle, an der wir das letzte Mal geparkt haben und Erleichterung überkommt mich. Er ist zu Hause, was gleichzeitig bedeutet, dass ich das hier wirklich tun muss.

Was, wenn er mir die Tür vor der Nase zu schlägt?

Wir halten auf einem freien Platz und plötzlich schaffe ich es nicht, mich zu bewegen.

„Willst du nicht aussteigen?" Jessie wirkt sichtlich amüsiert.

„Ja. Gleich. Sag mal, weißt du, wie Isobels Auto aussieht?" Der Gedanke ist mir vorher nicht gekommen, doch was, wenn sie gerade bei Liam ist? In seinem Bett? Was, wenn sie … nein. Nicht daran denken.

„Tut mir leid, aber ich habe keine Ahnung."

„Und wenn sie da ist?"

„Das fällt dir erst jetzt ein?"

„Nicht hilfreich“, murre ich und Jessie beginnt zu lachen.

„Cat, du tauchst mitten in der Nacht bei deinem Fake-Exfreund auf, um ihm ein Kleid zu bringen. Falls Isobel in dieser Wohnung ist, macht es wirklich einen Unterschied?“

„Ja! Nein! Keine Ahnung.“

Stillsitzen ist ein Ding der Unmöglichkeit geworden, aber wenn ich nun aussteige, wird mein Vorhaben real. Dann stehe ich innerhalb kürzester Zeit vor seiner Tür, muss klingeln und wenn er öffnet, muss ich ihm sagen – o Gott, mir ist schlecht.

„Wir können auch wieder fahren“, bietet Jessie mir an, die Hand bereits am Autoschlüssel.

Ich schüttle heftig mit dem Kopf.

„Dann geh jetzt da raus und tu, weshalb wir hierhergekommen sind. Und im Anschluss essen wir die Tafel XXL-Schokolade, die ich noch in meinem Zimmer habe.“

„Willst du mitkommen?“

„Nicht wirklich.“

„Aber hier im Auto ist es zu gefährlich, so mitten in der Nacht … und zu kalt.“

„Ich schließe mich ein und habe einen dicken Mantel. Jetzt geh endlich!“

Das Blut rauscht mir in den Ohren, doch ich nicke ihr knapp zu, öffne die Tür und springe in die kühle Nachtluft. Bevor ich es mir wieder anders überlege, hole ich das Kleid sowie die Tasche von der Rückbank und gehe den kleinen Weg entlang, den ich nur wenige Wochen zuvor mit Liam gegangen bin.

Wer ist eigentlich auf diese bescheuerte Idee gekommen? Insbesondere mitten in der Nacht? Mit nichts als einem Kleid und einem T-Shirt bewaffnet? Fuck, ich sollte den Teil mit Liam überspringen und direkt zu der Schokolade übergehen.

Aber dann bin ich vor seiner Tür.

Durchatmen. Einmal. Zweimal.

Leider hilft selbst das nicht gegen mein wild pochendes Herz und die rasenden Gedanken.

Noch könnte ich zurück. Noch müsste niemand außer Jessie von dieser Stunde der geistigen Umnachtung erfahren.

Mein Finger liegt schon auf der Klingel und bevor ich es mir anders überlegen kann, drücke ich.

Und warte.

Vielleicht ist er gar nicht da, sondern auf irgendeiner Party und hat sein Auto stehen gelassen, um Alkohol trinken zu können. Ermutigt von diesem Gedanken klingle ich ein zweites Mal. Wenn er ohnehin nicht hier ist, kann ich auch so tun, als würde ich es ernsthaft versuchen.

Die Gegensprechanlage knackt und ich springe in die Luft, als ich seine Stimme höre. „Wer, zur Hölle, stört?"

„Hi, ich bin es. Also, Cat", stammle ich und verziehe bei den Worten gequält das Gesicht.

Lange Zeit bleibt es still und etwas in mir verknotet sich schmerzhaft. Als ich schon befürchte, dass Liam wortlos wieder ins Bett gegangen ist, ertönt der Summer und ich stoße den Atem aus, von dem ich nicht mal gemerkt habe, dass ich ihn angehalten habe. Jetzt gibt es kein Zurück.

Einen Schritt nach dem nächsten steige ich die Stufen nach oben. Warum habe ich mir nicht die Zeit genommen und eine Rede vorbereitet? Irgendeine Entschuldigung, weshalb ich mitten in der Nacht vor seiner Tür auftauche? Doch als mein Blick auf Liam fällt, ist jeder Gedanke aus meinem Kopf verschwunden, weggeschwemmt von der Hitze, die plötzlich in mir aufsteigt.

Er sieht verschlafen aus, die Haare stehen ihm unordentlich in alle Richtungen vom Kopf, ein T-Shirt in den Farben des Colleges hängt ihm locker von den Schultern und die Jogginghose ist leicht verdreht. Anscheinend habe ich ihn wirklich geweckt.

Trotz allem, was passiert ist, würde ich nichts lieber tun als die Hand auszustrecken und ihm durch die zerzausten Haare fahren. Seine grimmige Miene und die verschränkten Arme deuten jedoch darauf hin, dass meine Sehnsucht nach ihm nicht auf Gegenseitigkeit beruht.

Er unterzieht mich einer intensiven Musterung, bei der mein Magen einen Purzelbaum schlägt, sagt jedoch kein Wort, wartet.

„Hi", piepse ich in Ermangelung einer besseren Idee und hebe unbeholfen den Arm, als wollte ich winken.

Liam blickt mich ungerührt an, eine Augenbraue in die Höhe gezogen. Keinerlei Emotionen sind auf seinem Gesicht zu lesen, abgesehen von Langeweile und Müdigkeit. „Was willst du hier?"

Autsch.

„Ich wollte dir die Sachen wiedergeben", sage ich das Erste, was mir in den Sinn kommt, und strecke ihm besagte Gegenstände entgegen.

Liams Blick liegt auf mir, doch die Wärme, die ich so oft darin gesehen habe, fehlt. Trauer und Sehnsucht führen ein Tauziehen in meinem Inneren. Es fühlt sich so richtig an, ihn zu sehen und seine Stimme zu hören, dass die Kälte in seinen Augen nur noch mehr schmerzt. Er möchte mich ganz eindeutig nicht hier haben, macht allerdings auch keinerlei Anstalten, mir die Sachen abzunehmen … oder mir die Tür vor der Nase zuzuschlagen.

„Und dafür wirfst du mich mitten in der Nach aus dem Bett?“

Hilflos zucke ich mit den Schultern, denn darauf habe ich keine Antwort. Er hat recht. Natürlich hat er recht. Ich hätte nie herkommen dürfen. Aber es ist zu spät und jetzt kann, nein, jetzt *muss* ich das Beste aus der Situation machen. Trotzdem, der kleine Funken Hoffnung stirbt. Der Teil, der entgegen allen Umständen noch dachte, dass er sich freuen würde, mich zu sehen.

Leise seufzend tritt er einen Schritt zurück. „Komm rein, sonst wecken wir noch die Nachbarn.“

Nicht die freundlichste Einladung, doch besser als nichts. Obwohl ich erst einmal hier war, fühlt es sich vertraut an, durch den Flur zu gehen und hinter Liam das Wohnzimmer zu betreten. Als hätte ich es schon tausendmal gemacht.

In der Mitte des Raumes bleibt er abrupt stehen, verschränkt die Arme und mustert mich abwartend. Da ich nicht weiß, was ich sonst tun soll, lege ich das Kleid und die Tasche auf das Sofa. Die Schuhe platziere ich fein säuberlich auf dem Boden und als ich sicher bin, dass ich nichts anderes mehr tun kann stelle ich mich seinem Blick.

Falls er mich mit seinem Schweigen nervös machen möchte, es funktioniert. Wie stehe ich normalerweise? Hängen meine Arme immer so nutzlos an den Seiten herunter? Wie gucke ich? Sollte ich besser lächeln?

„Hast du schon geschlafen?“ Himmel, Cat, natürlich hat er schon geschlafen. Als ich Liams spöttischen Blick auf mir spüre, komme ich mir gleich doppelt dämlich vor.

„Warum bist du hier?“, fragt er ein zweites Mal kühl. „Und erzähl mir nicht noch mal den Schwachsinn, dass du mitten in der Nacht dieses Kleid vorbeibringen wolltest. Du wirkst auf mich weder betrunken noch anderweitig zugedröhnt.“

Einfach raus damit, ich muss es nur sagen und dann kann ich verschwinden. Ich muss nur den Mund öffnen. Wenn mir bloß nicht so schlecht wäre und mein Herz nicht mit dreifacher Geschwindigkeit schlagen würde. O Gott, ich hasse es, ich hasse alles an dieser Situation.

„Hast du mich nur geweckt, um mich stumm anzustarren?“, fragt er, als ich noch immer nichts erwidere.

Natürlich macht er es mir nicht leicht. Damit habe ich gerechnet. Womit ich nicht gerechnet habe, ist die Verletzlichkeit in seiner Stimme. Doch vielleicht bilde ich sie mir auch nur ein.

„Musst du gerade so ein Arsch sein?“, bricht es aus mir heraus.

„Wieso sollte ich kein Arsch sein, nachdem du mich die letzten Wochen komplett ausgeschlossen hast?“

Er hat recht, aber … „Du weißt genau, warum ich das gemacht habe.“

„Natürlich, du hast Panik bekommen. Du denkst immer noch, ich wäre der Arsch, für den du mich am Anfang gehalten hast und anstatt mit mir zu reden oder – Gott bewahre – mir zu vertrauen, läufst du lieber weg und überlässt es deiner Mitbewohnerin, mit mir zu reden.“

Verdattert starre ich ihn an, balle die Hände zu Fäusten und atme tief durch, um nicht zu schreien. „Du hast dich doch nicht mehr gemeldet. Abgesehen davon, als du Isobel auf diesem Balkon in den Arm genommen und ihr Versprechen gemacht hast, sah es für mich nicht danach aus, als würdest du mich großartig vermissen.“

Er sagt nichts.

„Keine Sorge, ich habe nicht vor eure gemeinsame Zukunft zu stören.“ Jetzt sieht er doch so aus, als würde er etwas entgegnen wollen, doch ich bin noch nicht fertig. „Ich bin hier, weil ich dir etwas mitteilen wollte, denn du hast recht, ich hätte mit dir reden müssen. Aber weißt du was, Liam? Das war reiner Selbstschutz. Damit kennst du dich doch aus, oder?“ Ich hasse die Tränen, die mir in die Augen steigen, das Gefühl, als würden tausend Messer in meiner Brust stecken. Nur, wenn ich es jetzt nicht sage, werde ich es niemals tun. „Ist das nicht der Grund, weshalb du nicht mehr mit Ryan sprichst? Weil es weh tut?“

Liams Lippen werden zu einem schmalen Streifen und ich weiß, dass ich mit meiner Vermutung recht habe. Aber ich lasse ihn nicht zu Wort kommen. Die Sätze fallen nur so aus meinem Mund und in dem Moment, in dem ich aufhöre zu sprechen, wird mein Mut mich verlassen.

„Es tut weh, zu wissen, dass ich dir nicht so wichtig bin, wie du mir. Ich wusste, dass es ein Fehler wäre, mich in dich zu verlieben. Es ist trotzdem passiert und ich dachte, ich könnte dir vertrauen, aber du hast mir wehgetan. Und das ist alles, was ich sagen wollte."

Wenn ich nur einmal blinzle, laufen meine Augen über, also drehe ich mich um und hoffe, dass er mir nicht folgt. Dass er mir das letzte bisschen Würde lässt. Ich habe ihm alles gesagt und nun ist es Zeit zu gehen.

„Und jetzt hast du vor wieder wegzulaufen?", fragt Liam hinter mir.

Die Hand bereits nach der Türklinke ausgestreckt, stoppe ich. „Warum sollte ich bleiben?"

„Weil nicht nur du Gefühle entwickelt hast."

Kapitel 44

Weil nicht nur du Gefühle entwickelt hast. Die Worte hallen in mir nach, während mein Blut laut in meinen Ohren rauscht, doch ich unterdrücke die Hoffnung, die sich mit aller Macht zurück an die Oberfläche pressen möchte.

„Wie bitte?" Langsam drehe ich mich zu Liam um. Er steht im Durchgang zum Wohnzimmer, eine Hand am Türrahmen, als müsste er sich abstützen und sieht mir direkt in die Augen.

„Weil nicht nur du Gefühle entwickelt hast", wiederholt er noch einmal, ruhiger diesmal. Vorsichtig geht er einen Schritt auf mich zu, dann noch einen, bis er vor mir stoppt. „Ich habe mich in dich verliebt. Nicht in Isobel oder in irgendjemanden sonst. Ich bin verliebt in dich. In die Art, wie du lachst und sprichst. In deinen Humor und in jedes Wort, das du sagst. Du bist klug und mutig und magst *Der Herr der Ringe*", fügt er mit einem kleinen Lächeln hinzu.

„Ich bin nicht mutig", murmle ich verlegen, nicht in der Lage, meinen Blick von ihm zu nehmen, auch wenn meine Augen sich schon wieder mit Tränen füllen.

„Natürlich bist du das." Er hebt den Arm und streicht mir behutsam eine Haarsträhne hinter die Ohren.

Wäre ich klug, würde ich zurückweichen, aber stattdessen schließe ich für einen Moment die Lider und konzentriere mich ganz auf das Gefühl seiner warmen Finger auf meiner Haut.

„Sieh dich doch an", flüstert er. „Du bist mitten in der Nacht hierhergekommen. Du hast Isobel die Stirn geboten, als du mich noch nicht mal leiden konntest und das nach allem, was du erlebt hast. Du bist mutig. Und als du nicht mehr mit mir gesprochen hast …" Er atmet tief ein, dann wieder aus. Als müsste er seine Emotionen unter Kontrolle bringen. „Ich bin wahnsinnig geworden, Cat."

Freude, Angst, Mitleid, Wärme, Verwirrung, alles explodiert gleichzeitig in mir, während er spricht.

„Isobel und ich waren auf diesem Balkon, weil sie mich um meine Hilfe gebeten hat, das ist alles," fährt er fort, seine Hand noch immer an meiner Wange.

Obwohl wir uns nur an diesem einen Punkt berühren, reicht es aus, um mir die Knie weich werden zu lassen.

„Du hast ihr versprochen, dass ihr es gemeinsam schaffen werdet", flüstere ich. Die Puzzleteile in meinem Kopf ergeben alle keinen Sinn mehr.

Liam zieht seine Hand zurück und rauft sich die Haare. „Sie ist in Ryan verliebt. Nicht in mich."

„Aber wie … wann …" Ich schließe den Mund, als keine vernünftige Frage herauskommen möchte.

„Können wir reden?" Er klingt so unsicher, dass ich am liebsten meine Arme um ihn schlingen und nie wieder loslassen würde.

„Jessie wartet unten auf mich." Unschlüssig schaue ich zwischen Liam und der Tür hin und her. Allein der Gedanke jetzt zu gehen, ist schier unerträglich, doch sie hat mich hierhergefahren. Irgendetwas muss ich ihr sagen.

„Ich kann dich später nach Hause fahren, wenn du möchtest", bietet er an.

Tief in mir weiß ich, dass die Entscheidung längst gefallen ist. „Okay."

Wie in Trance gehe ich zurück ins Wohnzimmer. Liam folgt, eine Hand in meinem Rücken, als könnte er die unsichtbare Mauer zwischen uns ebenso wenig ertragen wie ich.

Auf dem Sofa tippe ich eine schnelle Nachricht an Jessie, in der ich ihr die jüngsten Entwicklungen in Stichpunkten mitteile, während Liam uns Teewasser aufsetzt. Noch bevor es kocht, erhalte ich ihre Antwort.

Jessie: Wenn du ihm schon vergibst, lass ihn wenigstens schmoren! Außerdem möchte ich jedes Detail und ich lasse mein Handy laut, falls ich dich doch wieder abholen soll.

Cat: Du bist eine gute Freundin. Danke!

Jessie: Jederzeit!

Mit zwei dampfenden Tassen in den Händen setzt Liam sich neben mich und obwohl wir uns nicht berühren, kann ich seine Nähe mit jeder Faser meines Körpers spüren. Fast, als wäre er ein Magnet, der mich anzieht. Ich kann nichts dagegen tun, ich streiche über seine Finger und kann beobachten, wie sich die feinen Härchen auf seinem Arm aufrichten.

Schließlich durchbricht er die Stille. „Isobel hat mich mit Ryan betrogen. Das ist der Grund, wieso wir uns getrennt und warum Ryan und ich keinerlei Kontakt mehr haben, obwohl er sich in der letzten Zeit sehr darum bemüht hat."

Überrascht schaue ich ihn an. „Oh."

„Ja."

„Was ist passiert?"

Er seufzt und senkt den Blick auf seine Teetasse, als würden dort die Antworten warten.

„Wir hatten schon länger Probleme. Izzy und ich sind mit sechzehn zusammengekommen und hatten all diese Pläne. Nach der Schule gemeinsam aufs College, dann nach Harvard und im Anschluss heiraten. Es war nie eine Frage, dass es so kommen würde und unsere Familien hätten uns darin kaum mehr bestärken können. Izzys Eltern sind wichtige Geldgeber für meinen Vater und er hat wiederum den nötigen Einfluss, ihrer Firma gute Aufträge zu vermitteln."

Er stellt die Tasse auf den Tisch und wendet sich mir vollends zu.

„Ryan war, seit ich denken kann, mein bester Freund und immer dabei. Wir drei waren unzertrennlich. Jedenfalls, bis Izzy und ich nach Redhill gezogen sind und Ryan auf ein College in Portland gegangen ist. Er hat uns ziemlich oft besucht, doch es war nicht mehr wie früher."

„Wie hast du es herausgefunden?", frage ich leise.

„Ein dummer Zufall. Am Anfang habe ich die kleinen Veränderungen gar nicht bemerkt, es war schließlich alles wie immer. Ryan war regelmäßig da, wann immer ich nicht mit dem Fußball und den Lerngruppen beschäftigt war. Es waren immer noch wir drei. Aber Isobel wurde es zunehmend wichtiger, welches Bild wir nach außen vermitteln. Es war, als wäre sie erwachsen geworden und nicht auf die gute Weise. Sie hat immer für mich gekocht, wenn ich nach Hause gekommen bin, so Sachen."

„Und das hat dich gestört?" Ich kann mir ein Grinsen nicht verkneifen und Liam stupst mich mit dem Fuß an, doch er lächelt. Na bitte.

„Nein, das hat mich nicht gestört. Aber wenn ich mit den Jungs losziehen wollte, war sie eingeschnappt, mitkommen wollte sie auch nicht und irgendwann hat sie sich in den Kopf gesetzt, dass ich sie betrüge. *Das* war das Problem."

Bedächtig streiche ich mit dem Daumen über seinen Handrücken und die Mauer zwischen uns löst sich langsam aber sicher auf. Ich fühle es.

„Nach den ersten Monaten hatte ich das Gefühl, in häuslicher Idylle zu ersticken“, fährt er fort. „Je mehr sie geklammert hat, desto mehr wollte ich ausbrechen. Es ist echt übel geworden. Ich wusste schon länger, dass es nicht mehr funktioniert, doch ich wollte es nicht wahrhaben. Nicht nur wegen Izzy. Jeder ist davon ausgegangen, dass wir irgendwann heiraten und eine Trennung zum falschen Zeitpunkt und aus den falschen Gründen hätte einen Skandal auslösen können. Ganz abgesehen davon, dass ihre Eltern wichtige Geldgeber für die politische Kampagne meines Vaters sind. Die Beziehung mit Izzy zu beenden, hätte alles viel komplizierter gemacht. Ich konnte nicht riskieren, dass ihre Eltern uns die Unterstützung verweigern, weil ich ihrer Tochter das Herz gebrochen habe.“

Nur mit Mühe kann ich ein verärgertes Schnauben unterdrücken.

„Letzten Winter sind einige aus dem Team über Silvester in die Berge gefahren. Inklusive Freundinnen natürlich. Ich wollte unbedingt mit, doch Izzy hat sich geweigert. Stattdessen wollte sie den Abend mit ihren Mädels verbringen. Anfangs habe ich versucht, sie zu überreden, aber schließlich dachte ich, eine Auszeit würde uns guttun. Dass wir die Tage nutzen könnten, um uns darüber klar zu werden, wie es weitergehen soll, was das Richtige für unsere Beziehung und für uns ist. Also bin ich allein mitgefahren. Auf halber Strecke sind mir allerdings Zweifel gekommen. Als sie nicht an ihr Handy gegangen ist, habe ich ein schlechtes Gewissen bekommen. Plötzlich hatte ich wahnsinnige Angst, sie zu verlieren, deshalb bin ich, kaum war ich angekommen, wieder nach Hause gefahren. Die Idee war, sie zu überraschen. Ich war wirklich fest entschlossen, um unsere Beziehung zu kämpfen. Auf der Rückfahrt habe ich mir alles Mögliche überlegt.“

Er seufzt tief und sieht mich ernst an.

„Ich kann nicht gut damit umgehen, ignoriert zu werden. Nachdem meine Mutter eines Morgens einfach nicht mehr da war, hatte ich jahrelang Angst, dass mein Vater uns ebenfalls verlässt oder Alicia wieder geht.“

Schuldbewusst verziehe ich das Gesicht, doch Liam fährt bereits mit der Geschichte fort.

„Als ich endlich wieder in Redhill war, war es schon ziemlich spät. Mir ist gar nicht aufgefallen, wie ruhig es in der Wohnung war, dafür, dass sie mit ihren Freundinnen feiern wollte. Aber dann kam Musik aus dem Schlafzimmer und als ich nachgesehen habe, waren sie und Ryan … nun ja."

„Fuck."

„Im wahrsten Sinne des Wortes", murmelt er. „Ich bin zu meinen Eltern gefahren, habe bekannt gegeben, dass Izzy unverzüglich auszuziehen hat und es mir egal ist, welche Konsequenzen meine Handlung nach sich ziehen. Außerdem habe ich eine Tasse Tee zerschmettert, die Alicia mir netterweise gebracht hat. War nicht unbedingt meine Glanzstunde."

„Du hast eine Tasse kaputtgeschlagen?" Liam kommt mir immer so beherrscht vor, als würde ihn nichts und niemand aus der Ruhe bringen können. Abgesehen von dem Moment am Strand, als er seinem ehemals besten Freund gegenübergestanden hat. Erst jetzt verstehe ich das volle Ausmaß dessen, was Ryan angedeutet hat. Dieses Wissen macht Liams Reaktion um einiges verständlicher.

„Möglicherweise habe ich sie gegen die Wand geworfen, als mein Vater vorgeschlagen hat, dass es bestimmt nur ein Missverständnis war und ich noch einmal mit Isobel reden soll."

„Das hat er nicht getan!"

Liam zuckt mit den Schultern. „Ihre Eltern sind zu wichtig für meinen Dad."

Ich weiß nicht, was ich sagen soll, ich schüttle nur ungläubig den Kopf.

„Schlussendlich sind alle relativ unbeschadet aus der Sache herausgekommen", erzählt er weiter. „Izzy war diejenige, die unsere Beziehung ruiniert hat, nicht mal ihre Eltern konnten das schön reden. Mein Vater hat sich mit ihnen darauf geeinigt, dass wir allen erzählen, wir hätten uns gemeinsam für eine Trennung entschieden, weil eine Fernbeziehung nach Europa zu anstrengend wäre. So konnten unsere Familien weiterhin miteinander verkehren, ohne negative Presse zu riskieren. Selbstverständlich darf niemand von uns darüber sprechen und Izzy wurde ins Ausland verschifft, damit ein bisschen Gras über die ganze Sache wachsen konnte. So wie ich ihre Eltern kenne, waren sie stinksauer."

Ich betrachte ihn nachdenklich. „Und auf der Party?"

Liam seufzt und reibt sich mit den Händen über das Gesicht, wie, um die Müdigkeit zu vertreiben.

„Sie hat sich in ihn verliebt", sagt er leise. „Noch ehe wir auseinander waren. Das hat sie mir auf diesem Balkon erklärt. Wir haben uns ausgesprochen und sie hat mich um Hilfe gebeten."

„Wobei?"

„Mit Ryan. Seit Silvester haben sie kein Wort mehr miteinander gesprochen, die Strandparty ausgenommen. Sie hat erzählt, dass alles wahnsinnig schnell ging und bevor sie es sich versah, saß sie schon in einem Flugzeug. Sie dachte wohl, es wäre besser, ihn zu vergessen. Aber das konnte sie nicht. Als sie wieder hier war hat sie versucht, mit ihm zu reden."

„Doch das hat er nicht zugelassen", schlussfolgere ich. Der Ausdruck auf Ryans Gesicht, als Isobel die Hand nach ihm ausgestreckt hat, ist mir noch deutlich vor Augen.

Liam nickt. „Genau. Jedenfalls hat Izzy mich um Verzeihung gebeten und gefragt, ob ich ihr und Ryan jemals vergeben kann."

„Kannst du?"

„Keine Ahnung." Er seufzt. „Ja und nein, schätze ich. Unser Verhältnis wird nie wieder dasselbe sein, aber gleichzeitig möchte ich nicht der Grund dafür sein, dass die beiden keine Chance haben."

Endlich fällt bei mir der Groschen. „Deshalb hast du ihr versprochen, dass ihr das gemeinsam schafft."

Auf einmal ergibt das Puzzle wieder einen Sinn. All die Teile fügen sich nach und nach ineinander und das Bild ist ein völlig anderes, als ich angenommen hatte.

Mir wird abwechselnd heiß und kalt. Was habe ich bloß getan? Anstatt wegzulaufen, hätte ich mich dieser Situation viel früher stellen müssen. Nein, für die Vergangenheit kann ich nichts und ich kann sie nicht ändern, aber weglaufen war nicht die Lösung. Nicht dieses Mal. Ebenso wenig, wie all die Male davor, wenn ich ehrlich bin. Über Jahre hatte ich Angst, mich zu öffnen und ein weiteres Mal verletzt zu werden. Nicht nur körperlich, was schlimm genug war, sondern auch seelisch. Louisas Betrug an unserer Freundschaft hat mich dazu verleitet, niemanden mehr an mich heran zu lassen. Dabei hat Liam mir keinen Grund gegeben, an ihm zu zweifeln. Nicht wirklich. Alles, was ich hätte tun müssen, war, ihm zu vertrauen und mit ihm zu reden. Stattdessen habe ich mir ein Bild zusammengereimt und bin vor lauter Angst, verletzt zu werden, nie auf den Gedanken gekommen, dass es falsch sein könnte. Doch so kann es nicht weitergehen, so kann ich nicht mehr leben. Nein, so *will* ich nicht mehr leben. Ich möchte Liam vertrauen, genauso wie Tristan, Jessie und Sabrina. Vielleicht wird es schwer, meine Ängste und Zweifel in den Griff zu bekommen, aber ich werde alles dafür tun, dass es nie wieder so weit kommt, wie es jetzt gekommen ist.

Liam, der nichts von meinen rasenden Gedanken ahnt, lächelt traurig. „Ja. Ich hatte keine Ahnung, wie unglücklich Izzy war. Eigentlich ging ihr das mit uns viel zu schnell."

Unsere Geschichten sind sich ähnlicher, als ich dachte. Wenn Isobel mit Liam gesprochen hätte, wäre ihm ihr Betrug und der seines besten Freundes erspart geblieben. Genauso hätte ich uns beiden viel Leid erspart, wenn ich nicht vor ihm und der Wahrheit davongelaufen wäre.

„Ihre Affäre mit Ryan", sagt er und schließt für einen Moment die Augen, als wäre es das erste Mal, dass er diese Worte laut ausspricht. Wer weiß, vielleicht ist es das auch. „Sie hat mir nicht viel erzählt. Er war ständig bei uns und hat bei uns übernachtet, da er sich in Portland ein winziges Zimmer mit zwei anderen Männern geteilt hat. Ich war oft lange weg, die beiden hatten viel Zeit allein. Darum war ich sogar froh, weil ich dank Ryan kein so schlechtes Gewissen hatte, wenn das Training mal länger gedauert hat oder ich doch noch auf ein Bier mit der Mannschaft mitgegangen bin. Ich weiß nicht genau wann, aber irgendwann ist Izzy aufgefallen, dass sie sich mehr auf die Abende gefreut hat, an denen ich zu spät war, als auf die, an denen ich pünktlich war."

„Trotzdem willst du ihr helfen?"

Liam sieht mir in die Augen und nickt bedächtig. „Ja. Wie ich schon sagte, es wäre nicht fair, wenn ich ihnen im Weg stehen würde. Erst recht nicht, wenn ich es nur aus Rache tue. Izzy und ich hätten uns früher oder später getrennt, daran besteht für mich kein Zweifel mehr. Himmel, ich habe die Beziehung fast ausschließlich aufrechterhalten, damit mein Vater die Unterstützung ihrer Eltern nicht verliert. Natürlich wollte ich nicht betrogen werden, aber es wäre nur halb so schlimm gewesen, wenn es nicht ausgerechnet mit Ryan gewesen wäre. Ich habe keine Ahnung, ob ich ihm das jemals verzeihen kann."

„Das kann ich gut verstehen."

„Ich weiß."

Erneut breitet sich Stille zwischen uns aus. Doch dieses Mal ist es eine entspannte Stille, die ich nutze, um all die Gedanken und Gefühle zu ordnen.

Liam hat mir alles erzählt und ich kann mir nicht länger einreden, dass er für diese Situation die Verantwortung trägt. Diese Kluft zwischen uns ist meine Schuld.

„Es tut mir leid“, bringe ich endlich hervor. „Ich hätte dir vertrauen oder wenigstens die Möglichkeit geben müssen, alles zu erklären.“

„Schon gut“, beruhigt er mich schnell, doch ich schüttele den Kopf.

„Nein, ist es nicht. Du hattest recht, ich habe mir ein Bild von dir und den Umständen eurer Trennung gemacht und mich geweigert, die Wahrheit zu sehen. Selbst, als du mit mir reden wolltest, war ich zu stur, habe all die falschen Rückschlüsse gezogen und damit alles kaputt gemacht.“

„Nicht alles.“ Behutsam nimmt er meine Hand in seine und verwebt unsere Finger ineinander. „Das ist bloß eine kleine Delle, das bekommen wir schon wieder hin.“

„Es tut mir ehrlich leid“, sage ich ein weiteres Mal, nur, um sicher zu gehen, dass er mich wirklich gehört hat.

„Ich weiß.“ Er lächelt traurig. „Mir tut es auch leid, dass ich mich nicht mehr gemeldet habe, nachdem ich im Wohnheim war.“ Sofort schüttle ich den Kopf, doch Liam fährt unbeirrt fort. „Wenn ich meinen Stolz einfach nur heruntergeschluckt hätte, hätten wir dieses Gespräch viel früher haben können.“

„Sollen wir uns darauf einigen, dass wir beide Mist gebaut haben?“, schlage ich vor.

„Das klingt vernünftig.“ Liam rückt näher, bis ich die Wärme, die von ihm ausgeht, spüren kann und ich zögere nicht mehr, sondern schmiege mich an ihn.

„Das haben wir ganz schön verkackt, oder?“, murmelt er neben meinem Ohr.

Ich lache auf. „So kann man das auch ausdrücken.“

„Lass uns einen Pakt schließen.“

„Sagt man heutzutage noch Pakt? Müsste es nicht eher Versprechen sein?“

„Willst du wirklich darüber mit mir diskutieren?“, fragt er und tippt mir auf die Nase, bevor er fortfährt, ohne meine Antwort abzuwarten. „Was hältst du von folgendem Vorschlag? Wir *versprechen* uns, dass wir ab sofort miteinander reden. Insbesondere, wenn uns etwas auf der Seele liegt."

„Deal", stimme ich zu. Darüber muss ich nicht nachdenken. Stattdessen genieße ich seine Nähe, seinen Duft und die Tatsache, dass er hier, bei mir ist.

Die Zeit verschwimmt, doch irgendwann schaffe ich es nicht mehr, die Augen offen zu halten. Die Ereignisse des Tages holen mich langsam ein.

„Hey", flüstert Liam. „Schläfst du?"

Ich schüttle den Kopf. „Nein, ich ruhe nur kurz meine Augen aus."

Er streicht mir den Arm hinab. „Wie wäre es, wenn wir schlafen gehen?"

„Zusammen?"

„Außer du möchtest lieber auf dem Sofa schlafen", neckt er mich.

Ich sage nichts, lausche nur auf seinen Herzschlag und bemühe mich, jede Sekunde der Nähe in mich aufzusaugen.

„Liam?", nuschle ich schließlich leise.

„Ja?"

„Was heißt das hier? Für uns beide?"

Nachdenklich streicht er mir über die Wange. „Wenn ich mir etwas wünschen könnte, dann würde ich die letzten Wochen ungeschehen machen", sagt er ernst. „Ich würde nicht zulassen, dass wir diese Zeit verlieren. Aber das kann ich nicht ändern. Doch wenn du möchtest, können wir das Beste aus der Gegenwart machen. Du und ich. Zusammen. Als Paar."

„Dann lass uns schlafen gehen", flüstere ich.

Kapitel 45

„Danke für Ihre Offenheit, Ms. Archer, ich weiß Ihr Vertrauen in mich wirklich zu schätzen. Falls Sie in Zukunft Hilfe brauchen, egal bei was, zögern Sie bitte nicht, zu mir zu kommen."

Erleichtert lächle ich Mr. Morrison an und stehe auf. Jessie, die während des Gespräches neben mir gesessen hat und für die moralische Unterstützung dabei war, erhebt sich ebenfalls.

„Danke für alles, Sir", sage ich und meine es auch so.

„Selbstverständlich. Den Termin bei der Studienberatung haben Sie sich notiert?"

„Ja, Sir."

„Und grüßen Sie mir Liam. Er müsste bald erfahren, ob er in Harvard angenommen wurde, richtig?"

„Er rechnet erst in einigen Wochen damit."

„Fein. Ich würde mich sehr über einen Anruf freuen, sobald die Ergebnisse vorliegen."

„Ich richte es aus, Sir."

Danach verlassen wir endgültig das Büro und ich seufze erleichtert auf. Die letzten Tage waren ein wahres Auf und Ab, doch mit diesem Gesprächstermin sind zumindest die wichtigsten Fragen geklärt.

Meine Angst, aufgrund des Blogartikels das College verlassen zu müssen, hat sich zwar als unbegründet erwiesen, trotzdem war es richtig, das Gespräch zu suchen.

Dieser ganze Termin war Liams Idee. Natürlich hat er – wie jeder andere am College – gelesen, was *Inside Redhill* geschrieben hat. Er war es, der mich davon überzeugt hat, in die Offensive zu gehen. Zum einen, indem wir keinen Hehl daraus machen, dass wir zusammen sind. So richtig zusammen. Ohne Vereinbarungen, ohne Hintergedanken und ohne uns zurückzuhalten.

Zum anderen, indem ich mich direkt an den Dekan wende und ihm die Situation schildere. Die Geschichte ist in der Welt, daran lässt sich nichts mehr ändern, aber mich deswegen zu verstecken würde alles nur noch verschlimmern.

Während der letzten Stunde habe ich Mr. Morrison von den früheren Gerüchten und ihrem neuerlichen Erscheinen berichtet, auch, wenn ich nicht ins Detail gegangen bin. Zu meiner großen Überraschung hat er äußerst verständnisvoll reagiert und mir versichert, dass er dem Fall nachgehen und den oder die Verantwortlichen gegebenenfalls zur Rechenschaft ziehen wird. Es war Jessie, die vorsichtig angedeutet hat, dass Edward nicht besonders gut auf mich zu sprechen ist, seit ich ihm einen Korb gegeben habe.

Vermutlich lässt sich nicht nachweisen, wer genau für den Artikel verantwortlich ist. Doch dieser Gedanke kommt mir plötzlich gar nicht mehr so schlimm vor. Nicht, seitdem ich weiß, dass meine Freunde auch weiterhin an meiner Seite sind, es sie nicht interessiert, welcher Schwachsinn über mich verbreitet wird und ich mich auf ihre Unterstützung verlassen kann.

Ich stoße die Türen des Gebäudes auf und gemeinsam treten Jessie und ich nach draußen. Laub raschelt leise unter meinen Füßen, ein klares Zeichen, dass der Herbst endgültig Einzug gehalten hat, aber die Sonne ist noch warm und ich atme tief durch.

Fast über Nacht haben die Bäume ihr Gewand gewechselt. Waren sie vor kurzem noch tiefgrün, strahlen sie jetzt in leuchtenden Rot- und Gelbtönen. Die Schönheit dieses Ortes raubt mir manchmal den Atem.

„Das lief doch super“, wirft meine Freundin in diesem Moment ein.

„Stimmt.“

„Nur schade, dass er nichts gegen diesen Artikel unternehmen kann.“

„Ehrlich gesagt habe ich damit nie gerechnet.“ Während ich spreche, rücke ich die Tasche auf meiner Schulter zurecht und beginne, nach meinem Handy zu suchen.

Nachdem ich in einem Nebensatz erwähnt habe, dass ich mit Wirtschaft als Hauptfach nicht glücklich bin und es eher als Sicherheit und weniger aus Interesse gewählt habe, hat Mr. Morrison unverzüglich zum Telefon gegriffen und bei der Studienberatung angerufen. Nicht mal eine Minute hat es gedauert, bis ich einen Termin für die Neuausrichtung meines Studiengangs und unzählige Broschüren mit den verschiedenen Kursangeboten vor mir liegen hatte, die nun meine Tasche und meine Schulter an ihre Belastbarkeitsgrenzen bringen.

Jessie verabschiedet sich, da sie in ihre nächste Vorlesung muss, doch ehe ich mich auf den Weg ins Wohnheim begebe, zücke ich mein Telefon. Wie erwartet habe ich bereits eine ungeduldige Nachricht von Liam.

Liam: Und wie lief das Treffen?

Cat: Viel besser als ich gedacht hätte!

Liam: Jetzt mach es nicht unnötig spannend …

Cat: :P

Cat: Mr. Morrison war sehr nett und lässt dich grüßen. Und er hat mir direkt einen Termin bei der Studienberatung gemacht …

Liam: Planst du, den Studiengang zu wechseln?

Cat: Vielleicht. Noch ist nichts entschieden, aber die Option ist da.

Liam: Und weißt du schon, in welche Richtung du gehen möchtest? Jura möglicherweise? ;-)

Cat: Nein und **auf keinen Fall***!*

Liam: Einen Versuch war es wert. ;p

Cat: Sehen wir uns nachher in der Bibliothek?

Liam: Das ist jetzt nicht der romantische (und abgeschiedene) Ort, den ich bevorzugen würde.

Cat: Ich muss lernen!

Liam: Streberin! ;)

Cat: Playboy! ;P

Liam: Und deshalb magst du mich!

Kapitel 46

Vier Wochen später

„Los Tristan."

Ungeduldig stoße ich ihn mit meinem Fuß an. Er sitzt auf der anderen Seite des Sofas, Zettel und Stift in der Hand und sieht genervt aus. Dabei war es sein Vorschlag, dass wir uns heute bei mir treffen.

„Dann denk du dir doch ein Geschenk aus", mault er mich an. Seit sein Mitbewohner eine neue Freundin hat, sucht er des Öfteren Zuflucht bei uns.

„Ich habe schon Wein, Schokolade und eine Kerze vorgeschlagen und du mochtest nichts davon. Jetzt bist du dran!"

„Eine Kerze ist auch so ziemlich die unkreativste Idee, die du haben konntest", murrt mein Bruder wenig hilfreich.

„Wenigstens hatte ich eine."

„Streitet ihr beide euch immer noch wegen der Weihnachtsgeschenke?" Jessie, die vor einer halben Stunde in ihr Zimmer verschwunden ist, geht zu unserem winzigen Kühlschrank und nimmt sich eine Wasserflasche.

„Ich würde eher sagen, ich habe gute Ideen, die Tristan allesamt abschmettert."

„Eine Kerze ist kein guter Vorschlag!" Tristan guckt erst mich, dann Jessie mürrisch an.

„Tut mir leid, Cat, aber ich fürchte, da muss ich ihm zustimmen. Wie wäre es denn mit einem Gutschein?", fragt sie und lehnt sich an die Küchenzeile.

„Mom hasst Gutscheine", kläre ich sie auf. Danach beginne ich von neuem damit, meinen großen Zeh in Tristans Oberschenkel zu bohren. Ich bin immer noch seine kleine Schwester, es ist mein Job, ihn von Zeit zu Zeit zur Weißglut zu bringen.

Gerade, als er nach meinem Fuß greifen möchte, klopft es an der Tür und ich springe auf, froh, seiner Reichweite rechtzeitig entkommen zu sein. Ein Kugelschreiber trifft mich im Rücken und ich kreische empört auf, während ich die Tür öffne.

Liam strahlt mir entgegen.

„Was machst du denn hier, ich dachte, wir treffen uns heute …" Weiter komme ich nicht, bevor er mich in seine Arme reißt und mir einen stürmischen Kuss gibt.

„Könntest du das vielleicht nicht tun, wenn ich im selben Raum bin?", brummt Tristan angewidert hinter uns und Liam lässt mich langsam zu Boden gleiten.

Sein Lächeln ist ansteckend und mit einem Mal dämmert es mir.

„O mein Gott. Harvard hat geschrieben, oder? Sie haben dich angenommen?"

Liam zieht einen Brief aus seiner Jackentasche, einen triumphierenden Ausdruck in den Augen.

„Herzlichen Glückwunsch!" Ich werfe ihm erneut die Arme um den Hals und gebe ihm direkt noch einen Kuss.

Den kleinen Stich, den ich bei der Aussicht verspüre, ihn nach dem Sommer nicht mehr jeden Tag sehen zu können, schiebe ich ganz weit von mir. Wir haben gerade erst November. Bis dahin ist es noch eine lange Zeit.

„Glückwunsch, Mann!" Tristan hat seinen Platz auf dem Sofa aufgegeben und hält Liam die Hand hin, die dieser mit breitem Grinsen schüttelt.

„Danke."

Selbst, wenn Tristan den großen Bruder heraushängen lässt, er und Liam verstehen sich erschreckend gut und gehen mittlerweile regelmäßig gemeinsam joggen. Ich bin mir noch nicht sicher, wie sehr ich mich darüber freue.

„Das feiern wir!" Jessie klatscht laut in die Hände, dann verschwindet sie in ihrem Zimmer und kommt kurz darauf mit einer Weinflasche zurück. Es ist nicht das übliche Etikett und auch die Flasche sieht anders aus als sonst, doch ehe ich nachfragen kann, hat sie bereits den Korken gezogen und füllt die Flüssigkeit in vier Wassergläser.

Bisher hat sie noch nicht über ihre Trennung gesprochen und wechselt das Thema, wann immer Sabrina oder ich einen Vorstoß wagen. Aber sie hat sich nicht nochmal so schlimm abgeschossen, wie an jenem Abend im *Hector´s*.

„Auf Harvard!", ruft Jessie und wir stoßen an. Dann dreht sie sich zu mir. „Und wo wir gerade bei höherer Bildung sind, welche Fächer probierst du diese Woche aus?"

Der Termin bei der Studienberatung verlief viel besser als gedacht. Dieses Semester ist es zu spät, um meine Kurse zu wechseln, doch die Beraterin hat mir vorgeschlagen, die Zeit zu nutzen und verschiedene

Vorlesungen als Gast auszuprobieren. Ein Angebot, das ich sofort angenommen habe.

„Vielleicht gebe ich Geschichte noch eine Chance", überlege ich. „Wobei ich in der letzten Vorlesung fast eingeschlafen wäre."

„Das Angebot, mir nach Harvard zu folgen, steht." Liam hält mich dicht an seinem Körper, einen Arm um meine Hüfte. „Nur so als Idee."

„Danke, doch ich verzichte", antworte ich wie jedes Mal, obwohl sein Vorschlag mich insgeheim freut. Er zeigt mir, dass ihm die Vorstellung einer Fernbeziehung ebenso wenig gefällt, wie mir. Sobald er nach Boston zieht, werden wir uns nicht mehr täglich sehen können.

„Irgendwie schmeckt dieser Wein anders als sonst", bemerkt Liam und schielt in Richtung des Etiketts. „Moment mal."

Er lässt mich los, greift nach der Weinflasche, starrt ungläubig darauf, dann zu Jessie, die nur mit den Schultern zuckt und unschuldig lächelt.

Tristan wirft mir einen Blick zu, den ich ratlos erwidere.

„Jessie, hast du eine Ahnung wie teuer der ist?", fragt Liam mit einer Mischung aus Schock und Belustigung in der Stimme.

Ich weiß nicht, wann ich ihn das letzte Mal nach Worten habe ringen sehen. Möglicherweise noch nie.

„Nicht genau, nein. Aber er schmeckt noch besser, als ich dachte", antwortet sie glucksend und bestaunt den Inhalt ihres Glases. „Ich warte schon länger auf eine besondere Gelegenheit, um diese Flasche zu öffnen."

„Ist der nicht von euch?", erkundige ich mich verwirrt.

„Nein." Jessie lacht. „Der ist aus der persönlichen Sammlung meines Vaters."

Etwas blitzt in ihren Augen. Triumph?

„Dein Vater hat eine ganze Sammlung?", mischt sich nun auch Tristan ein.

„Klar. Er liebt es, seltene und teure Weine zu sammeln, dabei trinkt er sie nicht mal. Es ist eine Schande. So viel guter Alkohol und er liegt bloß im Keller."

„Und er hat dir diese Flasche einfach so mitgegeben?" Ungläubig betrachte ich sie.

„Natürlich nicht, ich darf die Dinger nicht mal anfassen." Jessie nimmt einen weiteren Schluck. „Aber es könnte sein, dass ich mich letzten Sommer in die Ecke der teuren Weine verirrt und einen eingesteckt habe."

„Wie teuer?" Tristan fühlt sich sichtlich unwohl in seiner Haut. Als sie nicht reagiert, wirft er ihr einen strengen Blick zu. „Jessie?"

Zu meiner großen Überraschung verdreht sie die Augen, antwortet meinem Bruder aber.

„Keine Ahnung, okay? Ich meine, einen Wein wie diesen könnte man wahrscheinlich ab eintausendfünfhundert Dollar bekommen, wenn man gut verhandelt."

Fast spucke ich meinen eintausendfünfhundert Dollar teuren Wein über unser Sofa, das vermutlich nicht einmal ein Drittel davon gekostet hat. „Wie bitte?"

„Reg dich ab, er ist doch lecker."

Fassungslos starre ich sie an. Liam hingegen beginnt schallend zu lachen, stellt die Flasche zurück auf den Tisch und kommt wieder an meine Seite.

Tristan ist anscheinend ebenso ratlos, wie ich. „Also hast du deinem Vater einen sehr teuren Wein geklaut? Warum?"

Jessie zuckt mit den Schultern. „Weil ich es wollte. Außerdem bemerkt er das sowieso nicht."

Da ist eine Bitterkeit in ihrer Stimme, die ich nicht kenne, aber bevor ich nachfragen kann, lächelt sie breit in die Runde und hebt ihr Glas ein weiteres Mal.

„Auf die beste Zeit unseres Lebens."

Wir alle sprechen ihr nach. Trotzdem entgeht mir nicht, wie Tristan meine Freundin mit einer Mischung aus Besorgnis und Neugierde mustert, die ich so noch nie auf seinem Gesicht gesehen habe. Doch dann ist der Moment vorüber und ich konzentriere mich wieder auf das Hier und Jetzt.

Ich weiß, dass große Entscheidungen und auch Veränderungen auf Liam und mich, auf uns alle, warten. Doch es lohnt sich nicht, sich heute darum zu sorgen. Stattdessen möchte ich diese unbeschwerte Zeit mit meinen Freunden genießen und mir Erinnerungen schaffen, die ich nie wieder vergesse.

Ende

Die Reihe wird fortgesetzt mit „Redhill College: Jessie & Tristan"

Danksagung

Dank gebührt zuallererst dem Menschen, der mich in den letzten drei Jahren, in denen das Buch in unzähligen Fassungen entstanden ist, stets begleitet und mir Mut zugesprochen hat. Danke Christopher, dass du damals mit einem knappen „versuch es doch einfach mal“, den Anstoß für eine unglaubliche Reise gegeben hast, deren Ende nicht abzusehen ist.

Außerdem ein großes Dankeschön an meine Familie. Danke, dass ihr mich liebt, unterstützt und immer an mich glaubt. Besonderer Dank gilt meiner Schwester Carolina und meiner Oma Monika, die Szene um Szene der ersten Rohfassungen gelesen haben und auch bei der zweiten und dritten Version nicht müde wurden, mir Feedback und Lob zu geben.

An dieser Stelle möchte ich außerdem dem Team des Written Dreams Verlags danken. Mein Buch hat bei euch ein tolles Zuhause gefunden. Danke an Lucy, die dieser Geschichte eine Chance gegeben hat. Auch dir, Marie, vielen Dank. Deine Anmerkungen waren Gold wert. Ich verspreche, ab jetzt weniger Sätze mit „und“ zu beginnen.

Des Weiteren möchte ich meinen tollen Beta-Leser:innen danken, die das Manuskript in verschiedenen Stadien gelesen und mich mit jeder Menge Kritik versorgt haben. Danke Annika, Hollarius, Victoria, Christine, Laila, Gianna, Gunda und Elke.

Unendlich viele Sprachnachrichten, gemeinsames freuen, ärgern, Daumen drücken, Texte auf Herz und Nieren prüfen … ohne dich, Amelia Cadan, wäre diese Reise um ein Vielfaches schwieriger. Danke!

Zu guter Letzt auch ein großes Dankeschön an dich, liebe:r Leser:in. Danke, dass du Cat und Liam auf ihrem Weg begleitet hast. Auf ein Wiedersehen im nächsten Teil der Redhill-College Reihe!

Printed in Germany
by Amazon Distribution
GmbH, Leipzig

28980617R00185